LA TEORIA DEI GIOCHI

UN THRILLER DI KATERINA CARTER

COLLEEN CROSS

Traduzione di
SIMONE CAFFARINI
Traduzione di
IRENE APRILE

La Teoria Dei Giochi

Un Thriller di Katerina Carter

Colleen Cross

ISBN: 978-1-990422-06-5

Slice Thrillers

ALTRI ROMANZI DI COLLEEN CROSS

Trovate gli ultimi romanzi di Colleen su www.colleencross.com

Newsletter: http://eepurl.com/c0jCIr

I misteri delle streghe di Westwick

Caccia alle Streghe

Il colpo delle streghi

La notte delle streghe

I doni delle streghe

Brindisi con le streghe

I Thriller di Katerina Carter

Strategia d'Uscita

Teoria dei Giochi

Il Lusso della Morte

Acque torbide

Con le Mani nel Sacco – un racconto

Blue Moon

Per le ultime pubblicazioni di Colleen Cross: www.colleencross.com

Newsletter:

http://eepurl.com/c0jCIr

LA TEORIA DEI GIOCHI

UN THRILLER DI KATERINA CARTER

Quando Katerina Carter inizia a indagare su un imponente schema
Ponzi nascosto tra gli investimenti del celebre fondo Edgewater, non ha
idea del guaio in cui sta per andarsi a cacciare. La truffa, infatti, è
collegata al misterioso World Institute, un'inquietante organizzazione
che vorrebbe estendere il proprio dominio sul mondo intero.
Kat si trova così intrappolata in una cospirazione politica senza
precedenti. La posta in gioco è altissima, e gli avversari di Kat non si
fermeranno davanti a nulla, pur di ottenere quello che vogliono.
Questo è un gioco in cui nessuno può permettersi di perdere.

SCRIVONO DI QUESTO LIBRO

"Se vi appassionano le storie di intrighi e cospirazioni, sarà difficile resistere a Colleen Cross e al suo thriller La Teoria dei Giochi. Kat Carter – detective specializzata in frodi finanziarie – è impegnata nella soluzione del suo ultimo caso, che la porterà a imbattersi nelle trame sempre più oscure di una possibile cospirazione internazionale. Una lettura agile e coinvolgente, ma che saprà suscitare domande di ogni genere. Gli interrogativi che pone sono oggi quanto mai stringenti: è possibile pilotare una crisi economica? Fino a che punto le notizie che ci vengono somministrate possono influenzare le nostre opinioni e decidere delle nostre azioni? E se fossimo soltanto delle pedine in un gioco molto più grande di noi? Una lettura che non vi lascerà indifferenti, ma che saprà al contempo dimostrarsi sorprendentemente piacevole.

— *Karen Cantwell, autrice di bestsellers USA Today*

"Le pagine scorrono veloci quando si ha in mano un romanzo di Colleen Cross. Un colpo di scena dopo l'altro, questo racconto ricco di suspense, ma anche deliziosamente verosimile, vi terrà incollati fino all"ultima pagina. È una lettura intelligente ed entusiasmante!"

—*Sandra Nikolai, autrice di "False Impressions" e "Icy Silence"*

Ulteriori informazioni sull'autrice e sulle sue opere sono disponibili al sito **www.colleencross.com**

Le leggi sono come ragnatele. Le mosche più grandi riescono ad attraversarle, ma le più piccole vi rimangono impigliate.

Honoré de Balzac (1799-1850)

CAPITOLO 1

*N*on aveva la faccia di un uomo che sta per morire. Come gli altri prima di lui, era solo perché non ne era consapevole. Quello era il momento più eccitante: il destino di un uomo nelle sue mani. Per arrivarci, però, c'era bisogno di un'accurata pianificazione.

"Fai un passo indietro. Ecco, così va meglio. Ancora un pochino..."

Lo mise a fuoco, al centro del mirino. Aveva almeno il doppio della sua età, ma era sorprendentemente in forma per essere un sessantenne. Era riuscito a tenerle dietro, incollato come un'ombra, durante tutta la discesa con gli sci. Non era rimasto indietro nemmeno nella faticosa risalita con le racchette ai piedi, lungo il sentiero che conduceva alla cima. Naturalmente voleva solo portarsela a letto, come qualsiasi altro uomo. Era ormai da tempo che sfruttava questa pulsione a suo vantaggio.

L'uomo fece un altro passo indietro. Senza nemmeno accorgersene, si stava avvicinando pericolosamente al precipizio: la neve sporgeva oltre il bordo roccioso della rupe, creando un ingannevole cornicione sospeso nel vuoto. Aveva organizzato l'escursione in modo che la risalita avvenisse sul versante orientale, lungo il quale la terra solida e la sporgenza nevosa si confondevano meglio. Il battito cardiaco le accelerò leggermente al pensiero di ciò che stava per accadere.

Dei piccoli uccelli grigi volavano disegnando dei cerchi sopra di loro. Scorgendo le briciole di un muffin sulla mano aperta dell'uomo, una ghiandaia canadese si lanciò in picchiata. Era un mercoledì mattina. La valle sotto di loro era deserta. L'unico uomo che avevano incrociato lungo il sentiero era passato più di un'ora prima, anche lui con le racchette ai piedi, ma diretto nel senso opposto. Erano completamente soli.

"Perfetto. Fammi un bel sorriso," disse aumentando lo zoom. Premendo il bottone dell'otturatore, sorrise anche lei. Faceva fatica a contenere l'euforia.

Il suo viso sarebbe stato l'ultimo che quell'uomo avrebbe visto in vita sua. La sua voce, l'ultima cosa che avrebbe sentito. Sul volto dell'uomo era comparsa una specie di ghigno. Spostando il peso da un lato, aprì la zip del suo giubbino in Gore-Tex. La luce del sole penetrava attraverso le nuvole basse, creando degli strani giochi d'ombre contro il candore della neve.

Un secondo più tardi, quel ghigno si contorse in una smorfia di puro terrore. Rimase a bocca aperta, gli occhi infossati per la paura, mentre si rendeva conto di quello che stava succedendo. In un certo senso, per lei, era la parte migliore: il cacciatore che diventava la preda. In quel breve momento, si rendevano conto che era sempre stata lei a dirigere i giochi.

Incapace di sostenere il suo peso, il suolo si frantumò in mille pezzi. Un velo di consapevolezza gli si congelò sul volto, sovrapponendosi allo spavento. La sporgenza nevosa si staccò dalla rupe, facendolo precipitare nella valle. Un salto di oltre duecento metri.

Le grida dell'uomo echeggiarono tra le pareti rocciose. Poi fu il silenzio, rotto solo dal cinguettare delle ghiandaie che tornavano a volare in cerchio per una seconda scorpacciata di briciole.

La donna sorrise. Era stato quasi troppo facile. Gettò la fotocamera oltre il ciglio del dirupo. Niente pallottole, niente disordine da ripulire. Nessuna traccia, a meno che qualcuno non fosse andato a cercarlo prima della prossima nevicata. Ma era prevista una nuova perturbazione di lì a poche ore. Anche se l'avessero trovato prima del disgelo primaverile, sarebbe apparso come un incidente. Un turista con poca dimestichezza con la montagna e la neve.

La donna sparpagliò il resto del muffin per gli uccelli. Le ghiandaie si beccarono l'un l'altra, lottando per quel che restava delle briciole.

Proprio come aveva fatto lei un tempo. Ma adesso non più. Avrebbe avuto la parte che le spettava, anche se questo significava uccidere.

CAPITOLO 2

*K*aterina Carter si agitò sulla sedia di plastica rigida nell'ambulatorio. Incrociò le dita e poi nascose le mani sotto le cosce. Le sue nocche, schiacciate contro la plastica, cominciarono ben presto a farle male. Andava contro ogni logica, ma mantenne ugualmente la sua posizione portafortuna. In fin dei conti, cosa aveva da perdere?

Anche lo zio Harry si chinò, poggiando i gomiti sulle ginocchia. Stava fissando il dottor McAdam dritto negli occhi, in attesa della sua prossima domanda. Il suo primo esame MMSE per la valutazione del deterioramento cognitivo risaliva a sei mesi prima, subito dopo l'incidente. Al test avevano fatto seguito altri esami, che nel giro di qualche tempo lo avevano portato a una diagnosi di Alzheimer in fase iniziale, e al conseguente ritiro della patente di guida. Vedendosi privato della sua indipendenza, lo zio Harry era caduto in depressione, e così la sua memoria era peggiorata ulteriormente.

Il minuscolo ambulatorio bastava a malapena a contenere tre persone. Dopo la diagnosi, il dottore aveva insistito che Harry fosse sempre accompagnato da un familiare. Naturalmente era toccato a Kat farsi carico delle visite. Gli era rimasta accanto soltanto lei, da quando la zia Elsie lo aveva lasciato un anno prima. Un infarto gliel'aveva portata via all'improvviso.

"Harry, puoi ricordarmi in che città ci troviamo?" Il dottor McAdam arretrò, facendo scorrere le ruote dello sgabello nell'attesa di una risposta.

"Vancouver." Lo zio estrasse un fazzoletto di stoffa da una tasca dei pantaloni e se lo strofinò sulla fronte, sulla quale il sudore aveva formato un sottile strato.

"Bene. E la tua casa? Dove si trova?"

"Facile – al 418 di Maple Street." Harry era raggiante. Sapeva di aver dato la risposta corretta.

"Perfetto. In che anno siamo?"

"Nel 1989."

"Che mese, Harry?"

"Giugno."

"Che giorno è oggi?"

"È un sabato."

Mercoledì 5 Dicembre 2012. Per una volta, il meteo di Weather Channel aveva azzeccato le previsioni: pioggia mista a nevischio, con un possibile abbassamento delle temperature in serata.

Kat controllò l'orologio. Buona parte del pomeriggio se n'era andata, ma il lavoro che l'aspettava in ufficio era quello di una giornata intera. Ormai ci stava facendo l'abitudine – i suoi piani continuavano a fallire, le giornate evaporavano nel nulla. Vigilare sulla sicurezza di Harry, assicurarsi che mangiasse e fare in modo che rimanesse calmo stava diventando un lavoro a tempo pieno.

"Forse farebbe meglio a comprarsi un calendario, dottore. Ma tornando alle cose serie, mi aiuterà a farmi restituire la patente?"

"Lo vedremo, Harry. Concentriamoci su questa cosa, per il momento," disse il dottore indicando un disegno. "Cosa vedi in questa figura?"

Harry lanciò un'occhiata furtiva a Kat. "Un orologio."

"E in questa?" Il dottor McAdam gli sorrise.

"Una penna. Avanti dottore, questa roba è troppo facile."

"D'accordo, passiamo alla matematica. Partiamo da cento e scendiamo sottraendo sette ogni volta. Chiaro?"

Harry intrecciò le dita delle mani. "Soltanto se questo mi aiuterà a riavere la patente."

"Porta pazienza, Harry." Il dottor McAdam spostò lo sguardo su Kat.

"Stai tranquillo, zio Harry. Prenditi tutto il tempo che vuoi." La sua voce tradiva una leggera agitazione. Stava pensando a sua madre: le avevano fatto quello stesso test, quasi venti anni prima. Anche a lei era stato diagnosticato l'Alzheimer. Kat aveva solo quattordici anni, ma si ricordava bene dei cambiamenti che la malattia aveva causato in sua madre nel corso del tempo. Sbalzi d'umore e perdita della memoria. Quando l'avevano accompagnata a fare quella visita, suo padre era ancora a casa. Ma l'Alzheimer è una condanna crudele. Di lì a poco, lui non ne avrebbe più sopportato il peso, e sarebbe scomparso dalle loro vite. Per questo Kat e la madre erano state costrette a trasferirsi dai Denton.

Almeno Harry aveva potuto godersi vent'anni di salute in più rispetto a sua sorella. L'esordio in età giovanile della malattia era poco comune e molto probabilmente legato a questioni genetiche. Forse anche lei aveva ereditato quei geni? Per il momento, preferiva non saperlo.

"Cento."

Seguì un lungo silenzio.

"Novantatré." Lo zio Harry aggrottò le sopracciglia.

Kat strinse le dita ancora più forte. Il suo stomaco brontolò, ricordandole che era stata costretta a saltare il pranzo per compensare il ritardo dello zio Harry. Si era rifiutato di uscire e c'erano volute quasi due ore per convincerlo. Lei e lo zio pranzavano sempre insieme, dal momento che Harry, quando rimaneva da solo, si dimenticava di mangiare. Ultimamente, lei e Jace avevano cominciato a invitarlo a casa loro anche per cena.

"Ventitré."

Kat liberò una mano e si voltò a guardare lo zio. Forse il pranzo poteva aspettare. Le era preso un leggero mal di stomaco e non aveva più molta fame. Anche Harry, nei giorni precedenti, si era lamentato di qualche crampo allo stomaco. Poteva trattarsi di un virus.

"Tre," disse Harry, voltandosi a guardare la porta. Cominciò a canticchiare qualcosa a bassa voce.

"Harry?"

"Sì, dottore. Abbiamo finito?"

"Non ancora." Il dottor McAdam fece un lungo sospiro. Quindi gli consegnò un blocco per appunti e una matita. "Adesso devi disegnarmi un bell'orologio. Fallo con le lancette che puntano sulle due meno dieci."

Può farcela, si disse Kat. Forse Harry non riusciva più a leggere il giornale e non era più in grado di completare il suo cruciverba mattutino, ma non aveva ancora problemi con gli orologi. Ogni volta che Kat aveva il minimo ritardo, non la smetteva più con i rimproveri.

Harry si appoggiò la matita sulle labbra, poi guardò il foglio bianco. Molto lentamente, abbassò la mano e cominciò a disegnare qualcosa.

Un cerchio tremolante e oblungo. Ma era pur sempre un cerchio.

Kat espirò lentamente.

Harry appoggiò la matita sul blocchetto e si portò la mano destra al volto. Si strofinò l'indice contro le labbra, avanti e indietro, per un paio di volte. Quindi riprese la matita e schiacciò la mina sulla carta. Una linea. Poi un'altra.

Segnava all'incirca le sei e trentacinque. Era un buon tentativo, se non fosse per il fatto che lo aveva disegnato a testa in giù.

"Adesso posso riavere la mia patente?"

"Harry, ti ricordi dell'incidente?" Il dottor McAdam sfilò una penna dal taschino del camice. "Per riavere la patente, devi ripetere l'esame di guida."

Harry aveva distrutto la sua magnifica Lincoln del 1970 schiantandosi contro la vetrina di un ristorante italiano, il rinomato Carlucci. Aveva scambiato il pedale dell'acceleratore per quello del freno. Per fortuna l'incidente era avvenuto dopo l'ora di pranzo, quando tutti i clienti erano già usciti dal locale. Nessuno si era fatto male, ma c'erano stati molti danni.

Da quel giorno, le cose per lui avevano preso una brutta piega. Aveva iniziato a dimenticarsi dei suoi appuntamenti e aveva ripetutamente accusato i vicini di essere entrati in casa sua per rubare. Negli ultimi tempi c'erano stati altri peggioramenti, culminati nell'incendio della sua cucina. I fornelli erano rimasti accesi per tutto il giorno. Fortunatamente, Kat era arrivata appena in tempo per limitare i danni a una sola parete annerita. Rabbrividiva al pensiero di cosa sarebbe potuto accadere se non se ne fosse accorta.

Harry lanciò il blocchetto tra le mani del dottore. "Un solo incidente in quasi sessant'anni! È per questo che volete impedirmi di guidare? Non è affatto giusto. Ho ancora i riflessi di un trentenne." Harry si voltò verso Kat e indicò il dottore con un cenno del capo. "Diglielo, Kat."

Kat fece finta di cercare il telefono nella borsetta.

"Kat?"

"Lascia perdere, zio Harry. Se devi andare da qualche parte, ti basta chiamarmi."

"Non ho bisogno di un autista. Sono perfettamente capace di guidare da solo."

"Non è vero, e lo sai anche tu. Ogni volta che ti allontani finisci per perderti, perciò…" Le parole le sfuggirono di bocca. "È solo che vorrei evitarti una fatica inutile."

"Siete complici voi due, non è vero? Anche se sono in pensione, non significa che io sia un idiota. E non ho nessuna intenzione di morire a breve, per cui mi stia a sentire, caro il mio dottore," disse Harry fissando McAdam negli occhi. "Io ripeterò quell'esame."

Il dottor McAdam storse la bocca. "Non sono certo che sia una buona idea."

"Zio Harry, è pericoloso. Siamo preoccupati per te."

"Non ce n'è alcun motivo. Ma se non volete aiutarmi, mi sta bene. Lo chiederò a Hillary."

Kat fece per parlare, ma questa volta riuscì a trattenersi.

Il dottor McAdam aggrottò le sopracciglia. "Chi è Hillary?"

"La figlia di Harry," rispose Kat. Mentre lo diceva, un brivido le corse lungo la schiena. Sua cugina era scomparsa dieci anni fa, dopo che Harry e sua moglie le avevano negato un prestito a cinque zeri. Anche volendo, i poveretti non avrebbero potuto aiutarla: Hillary aveva già prosciugato tutti i loro risparmi. Le loro finanze si erano risollevate solo negli ultimi tempi, dopo che lei se n'era andata. Con l'avanzare della malattia, Harry aveva cominciato a nominarla spesso. L'Alzheimer trascina via i ricordi recenti, ma riporta in vita quelli più antichi. È come un fiume in piena: risparmia soltanto le grosse pietre levigate e appiattite che riposano sul fondo.

Il dottor McAdam si alzò e strofinò i palmi delle mani contro il camice bianco. "Purtroppo guidare non sarà il peggiore dei tuoi problemi. Se hai qualche affare in sospeso, ti consiglio di sistemarlo il prima possibile. L'Alzheimer può progredire molto velocemente."

"Alzheimer? Ma questo è ridicolo. Io non ho l'Alzheimer." Harry balzò giù dalla sedia e passò accanto al dottor McAdam, diretto verso la porta. "Io qui ho finito. Potete andare al diavolo tutti e due."

Uscì dalla porta e la richiuse sbattendola.

Lo zio Harry di una volta non lo avrebbe mai fatto. Alzandosi in piedi, Kat batté più volte le ciglia nel tentativo di tenere a freno le lacrime. Dei puntini neri le oscurarono la vista e dovette aggrapparsi alla sedia per non perdere l'equilibrio.

Il dottor McAdam non si accorse di nulla. Sollevando una mano, le fece cenno di aspettare. "Perché non lo lascia qualche minuto in sala d'aspetto? Così avrà il tempo di calmarsi. Se lei ha ancora un momento, ci sono alcune cose di cui vorrei parlarle. Ha notato qualche nuovo sintomo negli ultimi tempi?"

Kat aspettò che l'ombra scura davanti ai suoi occhi si dissolvesse. Il senso di vertigine sembrava scomparso. "Ha avuto delle allucinazioni. Parla della zia Elsie come se fosse ancora viva. Pensa che ci siano degli inquilini abusivi, che vivono in casa sua e vogliono ucciderlo."

"Tipico." McAdam scrisse qualcosa su un blocchetto per le prescrizioni mediche, strappò il foglio e lo consegnò a Kat. "Gli faccia prendere queste. Rallenteranno il corso della malattia e potrebbero essere d'aiuto anche con le allucinazioni. Si rende conto che la sua malattia richiederà un'assistenza continua, vero? Se intende affidarlo a un istituto, le conviene metterlo in lista d'attesa fin da subito. Mi chiami domattina. Ci accorderemo per farlo seguire da un collega."

"Uno specialista?"

Rimanendo immobile sulla soglia dell'ambulatorio, McAdam abbassò lo sguardo. "Esattamente. Purtroppo non posso tenerlo in cura, ora che siamo certi si tratti di Alzheimer."

"E così intende abbandonarlo proprio quando ha più bisogno di lei?" Kat mandò giù un grumo di saliva che le si era formato in gola.

"È una questione complicata. Ma adesso Harry ha bisogno di un geriatra."

"È suo paziente da quasi quarant'anni. Crede che un perfetto sconosciuto riuscirebbe a curarlo meglio di come ha fatto lei?"

"Non fa molta differenza nelle sue condizioni. Ma le raccomanderò qualcuno. Mi telefoni domattina." Il dottore guardò l'orologio. "Sono in ritardo sulla prossima visita. Se vuole scusarmi."

"Va bene dottore," disse Kat uscendo dall'ambulatorio. "Ma forse potremmo…"

"Spero che Harry si sia calmato," la interruppe McAdam. Chiudendosi la porta alle spalle, la salutò con un'espressione che non aveva mai usato finora. "Buona fortuna."

Dopo quarant'anni di cure, quello era un addio.

CAPITOLO 3

on l'arrivo della notte, il nevischio si era trasformato in una pioggia ghiacciata. Quando Kat uscì in strada, sentì il freddo pungerle il viso e le mani. Le suole di pelle si inzupparono in pochi minuti. Schiacciò nervosamente lo schermo del cellulare e compose il numero di Jace. Per l'ennesima volta, partì la segreteria. Possibile che non fosse ancora arrivato?

Riagganciò senza lasciare nessun messaggio. Quello precedente era più che sufficiente. Era stata vaga di proposito, chiedendogli di incontrarsi davanti all'ospedale senza specificare il motivo. Si sentiva terribilmente in colpa. Harry era rimasto da solo per meno di cinque minuti, e adesso era scomparso.

"Kat."

Trasalì nel sentire la sua voce, appena percettibile al di sopra della pioggia scrosciante.

Jace la salutò da mezzo isolato di distanza, affrettandosi verso di lei. Anche nel suo ingombrante giubbino da neve, aveva un aspetto atletico e slanciato. "Mi spiace. Ero reperibile questa sera. Hanno chiamato all'improvviso e non sono riuscito ad avvertirti. Mi sono precipitato qui appena ho risolto."

La attirò a sé e la baciò. "Uno sciatore è finito fuori pista. Si è spezzato una gamba. Siamo stati fortunati a trovarlo prima della tempesta di neve. Non sarebbe sopravvissuto alla notte." Jace era un volontario del soccorso alpino, iscritto alla sezione SAR assegnata alle North Shore Mountains. Le emergenze per sciatori ed escursionisti smarriti erano quasi all'ordine del giorno, in quel periodo.

Le stesse condizioni climatiche che causavano le tormente di neve sulle montagne più a nord, scaricavano sulla città incessanti piogge torrenziali. La pioggia di Vancouver ti prendeva di sorpresa e poi ti soffocava, in una stretta che durava settimane intere. A volte continuava per mesi. Lentamente ma inesorabilmente, il clima della West Coast si impadroniva di te e ti sottometteva. Anche per questo il numero dei suicidi era così alto, da quelle parti.

La pioggia cadeva in diagonale. Incanalandosi tra gli alti palazzi del centro città, il vento la faceva danzare in una serie di ondate successive. Kat non riusciva a ricordare se lo zio Harry, uscendo di casa, avesse messo il suo impermeabile, o se invece indossava soltanto una giacca a vento leggera.

Tenendola tra le braccia, Jace rimase a fissarla. "Cos'è successo? Dov'è Harry?"

Kat piegò la testa di lato per sfuggire al suo sguardo. "È sparito."

"Sparito? Cosa vuol dire?"

Kat si liberò dall'abbraccio e indicò l'edificio di cemento alle sue spalle. "Stavo parlando col dottore. Avrebbe dovuto aspettarmi in sala d'attesa, ma invece se n'è andato senza dire nulla."

Jace non sapeva ancora niente della diagnosi di Alzheimer. La scintilla tra loro si era riaccesa solo pochi mesi prima, per questo Kat aveva preferito aspettare un momento più adatto per dirglielo. Ma sembrava che quel momento fosse destinato a non arrivare mai. Nascondere la gravità dei problemi di Harry non era stato difficile finora – con la vecchiaia, è normale perdere lucidità.

"È ancora ammalato? Ormai l'influenza dovrebbe essergli passata."

Lei cercò di cambiare argomento. "Sono quattro ore che lo cerco. Non so proprio che fine abbia fatto." Kat gli spiegò di aver già setacciato l'edificio e le vie circostanti. L'aveva cercato dappertutto, ma non c'era traccia di lui.

Dopo quattro ore di minuziose ricerche, effettuate secondo il suo già collaudato schema a griglia per non lasciare nulla al caso, era zuppa fino al midollo e completamente esausta. Non aveva ottenuto nulla, e adesso era a corto di idee su come procedere.

Un crampo allo stomaco la fece irrigidire. Harry doveva averle passato l'influenza.

"Perché non mi hai parlato di Harry nel messaggio? Avrei cercato di arrivare più in fretta. Quattro ore sono un tempo infinito, potrebbe essere ovunque."

Si avvicinò a lei, ma Kat lo respinse. "Tu avresti fatto di meglio?"

Jace accennò una smorfia. "Non sto dicendo questo – ma due teste sono sempre meglio di una. La prossima volta non ti fare tanti problemi a chiedere il mio aiuto. E non aspettare che la situazione finisca fuori controllo."

Kat fece un passo indietro e incrociò le braccia. "Adesso non esagerare. Non è ancora fuori controllo. Posso gestirlo." Coinvolgere Jace era stato un errore. Quando le cose cominciavano a complicarsi, gli uomini sparivano. Proprio come suo padre, dopo la diagnosi di Alzheimer che era toccata a sua madre.

"In questo momento non mi pare che tu riesca a gestirlo. Sembri la vittima di un naufragio." Le accarezzò una guancia. "Perché non vuoi accettare il mio aiuto?"

Jace si occupava già delle piccole riparazioni in casa, faceva la spesa per tutti ed era sempre disposto a dare una mano allo zio Harry. Ma per quanto tempo ancora la loro relazione sarebbe stata in grado di sostenere il peso dei suoi bisogni?

Scrollò le spalle, senza sapere più cosa dire. In fondo Jace aveva ragione. Non si aspettava che Harry potesse sparire da sotto i suoi occhi. Specialmente adesso che era vincolato a lei per tutti i suoi spostamenti. Aveva commesso un errore e, per quanto lo desiderasse, non poteva più tornare indietro.

"Hai parlato al dottore dei suoi problemi di memoria?" chiese Jace in tono più dolce.

Kat annuì, sollevata del fatto che Jace lo credesse soltanto un po' sbadato.

Il costante stato di allerta che aveva dovuto mantenere negli ultimi mesi cominciava a logorarla. Era distrutta dalla mancanza di sonno. Prendersi cura di Harry e portare avanti il suo lavoro a tempo pieno si stava dimostrando impossibile. L'investigazione privata è un mestiere delicato, specialmente se ci si muove in ambito finanziario. Continuando di questo passo, prima o poi avrebbe commesso un errore. Il rischio non era soltanto quello di perdere un cliente, ma di rovinarsi per sempre la reputazione. D'altra parte, lo zio Harry non poteva essere lasciato da solo.

Kat si lisciò una ciocca di capelli tra le dita e la sistemò dietro l'orecchio. Faceva fatica a sentire la voce di Jace con tutto quel vento. Aumentato gradualmente col calare del buio, adesso sferzava i bordi degli edifici producendo un fischio alto e continuo. Kat era sempre più preoccupata per Harry. Era al sicuro?

Studiò l'espressione sul viso di Jace. Possedeva una calma interiore che era in grado di avvolgerti e farti sentire al sicuro con la sua energia misteriosa. Quando i suoi occhi si fermavano nei tuoi, era come se non esistesse nient'altro. Era ciò che più amava di lui. Ma in quel momento, il suo viso era segnato dalla preoccupazione, nonostante gli sforzi che faceva per nasconderla.

Il dottor McAdam voleva mettere Harry in un istituto. Kat sentì montare la rabbia al solo pensiero. Harry si era preso cura di lei per anni; adesso era il momento di fare lo stesso per lui. Voleva rimanergli vicino il più a lungo possibile. Staccò lo sguardo dagli occhi azzurri di Jace e lo abbassò verso il suo petto. La pioggia, cadendo sul suo giubbino impermeabile, formava minuscoli rivoli.

"Perdonami. Non volevo disturbarti. Ho pensato che stessi lavorando alla tua storia, visto che la scadenza si sta avvicinando." Dovette alzare la voce per non essere coperta dal vento.

"Disturbarmi? Non mi ritieni ancora abbastanza importante da includermi nella tua vita?"

"Non è questo che intendevo, Jace. È solo che io… Non sapevo cosa fare."

"Avresti dovuto chiamarmi comunque." Jace si avvicinò a lei. Anche attraverso l'abbigliamento pesante, riuscì a sentire la forza del suo abbraccio. Le dita di Kat scivolarono lungo la curva del suo bicipite.

Le salirono le lacrime agli occhi. Ancora un momento tra le sue braccia e sarebbe andata in pezzi. Pezzi troppo piccoli da rimettere insieme. Spezzò l'abbraccio di Jace. "La prossima volta ti chiamerò subito, te lo prometto. Ma non possiamo perdere altro tempo."

Se la sua mente fosse stata offuscata dalla demenza, dove avrebbe cercato di andare? Probabilmente, a casa. Se lo zio Harry aveva dimenticato la strada, non poteva neanche sapere che era troppo lontano dal centro di Vancouver per arrivarci a piedi. E anche se lo avesse capito, questo non sarebbe bastato a fermarlo. Non era mai stato una persona troppo ragionevole.

"Non fare così." Jace fece un passo indietro e si voltò lentamente, dandole le spalle. "Stavo solo cercando di aiutarti."

Adesso Kat si sentiva in colpa. Quando Jace si voltò di nuovo verso di lei con le braccia incrociate, la luce di un semaforo lo tinse di un giallo freddo e spettrale. Abbigliamento tecnico in Gore-Tex e Timberland ai piedi, Jace era sempre pronto a tutto. Kat sentì una fitta di risentimento nel petto, nonostante fosse la gratitudine a prevalere in quel momento. Non c'era nessun altro che fosse disposto a lasciare tutto per venire in suo aiuto.

"Mi dispiace," gli disse. "Sono distrutta. L'udienza per il caso Barron è domani e non mi sento affatto pronta." Zachary Barron aveva affidato alle sue mani il futuro di un patrimonio immenso. Non poteva deluderlo.

Kat era specializzata in contabilità forense; si occupava di individuare frodi finanziarie e capitali nascosti. Oppure, nei casi di divorzio come quello, il suo lavoro era più simile a quello di un avvocato, limitandosi a fornire valutazioni e reperti a sostegno di una delle due parti in causa. Quella dei Barron era stata una battaglia feroce. Gli ingredienti erano tra i peggiori: un fondo speculativo, un magnate irascibile, aspettative impossibili e milioni di dollari in gioco. Non c'era margine d'errore.

"Andrà tutto bene."

"Non lo so – ho ore e ore di lavoro arretrato." Zachary Barron poteva rovinarle per sempre la reputazione, gli sarebbe bastata una telefonata. D'altra parte, se avesse vinto quella causa, Kat avrebbe ottenuto un ritorno d'immagine senza precedenti.

"Sono sicuro che si risolverà tutto."

Con Jace era sempre la stessa storia, per lui tutto si sarebbe magicamente risolto. Kat, invece non riusciva a smettere di pensare a quello che era successo nello studio del dottore. Forse Harry era ferito. E se fosse già morto? Cominciava a temere il peggio. Avrebbe dovuto parlare a Jace dell'Alzheimer, non si poteva più rimandare – ma prima dovevano trovare Harry, e riportarlo a casa sano e salvo. Una smorfia di dolore accompagnò un nuovo crampo allo stomaco.

"Kat, mi stai ascoltando?"

"Perdonami, non mi sento bene"

"Penso che dovremmo tornare a casa. Ma prima avvertiamo la polizia. In queste condizioni, noi due non siamo granché come squadra di ricerca. So che vorresti farne a meno, ma…"

Chiamare la polizia era diventato uno dei passatempi preferiti di Harry. Lo faceva almeno due volte alla settimana, per denunciare furti nella sua abitazione e altri reati immaginari. Gran parte dei poliziotti della zona ormai lo conosceva e non lo aveva certo preso in simpatia. La compassione raggiunge presto il suo limite quando si riceve un falso allarme dietro l'altro. Finora, Kat era sempre stata convinta che Harry fosse in grado di vivere per conto suo. Adesso non ne era più tanto sicura. Le cose stavano volgendo al peggio, più velocemente di quanto avrebbe mai potuto immaginare.

"No, hai ragione. Chiamali."

Jace compose il numero sul suo cellulare, avviandosi a lunghi passi verso il parcheggio sotterraneo in cui Kat aveva lasciato l'auto. Lei lo seguì. Mentre scendevano lungo la rampa d'accesso, controllò di nuovo l'orologio. Meno di undici ore all'udienza.

Girato l'angolo, il primo piano dell'ampio garage comparve nel bagliore fluorescente delle luci al neon che proiettavano ombre sui muri di cemento grigio.

Fu lì che lo vide. Nell'angolo più distante, una figura rannicchiata in posizione fetale. Guardava verso di loro, con la schiena schiacciata contro l'angolo tra le due pareti. Il busto era parzialmente coperto da un pezzo di cartone. Da quella distanza era impossibile distinguere il suo abbigliamento, ma le parve di riconoscere una giacca a vento grigia.

"Zio Harry?" Kat si mise a correre.

L'uomo staccò la schiena dal muro e abbracciò il suo pezzo di cartone. Poi sorrise.

Era lui. Kat gli porse una mano e lo aiutò ad alzarsi.

"Possiamo andare a casa adesso?" Disse Harry, come se niente fosse.

CAPITOLO 4

*I*l **giudice fece uno sbadiglio** mentre Kat pronunciava le sue ultime parole. Un pessimo segno. Quando erano in gioco patrimoni così alti, l'analisi finanziaria costituiva lo spartiacque tra un enorme guadagno e la rovina totale. Nella contabilità forense era tutta una questione di numeri. In fin dei conti però, ciò che faceva davvero la differenza era un tratto d'inchiostro – e stavolta la penna era in mano a un giudice annoiato.

Anche se non era la prima volta che forniva una perizia, Kat era molto agitata. Sentiva sempre di avere una responsabilità personale nei confronti del cliente. Il caso di Zachary Barron non era diverso. Se qualcosa fosse andato storto, sarebbe stato per colpa della sua mancanza di preparazione. Una prestazione ben al di sotto delle sue potenzialità. Perdere questo caso poteva significare rovinarsi la reputazione e forse perfino il suo giro d'affari. Non poteva permetterselo, adesso meno che mai: prendersi cura di Harry richiedeva una disponibilità di denaro non indifferente. Perdere tutto per qualche ora di sonno mancato era inaccettabile.

Gli occhi di Zachary Barron erano fissi sui suoi. Perché il suo cliente la guardava a quel modo? Le era sfuggito qualcosa? Aveva parlato a sproposito? No. Avrebbe dovuto smetterla di dubitare di sé stessa per ogni minuzia.

Quando Zachary distolse lo sguardo, Kat espirò lentamente. *Rilassati*, si disse.

L'udienza era appena iniziata ed era già un completo disastro.

"Mi pare che abbia dimenticato di battere un paio di zeri, signorina Carter."

Si immaginò che Connor Whitehall strizzasse l'occhio ai presenti come se avesse appena eseguito un trucco di magia. Per un anziano avvocato dai capelli bianchi, castigare un perito così giovane doveva essere un gran divertimento. Col suo aspetto da presentatore televisivo, i suoi completi costosi e trent'anni di esperienza alle spalle, la sua presenza faceva una certa impressione. Un'impressione di cui si stava servendo per screditarla.

"Non ho dimenticato nulla," ribatté Kat portandosi sulla difensiva, ma cercando di non darlo troppo a vedere. Intrecciò le dita delle mani e cercò di rimanere immobile sulla sedia. Il tribunale era vuoto, fatta eccezione per i due coniugi rivali e i rispettivi avvocati. Victoria e Zachary Barron erano seduti ai lati opposti della stanza e avevano già dato prova di una certa abilità nell'evitare di incrociare ciascuno lo sguardo dell'altro.

Whitehall scosse la testa. Spostò gli occhi sul giudice, avvicinandosi a lui con la sua tipica andatura rilassata. Sentendo il suono dei suoi passi risuonare nell'aula deserta, il giudice alzò di scatto la testa, interrompendo la lettura delle sue carte.

A Kat parve di vedere uno sguardo d'intesa passare tra i due. Probabilmente, anche il giudice pensava che lei fosse un'idiota. Forse era per questo che non l'aveva ascoltata.

Era davvero sicura di non aver commesso errori? Aveva dormito meno di tre ore e non aveva neanche ripetuto per intero la sua deposizione come era abituata a fare la mattina di ogni udienza. Non stava dando il massimo e non vedeva come avrebbe potuto in quelle condizioni. Per l'ennesima volta, aveva anche dovuto trascinarsi lo zio Harry in tribunale. Non che avesse molte alternative: lasciarlo a casa da solo era troppo rischioso e, anche volendo, non avrebbe potuto – era di nuovo convinto che qualcuno si nascondesse in casa, pronto a ucciderlo appena Kat si fosse chiusa la porta alle spalle. Così lo aveva parcheggiato alla caffetteria nell'atrio, allungando una lauta mancia alla cameriera per tenerlo d'occhio. Si sentiva in colpa, ma era a corto di opzioni.

Non c'era nessun errore. Se lo ripeté più volte, per rassicurarsi. Whitehall stava usando i suoi vecchi trucchetti da avvocato per metterla sotto pressione. Credeva che avrebbe ceduto. Ma lei era l'unico perito in quella stanza, l'unica persona a capire davvero qualcosa di contabilità forense e frodi finanziarie. Eppure censire il patrimonio di un magnate come il signor Barron non era uno scherzo nemmeno per lei.

"Dunque non dimentica nulla. Se la sua definizione di nulla equivale a svariate centinaia di milioni di dollari." Whitehall si voltò verso di lei con una piroetta plateale, mentre gli angoli della sua bocca si incurvavano in un ghigno. "È questo il genere di esperti a cui permettiamo di fornirci perizie, oggigiorno?"

Whitehall fece una pausa drammatica prima di tornare verso il banco dei testimoni, dove si trovava Kat. Si sporse verso di lei, invadendo il suo spazio personale col pungente aroma di caffè del suo fiato. Kat trattenne il respiro. Perché si sentiva come se fosse lei quella sotto accusa?

"Obiezione!" L'avvocato di Zachary Barron si mise in azione, scattando come una molla. Finalmente. Kat sentì di essere stata salvata da un attacco mortale da parte un branco di lupi affamati pronti a dilaniarla. Gli avvocati sanno essere dei temibili predatori.

"Accolta." La voce del giudice era totalmente priva di emozione. Controllò l'orologio, conteggiando i minuti che lo separavano dalla pausa pranzo.

Durante un divorzio veniva fuori il peggio delle persone. I casi di truffa e di frode finanziaria erano un nulla al confronto di queste guerre in miniatura. Ma i divorzi erano anche alla base del suo reddito, così frequenti da garantirle un flusso di denaro quasi ininterrotto.

Quel caso però era diverso dagli altri. Stavolta era dalla parte del cliente più facoltoso. Nelle settimane dedicate al lavoro preparatorio, aveva identificato i suoi beni, verificato le stime per ogni sua proprietà e controllato i bilanci della sua società. C'era stata qualche sorpresa piuttosto interessante. Non doveva far altro che metterne al corrente il giudice, e forse avrebbe risolto tutto nel giro di venti minuti.

Guardò verso il suo cliente. Zachary Barron sedeva a testa bassa, intento a battere l'ennesimo messaggio sullo schermo del suo cellulare. Era un uomo sulla trentina, proprio come lei, ma aveva più denaro di quanto Kat potesse sperare di guadagnarne in tutta la vita. Il rischio, piuttosto reale per i prossimi dieci minuti, era che Whitehall gliene sottraesse la metà. Nonostante la posta in gioco, per il signor Barron l'udienza era soltanto una distrazione. Al contrario, Kat stava sudando freddo per dei soldi non suoi.

"Signorina Carter?" La chiamò Whitehall.

"Ha qualche domanda?"

"Sì, ho una domanda per lei. Vorrei contestare la sua valutazione dei beni soggetti a divisione."

"Questa non mi sembra una domanda." Kat rispose all'affermazione di Whitehall con uno sguardo perplesso, fasullo ma efficace. Una provocazione piuttosto sfacciata da parte sua, ma era stato lui a cominciare quel gioco.

"Signorina, devo forse ricordarle che questo non è un quiz televisivo? Lei ha stimato che i beni da dividere abbiano un valore totale di trenta milioni di dollari. Perché ha escluso l'azienda di famiglia?" Whitehall batté con la penna contro il cavalletto su cui era montato il grafico presentato da Kat, con più forza di quanta ne fosse necessaria per enfatizzare la sua affermazione.

Benissimo. Era riuscita a innervosirlo.

Anche Zachary alzò la testa dalla cartella che stava riordinando e sorrise. I documenti della sua azienda. Se quei soldi fossero stati suoi, pensò Kat, non le sarebbe mai venuto in mente di portarsi dei documenti di lavoro da consultare per ammazzare il tempo.

Al tavolo opposto, sedeva Victoria Barron – ex moglie di Zachary, ex direttore finanziario part-time, manifesto pubblicitario vivente del suo chirurgo plastico. Accavallò le gambe, soltanto per riportarle una accanto all'altra un attimo dopo. La sua espressione era impassibile, fatta eccezione per il suo caratteristico sorrisetto. Kat suppose che fosse una traccia lasciata da qualche intervento chirurgico di troppo.

"Glielo spiego subito," disse Kat alzandosi dal suo posto e avvicinandosi al cavalletto. Nel grafico era schematizzato l'intero patrimonio dei Barron. Kat accese il puntatore laser e indicò il lato destro di un organigramma, la parte del fondo speculativo Edgewater Investments che poteva essere ricondotta a Zachary.

Nel complesso, quella del fondo Edgewater era una questione complicata, considerando il numero di società collegate, holding e fondi fiduciari esteri che vi facevano capo, ma Zachary aveva avuto l'accortezza di non lasciare quasi niente a suo nome. Nei dieci minuti che seguirono, Kat fece del suo meglio per spiegare la complessa ragnatela di accordi e relazioni che collegavano le diverse entità. In un primo momento Whitehall sollevò le sopracciglia, poi tornò al suo posto accanto a Victoria Barron e si lasciò cadere sulla sedia. Lanciò uno sguardo di puro disprezzo verso Kat, che gli rispose con un sorriso. "Riesce a seguirmi?"

Whitehall la guardò storto.

Victoria Barron, la mogliettina-trofeo trasformata in insaziabile arpia, non mirava soltanto alla metà dei beni che erano stati considerati comuni, ma anche a una parte della società che apparteneva, senza ombra di dubbio, all'ex marito. Sulla base dell'interpretazione di Kat riguardo a cosa facesse parte o meno dei beni in comune si sarebbero giocati centinaia di milioni di dollari. Anche se Zachary aveva un accordo prematrimoniale.

"Quello che sto cercando di dirle è che la Edgewater Investments non è un'azienda di famiglia, ma una proprietà del signor Barron. Pertanto, non rientra nei beni da dividere." Spostò il puntatore al di sopra del riquadro del fondo Edgewater, verso i riquadri che ne indicavano le due holding principali. Una apparteneva a Zachary Barron e l'altra a suo padre, Nathan Barron.

"Questo non significa nulla. La mia cliente ha partecipato significativamente alla gestione dell'azienda. E in ogni caso, entrambi hanno beneficiato dei suoi proventi nel corso del matrimonio. Se non ha diritto all'azienda, la signora Barron ha comunque diritto alla metà del suo valore."

"Se volessimo considerare tutti i beni di cui entrambi i coniugi hanno beneficiato, dovremmo applicare la stessa logica alle attività economiche della signora Barron."

"Certamente," sbuffò. "Ma questo in via del tutto ipotetica, dal momento che la signora non possiede imprese in alcun settore."

Il settore principale in cui investiva la Barron era quello dei matrimoni: era appena arrivata alla fine del terzo e il suo bilancio era decisamente in attivo. "Ne è davvero sicuro?" Domandò Kat.

"Certo che ne sono sicuro!" Whitehall balzò in piedi e marciò verso di lei. "Inoltre la prego di non fare domande, dal momento che questo non le compete."

"Forse dovrebbe fare quattro chiacchiere con la sua cliente. Dalle mie ricerche, risultano investimenti ragguardevoli, tutti con un discreto margine positivo. La signora Barron non gliel'ha detto, avvocato?"

Whitehall fece un passo indietro, visibilmente sorpreso. Si voltò verso Victoria Barron, lanciandole un'occhiata collerica. La donna sgranò gli occhi aprendo le labbra in un cerchio perfetto, un vero miracolo al botulino.

Kat mise mano al blocco fissato al cavalletto e voltò pagina, rivelando un secondo grafico, un riepilogo estremamente dettagliato delle attività della Barron: investimenti nel settore immobiliare, importazione di vini pregiati, comparse in spot pubblicitari per una clinica di chirurgia estetica e un recente contratto con un'azienda di cosmetici per la realizzazione di un suo profumo. Li aveva nascosti bene, incanalando i profitti in differenti aziende offshore con sede alle Isole Cayman. Ma un foglio di contabilità poteva trasformarsi in un'arma mortale, se finiva in mano alla persona giusta.

"La prego, signorina. Quelli non sono investimenti," disse Whitehall in tono di scherno. "Vanno considerati come beni personali, nulla di più."

Kat spostò lo sguardo su Victoria. Le sue spalle perfettamente scolpite erano abbandonate in avanti. Teneva gli occhi chiusi. "Se stessimo parlando di qualche bottiglia di vino, mi troverebbe d'accordo. Ma qui abbiamo un profitto di duecentomila dollari nell'arco dell'ultimo anno. E questo solo per quanto riguarda le importazioni di vino. Il suo reddito nel settore immobiliare è una cifra a sette zeri. Dovrà ammettere che è un po' esagerato, per essere un hobby." La sua analisi aveva distrutto definitivamente l'immagine dell'innocente casalinga che dipendeva dai guadagni del marito – adesso bisognava sperare che anche il giudice fosse d'accordo.

"È comunque un nulla, a confronto con le svariate centinaia di milioni in mano al suo cliente," disse Whitehall. Il suo tono di voce piatto, lo fece sembrare sconfitto e rassegnato.

"Ha ragione. Ma ci sono altre cose che la signora le ha tenuto nascoste." Kat si voltò sorridente verso il giudice, ma questo non la degnò di uno sguardo. Teneva la testa bassa ed era intento a leggere un giornale. Lo aveva nascosto sotto una cartella di documenti, su un lato del suo banco. Dal punto in cui si trovava Kat, lo si vedeva chiaramente.

Whitehall arrossì leggermente, mentre tornava a sedersi senza più aggiungere nulla. Impreparato. Chi si credeva di essere per procedere a braccio dando per scontato che nessuno lo avrebbe contraddetto? Non c'era da meravigliarsi che non avesse funzionato. Ormai lo teneva in pugno.

"Quella che vi ho appena esposto è soltanto una piccola parte delle decine e decine di vendite effettuate dalla Barron nel corso dell'ultimo anno. Possibile che non le abbia detto nulla?"

Il volto di Whitehall si accese di rabbia. Anche se era lontano una decina di metri, Kat vide che le sue nocche avevano perso colore. Le sue dita premevano con forza contro il solido tavolo in legno di quercia stagionato, come se volessero scavarvi dentro.

Silenzio.

"Perché non glielo chiede adesso?" Kat indicò la donna con la punta della penna. "Non escluderei che sia lei a essere in debito col signor Barron."

In un primo momento, non ebbe risposta. Zachary continuava a cambiare posizione sulla sedia. Forse si era spinta troppo oltre?

"A chi vuol darla a bere, signorina Carter? Le cifre che ha indicato su quel grafico sono puramente speculative. Non ha nessun dato concreto in mano."

Kat fece un respiro profondo, si avvicinò al cavalletto e voltò un'altra pagina. Stava per cominciare a illustrare i dati che avrebbero chiuso la bocca a Whitehall una volta per tutte, quando le porte dell'aula si spalancarono sbattendo contro il muro. Kat sollevò la testa di scatto, sorpresa e allarmata allo stesso tempo.

"Kat, eccoti finalmente!"

Lo zio Harry comparve sull'ingresso. Teneva le chiavi tra il pollice e l'indice e le faceva ondeggiare lentamente.

"Devi aiutarmi! Non riesco più a trovare la mia Lincoln."

Non sarebbe mai riuscito a ricordarsi dell'incidente.

Kat gli fece cenno di sedersi. Un giudice faceva presto a cambiare idea e un imprevisto di quel genere poteva facilmente contribuire a rovesciare le sorti di un'udienza. Lo zio Harry alzò le braccia in un gesto plateale di impazienza, ma poi obbedì e si mise seduto in seconda fila. Kat sperò che riuscisse a rimanere tranquillo per una decina minuti.

"È un suo amico?" chiese Whitehall con fare canzonatorio, sollevando le sopracciglia.

Kat lo ignorò. Un attimo dopo però la voce di Harry tornò a riempire la stanza, una conseguenza sfortunata dell'ottima acustica per la quale era stata progettata.

"Rimozione forzata dei miei stivali! Dovrebbero almeno lasciarti un biglietto, quando ti portano via la macchina."

Il giudice fece un segno all'usciere che si trovava sul fondo dell'aula.

"Vostro Onore, sono mortificata. La prego di concedermi un minuto." Se ci fosse stata anche la minima possibilità di rimediare, adesso era certa di averla perduta. Avanzò in direzione di Harry quanto più velocemente poteva, evitando tuttavia di mettersi a correre.

"Dove l'avevi parcheggiata? Accanto al marciapiede?" Gli sussurrò accarezzandogli il braccio. "Dammi altri dieci minuti e poi andiamo a cercarla insieme." La Lincoln era al sicuro nel garage di casa sua, ma il meccanismo che sollevava la serranda era stato privato dell'alimentazione. Una precauzione necessaria, dal momento che Harry rifiutava di separarsi dalle chiavi.

"Potevano almeno chiamarmi," protestò mettendo il broncio e incrociando le braccia.

Whitehall tornò a guardare il giudice. "È necessario aggiungere altro, Vostro Onore?"

"No, avvocato. Ho sentito abbastanza."

Whitehall parve molto compiaciuto della cosa. Kat tornò al banco dei testimoni e lanciò un'occhiata a Victoria Barron, che stava sorridendo mentre si controllava il trucco con uno specchietto pieghevole. Il suo sorriso scomparve appena il giudice emise la sentenza.

"I beni della coppia, per un valore totale di tre milioni di dollari, andranno divisi equamente tra gli ex coniugi. Il caso è chiuso."

Zachary Barron chiuse la sua cartella di lavoro e sollevò la testa, raccogliendo tutta la sua attenzione in un istante, come se qualcuno avesse azionato un interruttore.

Kat pensò che avrebbe dovuto essere felice, ma c'era qualcosa nei casi di divorzio che la rendeva inquieta ogni volta. Com'era possibile che due persone una volta innamorate finissero per odiarsi e disprezzarsi nel giro di soli tre anni? Il denaro tirava fuori il peggio dalle persone. Erano disposte a tutto per conquistarlo. Erano pronte a mentire, forse anche a uccidere. Con il lavoro che faceva, ne aveva avuto prova un'infinità di volte.

Ma il divorzio non era soltanto una questione di soldi. Kat non aveva mai voluto sposarsi. Neanche con Jace, nonostante le sue ripetute proposte. Due anni prima, avevano avuto discussioni molto accese a riguardo. Non potendo vincere la sua ostinazione, Jace aveva preferito lasciarla. Quasi un anno dopo, erano tornati insieme. Stavano saggiando le acque, intenzionati forse a costruire qualcosa di più duraturo. Ma Kat non aveva intenzione di rovinare tutto con un matrimonio.

Infilò i documenti nella sua valigetta, senza preoccuparsi di rimetterli in ordine, poi si fiondò verso Harry.

"Andiamo, zio." Lo prese sotto braccio e lo guidò lungo il corridoio, fino a raggiungere l'atrio. Era già la seconda volta che Harry credeva di aver perso la sua Lincoln da quando si era svegliato quella mattina. "Zio Harry, non pensi che sia arrivato il momento di smettere di…"

Harry mise avanti le braccia in segno di protesta.

"Perché continui a insistere, Kat? Guidare è un mio sacrosanto diritto. E poi guido meglio di tanti degenerati che ci sono là fuori. Sono loro quelli che provocano gli incidenti."

"Capisco che guidare sia una grande comodità e che ti dia un senso di libertà. Ma quando diventiamo vecchi, purtroppo dobbiamo accettare…"

"Non usare quel tono di sufficienza con me, signorina. Il fatto che io sia un vecchietto non ti dà il diritto di farmi la predica!"

La voce di Harry echeggiò contro le pareti di marmo dell'atrio. Avvocati, inservienti e convenuti si voltarono tutti insieme a guardarli. Per lo più, si trattava di occhiate diffidenti e sospettose.

"Non ti arrabbiare, zio Harry. Lo dico solo per il tuo bene."

"Lo so. Ma è così frustrante." La sua voce era rotta dall'emozione. "Cosa mi sta succedendo, Kat?"

Harry si strofinò una mano sulla fronte.

"Non ti preoccupare, zio Harry." Kat gli sfiorò il braccio. "Nell'ultimo periodo, hai avuto troppi pensieri. Capita a tutti di dimenticarsi qualcosa."

Per un istante, Kat fu trascinata dai suoi ricordi. Ripensò alla conclusione di un altro caso legale, quello delle miniere di diamanti Liberty, appena prima che la zia Elsie morisse.

L'infarto della moglie, improvviso e inaspettato, era stata un duro colpo per Harry. Il Dottor McAdam pensava che la sua salute mentale avesse risentito dello stress, accelerando il corso della malattia. La sua strada ormai conduceva a un'unica destinazione: la demenza. Kat cercò di non pensarci. Era spaventata quanto lui.

"Puoi sempre prendere l'autobus. È più sicuro e non devi preoccuparti del parcheggio o delle multe." Kat gli prese la mano. "Quando non sono a lavoro, puoi chiamare me. Ti accompagnerò dovunque tu voglia andare. D'accordo?"

"Dopo che hai affondato la tua macchina nel Fraser l'anno scorso?" Harry ritrasse la mano. "No, grazie."

La sua memoria a lungo termine era ancora intatta.

"Katerina. Aspetti un momento."

Kat si voltò. Zachary Barron emerse dalla folla, avanzando a lunghi passi verso di lei. Le persone si spostavano dalla sua traiettoria, con l'espressione curiosa e intimorita di chi si trova al cospetto di un imperatore o del membro di una famiglia reale. Il suo completo Ermenegildo Zegna trasudava successo e potere. Al confronto, la passeggiata sottobraccio di Kat e Harry era stata una sorta di piccola rissa: si erano visti costretti a procedere a zig-zag, facendosi strada a gomitate.

Era impossibile che Zachary avesse delle lamentele sull'esito dell'udienza. Oppure no? Anche se riuscivi a salvare il patrimonio dei tuoi clienti per milioni e milioni di dollari, trovavano qualcosa di cui lamentarsi. E non aveva ancora visto la parcella.

"Kat? La prego. Ho bisogno di parlarle un minuto."

"Va bene. Ma voglio mettere subito in chiaro che non avrebbe potuto sperare in un risultato migliore. È difficile evitare che…"

"Non riguarda il divorzio." Si guardò intorno per assicurarsi che nessuno lo stesse ascoltando, poi si avvicinò a lei. "Lei si occupa anche di frodi finanziare, non è così?"

"Certamente." Le frodi finanziarie costituivano una grossa parte del suo lavoro di contabilità forense. Ma non era quello il momento di discuterne; Harry era già piuttosto agitato e doveva fare qualcosa per distrarlo dalla sua Lincoln.

Harry. Si voltò di scatto, ma lui non c'era più. La ressa dell'ora di pranzo l'aveva inghiottito. Gli occhi di Kat passarono in rassegna la folla. Era come cercare di risolvere una tavola di "Dov'è Wally?" senza il vantaggio della visuale dall'alto. Impossibile. Sentì un'ondata di panico salirle fino al centro del petto. Come avrebbe fatto a ritrovare un ottantenne basso e dalla calvizie incipiente in mezzo a quel mare di gente?

Con la coda dell'occhio, catturò una lampo grigio e beige. I suoi capelli. Il cappotto di Harry. Lo zio, oppure qualcuno che gli assomigliava molto, scomparve dietro un angolo.

"Zachary, posso richiamarla nel pomeriggio? Ho una questione urgente da risolvere."

Aprì la rubrica sul suo cellulare e schiacciò sul contatto di Harry, sperando di riuscire a fermarlo. Anche se aveva con sé il cellulare, probabilmente non avrebbe risposto, ma valeva la pena tentare.

"Anche la mia situazione è piuttosto urgente," disse Zachary. "Passerò da lei nel pomeriggio. Alle due in punto, nel suo ufficio."

Più che una richiesta, suonava come un ordine. Quando Kat alzò la testa dal telefono per protestare, Zachary Barron se n'era già andato.

CAPITOLO 5

Kat e Harry spizzicarono gli ultimi bocconi dal take away cinese che lei aveva ordinato, dopo aver ritrovato lo zio sugli scalini del tribunale due ore prima. Il cibo sembrò calmarle lo stomaco. Era piacevole trovarsi di nuovo tra le mura dello studio Carter dopo quella mattinata melodrammatica in tribunale. Le pareti centenarie del suo ufficio non avrebbero resistito a un terremoto, ma in quel momento le diedero la sensazione di trovarsi dentro una fortezza. Gli scarni contorni degli edifici vicini e lo stile rustico dell'arredamento avevano un aspetto rassicurante, soprattutto ora che Harry era finalmente sano e salvo.

"Finalmente è tornata. Ci crederesti, Kat? È come se non fosse mai andata via." Gli occhi di Harry brillavano.

Tra le sue allucinazioni ricorrenti, il ritorno di Hillary era una di quelle che Kat odiava di più.

Rabbrividì nel ricordare una scena della sua prima settimana dai Denton. Era appena tornata da scuola e aveva trovato Hillary seduta davanti al caminetto. Sorrideva, mentre la fiamma accesa da poco si faceva sempre più alta. In una mano teneva le fotografie di Kat, mentre con l'altra le faceva cenno di avvicinarsi. Quindi cominciò a gettare le foto tra le fiamme, una per una. Le foto di sua madre, perdute per sempre. Non le restavano che i suoi ricordi e anche questi stavano svanendo col passare degli anni.

"Davvero?" Kat stette al gioco. Nonostante i suoi sentimenti, ricordare a Harry che non era vero gli avrebbe solo provocato dolore. Quando si era a pochi passi dal perdere la testa, era meglio non rendersene conto. Si soffriva meno.

"Sì. Non è meraviglioso?"

Kat allungò le bacchette e prese un altro involtino primavera. "Quando è successo?"

"Poco fa. Dice che tornerà a vivere qui. Elsie ne sarebbe stata orgogliosa. Come vorrei che fosse qui per vederla."

Harry presidiava la scrivania mentre Kat se ne stava a gambe incrociate sul divano, dopo una rilassante corsetta sul tapis roulant. Lo aveva sistemato nel suo studio, dentro una stanza inutilizzata che avrebbe dovuto essere un secondo ufficio, in modo da poter fare un po' di esercizio senza perdere di vista lo zio.

"Orgogliosa?" Sarebbe stata orgogliosa, se la figlia avesse avuto la faccia tosta di tornare a vivere con loro dopo quello che aveva fatto?

"Adesso ha un nuovo lavoro."

"Cosa si è messa a fare?" Hillary non aveva mai lavorato un solo giorno in tutta la sua vita. A meno di non voler considerare il raggiro come un vero e proprio mestiere. Manipolava le persone per ottenerne ciò che voleva. Aveva convinto Harry ed Elsie a prestarle tutti i loro risparmi, promettendo di restituire il denaro in breve tempo, quindi era scomparsa nel nulla. Se Harry se n'era dimenticato, buon per lui.

"In questo momento non riesco a ricordarmelo. Ma è qualcosa di molto importante."

"Se lo dici tu," lo assecondò Kat. Anche se non fosse stato così, la vera Hillary non avrebbe avuto problemi a ingigantire i suoi meriti – né tantomeno a inventare di sana pianta l'intera faccenda del nuovo lavoro.

"Non vede l'ora di parlare con te."

Kat ebbe una fitta di paura. Quando c'era Hillary di mezzo, c'era sempre un prezzo da pagare. Probabilmente era un pensiero ridicolo, adesso che Hillary esisteva solo nell'immaginazione di Harry.

"Un pranzetto di lavoro?"

Kat trasalì al sentire la voce maschile proveniente dalla porta. Non si aspettava di ricevere nessuno per almeno un'ora, ma Zachary Barron era già lì. Se ne stava sull'ingresso a fissarla divertito.

Kat arrossì immaginando che genere di immagine gli stesse offrendo: i suoi capelli rosso scuro erano scompigliati e intrisi di sudore per la corsa. Se si fosse avvicinato ancora un po' avrebbe sentito l'odore della sua tuta umidiccia. Kat stava ancora masticando il suo boccone di noodles alle verdure, quando Harry venne in suo aiuto.

Si alzò dalla sedia e fece il giro della scrivania, con una velocità sorprendente per la sua età. "Non ci siamo ancora presentati. Sono Harry Denton, il socio di Kat."

Harry gli porse la mano. Zachary la strinse, avendo il garbo di non menzionare il loro precedente incontro di quella mattina.

La targa all'ingresso dello studio diceva "Carter & Soci", ma Kat non aveva mai avuto un vero socio negli anni trascorsi dall'apertura dell'attività. Così, dal momento che lo zio Harry veniva continuamente a disturbarla, aveva deciso di renderlo socio onorario. Almeno non aveva bisogno di inventare scuse per giustificare la sua presenza.

La presenza di Harry nel suo ufficio le permetteva di tenerlo sempre sotto controllo, fornendole anche un ottimo pretesto per convincerlo a uscire di casa. Sentirsi parte di qualcosa era importante per lui, da quando aveva perso interesse verso qualsiasi attività. La sua squadra di curling aveva dovuto rimpiazzarlo e il suo giardino, una volta perfettamente curato, adesso era pieno di erbacce.

Da quando aveva cominciato a trascorrere più tempo insieme a lui, Kat si era resa conto di quanto grave fosse il suo stato mentale, ma nonostante questo le faceva piacere averlo in giro per l'ufficio. D'altra parte, un po' di contatto umano non poteva che fargli bene.

"Mmm… mi dispiace." Kat ingoiò i noodles in tutta fretta. Si alzò e si pulì le mani strofinandole contro i pantaloncini. "Ero in pausa."

"Non c'è bisogno di scusarsi. Cercherò di essere rapido."

Soldi veloci, matrimoni affrettati, divorzi lampo. Perdere tempo era l'unico lusso che Zachary Barron non sapeva concedersi.

"Non mi aveva detto alle due in punto?"

"Non sono abituato a prendere appuntamenti. Possiamo parlare o preferisce essere lasciata sola?"

CAPITOLO 6

Zachary Barron sedette sul bordo della poltroncina in pelle di fronte alla scrivania di Kat, il suo completo firmato in netto contrasto con l'arredamento shabby-chic del suo ufficio. Era impassibile, indifferente tanto ai mobili dentro la stanza quanto alla formidabile vista panoramica fuori da essa.

La finestra dell'ufficio dava direttamente sul porto di Vancouver. Era uno spettacolo decisamente gradevole, anche in un giorno di pioggia come quello. La banchina era deserta. Le enormi navi da crociera che attraversavano l'Inside Passage avevano lasciato il molo per la fine della stagione turistica e l'unica attività che si registrava sulla costa era un piccolo stormo di gabbiani grassocci in cerca di cibo.

Zachary si sporse in avanti, il gomito poggiato sulla scrivania di Kat. "Voglio che faccia delle ricerche sull'operato del mio socio in affari."

"Il suo socio? Dovrei investigare su suo..."

Zachary serrò le labbra e si fece scuro in volto. "Ha capito bene. Nathan Barron, mio padre. Ma questo non lo rende incapace di operare una frode ai miei danni, mi sbaglio?"

"Ma il fondo Edgewater è stato una sua idea. Perché dovrebbe rubare da ciò che gli appartiene?" Grazie al lavoro svolto per il divorzio, Kat aveva acquisito una certa dimestichezza con la complessa rete di aziende che costituiva la Edgewater.

"Sono passati vent'anni dal giorno in cui fondò quella piccola azienda che sarebbe diventata la Edgewater. Nel frattempo è cambiato tutto. La sua idea era fondata su piccole operazioni – le briciole che i suoi colleghi dell'università lasciavano cadere dal tavolo delle trattative finanziarie coi maggiori enti mondiali. Le cose avevano cominciato ad andargli parecchio male."

"E poi cos'è cambiato?"

"Dieci anni fa sono entrato a far parte dell'azienda. Sono stato io a trasformarla in quello che è oggi."

La modestia non faceva parte delle sue qualità. "E come ci è riuscito?"

Zachary si appoggiò allo schienale e si raddrizzò la cravatta. "Grazie a un modello di trading che ho elaborato personalmente. Oggi la Edgewater è uno dei maggiori fondi speculativi al mondo – il secondo, per essere precisi. Tuttavia, nonostante gli evidenti risultati finanziari, pare che il denaro svanisca nel nulla. Qualche tempo fa, ho voluto effettuare di persona uno dei nostri investimenti, ma l'operazione non è andata a buon fine. Vuole sapere perché? La banca ci ha detto che non avevamo liquidità. Riesce a crederci?"

"Probabilmente si tratta soltanto di un problema di tempistica."

"Lo escludo. Per essere un fondo speculativo multimiliardario, la Edgewater funziona in maniera estremamente semplice. Compriamo valuta estera e la rivendiamo, seguendo il nostro modello di trading. Ogni ciclo si conclude nel giro di pochi giorni, permettendoci di pagare gli intermediari con una piccola parte dei proventi. Le uniche spese che affrontiamo direttamente sono quelle fisse: affitti, stipendi e altre spese d'ufficio." Zachary le consegnò un fascicolo di documenti. Il rendiconto della Edgewater relativo all'ultimo anno.

"Nathan gestisce il lavoro di back-office, mentre io mi occupo degli investimenti. Non ho mai badato alla parte amministrativa, almeno fino alla scorsa settimana. Dove vanno a finire i miei soldi?"

Kat cominciò a sfogliare i documenti. Lasciò scorrere le pagine contenenti le stime preliminari che aveva già esaminato per le sue pratiche legali e si fermò solo quando raggiunse il conto economico vero e proprio. Non poteva crederci. Appoggiò il fascicolo sulla scrivania. Non aveva ancora visto il bilancio definitivo. "Due miliardi di dollari al netto delle tasse? È molto più di quanto pensassi."

Si chiese se Zachary non avesse ritardato di proposito la revisione del bilancio in modo da non esserne svantaggiato nella causa di divorzio. Era soltanto una coincidenza provvidenziale?

"Capisce cosa intendo? Non si tratta di qualche spicciolo. Due miliardi sulla carta, pochi milioni in banca. Il nostro limite di credito è stato raggiunto da un pezzo. Perché la liquidità è così bassa, anche dopo aver concluso affari da cento milioni di dollari?"

"Questo non è necessariamente indicatore di frode finanziaria. Potrebbe essere il sintomo di una cattiva amministrazione." In quell'istante, Kat realizzò che lo zio Harry aveva lasciato l'ufficio. Stava passeggiando su e giù per il corridoio, la fronte aggrottata in un'espressione di grossa preoccupazione.

"Questo dovrebbe tranquillizzarmi?"

"No, ma dobbiamo prendere in considerazione tutte le possibilità. Credo che in ogni caso sia necessario fare qualche ricerca. Possiamo concordare una scadenza? Per quando ne ha bisogno?" Nonostante l'urgenza della situazione, Kat sperava di poter lavorare con calma. Guardò attraverso la porta aperta. Aveva bisogno di un diversivo per occuparsi di Harry.

"Ne avrei bisogno oggi stesso. Senza accesso al contante, la Edgewater è paralizzata. Possiamo andare avanti per un paio di giorni al massimo."

"Ha provato a parlarne con suo padre?" Kat sapeva che i rapporti tra i due erano tesi come le corde di un violino. La Edgewater Investments risultava ancora suddivisa alla pari tra padre e figlio ed era così che Kat l'aveva presentata in udienza. Ma Nathan non era d'accordo e stava prendendo in considerazione la possibilità di agire contro suo figlio per vie legali.

"Questo è fuori questione. Prima ho bisogno di conoscere i fatti. Faccia le sue ricerche e poi valuteremo il da farsi."

"Mi sta bene. Siamo sicuri che non ci siano investimenti in perdita di cui non è conoscenza? Spiegherebbero molte cose." Kat allungò di nuovo il collo verso il corridoio, appena in tempo per vedere Harry sparire dietro lo stipite della porta.

"Impossibile. Abbiamo avuto un anno favoloso. Almeno tre palle a canestro, percentuali di guadagno a due cifre. Dovremmo nuotare nel denaro. Mio padre si occupa dei costi di gestione, mentre gli investimenti sono di mia esclusiva competenza. E io so esattamente ciò che compro e quanto ne ricavo."

"Che mi dice degli altri investitori? Tiene sotto controllo anche quelli? Se molti di essi riscattassero il loro capitale in un colpo solo, la vostra liquidità finirebbe per crollare." Lo zio Harry era in piedi all'ingresso. Tra le mani, stringeva il raccoglitore che conteneva i documenti della sua banca. Avrebbe dovuto capirlo subito: era preoccupato per i suoi risparmi. Si era convinto che qualcosa non quadrasse. Ripeteva i calcoli da settimane e rifiutava ogni aiuto da parte di Kat.

Zachary sembrò ferito dalla sua ipotesi. "In realtà in questo momento sta accadendo l'esatto contrario. Gli investitori fanno a gomitate per entrare nel nostro fondo. I nuovi investimenti superano le uscite di quasi due a uno. Grazie al mio modello di trading, il fondo Evergreen fa registrare guadagni stellari. I nostri concorrenti non offrono nulla di paragonabile."

Harry continuava a fissarli, ansioso che la loro conversazione finisse.

"Zio Harry? Va tutto bene?"

"Certo, certo." Guardò il quadrante del suo orologio da polso e poi sparì di nuovo nel corridoio.

Kat si rivolse nuovamente a Zachary. "Dovrò avere accesso al suo ufficio e a tutta la documentazione della Edgewater – a partire dal vostro libro paga, fino alla ricevuta più insignificante. E voglio anche un mio account per il software della contabilità." Fece una pausa e controllò il suo orologio. Erano appena passate le tre. "Se accetta le mie condizioni, posso iniziare anche oggi."

"Magnifico. Sarò nel mio ufficio fino alle dieci di stasera. Nathan è fuori per l'ennesimo viaggio. Può venire quando vuole." Zachary si alzò in piedi. "Adesso devo andare."

"Prima di lasciarla andare, ho un'ultima domanda. Perché è così sicuro che si tratti di frode? C'è una ragione precisa che l'ha indotta a sospettare del fondatore della Edgewater?"

"Una ragione? Quell'uomo è un ladro. Non vedo altra possibile spiegazione." La voce di Zachary era piena di disprezzo. Come facevano padre e figlio a lavorare fianco a fianco ogni giorno, se non nutrivano la minima fiducia l'uno nell'altro? Era un rancore di antica data, o qualcosa di più recente?

"Se esistono prove a sostegno dei suoi sospetti, ho bisogno di conoscerle. C'è forse qualcosa che ha preferito omettere?" Kat si appoggiò allo schienale della sua sedia da ufficio per studiare meglio Zachary. Nell'ambito delle investigazioni, capitava spesso di doversi improvvisare psicologi, servendosi di domande aperte e mettendo a proprio agio le persone. In questo modo, finivano per rivelare molto più di quanto volessero. Un po' come nella psicanalisi.

"Non le sto nascondendo nulla. È proprio per questo che la sto assumendo: per trovare le prove."

"Se davvero si tratta di frode, perché il problema salta fuori soltanto adesso? Cos'è cambiato rispetto a cinque, oppure a dieci anni fa?"

"La sua invidia aumenta di pari passo col mio successo. Non è una questione di soldi: Nathan ha già tutto quello di cui ha bisogno. Allo stato attuale, guadagna più soldi di quanti riesca a spenderne."

Harry aveva concluso l'ennesimo giro del corridoio. Invece di aspettare sulla porta, questa volta aveva deciso di entrare. "Scusa se ti interrompo, Kat. Vorrei fare un salto in banca prima della chiusura, puoi accompagnarmi? Devo chiedere un piccolo prestito."

"Dammi solo un minuto, zio Harry." Le dispiaceva farlo aspettare, ma c'era un cliente pagante seduto di fronte a lei. Guardò Zachary dritto negli occhi. "Potrebbe trattarsi di una specie di vendetta? Se non ha bisogno di quel denaro, forse lo sta facendo per farle pagare un torto."

"Mio padre dovrebbe ringraziarmi. Da quando sono entrato nella Edgewater, le cose non hanno fatto che migliorare. Il mio modello di trading non lo ha mai deluso. Tutto il mondo lo invidia e lui non deve far altro che starsene alla sua scrivania mentre io gli procuro gloria e ricchezza."

"Cos'ha di speciale il suo modello? Se Nathan decidesse di fare a meno di lei, non potrebbe continuare a servirsi della sua strategia?"

"La speculazione finanziaria è per metà calcolo e per metà istinto. Il mio modello si occupa dei numeri – prodotto interno lordo, debito estero, tassi di interesse e tutti gli altri fattori. Ma le cifre non bastano, bisogna valutare ogni possibilità. Quindi si passa alla teoria dei giochi."

"La teoria dei giochi?" Kat non sentiva parlare di quel modello matematico dai tempi della scuola. Ogni soggetto coinvolto in un'interazione prenderà decisioni volte a massimizzare il proprio guadagno individuale. Tali decisioni potranno essere di tipo cooperativo o competitivo. La teoria dei giochi mirava a prevedere i possibili comportamenti degli altri contendenti, facendo la scelta più utile per le proprie tasche.

"In parole povere, significa che ognuno è pronto a fare a pezzi i suoi potenziali alleati, se questo gli garantisce un profitto migliore."

"Questo lo so." Kat si sforzò di non suonare troppo infastidita. "La mia sorpresa era riferita al fatto che abbia potuto integrarla in un modello finanziario del genere. Com'è possibile?"

"Non posso rivelarle i dettagli." tagliò corto Zachary, facendo ondeggiare la mano come ad allontanare la domanda. "Le basti sapere che il mio modello determina la possibilità che un evento si verifichi a partire dalla sua redditività per i giocatori coinvolti. Come nel gioco d'azzardo, però, c'è sempre un margine d'incertezza. Si tratta di una scommessa. Una volta presa la mia decisione, sono io a dominare il mercato. Quando acquisto una valuta estera, questa cambia automaticamente di valore – il nostro fondo è immenso, e questo mi permette di muovere cifre considerevoli. Ma i guadagni veri e propri si hanno quando gli altri investitori mi seguono. Conoscono la Edgewater, sanno a che gioco giochiamo e si fidano di noi. È una profezia che si autodetermina e i profitti della Edgewater traggono vantaggio da questa semplice dinamica. Gli altri investitori continuano a guadagnarci, ma solo se escono dal gioco prima che io venda tutto. A quel punto, la loro sorte si ribalta."

"In pratica, riuscite a manipolare il valore della valuta."

"Assolutamente no. Io prendo una posizione. Una posizione significativa, questo non posso negarlo, ma non sono il pifferaio magico: gli altri investitori possono fare ciò che vogliono. Nessuno li costringe a seguirmi ciecamente. Se lo fanno, non vuol dire che io li stia manipolando."

"Ma la maggior parte di loro è destinata a perdere. Gli investitori non fanno altro che passarsi una patata bollente sperando di non essere loro a scottarsi quando il gioco si chiude. Come al solito, sono soltanto pochi privilegiati a guadagnarne qualcosa. Il tutto alle spese dei piccoli investitori, quelli che comprano quando è arrivato il momento di vendere. Chi tardi arriva male alloggia. Le sembra giusto?" Zachary e Nathan Barron erano miliardari a pieno titolo. Avevano più denaro del novanta per cento della popolazione mondiale. Possibile che non si accontentassero mai?

"Se non altro, non ci sono vittime e le regole sono chiare. Sanno bene che il mio obiettivo è quello di ricavare un profitto."

"E quello di svalutare ulteriormente una moneta già debole è soltanto un effetto collaterale trascurabile. È così che la vede?"

"È un mondo libero, Kat. Io credo nella libera scelta. Nel libero arbitrio."

"I governi non intervengono?"

"Ci provano. Ricomprano la propria moneta per rialzarne il valore. Ma non possono controllare un mercato come questo. Parliamo di flussi di quattromila miliardi di dollari al giorno. Sono gli speculatori come me a dettare legge. Le riserve di uno Stato, di solito, ammontano a meno di un decimo di quella cifra."

"Da non credere," commentò Kat. "Perciò, mettiamo che la Edgewater abbia deciso che il dollaro statunitense sia destinato a scendere. Qual è il prossimo passo?"

"Nel mercato valutario si ragiona sempre in termini di coppie. Se penso che il dollaro scenderà, la mia mossa sarà quella di vendere tutto. Ma per farlo, devo acquistare un'altra valuta, che secondo i miei calcoli è destinata a salire. Prendiamo l'euro. Se investo una cifra abbastanza rilevante, questa sarà sufficiente a far avverare la mia previsione. Il dollaro crolla e l'euro sale."

"La legge della domanda e dell'offerta," disse Kat. "Un gioco esclusivo, a cui soltanto pochi privilegiati possono permettersi di partecipare"

"Un gioco aperto a tutti."

"Se hanno abbastanza denaro da far muovere il mercato. E ne serve parecchio, se si vuole scommettere contro di lei."

"Tecnicamente, è quasi impossibile scommettere contro. Però chi si schiera dalla mia parte ha solo da guadagnarci."

"Ammesso che venda per tempo."

"Ovviamente. Nell'alta finanza, il tempismo è tutto. In alternativa, possono sempre investire nel fondo Edgewater."

"Con una quota minima di cinquecentomila dollari. Molto più di quanto un piccolo investitore possa permettersi."

"Può darsi." A Zachary questo non importava affatto. "Non posso mica preoccuparmi per tutti. Mi concentro su quello che mi riesce meglio: fare soldi."

"È sicuro di non voler parlare con Nathan prima di cominciare le indagini? Magari c'è una spiegazione più semplice."

"Sarebbe inutile. E poi non ho la minima idea di dove trovarlo. È sempre in giro con la sua barca a vela, oppure in Africa per qualche battuta di caccia. Non mi dice mai dove va, né quando ha intenzione di tornare."

Probabilmente a Zachary stava bene. In questo modo, poteva gestire la sua azienda senza troppe interferenze da parte del padre. La frode finanziaria passa sempre in sordina: nessuno vuole accettare la responsabilità di aver permesso un furto, quando avrebbe dovuto fare di tutto per evitarlo. I truffatori finivano per passarla liscia, a patto di dare le dimissioni e scomparire per sempre senza troppo clamore. La restituzione della refurtiva era una possibilità che si verificava di rado: per lo più, quando venivano scoperti, i soldi erano già stati spesi. L'unica eccezione a questo sistema, si aveva quando una frode danneggiava l'azienda o i suoi azionisti in maniera significativa.

Kat prese qualche appunto sul suo taccuino. "Diciamo che i suoi sospetti siano fondati. Io individuo una frode e le fornisco le prove. A questo punto, cosa succede?"

"Lo distruggo."

CAPITOLO 7

Seduti nel minuscolo ufficio privo di finestre, Kat e Harry attesero che la direttrice della banca rintracciasse la versione cartacea dei movimenti bancari di Harry. Il portadocumenti destinato alla posta in arrivo, sul lato sinistro della sua scrivania, conteneva una pila alta venti centimetri di cartelle, documenti e allegati di varia natura. Al di là dei fogli, si intravedeva un segnaposto con il suo nome: Anita Boehmer. Aveva numerosi diplomi appesi alla parete di fondo, assieme al disegno di un bambino. Le altre pareti della stanza erano costituite da tre separé in vetro, coperti da veneziane bianche regolate in modo da rimanere semiaperte.

La preoccupazione di Harry era comprensibile: stando al suo estratto conto, era al verde. Kat indicò un'operazione riportata a metà pagina. "Qui si dice che hai già ricevuto un prestito."

"Davvero? Fammi vedere." Harry appoggiò il dito dietro a quello di Kat e lo fece scorrere sul foglio. "Diecimila dollari? Deve esserci un errore."

Kat era della stessa opinione. Lo zio Harry era parsimonioso fino all'eccesso. Faceva spesa nei discount, riutilizzava la pellicola per alimenti e indossava da una vita le stesse scarpe, alle quali aveva fatto sostituire le suole un paio di volte.

Controllò il resto delle operazioni. Una serie di assegni a tre zeri, tutti incassati in un breve periodo. Il battito di Kat accelerò. Non era qualcosa che Harry avrebbe fatto di sua iniziativa.

Anita Boehmer tornò da loro con un paio di grosse cartelle. Le lasciò cadere sulla scrivania e poi sorrise. "A quanto mi risulta, abbiamo un problema," disse sedendosi sulla sua poltrona dallo schienale avvolgente.

"Lo credo anch'io." Harry incrociò le braccia. "Il mio estratto conto è completamente sbagliato. Non ho mai chiesto altri prestiti."

"Mi spiace contraddirla, signor Denton, ma gliene abbiamo concesso uno il mese scorso. Me lo ricordo perché l'ho approvato personalmente. Mi ha detto che il denaro le serviva per ristrutturare la casa. Se lo ricorda?"

"È impossibile," disse Kat. Harry non avrebbe mai stipulato un prestito con tanta leggerezza. E soprattutto, non era mai stato lui a occuparsi dei lavori di ristrutturazione.

"Dia un'occhiata al contratto." La direttrice estrasse un documento da una delle cartelle e lo consegnò a Kat. Quella che si trovava sul fondo, accanto alla data di un mese prima, era indubbiamente la firma di Harry. Dunque era tutto vero. Ma perché chiedere un prestito? Dove andavano a finire i suoi soldi?

Kat sollevò il foglio e lo studiò più da vicino. La firma era autentica, anche se la sua ipsilon ampia e tortuosa era diventata un po' più tremolante negli ultimi tempi. "È la tua firma, zio. Forse te ne sei dimenticato."

Harry abbandonò la sua posa a braccia conserte e si appoggiò alla scrivania, avvicinandosi al foglio per leggere meglio. "Non mi sono dimenticato un bel niente." Alzò la voce e si fece rosso in volto.

Kat appoggiò una mano sulla sua. Sembrava fragile, come se potesse sgretolarsi da un momento all'altro. E stava tremando. "Non è tua, quella firma?"

"Vediamo." Harry tirò il documento verso di sé. "Sembra proprio la mia calligrafia. Ma non è possibile. Deve essere contraffatta."

Kat sospirò. Harry era convinto che qualcuno lo stesse derubando, l'ennesima paranoia dovuta alla sua malattia. Ma la sua firma era proprio lì, un groviglio di inchiostro blu su un contratto. La vera domanda, a quel punto, era come avesse speso i soldi. E come avesse fatto ad arrivare alla banca. Lo aveva accompagnato qualcuno?

"È una cosa davvero insolita per Harry," disse, rivolgendosi alla Boehmer. "Ma un anziano che chiede un prestito per la prima volta in vita sua non dovrebbe farvi venire qualche dubbio?"

"Katerina, mi dispiace molto, ma non possiamo sottoporre tutti i nostri clienti a un interrogatorio, non le pare? Se non c'è nessun problema evidente, prendiamo atto delle loro richieste e ci atteniamo ai regolamenti."

Dopo tutto, aveva ragione: la demenza di Harry non era così evidente. A meno che non ci si parlasse per più di due minuti – e una richiesta di prestito richiedeva molto più tempo. Non si era accorta che Harry ripeteva in continuazione le stesse cose? Adesso era troppo tardi per rimediare.

Kat tornò a concentrarsi sull'estratto conto. Riportava un trasferimento. Quegli stessi diecimila dollari erano scomparsi dal suo conto il giorno successivo. "Signora Boehmer, dove è andato a finire il denaro?" Chiese indicandole la riga dell'operazione.

"È stato trasferito a un'altra banca. Posso darle il nome della banca e il numero di conto, ma se vuole maggiori informazioni dovrà contattare loro."

Kat cerchiò l'operazione con un tratto di penna. Forse il titolare di quel conto l'avrebbe portata dritta alla soluzione.

CAPITOLO 8

Kat seguì lo zio Harry lungo i gradini scricchiolanti che conducevano al portone di casa, un edificio in stile vittoriano che risaliva ai primi del Novecento. Kat e Jace l'avevano acquistato a un'asta giudiziaria, spuntando un prezzo conveniente, nonostante le sue condizioni avessero richiesto molti lavori per renderla di nuovo agibile. La vecchia scalinata di legno era sulla lista infinita delle cose da sistemare.

I lavori di ristrutturazione erano ancora in pieno svolgimento, ma il cartello con la scritta "vendesi" era stato infilato nel ripostiglio e non ne era più uscito. Kat e Jace avevano comprato la casa con l'intenzione di rivenderla subito dopo a un prezzo più alto, ma avevano finito per affezionarsi alle sue mura di mattoni rossi. Era una delle costruzioni più antiche del quartiere di Queen's Park e si trovava solo a due isolati dalla casa dello zio Harry.

"Jace? Siamo a casa." Kat si fermò un istante a inspirare il profumo di basilico, origano e pomodoro – un aroma quasi magico, in grado di rigenerare le sue energie ormai esaurite.

"Sono qui. Avete fame? Non accetto un no come risposta."

Kat seguì la sua voce fino in cucina. Jace si trovava accanto ai fornelli, intento a mescolare la sorgente di quel meraviglioso profumo.

Lo sguardo di Kat scivolò sulle sue braccia muscolose per fermarsi sulla maglietta aderente. Anche con un grembiule addosso, quell'uomo era davvero sexy.

Jace le fece l'occhiolino. "Spaghetti?"

"Volentieri. Fammi un bel piatto." Lo baciò sulla bocca. In giornate come quella, avrebbe desiderato più tempo da trascorrere con lui. "Sembri felice."

"Lo sono. Il mio articolo sulle truffe immobiliari andrà in prima pagina sul giornale di domani."

"Fantastico. Questo significa che adesso sei diventato una celebrità al *Sentinel*? Una specie di rock star del giornalismo?" Jace aveva smascherato una truffa multimilionaria che coinvolgeva decine di lussuose proprietà nel West Side. Lo stratagemma alla base dell'inganno era piuttosto elementare: scambiare le valutazioni tra proprietà di diverso valore.

"Non proprio. Però sono tornato nelle grazie di McCleary. Pensa che dovrei scriverci altri pezzi e realizzare una serie." Conquistarsi l'approvazione del caporedattore era un'impresa quasi impossibile. Non gli andava mai a genio nessuno.

"Mi sembra comunque un'ottima notizia." Kat si voltò per controllare Harry. Era seduto al tavolo della cucina, con la testa abbandonata in avanti. Stava russando.

Abbassando la voce, raccontò a Jace del prestito e dell'interminabile ricerca della sua Lincoln. Ma non fece menzione dell'Alzheimer. Non era il momento. Dirlo ad alta voce l'avrebbe reso ancora più reale. "I problemi di Harry sono più gravi di quanto pensassi."

"In banca non hanno saputo dirvi altro? Non possono scoprire che fine hanno fatto i suoi soldi?"

"Una volta che il denaro lascia la banca, non possono più rintracciarlo e io non so cosa fare. Mi pare chiaro che lo zio Harry non possa più andare avanti da solo. Prima dà fuoco al suo appartamento e adesso questa." Kat sentì un groppo in gola e si voltò per nasconderlo, sperando che Jace non lo notasse. Vivere da solo era diventato pericoloso per lo zio Harry.

Jace lasciò cadere il cucchiaio sul bancone e le avvolse le braccia attorno alla vita. "Fallo trasferire da noi. Abbiamo un sacco di spazio."

"Davvero? Non lo so, Jace." Kat si liberò dal suo abbraccio. "Sarebbe un cambiamento enorme. Non sei costretto a fare questo sacrificio per me." Forse Jace non si rendeva conto di ciò che le stava proponendo. Non aveva la minima idea dell'inferno in cui sarebbe andato a cacciarsi da un giorno all'altro. Sarebbe stato risucchiato nel mondo fatto di paranoie in cui viveva Harry – un mondo privo di logica, che degenerava continuamente. Poteva essere troppo, anche per una persona come lui.

"Non sarebbe poi così diverso, Kat. Viene sempre a trovarci. Sta con noi tutto il pomeriggio." Jace recuperò il cucchiaio e lo appoggiò sul bordo della pentola. "Forse semplificherebbe le cose."

Kat raggiunse il tavolo della cucina, camminando in punta di piedi per non svegliare Harry. Fece una deviazione per evitare una zona in cui il parquet rovinato scricchiolava, ma i suoi sforzi furono inutili. Quando scostò la sedia dal tavolo, la testa di Harry si alzò di scatto. "Hai sonno, zio?"

"Cosa te lo fa pensare? È soltanto mezzogiorno." Harry si alzò in piedi e si avviò a passi incerti verso il bagno. "Vado a darmi una rinfrescata."

Erano quasi le sette, ma Kat non si azzardò a correggerlo. "Fai in fretta. Il pranzo è quasi pronto." Harry aveva già dimenticato la mattinata in tribunale e il pomeriggio nell'ufficio di Kat.

Jace venne al tavolo con due piatti strabordanti di spaghetti.

"Tra qualche minuto dovrò uscire di nuovo. Non sai quanto vorrei restare, ma ho un nuovo caso collegato alla Edgewater. E ho dovuto accettare di cominciare oggi stesso."

"Ora fai il turno di notte? Questa sì che è una novità. Zachary Barron non ha un minuto da perdere."

"Immagino di no." Kat prese la forchetta e cominciò ad arrotolare gli spaghetti. La sua porzione sarebbe bastata a nutrire un piccolo esercito. "Ma stavolta ha ragione: dobbiamo approfittare dell'assenza di suo padre. Prima cominciamo, più possibilità abbiamo di arrivare fino in fondo a questa storia." Quindi lo mise al corrente di tutto, esponendo i sospetti di Zachary e spiegandogli a grandi linee il funzionamento del fondo Edgewater.

In quell'istante, Harry rientrò nella stanza. "Stai raccontando a Jace del mio prestito? Santo cielo, quella banca mi sta derubando. Riesci a crederci, Jace? Diecimila dollari scomparsi nel nulla. Maledetti criminali!"

Kat sollevò le sopracciglia, guardando Jace con un'aria al tempo stesso esasperata e sorpresa. Credeva che se ne fosse dimenticato. "Siamo appena tornati dalla banca," gli disse, ammiccando. "Ci hanno detto che Harry ha ricevuto un prestito il mese scorso."

"Davvero?" Jace restituì a Kat uno sguardo divertito. "Cosa ci nascondi Harry? Stai investendo in proprietà immobiliari?"

"Non sto investendo proprio in un bel niente. Quei mascalzoni hanno contraffatto la mia firma. Sai cosa ti dico? Io chiamo la polizia!" Harry sollevò il ricevitore del vecchio telefono fisso che tenevano in cucina. "Qualcuno può ricordarmi qual era il numero?"

"Aspetta un secondo, Harry." Jace raggiunse i fornelli e riempì un altro piatto di spaghetti. Tornato al tavolo, lo fece scivolare davanti alla sedia dello zio. "Caldi sono decisamente più buoni. Siediti a tavola. La polizia può aspettare fino a dopo cena, non credi?"

"Accidenti, Jace. Sei un cuoco fantastico." Solo dopo aver iniziato a mangiare Kat si accorse di quanto fosse affamata. Harry si sarebbe dimenticato della polizia nel giro di pochi minuti. Ma questo non risolveva il problema. Chi altro c'era dietro quel prestito? Harry non poteva andare in banca senza qualcuno che lo accompagnasse in macchina. Negli ultimi tempi, per convincerlo a uscire di casa bisognava implorarlo, e comunque non lo faceva mai da solo, se non per andare al supermercato o al bar. Era in uno di quei posti che aveva incontrato il truffatore?

"Puoi stare tranquillo, Harry. Hai due veri professionisti al tuo servizio. Sai che ho appena fatto saltare un giro di truffe multimilionario? Domani sarà in prima pagina." Jace sorrise. "Compravano delle case e falsavano le stime per gonfiarne il valore. Poi andavano in banca e si facevano fare dei prestiti contro il valore della casa. E quindi sparivano nel nulla."

Kat si passò un dito sulla gola per segnalare a Jace di darci un taglio. Al momento, "prestito" era una parola proibita.

Il sorriso di Jace scomparve all'istante. Le sue labbra si mossero per chiederle scusa, ma poi riprese come se niente fosse. "Quando hanno capito che non avrebbero pagato, le banche hanno cominciato a pignorare le case. Nessuno si è chiesto se le case corrispondessero effettivamente al loro valore. L'hanno fatto con una dozzina di villette nel West Side e stava andando tutto liscio. Neanche la polizia sospettava di nulla."

"Scusami, Jace." Disse Harry mentre arrotolava gli spaghetti sulla forchetta. "Sono buoni, ma ho mal di stomaco."

"Mangiane ancora un po', zio." Kat osservò Harry con più attenzione. Non c'era da meravigliarsi che non si sentisse bene. Non aveva mangiato quasi nulla e il suo viso era pallido e teso. L'influenza lo aveva indebolito molto. Adesso aveva bisogno di immettere quante più calorie possibili per recuperare energia.

"Farò uno sforzo."

Finirono di cenare in silenzio. Con tutto quello che era costretta a vedere nel corso dei processi, Kat pensava spesso che il denaro fosse la radice di ogni male – o per lo meno l'origine di molti problemi. Questo momento ne era l'ennesima dimostrazione.

"Sono solo felice di aver finito con questo articolo." Jace appoggiò la forchetta sul piatto e guardò l'orologio. "Appena in tempo per rilassarmi e godermi la partita di hockey in TV. Ti va di guardarla con me, Harry?"

"Guardare un mucchio di miliardari che corrono dietro a un dischetto? Neanche per sogno."

CAPITOLO 9

Zachary le fece strada fino all'ufficio del padre, al quale si accedeva attraverso un enorme portone di legno scuro. Kat aveva fissato la sua visita dopo il consueto orario d'ufficio, in modo da non sollevare sospetti tra gli impiegati della Edgewater.

Una colossale scrivania in mogano, riccamente intagliata, dominava la stanza. Alla sua sinistra, delle librerie incassate nel muro traboccavano di volumi rilegati in pelle e di manuali dalla copertina rigida. Nell'angolo di destra, un divano in pelle nera e una poltroncina erano sistemati ai lati opposti di un piccolo tavolo che sosteneva un'imponente scacchiera di alabastro. Sopra di essi, la parete era coperta di fotografie, messe in risalto da pesanti cornici di legno. Le finestre erano parzialmente oscurate da spesse tende damascate.

Nonostante si trovasse al ventesimo piano di un grattacielo, Kat si sentiva come se fosse appena entrata nello studio di una dimora ottocentesca. L'aria aveva un leggero sentore di sigaro pregiato. Anche se Zachary era lì con lei, si sentiva a disagio, come se avesse violato uno spazio sacro o la cripta segreta di un cacciatore di tesori. Un cacciatore che sarebbe potuto tornare da un momento all'altro.

Le scarpe di Kat affondarono nel pelo di un tappeto berbero, mentre si avvicinava per guardare le foto. Nathan Barron era presente in ogni singolo scatto. Cambiavano i luoghi, le pose, lo stile dell'architettura sullo sfondo, ma tutte le foto rappresentavano Nathan accanto a qualcosa che aveva appena arpionato o ucciso a colpi di fucile. Kat notò una preferenza per gli orsi, i leoni e i felini di grossa taglia. Un predatore tra i predatori.

Si spostò verso l'ultima fotografia della fila, la più recente. Un sessantenne tarchiato dietro un ippopotamo morto. Indossava soltanto i pantaloni color kaki della divisa da safari e aveva un fucile indossato a tracolla sul petto nudo. Il suo ghigno sembrava dire: guardatemi, sono in cima alla catena alimentare. Le fece venire i brividi.

"L'anno scorso in Tanzania. La riserva di caccia del Selous. Uccidere un ippopotamo è considerato bracconaggio, ma lui se ne frega."

Kat trasalì al sentire la voce di Zachary, ma si ricompose in fretta. "Mi perdoni, ma voglio chiederglielo ancora un volta. Perché un miliardario dovrebbe rubare dalla sua stessa azienda? Non ne ha alcun bisogno."

"È semplice. Nathan non è solo terribilmente avaro, è anche uno stronzo. La Edgewater è sua soltanto per metà. Se riesce a far passare i suoi debiti attraverso l'azienda, riceve uno sconto del cinquanta percento su qualsiasi acquisto."

"Col rischio di finire in prigione? Non ne vale la pena." Zachary le stava tenendo nascosto qualcosa. Forse non era soltanto una questione di soldi. "Ha già più denaro di quanto riuscirebbe a spenderne in vita sua. Allora perché lo fa?"

Kat sedette sulla poltroncina di Nathan, cercando di farsi un'idea di quell'uomo che ancora non aveva incontrato. Il piano della scrivania era vuoto, fatta eccezione per un portadocumenti, vuoto anch'esso, e un telefono. Era l'esatto opposto dell'ufficio di Zachary, dove innumerevoli pile di carte e ben tre schermi di computer facevano a gara per ricevere le sue attenzioni.

Su un lato della scrivania, c'era un cassetto. Kat lo aprì e ne estrasse un grosso fascicolo di documenti, raccolti in una cartella marrone. In cima alla pila, c'era un foglio contabile senza intestazione. Una serie di addizioni e sottrazioni, ripartite su una dozzina di righe.

Fece scorrere gli altri fogli. Avevano tutti lo stesso formato, l'unica differenza erano le cifre. "Cos'è questo?"

"Non ne ho idea," disse Zachary. "Sono entrato qui dentro ieri per la prima volta. Di solito Nathan tiene l'ufficio chiuso a chiave."

"Non avete un passe-partout?" Era improbabile che Zachary, comproprietario dell'azienda, non avesse una chiave che aprisse tutti gli uffici. Kat riportò l'attenzione sul primo foglio. L'intestazione di ogni colonna era composta da lettere e numeri. Doveva trattarsi di un codice. E se quello era un codice, significava che Nathan Barron aveva qualcosa da nascondere. Ma cosa?

Zachary scosse la testa. "Si è fatto costruire una serratura personalizzata. Ho dovuto chiamare un fabbro per farmela aprire."

Kat mise da parte il fascicolo. Era alla Edgewater da quasi due ore. Prima di perquisire l'ufficio di Nathan, aveva voluto controllare tutti i pagamenti effettuati dall'azienda e dal fondo d'investimento Evergreen. Esaminarli era stato strano. Molti degli assegni portavano ancora la firma di Victoria, che aveva abbandonato il suo ruolo nell'azienda solo dopo aver ottenuto formalmente il divorzio. Oltre alle solite spese per l'affitto, la cancelleria e gli stipendi degli impiegati, Kat aveva trovato delle ricevute e degli assegni già riscossi con causale: "analisi statistiche". Riportavano cifre esorbitanti. Estrasse la cartella con i documenti dalla sua valigetta, quindi la passò a Zachary. "Cosa può dirmi di queste?"

Zachary sedette alla scrivania del padre e aprì la cartella. Sfogliò le prime pagine. "Analisi sugli investimenti? Non ne sapevo nulla."

"Non dovrebbe esserne al corrente?"

Zachary alzò lo sguardo dalle ricevute e le lanciò un'occhiata interrogativa. "Perché dovrei?"

"Sono le spese più consistenti che ho trovato finora," spiegò Kat. "E inoltre riguardano un campo di cui Nathan non dovrebbe occuparsi, dal momento che è lei a seguire tutto ciò che riguarda l'andamento della valuta. Mi sbaglio?"

"No, non si sbaglia. Ma questo non cambia le cose." Zachary girò la chiave dell'ultimo cassetto della scrivania e controllò i documenti.

"Posso?" Kat si scambiò di posto con lui e accese il computer di Nathan. Collegò un hard disk portatile alla presa. Con qualche click del mouse rintracciò i file relativi all'azienda e ne fece una copia. Mentre aspettava che il computer finisse di trasferire i dati, sfilò tutte le cartelle dai cassetti e cominciò a controllarle una per una, in cerca di ulteriori indizi. Oltre ai documenti e a qualche oggetto di cancelleria, nei cassetti c'erano delle carte di credito e qualche banconota. Non che sperasse di trovare molto di più – Nathan non trascorreva molto tempo in ufficio. E questo significava anche che, con ogni probabilità, nel computer non avrebbe trovato nulla di interessante.

Completata la copia dei file, Kat ne aprì alcuni per dare una prima occhiata. Nulla di significativo; a parte qualche lettera commerciale e un resoconto sugli andamenti del fondo Edgewater, nel computer c'era ben poco.

Zachary rimase in piedi dietro di lei, fissando lo schermo. "Niente?"

"No, ma c'è ancora una cosa che vorrei controllare." Aprì la posta elettronica di Nathan e cominciò a scorrere la lista dei suoi contatti. Ce n'erano centinaia, in netto contrasto con la striminzita raccolta di file. Kat riconobbe alcuni dei nomi: celebri filantropi multimiliardari, capi di stato e membri delle famiglie reali di tutto il mondo. Il circolo sociale di Nathan era molto più ampio di quanto avesse immaginato.

Arrivata alla lettera W, una voce catturò la sua attenzione. Si trattava di un gruppo di contatti, registrato col nome di World Institute.

"Zachary, cos'è questo World Institute?"

Lui si appoggiò alla spalliera della sedia, chinandosi verso lo schermo per vedere meglio. "*World* cosa?"

Kat cliccò sul gruppo per vedere i contatti al suo interno. "World Institute. È una specie di lista. Mai sentita nominare?"

"Credo che si tratti dell'ennesimo club a cui è iscritto mio padre. Un altro circolo esclusivo per gente ricca e potente."

"E cosa fanno, di preciso?" Kat controllò la lista. C'erano capi di stato, membri di alcune famiglie reali e perfino il direttore operativo del Fondo Monetario Internazionale.

"Nathan non ne ha mai parlato molto. Ma da quello che ho capito, dovrebbe trattarsi di un gruppo di discussione sugli aspetti teorici del mercato valutario."

"E perché lei non fa parte del gruppo?" Come faceva Zachary a non conoscere un'organizzazione internazionale che gravitava intorno al settore di sua competenza?

"Io mi occupo di investimenti, non di teoria. La teoria è roba da intellettuali." Appoggiò una mano sullo schienale della sedia di Kat, mentre lei continuava a scorrere i nomi.

Kat prese un blocchetto dalla scrivania e vi scrisse sopra il nome del gruppo. Intendeva approfondire la ricerca, ma non era il caso di farlo adesso. Quindi scollegò il suo hard disk e lo rimise nella valigetta. Una volta tornata nel suo ufficio, avrebbe controllato i documenti uno ad uno, senza tralasciare neppure un byte.

"Guarda questo." Zachary si abbassò a raccogliere un pezzo di carta dal cestino della spazzatura. "Non ha nemmeno cercato di nasconderlo."

Passò il foglio a Kat, che lo osservò incuriosita.

"Un viaggio a Londra? Non vedo cosa ci sia di male." Il foglio riportava l'itinerario del viaggio. Aveva prenotato un biglietto aereo e sei notti in un albergo di lusso.

"Tanto per cominciare, oggi avrebbe dovuto incontrare alcuni banchieri che collaborano con la nostra sede di New York. Londra non ha niente a che vedere con i nostri affari. Ma naturalmente, a lui non importa."

"I confini tra viaggi di lavoro e di piacere a volte sono piuttosto sfumati, specialmente in un'azienda di famiglia."

"Azienda di famiglia?" Zachary sputò fuori le parole come se fossero veleno. "Siamo una famiglia soltanto di nome."

"Secondo l'itinerario, Nathan è partito ieri. Cosa starà combinando a Londra?"

CAPITOLO 10

Il respiro di Kat accelerò mentre si arrampicava sul crinale della collina. La pendenza del dieci per cento e la sua camminata veloce avevano assorbito tutta la sua concentrazione. La casa dello zio Harry si trovava a metà della salita. Mancavano solo una trentina di metri, ma in quel momento a Kat sembrava irraggiungibile.

Le bruciavano le gambe. Era abituata a prendersela con calma, una volta arrivata in cima alla collina. Ma era già venerdì ed era la prima volta che trovava il tempo per andare a correre dall'inizio della settimana. Le necessità dello zio Harry si facevano sempre più pressanti e il suo carico di lavoro continuava a crescere. Trovare del tempo per sé stava diventando un'impresa impossibile, perciò ogni occasione andava sfruttata al massimo. Il dolore, in fondo, era un buon segno.

L'inclinazione del pendio dava l'illusione che la strada finisse nel nulla. Una scalata quasi verticale, che arrivava a toccare l'orizzonte. E poi, un tuffo nel vuoto. Era questa l'impressione, dal fondo della collina. Quando era piccola, dopo che suo padre se n'era andato e lei era stata costretta a trasferirsi a casa degli zii, si era ritrovata spesso a pensare a quel salto. Continuare a salire, fino in cima alla collina, dove il cielo sfiorava l'asfalto. E poi lasciarsi cadere oltre il bordo, scomparire per sempre dalla faccia della terra – lontano dal suo passato, dal presente e soprattutto da Hillary.

Quel giorno aveva dovuto svegliarsi all'alba per riuscire a concedersi un paio d'ore di corsa. Harry si sarebbe alzato da un momento all'altro. La pioggia leggera si stava trasformando in un vero e proprio temporale, ma per lei non faceva alcuna differenza. I suoi vestiti erano già zuppi e le scarpe erano finite in così tante pozzanghere che ormai dovevano essere piene d'acqua.

Finalmente, Kat raggiunse un tratto della collina in cui il pendio diminuiva bruscamente. Rallentando il passo, alzò lo sguardo verso la casa di Harry: un edificio basso e largo, il cui stile rustico ma al tempo stesso elegante ricordava le villette di campagna del New England. Si trovava a mezzo isolato di distanza, ma le sue pessime condizioni erano evidenti anche da lì. Harry si era sempre preso cura della sua casa, ma adesso che non era più in grado di farlo le erbacce stavano ricoprendo il giardino e la vernice aveva cominciato a scrostarsi intorno alle finestre.

Dal giorno dell'incidente, Kat passava a trovare lo zio Harry ogni mattina. Gli preparava la colazione e poi lo portava con lei in ufficio, oppure a casa sua nel fine settimana. Bussò alla porta e aspettò qualche minuto. Nessuna risposta. Come al solito la televisione era accesa e il volume era al massimo. La giuria popolare di un talk-show a sfondo giuridico aveva appena decretato che la fuoriserie rossa non apparteneva all'imputato.

Si chinò verso la fessura della buca delle lettere e la scostò con due dita. Le sue gambe si stavano facendo pesanti.

"Zio Harry, sei in casa?"

Dietro la porta si sentì un rumore di passi, seguito dallo scatto metallico di una mezza dozzina di chiavistelli.

"Che piacere vederti!" Le disse Harry sorridendo.

Come se non si vedessero da una vita. Come se non si aspettasse una sua visita, anche se Kat veniva a trovarlo ogni giorno.

"Che ci fai da queste parti?" Harry indossava una camicia hawaiana a maniche corte e dei pantaloni di lana, tenuti stretti da una cintura. Aveva perso molto peso, dopo la morte di Elsie.

"Sono passata per vedere come stai. Va un po' meglio, rispetto a ieri sera?"

"Perché? Cos'è successo ieri sera?"

"Ti faceva male lo stomaco." Lo sguardo di Kat si fermò sull'avambraccio dello zio. Era rosso e gonfio. "Che ti è successo, zio? Sei caduto?"

"Perché mi fai una domanda del genere?" Harry chiuse la porta e poi si voltò di nuovo verso di lei, le sopracciglia aggrottate.

"Il tuo braccio." Kat lo prese per il polso, indicando i lividi con la mano libera.

Harry rimase a guardare il suo avambraccio, pieno di stupore. "Accidenti. Devo averlo sbattuto da qualche parte. Adesso però sto bene, non mi dà nessun fastidio."

Le fece cenno di entrare. "Sono proprio felice che tu sia passata a salutarmi, Kat. È un bel pezzo che non ci vediamo."

Kat seguì lo zio nell'ingresso, dove fu investita da un'ondata di calore. In un primo momento le sembrò insopportabile. Doveva essersi abituata alla temperatura gelida dell'ambiente esterno. Su un tavolino accanto alla parete c'era un mucchio di posta ancora chiusa. Raccolse le buste e cominciò a controllarle, in cerca di bollette o qualsiasi altra cosa che richiedesse un'attenzione immediata. Trovò soltanto una bolletta del telefono, insieme all'estratto conto delle carte di credito: una Visa e una MasterCard. C'era anche un riepilogo delle operazioni sul suo conto bancario.

Aprì la busta col marchio della Visa. Quando vide l'elenco dei pagamenti, per un attimo le mancò il respiro.

Ventiduemila dollari. Le altre due buste contenevano delle operazioni simili, per un totale di trentamila dollari. Gli ci erano voluti mesi e mesi di pensione, per mettere da parte quella cifra.

Il cuore le batteva all'impazzata. Infilò le buste in una tasca ed entrò in bagno, chiudendosi la porta alle spalle per esaminare i pagamenti senza far insospettire Harry.

Quindi aprì un altro estratto conto: seimila dollari in una gioielleria Tiffany. Che diamine poteva comprare uno come Harry in una gioielleria? Quattromila in diverse boutique di alta moda. Decisamente preoccupante, considerando che Harry acquistava soltanto i vestiti dei grandi magazzini. L'unica voce positiva era quella degli interessi maturati durante l'anno precedente sul suo conto in banca. Poteva trattarsi di un errore? Era improbabile, considerando l'episodio del prestito. Dunque lo zio Harry aveva fatto spese folli su tre carte di credito differenti. Che, per di più, erano state attivate di recente.

L'ultima busta riportava il nome della banca. Kat estrasse il documento e controllò il saldo. Lo scoperto era molto più alto della cifra che avevano visto nell'ufficio di Anita Boehmer. Effettivamente, l'estratto conto che Harry aveva portato in banca risaliva a un mese prima.

Trattenendo il respiro, Kat saltò all'ultima pagina. Sotto le informazioni del prestito per la ristrutturazione della casa, la aspettava un'altra sorpresa: tre settimane prima, Harry aveva chiesto di accendere un mutuo. Dannazione, Anita Boehmer avrebbe dovuto saperlo, eppure non ne aveva fatto menzione. Com'era possibile?

Kat sospirò. Un prestito svanito nel nulla, assegni regolarmente incassati, carte di credito in rosso. E adesso, perfino un mutuo. Nel giro di un paio di mesi, le finanze di Harry erano finite fuori controllo, i risparmi di una vita completamente prosciugati.

Uscì dal bagno e andò a controllare il termostato: ventotto gradi e mezzo. Lo abbassò a ventidue, quindi tornò in cucina.

Il piccolo televisore sistemato in un angolo stava trasmettendo il notiziario del mattino. "Il corpo senza vita di Fredrick Svensson è stato rinvenuto in una vallata delle North Shore Mountains, in seguito a un tragico incidente avvenuto nel corso di un'escursione." La reporter della TV pubblica canadese sollevò una mano per scostarsi una ciocca di capelli dagli occhi. Il vento sferzante non le stava certo rendendo il compito più semplice. Prese fiato e ricominciò a parlare.

"Si ritiene che l'incidente abbia avuto luogo due giorni fa. Nessuno ha più avuto contatti con il signor Svensson dopo la sua partenza per quella che avrebbe dovuto essere una gita di piacere. Le squadre di soccorso hanno localizzato il suo corpo in mattinata, ma l'operazione di recupero è stata rimandata a causa della tempesta imminente."

Il cielo alle spalle della giovane reporter era scuro e minaccioso. Le nuvole erano così basse da oscurare le cime delle montagne. A destra della ragazza, una squadra di soccorritori guardava verso la telecamera. Date le condizioni climatiche non avevano indossato gli sci. Li tenevano agganciati allo zaino che portavano sulla schiena.

Kat abbassò il volume e raggiunse Harry, che nel frattempo si era seduto al tavolo della cucina. Libri e riviste erano ammucchiati sul ripiano nel più totale disordine, lasciandogli appena lo spazio sufficiente per appoggiare il suo bicchiere di succo d'arancia.

"Hai già fatto colazione, zio?"

Harry prese un sorso dal bicchiere. "Bella abbondante. L'ho fatta appena mi sono svegliato."

Il calore all'interno della casa era ancora soffocante. Come al solito, tutte le finestre erano chiuse. Kat sbloccò la finestra della cucina e la aprì con una spinta.

"Cosa hai mangiato?" Mise fuori la testa e inspirò a pieni polmoni l'aria fresca del mattino.

"Non ricordo di preciso, ma... Ehi! Non aprire la finestra. Potrebbero entrare i ladri."

"Zio, devi cambiare l'aria ogni tanto. Come fai a respirare qui dentro?" Nella cucina, c'era un odore terribile, come se qualcosa fosse andato a male. Kat aprì gli sportelli, ispezionandoli uno per uno. Nella credenza c'era un hamburger mangiato a metà, con uno strato di peletti grigiastri che avevano cominciato a crescerci sopra. Lo raccolse avvolgendolo nella carta assorbente e lo trasportò con cautela fino al cestino della spazzatura.

"Gradisci del succo d'arancia, Kat?" Harry afferrò il suo bicchiere dal tavolo e fece un cenno verso di lei.

"Volentieri." Kat prese un bicchiere pulito dallo sportello delle stoviglie e lo appoggiò sul tavolo. Trovò la caraffa del succo d'arancia, seminascosta dietro una pila di vecchi giornali, e si riempì il bicchiere. Mentre cercava di farsi spazio per appoggiare la caraffa sul tavolo, lo sguardo le cadde sulle mani di Harry.

"Dov'è finito il tuo anello?" Harry non si era mai tolto la fede dal giorno in cui Elsie era morta. Anche durante i precedenti quarant'anni di matrimonio, se l'era sfilata soltanto per fare la doccia.

"Oh, una cosa abbastanza buffa," disse Harry portandosi una mano sulla fronte. Gli angoli della sua bocca si incurvarono in un timido sorriso. "Mi è caduto nel lavandino."

"Davvero? Quale lavandino?" Se era ancora nelle tubature, forse Jace avrebbe potuto ripescarlo. Glielo avrebbe chiesto più tardi.

"Quello della cucina. No, aspetta. Forse era in bagno."

Kat buttò giù il suo succo di frutta in pochi sorsi. Di solito la rinfrescava, specialmente dopo una lunga corsa. Questa volta, però, aveva un sapore strano. Forse era rimasto fuori dal frigorifero per troppo tempo. Spostò una pila di libri e appoggiò il suo bicchiere sul tavolo. "Vuoi venire in ufficio con me?"

"Certo che voglio."

"Fantastico. Posso darti un passaggio in macchina, però dobbiamo fermarci un momento a casa mia. Devo prendere delle cose, ma possiamo approfittarne per mettere qualcosa sotto ai denti."

Jace avrebbe badato allo zio Harry mentre lei faceva la doccia e si cambiava per andare al lavoro. Assicurarsi che Harry mangiasse a sufficienza ormai faceva parte della loro routine giornaliera. In questo momento, anche Kat aveva bisogno di una buona colazione: il suo stomaco si stava contorcendo per i crampi.

Non riusciva a smettere di pensare alle carte di credito. Era davvero inspiegabile, proprio come tutto il resto. La vita dello zio Harry stava andando in pezzi e non c'era nulla che lei potesse fare per impedirlo.

CAPITOLO 11

K at sbadigliò, **ancora assonnata** dopo il suo breve sonnellino sul divano della sala d'attesa. Aveva passato la mattina a tenere sotto controllo Harry e a esaminare i documenti della Edgewater, ma si era rivelata solo una perdita di tempo. Si sentiva mentalmente e fisicamente esausta.

Alzò lo sguardo su Harry. Se ne stava seduto alla scrivania, la testa piegata a fissare quel suo maledetto libretto degli assegni. Questa faccenda lo stava consumando. Se non avesse trovato un modo per distrarlo, la preoccupazione avrebbe finito per ucciderlo.

Il sole di mezzogiorno filtrava dalle alte finestre dell'ufficio, illuminando il pulviscolo che volteggiava nell'aria. Kat chiuse gli occhi e cercò di concentrarsi sulle informazioni che aveva raccolto fino a quel momento. Quell'anno la Edgewater aveva versato cinquanta milioni di dollari nelle casse di una società di consulenza statistica chiamata Research Analytics. L'anno precedente, le spese ammontavano a duecentoventi milioni, eppure Zachary non ne sapeva nulla. Qualsiasi servizio fornisse quella società, doveva essere piuttosto redditizio per giustificare una cifra del genere.

Kat afferrò il telefono e compose il numero indicato sulle ricevute. Mentre aspettava una risposta, guardò fuori da una finestra. Finalmente le nuvole nere cominciavano a disperdersi. Le North Shore Mountains erano ricomparse all'orizzonte, in tutto il loro bianco splendore.

Dopo sei squilli a vuoto, Kat era pronta ad arrendersi e riagganciare. Un attimo dopo, una voce femminile rispose. Sembrava senza fiato e aveva un leggero accento, ma Kat non riusciva a indovinarne la provenienza.

"Buongiorno. Vorrei alcune informazioni sul vostro servizio di consulenza statistica."

Una lunga pausa. Dall'altra parte del telefono, si sentiva soltanto il respiro affaticato della donna.

"Se mi confermate l'indirizzo della sede, posso venire di persona nel pomeriggio..."

Click.

Kat ricompose il numero. Questa volta nessuno rispose. Dunque i suoi sospetti erano fondati: in genere, le imprese che operavano legalmente non potevano permettersi di ignorare un potenziale cliente. E naturalmente, neanche chiudergli il telefono in faccia rientrava tra le procedure consigliate.

Kat afferrò le ricevute e le controllò per la seconda volta. Erano state emesse a distanza di qualche mese l'una dall'altra, ma la numerazione progressiva riportava delle cifre in sequenza, come se nel frattempo la Research Analytics non avesse svolto altre attività, di nessun genere. Nell'ambito delle truffe finanziarie, questo era un tipico campanello d'allarme: le aziende reali non lavoravano mai per un solo cliente. Specialmente se avevano un fatturato di oltre cento milioni all'anno.

C'era una sola alternativa possibile: la Research Analytics aveva altri clienti, ma i loro servizi venivano richiesti in maniera molto sporadica. Anche se non poteva escluderlo, Kat faceva fatica a crederci.

Sulle ricevute era stampato un indirizzo. A quanto sembrava, la sede dell'azienda si trovava sulla East Broadway. Kat avrebbe potuto raggiungerli in macchina nel giro di dieci minuti. Forse valeva la pena tentare. Accese il computer e fece una rapida ricerca su internet: nessun risultato, non avevano nemmeno un sito aziendale.

"Ancora a caccia di errori?"

Kat era così presa dai suoi pensieri che non lo aveva nemmeno sentito entrare. Jace era in piedi accanto allo zio Harry, chinato verso di lui.

"Guarda qui," gli disse, indicando il foglio su cui Harry stava facendo i conti. "Hai dimenticato di riportare le decine."

Harry borbottò qualcosa sottovoce e Jace sorrise. Kat gli lanciò un'occhiata di disapprovazione. Lo zio Harry tendeva a innervosirsi facilmente quando qualcuno cercava di aiutarlo.

Kat tornò a concentrarsi sul lavoro. Aveva passato al setaccio una buona parte dei file sull'hard disk, ma le sembrava inutile continuare. Nel computer di Nathan non c'era nulla, a eccezione di un impressionante elenco di contatti e-mail, la crème dell'alta finanza mondiale. Il World Institute collegava alcune tra le personalità più influenti sulla faccia della terra. Quella lista doveva esistere per un motivo. Che cosa avevano in comune quelle persone, oltre al potere e alla ricchezza?

Kat gettò un'occhiata verso Harry, impegnato a nascondere il foglio dei conti sotto il suo braccio destro. Jace era in piedi dietro di lui e stava cercando di sbirciare. Per lui era una specie di scherzo, ma Harry cominciava a innervosirsi sul serio. C'era da aspettarsi un'altra delle sue incontenibili esplosioni di rabbia. Il dottor McAdam lo aveva detto chiaro e tondo, era meglio dargli sempre ragione.

"Falla finita, Jace" ringhiò Harry. "Mi fai venir voglia di strapparmi tutti i capelli."

Non era il caso di ricordargli che, sulla sua testa, i capelli non crescevano da almeno dieci anni.

"Va bene," disse Jace, fingendo di mettere il broncio. "Stavo solo cercando di aiutarti."

"Zio Harry, che ne dici di fare una pausa?" suggerì Kat. "Hai passato tutta la mattina su quelle carte."

"Banche della malora! Come se il prestito non fosse abbastanza. Adesso vengono a dirmi che il mio conto è in rosso, per delle spese che io non ho fatto. E poi non si capisce mai niente. Perché deve essere tutto così complicato? Questi documenti sembrano scritti in arabo!"

Harry scagliò a terra la penna e poi si alzò dalla sedia. "Lasciatemi in pace. Tutti e due!"

"Zio Harry, lascia fare a me. È il mio lavoro, posso sistemare tutto in un'ora." Kat si alzò dal divano e si avvicinò alla scrivania. Harry aprì il cassetto più in alto, come se questo potesse fare da barriera e impedirle di avvicinarsi troppo. Era pieno di elastici intrecciati e scatole di graffette, sotto i quali era sistemata una cassetta di metallo che conteneva qualche banconota.

"Non se ne parla." Harry incrociò le braccia e la guardò con aria di sfida. "Voglio farlo da solo. Il mio cervello ha bisogno di tenersi allenato."

"Ormai ci stai lavorando da settimane. Per me è una cosa semplicissima, lasciami dare un'occhiata. Farò un elenco degli errori che hanno fatto, poi chiameremo la banca e chiederemo di sistemare tutto."

"Non ti preoccupare, ci sono quasi. Dammi ancora un paio d'ore."

"In realtà, avrei bisogno di te per un lavoro più importante," disse Kat. "E non posso aspettare così a lungo."

"Se le cose stanno così, non posso che accettare. Metterò le mie competenze al tuo servizio, in cambio del tuo aiuto col mio conto in banca." Lo disse in tono serio e composto, mettendo in ordine i fogli nel suo raccoglitore.

"Perfetto. Devi sistemare queste ricevute in ordine cronologico." Kat gli passò la cartella della Research Analytics. Sapeva che non avrebbe potuto resistere – allo zio Harry piaceva sentirsi indispensabile, molto più di quanto gli piacesse fare i conti.

"Sei tu il capo." Il suo broncio era scomparso. "Mi metto subito al lavoro. Se ti serve qualcos'altro, fammi un fischio."

Kat tese una mano verso di lui. "Certo. Adesso passami quelle carte."

Harry le consegnò il raccoglitore e il libretto degli assegni con una certa riluttanza. "Mi prometti che non butterai via i miei calcoli? Voglio ricordarmi il punto in cui sono arrivato."

Kat gli sorrise, sforzandosi di nascondere la sua preoccupazione per le sorprese che il raccoglitore avrebbe potuto nascondere. "Promesso."

Cercò gli occhi di Jace, ma lui evitò il suo sguardo e si lasciò cadere su una poltroncina della sala d'attesa. Teneva la schiena curva, le sue ampie spalle ricadevano in avanti. Col tempo, Kat aveva imparato a riconoscere quella postura: era il segno che qualcosa non andava. Allentò il nodo della cravatta. L'abito pulito e stirato che aveva indossato quella mattina era tutto spiegazzato. Il suo sorriso da un milione di watt sembrava essersi spento.

"Devo ammettere che quest'aria da giornalista trasandato ti dona."

Jace rimase in silenzio.

"Ho bisogno di parlarti, Jace." Gli fece cenno di seguirla. Jace trascinò i suoi passi fino all'ufficio di Kat e si chiuse la porta alle spalle.

"Cosa c'è? Vuoi assegnare un compitino anche a me?"

"Si tratta di Harry," disse Kat abbassando la voce. "I suoi problemi finanziari sono più gravi di quanto credessi. Ha una carta di credito in rosso. Il suo conto è praticamente sotto zero. Guarda questo." Gli consegnò una copia dell'ultimo estratto conto, sul quale era riportata la cifra richiesta per il mutuo. Equivaleva al valore della casa di Harry. "È indebitato fino al collo. Ogni volta che controllo, c'è un nuovo prestito o qualche spesa folle. Eppure lo zio Harry passa tutto il giorno con noi. Come fa a trovare il tempo per queste cose?"

Jace scrollò le spalle. "Sa usare un computer? Forse attraverso il portale della sua banca..."

Kat scosse la testa. "Non sa neanche accenderlo, un computer. Sta rischiando di perdere la casa, capisci?"

"Te l'ho già detto, chiedigli di trasferirsi da noi. Può vendere la casa e coprire i debiti."

Non si rendeva conto di quello che diceva, pensò Kat. Avrebbe subito cambiato idea, una volta capito cosa significasse avere Harry tra i piedi giorno e notte. "Gliel'ho già proposto, ma lui non vuole. Dice che sono una traditrice, una complice della banca. Non ricorda di aver acceso un mutuo e non ha intenzione di restituire quei soldi. Che altro posso fare, Jace?"

"Non lo so." Jace buttò fuori un sospiro e crollò su una sedia di fronte a lei.

C'era decisamente qualcosa che non andava. Jace aveva sempre una risposta per tutto. Ma in quel momento sembrava a pezzi. Kat si sentiva triste soltanto a guardarlo. "Cosa c'è che non va? A giudicare dalla tua espressione, sembra che sia morto qualcuno."

Kat liberò un angoletto della scrivania e vi appoggiò il raccoglitore di Harry. Non aveva nessuna fretta di mettersi a fare i conti.

Jace si piegò in avanti, appoggiando i gomiti sulle ginocchia. Si prese la testa tra le mani e rimase in silenzio.

"Jace? Cos'è successo?"

"Il giornale mi ha licenziato."

"Non posso crederci! Perché proprio tu?"

Jace si appoggiò allo schienale e si passò le dita tra i capelli. "Io una mezza idea ce l'avrei. Hai presente quella storia delle truffe immobiliari? Deve essere collegata a qualcuno di importante."

"Chi?" Adesso Kat si sentiva terribilmente egoista per aver messo i propri problemi davanti a quelli di lui.

"Questo non me l'hanno detto. Hanno rimosso il mio articolo dalla prima pagina e mi hanno detto che non avevano più bisogno di me. Fine della storia."

"È una follia. Al caporedattore la storia era piaciuta." Jace aveva passato un mese intero a fare ricerche per quell'articolo. Kat lo aveva aiutato ad analizzare le valutazioni delle proprietà, portando allo scoperto la truffa vera e propria.

"Non penso che sia stata una sua decisione. Ordini dalle alte sfere, nessuno sembra disposto a parlarne. Mi hanno perfino scortato fuori dall'edificio, per essere sicuri che me ne andassi. Dopo dieci anni, Kat. Forse avrei dovuto usare dei toni meno duri."

"Non puoi fartene una colpa. In fin dei conti, non è questo lo scopo del giornalismo? Agitare le coscienze, favorire la discussione, mettere a nudo le ingiustizie."

"Non per la redazione del *Sentinel*, a quanto pare. Quello che davvero non riesco a capire è perché mi abbiano detto di scrivere l'articolo, se sapevano già che non lo avrebbero pubblicato." Sfilò una copia del giornale dalla giacca e la lasciò cadere sulla scrivania. "Guarda qui. Pubblicità redazionale. Il giornale sta diventando una marchetta delle agenzie immobiliari, è naturale che non volessero stampare una storia così controversa." La pagina posteriore era occupata per intero dalla fotografia di una coppia sulla ventina. Erano seduti sul divano, in un soggiorno ampio e luminoso. Sullo sfondo, si intravedeva una cucina di lusso e una tavola da pranzo apparecchiata.

"Vorrei tanto conoscere la verità. Dicono che un'agenzia esterna presto rimpiazzerà tutti i loro reporter. Ma per il momento io sono l'unico di cui hanno voluto liberarsi."

Il personale del *Sentinel* era già stato ridotto qualche mese prima, quando il giornale era stato acquisito da una grossa agenzia internazionale.

"Che razza di idioti. Tu non sei un loro dipendente. Non possono licenziare un freelance." Kat balzò giù dalla sedia e si avvicinò a Jace per baciarlo sulla fronte. Non sopportava di vederlo così abbattuto. Il giornalismo era tutta la sua vita.

"È solo una questione di semantica. Ma il succo è quello – non mi pagano più. E poi, dal momento che sono un freelance, non ho nemmeno diritto a una liquidazione. Il *Sentinel* è stato la mia unica fonte di reddito per oltre dieci anni. Cosa farò adesso, Kat? Non è rimasto nient'altro in città."

Purtroppo era la verità. Nessuno leggeva più i giornali. Ormai le notizie circolavano soprattutto su internet, dove ogni informazione era semplificata fino al ridicolo. E dove tutto era gratis.

Kat si sedette sul bordo della sedia di Jace e lo abbracciò.

"Puoi provare con una di quelle riviste su internet. Ormai ce ne sono parecchie." Stava facendo del suo meglio per sembrare ottimista. "Potresti contattarle e chiedere se hanno bisogno di un freelance, oppure metterti subito a lavorare su una storia e poi venderla a chi è interessato."

"Sarebbe tutto inutile. Al giorno d'oggi, le riviste prendono le notizie dalle grandi agenzie stampa e pagano dei ragazzini per riscriverle secondo la loro linea editoriale. Anche se riuscissi a vendere qualcosa, ne ricaverei pochi centesimi a parola. Non basterebbero nemmeno per pagare le bollette."

"Troverai presto qualcosa. Se fossi il direttore di un giornale, non vorrei mai lasciarmi scappare una persona con le tue capacità." Jace aveva vinto diversi premi giornalistici, nel corso degli ultimi tre anni. Il suo valore come professionista non poteva essere messo in dubbio.

"Non lo so. Le agenzie stanno comprando tutto. Presto esisterà un unico, grande giornale. E naturalmente, dopo quello che è successo, non mi vorranno."

"Adesso non farti prendere dall'agitazione. Ci penso io a coprire le spese, per i prossimi mesi. Quello che ho guadagnato col mio ultimo caso basterà per tutti e due."

Lui scosse la testa. "Avrei dovuto scegliere una carriera diversa. Chi l'avrebbe mai detto, che un giorno i giornalisti avrebbero subìto la stessa sorte dei maniscalchi e dei riparatori di macchine da scrivere? Siamo diventati obsoleti."

"La gente ha ancora bisogno di sentirsi dire la verità in maniera oggettiva. L'onestà intellettuale non diventerà mai obsoleta."

"Lo credi davvero?" Jace sfogliò il giornale fino alla sezione finanziaria. "Leggi questo."

Kat esaminò il titolo. *Beni immobili di lusso: una miniera d'oro.* "È l'esatto opposto del tuo articolo. Stanno promuovendo un settore già sovraffollato. Sembra che abbiano intenzione di diventare complici di quella truffa." Scosse la testa. "Non importa Jace. Peggio per loro."

"Certo che importa. Mi hanno licenziato perché volevano insabbiare la storia. Voglio sapere come stanno davvero le cose."

"È meglio se lasci perdere, per il momento. Hai già abbastanza preoccupazioni per conto tuo." Jace non capiva quando era il momento di arrendersi. Era tenace e ostinato, come un cane intento a spolpare il suo osso. In alcuni casi, questa si rivelava una caratteristica positiva. Durante il restauro della casa aveva tenuto testa all'impresa edile, spuntando un ottimo prezzo e insistendo perché terminassero i lavori entro i termini che avevano stabilito. Però, nella maggior parte dei casi, affrontare le persone a viso aperto non era la strategia giusta. Kat preferiva utilizzare altri metodi.

"Lasciar perdere? È proprio quello che si aspettano. Ma in questa storia c'è del marcio, Kat. Dev'essere peggio di quanto credevamo. Io voglio scoprire che cosa sta succedendo, non possono mettermi una museruola. Intendo combattere per la verità."

"In casi come questo, la verità ha un costo molto alto." Kat condivideva a pieno i suoi ideali, ma quando si aveva a che fare con gente senza scrupoli, bisognava essere realisti. Persone come quelle avrebbero fatto qualsiasi cosa per non perdere i loro guadagni –– e a farne le spese erano proprio gli idealisti come Jace. Erano uomini disposti a calpestare qualsiasi cosa: le aspirazioni, i diritti e i sentimenti altrui. A volte, perfino i cadaveri. Sfidarli significava correre il rischio di essere annientati.

Proprio come stava succedendo allo zio Harry. Oppure alle migliaia di piccoli investitori che avevano deciso di seguire gli azzardati investimenti di Zachary e avevano perso tutto. Jace avrebbe dovuto metterci una pietra sopra e limitare le perdite. Le battaglie che decidiamo di combattere vanno scelte con attenzione. Bisogna conoscere le nostre priorità, distinguere ciò che è fondamentale da ciò che non lo è. E difendere soltanto quelle cose che davvero non possiamo permetterci di perdere.

CAPITOLO 12

*K*at entrò nella banca a passo spedito, pronta anche a combattere, se necessario. Ignorò lo sguardo dei cassieri e proseguì in linea retta verso l'ufficio di Anita Boehmer. Jace aveva ragione: alcune battaglie non potevano essere evitate. Dal momento che Harry non era in grado di difendersi da solo, ci avrebbe pensato lei. Il comportamento della banca era inaccettabile. Come potevano difendere i loro interessi, quando era evidente a tutti che Harry era diventato vittima di un criminale? Alla banca importava soltanto che le sue procedure fossero rispettate. In fin dei conti, erano dei criminali anche loro. Fece un respiro profondo, cercando di recuperare la calma. Fino a quel momento, la voce "combattere contro una banca" non era mai comparsa sulla sua lista delle cose da fare.

Jace aveva accompagnato Harry dal fruttivendolo, lasciandole tutto il tempo necessario per lavorare sui documenti bancari dello zio. Voleva risolvere questa cosa prima che tornassero a casa.

Dopo aver sfogliato con calma il raccoglitore di Harry, aveva un quadro più completo della situazione. La richiesta del mutuo non era stata approvata, ma il suo conto corrente era vuoto. Harry era sempre stato un uomo parsimonioso, metteva da parte ogni centesimo che riusciva a risparmiare. Eppure, di punto in bianco, aveva consumato tutti i suoi risparmi. E poi aveva continuato a spendere fino al limite dello scoperto.

Kat spalancò la porta dell'ufficio e lanciò uno sguardo di sfida verso Anita Boehmer. "Perché non mi ha parlato di quel mutuo quando siamo stati qui ieri?"

"Non vedo perché avrei dovuto farlo. Se ricordo bene, stavamo discutendo di un prestito. Non c'era alcuna ragione particolare per affrontare l'argomento." La Boehmer si alzò in piedi.

"Nessuna ragione particolare?" Kat sbatté il raccoglitore di Harry sulla scrivania della direttrice. "Siamo venuti qui per discutere di un'operazione sospetta. Lei crede che questa non fosse una buona ragione per menzionare altre operazioni insolite sul conto di un pensionato ottantenne?"

Anita Boehmer sospirò e si sedette. "Come le ho già detto, sembrava perfettamente capace di prendere le sue decisioni, quando ha richiesto il prestito. La richiesta di mutuo, invece, doveva ancora essere approvata dal nostro funzionario dell'ufficio prestiti." La donna alzò le mani, mostrandole i palmi vuoti per sottolineare la sua innocenza. "Vi avrei contattati dopo l'approvazione. Non vedo cosa ci sia di così sospetto."

"Direttrice, mio zio ha ottant'anni suonati! Forse non se ne rende conto, ma lui ha sempre vissuto con un reddito fisso e non ha mai dovuto preoccuparsi per i soldi. Poi, da un giorno all'altro, si ritrova nei debiti fino al collo. Se fosse suo padre, gli lascerebbe richiedere un mutuo?"

"Non potrei certo impedirglielo. E comunque, signorina, questi non sono affari miei."

"Quell'uomo è malato. Gli hanno diagnosticato l'Alzheimer. Se non vuole aiutarlo lei, chi dovrebbe farlo?"

Anita le restituì il suo solito sguardo assente, come se quello che aveva appena detto non facesse la minima differenza.

"Il suo silenzio la dice lunga sulle vostre intenzioni. Magari un giorno riuscirete a fargli approvare quel mutuo. Immagino che le farebbe guadagnare molti punti per il suo premio di produttività." Kat non sapeva se una direttrice di filiale ricevesse davvero degli incentivi per il suo lavoro. Stava solo cercando di provocare una reazione.

Il volto di Anita diventò rosso di rabbia. "Mi stia a sentire, signorina.

Da un punto di vista umano, non posso che essere dispiaciuta. Ma non spetta a noi indicare ai clienti come devono usare il proprio denaro."

"Davvero? E allora qual è il vostro compito?" Kat puntò un dito verso il raccoglitore di Harry. "Portare i clienti sul lastrico e impadronirvi delle loro proprietà quando non sono più in grado di pagare?"

"Non vedo come la banca possa essere ritenuta responsabile dei vostri problemi."

"Anita, posso darti del tu?" La donna annuì. Kat aprì il raccoglitore e ne estrasse un modulo. "Sei stata tu a compilare la richiesta del prestito, non è vero? La calligrafia su questo foglio non è quella di Harry."

"In effetti, ricordo che aveva qualche problema a scrivere." Anita si morse il labbro inferiore.

"È proprio questo che intendo. Si dimentica le cose un'ora dopo che sono successe. Ha problemi perfino a fare le addizioni e non è capace di compilare un modulo da solo. Eppure tu gli hai concesso un prestito senza pensarci due volte." Il foglio coi calcoli di Harry era pieno zeppo di errori. Secondo lui, avrebbe dovuto essere in positivo di qualche migliaio di dollari.

"Non ho potuto fare altrimenti, dal momento che aveva una casa intestata a suo nome. Per noi era abbastanza, come garanzia. L'unica cosa che dobbiamo considerare sono i numeri, capisci? Ma non sono stata io a compilare il modulo."

"E allora chi è stato? Un vostro impiegato? Mandiamolo a chiamare." Kat moriva dalla voglia di dare una bella strigliata anche a lui.

"Non è stato uno di noi. Suo zio ha portato via il modulo e lo ha fatto compilare a casa sua."

"Non riesco a crederci," disse Kat, rivolgendosi più a sé stessa che all'altra donna. Anche se Harry avesse trovato qualcuno per aiutarlo a compilare il modulo, si sarebbe dimenticato di restituirlo. E poi avrebbero dovuto accompagnarlo, visto che non guidava più. "C'era qualcuno insieme a lui?"

"Nessuno. È venuto da solo, entrambe le volte." Anita rimise il modulo nel raccoglitore, quindi lo chiuse e lo riconsegnò a Kat. "Mi rendo conto che per te sia difficile accettarlo, ma la banca non ha nessuna colpa."

Kat afferrò il raccoglitore, ma non accennò ad andarsene. "È vero, se consideriamo la cosa da un punto di vista legale. Ma se la mettiamo sul piano morale, io non avrei mai permesso a un anziano di mettere a rischio la sua abitazione. La tua coscienza non ti rimprovera nulla?"

Anita continuò a fissarla, senza dire una parola.

"I potenti dovrebbero proteggere i più deboli, invece di sfruttarli per i propri interessi," disse Kat avviandosi verso l'uscita. Oltre a salvare Harry dal suo disastro finanziario, doveva scoprire chi ne era il colpevole.

Cinque minuti più tardi, Kat era seduta nella sua Subaru a far sbollire la rabbia. Anita stava solo cercando di difendersi – poteva fargliene una colpa, se non voleva mettere a rischio il suo lavoro per i problemi di uno sconosciuto? Kat capiva le sue motivazioni, e doveva ammettere che aveva ragione: aveva fatto quello che doveva fare. La legge non le imponeva di esercitare un giudizio morale sui clienti che si trovava davanti. Ma in fondo era proprio questo il problema. Prima di cominciare a domandarsi se una certa legge era fosse giusta, qualcuno doveva sbatterci la faccia. Qualcuno come Harry. Nel corso della storia, i più vulnerabili avevano dovuto sopportare gli stessi abusi un'infinità di volte, prima che arrivasse una legge a proteggerli.

Guardò le chiavi dondolare accanto al volante e cercò di ricomporsi. Anche se non era d'accordo con le politiche della banca, probabilmente non avrebbe dovuto aggredire la Boehmer a quel modo. A questo punto, era meglio concentrarsi sul vero colpevole e cercare un modo per recuperare il denaro. Si chiese da dove avrebbe dovuto cominciare: la memoria di Harry era completamente andata e non c'era neanche l'ombra di un indizio.

Nelle indagini di contabilità forense, il metodo di Kat era fondato su tre elementi chiave: movente, capacità tecniche e opportunità favorevole. Per compiere una truffa, non era sufficiente avere delle buone motivazioni. Ma se a queste si aggiungevano le abilità necessarie per metterla a segno e la giusta combinazione di eventi, allora la riuscita era più che probabile. Riuscire a chiudere il triangolo portava, quasi automaticamente, a individuare il colpevole.

Nel caso di Harry, bisognava chiedersi quando si fosse creata un'opportunità favorevole. Kat e Jace erano sempre accanto a lui. Di notte tornava a dormire a casa sua, ma si trattava soltanto di poche ore. Non incontrava nessuno dei suoi amici da mesi. Alcuni di loro, preoccupati per la sua assenza, avevano perfino cominciato a telefonare a Kat per informarsi sul suo stato di salute.

Al confronto, il caso Edgewater le sembrava un gioco da ragazzi. Per lo meno Zachary aveva un sospettato, una pista da seguire. Quella mattina aveva controllato ancora una volta il bilancio aziendale. Ormai conosceva quel documento a memoria, ma c'era un pensiero che proprio non riusciva a togliersi dalla testa. Anche se Zachary si era appena accorto del denaro mancante, perché i revisori dei conti non lo avevano avvertito? Come aveva fatto una cifra del genere a passare inosservata? Era inconcepibile che avessero firmato una revisione di bilancio senza fare prima un controllo della liquidità disponibile. O bisognava supporre che i revisori fossero dei completi incapaci, oppure che lo avessero tralasciato di proposito, rendendosi di fatto complici dell'inganno.

Raccolse il fascicolo della Edgewater dal sedile del passeggero e cominciò a sfogliarlo. La revisione del bilancio era stata affidata alla Beecham & Company, una piccola società locale. Anche questo era strano. Un'azienda del calibro della Edgewater avrebbe dovuto ricorrere alle grandi multinazionali di revisione contabile.

Controllò l'indirizzo della Beecham; si trovava a pochi isolati dalla banca. Pensò di andarci subito. Inserì la marcia e uscì dal parcheggio, chiedendosi se sarebbe servito a qualcosa.

Pochi minuti più tardi, Kat ricevette una risposta alle sue domande. Accostò al marciapiede, proprio davanti al numero 422 di Cedar Street. Scese dalla sua Subaru e si guardò intorno. Non vedeva nessun complesso di uffici, niente vetrate scintillanti che si alzavano fino al cielo. A quell'indirizzo c'era soltanto un vecchio capannone. Una recinzione metallica, bloccata con un pesante lucchetto, impediva l'ingresso.

el tardo pomeriggio, **Kat uscì** dall'ascensore ed entrò negli sfarzosi locali della Edgewater. La reception era avvolta nel silenzio. Una segretaria azionò l'interfono e avvertì Zachary del suo arrivo, indicandole un divanetto nella sala d'attesa. Zachary non la stava aspettando, ma la sua scoperta richiedeva immediata attenzione.

Se la Beecham non esisteva, il bilancio della Edgewater non era mai stato sottoposto a una revisione indipendente. I loro risultati finanziari potevano essere stati falsificati dalla prima all'ultima cifra. Fino a quel momento, Kat non era sicura che si potesse parlare di truffa, ma adesso non poteva che esserne certa. Mentre aspettava, cercò il contatto di Jace sul suo cellulare e avviò la chiamata. Lasciò un messaggio sulla segreteria telefonica, chiedendogli di fare qualche controllo su una presunta società contabile chiamata Beecham & Company.

Pochi minuti più tardi, Zachary la salutò dalla reception e le fece cenno di entrare nel suo spazioso ufficio. Spinse un mucchio di carte su un lato della scrivania e le fece cenno di sedersi. Kat lo mise subito al corrente dell'indirizzo fittizio della Beecham e dei suoi sospetti a riguardo.

"È impossibile. La revisione esterna dei bilanci rientra nel nostro regolamento. È un obbligo nei confronti dei nostri clienti," disse

Zachary scuotendo la testa. "Nessuno sarebbe disposto a investire in un fondo fasullo."

"Avete mai incontrato qualcuno dei vostri revisori? Sono mai state fatte ricerche sulla legittimità di questa società contabile?"

"Personalmente, non ne ho mai sentito il bisogno. Come le ho già spiegato, è sempre stato Nathan a occuparsi di queste cose."

"Però, se non ricordo male, il vostro modello di trading è unico al mondo. La società di revisione contabile avrebbe dovuto conoscerlo almeno in parte, per svolgere il suo lavoro. Crede che Nathan fosse in grado di spiegarlo?"

La testa di Zachary scattò verso di lei. Il suo sguardo cercò gli occhi di Kat, concentrato come un raggio laser. Finalmente aveva capito.

"Maledizione, Nathan non me ne aveva mai parlato. E io, come un idiota, non mi sono mai posto il problema. Si è servito di una società fasulla per anni, forse anche prima che io entrassi nella Edgewater." Si chinò in avanti, lasciando cadere la testa tra le mani. "Non riesco a crederci."

"Beh, è così che stanno le cose. A meno che la Beecham non operi da un capannone abbandonato."

"Forse si sono trasferiti di recente?" Zachary si asciugò un velo di sudore dalla fronte.

Kat sollevò le sopracciglia. "Ci ho pensato anch'io. Ho chiesto ai miei assistenti di controllare, ma è molto più probabile che la Beecham non sia mai esistita."

"Però ho visto la firma di qualcuno, sui documenti della società. È falsa anche quella?"

"Al giorno d'oggi, chiunque può fare un copia e incolla. A quanto dicono i timbri, la Edgewater ha fatto controllare il suo bilancio soltanto pochi mesi fa. Ci pensi bene: ha visto qualche impiegato della Beecham, nei vostri uffici?" Generalmente, per velocizzare la procedura, il bilancio veniva controllato negli uffici dell'azienda che commissionava la revisione. Per una società come la Edgewater, anche avendo tutto il materiale a portata di mano, potevano volerci intere settimane.

"Non ricordo nessuno. Non abbiamo molti visitatori, perciò è difficile che un estraneo passi inosservato. Anche se non mi occupo personalmente del back-office, me ne sarei accorto. Nathan me l'ha fatta proprio sotto il naso." Batté con forza il pugno contro la scrivania e si alzò in piedi. "Come ho fatto a essere così cieco?"

"A posteriori, tutto sembra piuttosto ovvio. Ma finché non le hanno segnalato una mancanza di liquidità, non c'era nessun motivo per mettere in dubbio l'operato di suo padre." Forse, se avesse scoperto l'inganno per tempo, avrebbe potuto fare qualcosa per contrastarlo. Proprio come Harry con le sue improbabili spese.

Zachary cominciò a camminare avanti e indietro per l'ufficio. Perfino il suo fisico imponente sembrava minuscolo, al confronto con l'enorme finestra e il panorama che si stendeva ai suoi piedi. "Bisogna fermarlo. Ma come?"

"Tanto per cominciare, dobbiamo chiederci perché ha falsificato il bilancio. Se mi concede di accedere al vostro sistema finanziario, posso ricostruire i risultati dell'azienda e recuperare le cifre reali."

"Le cifre reali?" Nathan si fermò all'improvviso, lo sguardo perso nel vuoto.

"Se il bilancio è stato falsificato, sono pronta a scommettere che l'andamento dell'azienda non sia così brillante come ci hanno fatto credere. Ho bisogno di vedere i registri contabili e tutta la documentazione della Edgewater. Io e i miei assistenti lavoreremo di notte, mentre il suo staff non c'è." Come se avesse davvero degli assistenti. Ricostruire l'andamento finanziario di una grande azienda era un'operazione lunga e spossante, quasi impossibile per una persona sola. Forse avrebbe potuto chiedere a Jace di aiutarla.

Zachary aggrottò la fronte. "Dannazione. Non c'è da meravigliarsi che fossimo praticamente sul lastrico. Chiamerò il mio avvocato e farò congelare tutti i fondi rimasti."

"Zachary, anche io reagirei così ma se posso darle un consiglio..."

"Non mi dica di aspettare e vedere come va. Devo impedirgli di causare altri danni." Zachary prese il suo cellulare e si diresse verso la porta.

"Aspetti un secondo, non le sto chiedendo di rinunciare a promuovere un'azione penale. Dico soltanto che il procuratore avrà bisogno di un capo d'accusa. Ci serve un'imputazione precisa, rispetto alla quale non potranno dichiararlo innocente. Tenga presente che Nathan possiede metà dell'azienda." A volte il cattivo esito di un processo dipendeva semplicemente dalla scelta poco accurata dell'accusa. Era un rischio che bisognava scongiurare.

"Potrebbero volerci dei giorni, per comprendere il modo in cui mi ha danneggiato. E nel frattempo, lui continuerà a derubare la Edgewater." Zachary si voltò di scatto e la fissò dritto negli occhi. "Lunedì chiamerò il procuratore e chiederò un mandato di comparizione. Se nel frattempo riesce a trovarmi qualcosa di più consistente, tanto meglio."

"Lunedì?" Considerando che era già venerdì sera, le sue aspettative sfioravano il ridicolo. "Ho bisogno di almeno due settimane per analizzare la contabilità. La Edgewater è una compagnia multimiliardaria."

"Ho detto lunedì." Zachary uscì dall'ufficio, senza darle il tempo di ribattere.

CAPITOLO 14

*K*at passò **tutta la sera** nell'ufficio di Nathan, prelevando dati dal sistema informatico dell'azienda. Controllò prima di tutto i file dei clienti, il primo passo per scoprire quale fosse il fatturato della Edgewater. La società aveva diritto a una percentuale fissa sui guadagni dei suoi clienti. Se gli investimenti cominciavano a fruttare, anche le entrate della Edgewater aumentavano in proporzione. Ma se le cose si mettevano male, o se i loro clienti restavano in pari, il fondo Edgewater non guadagnava nulla.

Questo poteva essere un problema. Secondo i suoi calcoli, i guadagni della Edgewater erano soltanto una piccola parte di quanto era stato riportato sul bilancio. Se si escludeva la possibilità che ci fosse una fonte di reddito di cui non era a conoscenza, il fatturato dell'azienda era sovrastimato di diversi miliardi. Era fin troppo semplice. In un primo momento, Kat pensò di essersi sbagliata. Ma le cifre parlavano chiaro: stava succedendo qualcosa di losco. Doveva parlare subito con Zachary.

La questione della Beecham e del suo capannone abbandonato rimaneva ancora un mistero. Sotto l'impulso del momento, Kat digitò l'indirizzo della società nel software proprietario della Edgewater, un programma informatico chiamato Snoopy, che effettuava ricerche all'interno dei documenti digitalizzati nel sistema aziendale. Schiacciò il tasto invio e aspettò che il programma facesse il suo lavoro, controllando migliaia e migliaia di fatture. Con sua grande sorpresa, i risultati le restituirono due nomi diversi, entrambi domiciliati al numero 422 di Cedar Street. Uno dei cognomi le sembrava vagamente familiare, ma non riusciva a capirne il motivo.

"Zachary?" Chiamò a voce alta.

Nessuna risposta. Ancora un minuto e sarebbe andata a cercarlo nel suo ufficio. Ma prima voleva fare un'altra ricerca. Quei due nomi sul libro paga della Edgewater erano senza possibilità di dubbio collegati alle attività di Nathan. Doveva solo sperare che non fossero inventati.

Rimase a fissare lo schermo per un momento, chiedendosi se non avesse già sentito quel cognome in precedenza. *Svensson.* All'improvviso, le tornò in mente: Fredrick Svensson, l'uomo che era stato trovato morto ai piedi delle North Shore Mountains. Lo avevano detto al notiziario radio di quella mattina. Era quasi sicura che il nome fosse lo stesso. Provò a fare una ricerca su internet; in cima alla pagina del motore di ricerca comparvero una decina di articoli sull'incidente, la data era quella del mercoledì precedente. Cliccò sul primo. Un uomo sulla sessantina, dai capelli bianchi e una barba curata, guardava verso di lei attraverso un paio di occhiali alla John Lennon. La didascalia sotto la foto recitava: *Escursione finita in tragedia per Fredrick Svensson, economista di fama mondiale e candidato al premio Nobel.*

Perché sul libro paga della Edgewater figurava un possibile Nobel per l'economia? Che c'entrava quell'uomo con gli affari dell'azienda? Tornando al software aziendale, aprì la scheda del signor Svensson e cliccò sul dettaglio dei pagamenti. Il sistema le mostrò una serie di ricevute simili, pagate negli ultimi due anni per importi di otto o novemila dollari ciascuna. Kat controllò la causale: consulenza. Consulenza per cosa? Che cosa avevano Svensson e la Beecham in comune? Ma soprattutto, che cosa avevano in comune Svensson e la Edgewater?

Kat si rimise a leggere gli articoli. Oltre al suo amore per le escursioni, alcuni giornali descrivevano le sue particolari opinioni riguardo al mercato valutario.

Cliccò su un articolo in fondo alla pagina. Risaliva all'anno precedente.

Valuta unica mondiale – un'opportunità per lo sviluppo internazionale?

Fredrick Svensson, pioniere della riforma valutaria internazionale, ha tenuto la sua lectio magistralis al Forum Economico Mondiale di Davos. Le sue posizioni sulla possibilità di adottare una valuta unica, per quanto controverse, sono ormai divenute celebri. Secondo la sua interpretazione, le diverse valute incidono negativamente sull'efficienza del sistema economico globale, creando una barriera che sfavorisce tutti gli attori del commercio internazionale, in particolare i paesi in via di sviluppo. Il suo discorso al Forum di Davos ha ribadito ancora una volta l'urgenza di prendere provvedimenti per l'adozione di una valuta unica mondiale, che egli stesso ha definito un passo avanti per lo sviluppo umano, nella direzione di una ricchezza distribuita in maniera più equa.

Kat lesse velocemente il resto dell'articolo. Anche Svensson si occupava di valuta, un ambito che poteva collegarlo agli interessi della Edgewater. L'azienda di Zachary commerciava in valuta estera e Svensson era uno dei massimi esperti in materia. Peccato che le loro opinioni fossero diametralmente opposte. Le teorie di Svensson, se un giorno fossero state adottate dalla comunità internazionale, avrebbero portato alla completa distruzione della Edgewater. Per arricchirsi, Zachary sfruttava i tassi di cambio tra le differenti valute – proprio quello che Fredrick Svensson stava cercando di eliminare. Eppure la Edgewater si serviva di lui come consulente.

Kat mandò in stampa l'articolo e andò a raccogliere i fogli dalla stampante. Si fermò un momento a osservare la scacchiera di Nathan e i suoi massicci pezzi scolpiti nel marmo, poi si avviò a passo deciso verso il corridoio. Forse, una volta tanto, Zachary avrebbe saputo darle delle spiegazioni. Si era ritirato nel suo ufficio alcune ore prima, ma adesso era arrivato il momento di disturbarlo.

Mentre attraversava il corridoio si accorse per la prima volta delle cornici appese alle pareti. Ciascuna di esse conteneva una banconota antica, oppure un vecchio certificato azionario. Si avvicinò per dare un'occhiata. Dietro il vetro, vide un'azione della Compagnia del Mississippi. Accanto a questa, c'era un certificato ingiallito della South Sea Company. Oggetti da collezione, privi di qualsiasi altro valore. Entrambe le compagnie erano state protagoniste di azzardate speculazioni sul valore azionario, operazioni che rasentavano la truffa e che le avevano portate a una tragica fine. Una crudele ironia, pensò Kat, dal momento che la Edgewater sembrava destinata alla stessa sorte. Era stato Nathan o Zachary a scegliere quei certificati come decorazioni? Il corridoio era avvolto in un silenzio inquietante. Non si sentiva il minimo rumore, nemmeno il caratteristico suono delle dita che battevano sulle tastiere.

"Zachary?"

Nessuna risposta. Lo chiamò di nuovo, alzando la voce. Aveva dato per scontato che Zachary fosse ancora in azienda, visto che non aveva sentito nessuno entrare o uscire. Kat svoltò un angolo e raggiunse la porta del suo ufficio. Si era sbagliata: lui non c'era.

Tirò fuori il cellulare e lo chiamò. Un telefono si mise a squillare nella stanza, facendola trasalire. Il cellulare di Zachary era rimasto sulla scrivania, ma il suo giaccone era sparito.

Kat imprecò sottovoce. Perché non le aveva detto che stava uscendo? Aveva intenzione di tornare, oppure si aspettava che rimanesse a lavorare tutta la notte? Non le aveva nemmeno dato una chiave per chiudere il portone. Lasciò un messaggio in segreteria chiedendogli di richiamare appena possibile, ben consapevole che non sarebbe servito a niente.

Tornata nell'ufficio di Nathan, Kat spense il suo portatile. Raccolse tutti i documenti che aveva fotocopiato: i bilanci degli anni precedenti, una lista dei conti bancari collegati all'azienda, l'elenco dei clienti con le relative operazioni e qualche resoconto sull'andamento degli investimenti. Non aveva ancora iniziato a sommare le cifre per confrontarle con quelle del bilancio annuale, ma c'era un numero in particolare che la preoccupava.

Le casse della Edgewater al momento contenevano meno di centomila dollari. Per un miliardario che aveva dedicato tutta la vita alla sua azienda, era una somma irrisoria. Ma non era questo il problema: in seguito al divorzio, Zachary avrebbe dovuto dividere con la sua ex-moglie un patrimonio che adesso non esisteva più. La stima che Kat aveva presentato al processo era fondata in gran parte sul bilancio contraffatto della Edgewater.

Lei e Zachary erano stati tremendamente ingenui, nella valutazione delle sue proprietà. Kat si chiese come avrebbe reagito una volta scoperta la verità.

Infilò i documenti nella sua valigetta e afferrò il cappotto. Anche se la scadenza di Zachary si avvicinava, la sua capacità di concentrazione era al limite. Lo stomaco continuava a farle male e sentiva il principio di una febbre in arrivo. Aveva bisogno di riposare. Doveva evitare a tutti i costi che l'influenza peggiorasse, costringendola a letto. E poi non vedeva l'ora di tornare da Harry e Jace, per vedere come stavano.

Si fermò sulla porta dell'ufficio. Un pensiero improvviso la condusse di nuovo verso la scrivania. Riaprì la valigetta, ne estrasse i documenti e li studiò ancora una volta. Secondo i suoi calcoli, la Edgewater sarebbe rimasta completamente a secco nel giro di pochi giorni. Quel martedì, la sua liquidità avrebbe raggiunto lo zero.

La scadenza fissata da Zachary non le sembrava più un'esagerazione. L'urgenza era reale e non c'era tempo da perdere. Forse lunedì sarebbe già stato troppo tardi. Per tirare avanti, la Edgewater aveva bisogno di quel denaro.

Una chiave fece scattare la serratura del portone. Zachary doveva essere rientrato.

Meglio così, pensò Kat. Glielo avrebbe detto subito. Lasciò cadere il cappotto e la valigetta sul divano nell'ufficio di Nathan e si diresse verso la porta.

Ma non si trattava di Zachary. La risata di una donna spezzò il silenzio che regnava nell'edifico.

Kat era paralizzata. Il cuore cominciò a batterle all'impazzata, mentre cercava un posto in cui nascondersi. Poi la riconobbe. Quella voce non poteva essere che sua: Victoria Barron. Che ci faceva alla Edgewater dopo l'orario di chiusura? Probabilmente aveva intenzione di giocare un altro dei suoi colpi bassi. Perché Zachary non aveva cambiato le serrature?

Il portone si chiuse di colpo. Kat si voltò. Doveva nascondersi. L'unica porta della stanza l'avrebbe portata inevitabilmente incontro a Victoria. Dietro al divano? Lo escluse subito. Victoria avrebbe potuto entrare nell'ufficio da un momento all'altro. Se avesse deciso di sedersi, sarebbe andata dritta verso di lei.

I tacchi di Victoria risuonarono sul pavimento di marmo della reception. Quando raggiunse il tappeto berbero all'inizio del corridoio, il suono scomparve. Un'ondata di profumo pungente invase l'ufficio.

Kat dovette trattenere uno starnuto mentre si lanciava verso la pesante tenda damascata. Come andava di moda negli ambienti dell'alta finanza, le tende erano abbastanza lunghe da terminare in una sorta di pozzanghera di tessuto sul pavimento. Fortunatamente per lei, sarebbe bastata a coprirla dalla testa ai piedi.

Victoria bisbigliò qualcosa. Kat immaginò che stesse parlando al cellulare. Doveva essere sulla soglia dell'ufficio, in ogni caso troppo vicina perché Kat riuscisse sbirciare senza rischiare di essere vista.

Nel momento in cui Victoria accese le luci, Kat notò con orrore che un leggero bagliore penetrava da sotto la tenda: una delle sue scarpe non era completamente dentro. Mosse il piede lentamente, sperando di non aver attirato la sua attenzione.

C'era qualcuno insieme a Victoria? Non aveva sentito il rumore di altri passi. Un cassetto venne aperto di scatto. Victoria stava frugando tra i documenti di Nathan.

Kat si appiattì contro il muro, pentita di aver consumato un pranzo così abbondante. Si chiese se il suo profilo non sporgesse attraverso la tenda. Da quella posizione, non c'era modo di saperlo.

"L'ho trovato. Ti richiamo più tardi."

Kat riuscì appena a percepire il suo bisbiglio. Come aveva immaginato, Victoria era sola. Cosa aveva trovato? Emise un sospiro di sollievo al sentire che i tacchi di Victoria si stavano allontanando da lei. Aveva un bel coraggio ad andare lì, dal momento che non lavorava più per la Edgewater. Come faceva a essere certa che Zachary non fosse in ufficio? E come avrebbe giustificato la sua presenza se avesse incontrato qualcuno? Forse non avrebbe dovuto nascondersi, si disse Kat. Ma l'agitazione aveva avuto la meglio.

La porta dell'ufficio si chiuse. Kat trattenne il respiro. Non riusciva ancora a lasciare il suo nascondiglio. La campanella dell'ascensore risuonò nel corridoio, segnalando che Victoria se ne stava andando definitivamente. Cinque minuti più tardi, Kat emerse dalla tenda. Il profumo di Victoria riempiva la stanza e le solleticava il naso. Starnutì.

Mentre faceva scorrere lo sguardo intorno a sé, nella speranza di trovare un fazzoletto, vide che il suo cappotto e la valigetta erano rimasti sul divano. Chissà se Victoria li aveva notati. Il suo battito accelerò di nuovo quando il cellulare si mise a squillare. Sfilandolo dalla tasca, premette un tasto per silenziare la suoneria e controllò il nome sul display. Era Jace. Kat non aveva alcuna voglia di mettersi a parlare in quel posto. Ancora venti minuti e si sarebbero visti di persona. Infilò il cappotto e si avviò verso casa.

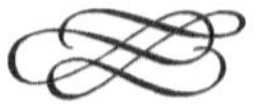

CAPITOLO 15

Ormai **Kat faceva fatica** a tenere gli occhi aperti. Erano quasi le tre del mattino. Non desiderava altro che mettersi a letto, ma non avrebbe trovato pace se prima non fosse riuscita a quantificare i danni subiti da Zachary. La Edgewater era vittima della più grande truffa finanziaria che avesse mai visto in vita sua.

Da quando era arrivata a casa, non aveva smesso di analizzare i documenti. Stava sommando i guadagni ottenuti dalle percentuali di ciascun investitore, un processo certosino che stava mettendo a dura prova i suoi occhi. Aveva già controllato più di centocinquanta documenti, senza trovare una sola cifra che corrispondesse con quanto era scritto nei file che aveva prelevato dal computer di Nathan. Le copie cartacee erano tutte in positivo, mentre la loro controparte elettronica era quasi sempre in perdita.

Le percentuali dei guadagni sui certificati cartacei erano incredibilmente coerenti tra loro. Troppo coerenti, a dire il vero. Ogni conto che aveva controllato aveva un ritorno del dodici percento, a prescindere dal momento in cui il cliente aveva deciso di investire. Era statisticamente impossibile, dal momento che il fondo stesso era soggetto a fluttuazioni non indifferenti nel corso del tempo. Investendo in valuta estera, non ci si poteva aspettare di vincere sempre, per lo meno nel breve termine.

Fuori dalla finestra, il vento continuava a fischiare. Le raffiche si facevano sempre più intense, facendole desiderare il calore del suo letto.

"Ancora su quelle carte?" Jace comparve sulla soglia dello studio, portando con sé due tazze di caffè bollente.

"Vieni a vedere, Jace," disse lei con un cenno verso lo schermo del computer. "Sommando i guadagni ottenuti dai conti dei clienti, ho ottenuto centocinquanta milioni di dollari. Niente di più distante dai miliardi che compaiono sul bilancio della Edgewater. Eppure, rifacendo i calcoli su questi certificati cartacei, i conti tornano: tre miliardi di dollari." Aveva trovato i certificati in un armadietto chiuso a chiave nell'archivio della Edgewater. Le era bastato chiedere a Zachary di effettuare un controllo incrociato per avere le chiavi.

Jace le diede una tazza e avvicinò una sedia a quella di Kat. "Centocinquanta milioni su un totale di tre miliardi. Vuoi dire che mancano all'appello quasi due miliardi e ottocento milioni? Come si spiega?"

"Comincio a credere che Nathan stia utilizzando uno schema Ponzi. Raccoglie il denaro degli investimenti e lo fa sparire all'istante, rilasciando un falso certificato che riporta guadagni inesistenti per attirare altre vittime. Vuoi sapere cosa me lo fa pensare? Guarda qui." Kat avvicinò un dito allo schermo, indicando una colonna in cui aveva calcolato le percentuali per un campione di venti investimenti. "Tutti questi investitori hanno guadagnato esattamente il dodici percento all'anno. Per tre anni di fila."

"È davvero straordinario, la mia banca ha un tasso d'interesse che non arriva nemmeno al due percento! Pensi che dovrei spostare i miei risparmi?"

"È una presa in giro, Jace. Le cifre sono contraffatte. Ogni cliente ha versato la sua quota in un momento diverso: alcuni sono nel fondo da anni, altri sono entrati l'anno scorso. Ma tutti gli investimenti hanno lo stesso ritorno."

"Non potrebbe trattarsi solo di una coincidenza?"

"Non credo proprio. In teoria il fondo Edgewater è fondato sul commercio di valuta estera. Per condurre le sue speculazioni, dovrebbe comprare e vendere in continuazione. Eppure è impossibile ricostruire questo genere di transazioni a partire dai certificati di ogni cliente. Così mi sono procurata un estratto conto di tutte le banche con cui collaborano. E vuoi sapere che cosa ho scoperto?"

"Che cosa?"

"Che l'azienda sta affondando. Altro che dodici percento netto di guadagno! Zachary Barron è convinto che il suo modello di trading stia funzionando, ma in realtà non esiste nessun trading. Nathan Barron non ha mai eseguito gli investimenti. Non si muove un dollaro. Suo figlio non ha mai preso in mano un bilancio aziendale, per cui non ha mai sospettato di nulla."

"Quindi si tratterebbe di una gigantesca messa in scena? Con tanto di impiegati che lavorano nei loro uffici? Non capisco come abbiano fatto a non accorgersene."

"È Nathan in persona a gestire tutta la parte amministrativa dell'azienda. Sembrerebbe sorprendente, considerando che è sempre in viaggio. In ogni caso, non sono mansioni che spettano a un dirigente. Un altro campanello d'allarme che Zachary ha trascurato." In realtà, anche se le attività dell'azienda erano praticamente inesistenti, a livello amministrativo c'era comunque molto lavoro da sbrigare. La manipolazione dei certificati cartacei, ad esempio, richiedeva tempo e pazienza. Nathan doveva avere dei complici tra gli impiegati.

"E tu credi che Zachary Barron sia innocente? Che davvero non ne sapesse niente?"

"Per quanto sia difficile da credere, penso che stia dicendo la verità," disse Kat.

"E quindi il vecchio Nathan è riuscito a imbrogliare tutti, compreso suo figlio. Da quanto tempo va avanti la cosa?"

"Almeno dieci anni. Guarda questo." Kat sollevò qualcosa che somigliava a un documento d'altri tempi, quando ancora la formattazione non veniva eseguita al computer. Il logo della Edgewater era stato ritagliato e incollato sopra il nome della compagnia originaria. Lo stesso valeva per il nome del cliente.

Jace afferrò il foglio e strofinò il dito contro il logo. "Un falso di pessima qualità. Questo copia e incolla rudimentale non ingannerebbe nessuno."

"Forse nei primi anni Nathan non aveva bisogno dei certificati. Uno schema Ponzi è una truffa piuttosto elementare: nella sua versione più semplice, è tutto fondato sul passaparola. Ma adesso, quando un vecchio cliente gli chiede della documentazione, lui non deve far altro che scannerizzare uno di questi e mandargli una copia per e-mail. La versione elettronica risulta molto più credibile. Per quanto riguarda le cifre, utilizza dei fogli di calcolo fasulli, incrementando ogni investimento di una certa percentuale. Così tutti sono felici e il loro denaro rimane nel fondo." Questo spiegava la funzione dei fogli di calcolo che aveva trovato nell'ufficio di Nathan: gli servivano per tenere il conto di quello che aveva promesso alle sue vittime.

"Però se qualcuno avesse accesso al sistema contabile scoprirebbe tutto."

"Esattamente. Nathan deve avere dei complici in mezzo ai suoi impiegati. Qualcuno che tenga nascosti i certificati reali e spedisca quelli fasulli. In questo modo, non ha nemmeno bisogno di manomettere il sistema informatico: a un eventuale controllo delle autorità, la contabilità dell'azienda risulterebbe in regola. Gli basta fare qualche investimento reale di tanto in tanto."

Jace fece un fischio di compiacimento. "Tanto di cappello. E dove vanno a finire tutti i soldi?"

"La maggior parte del denaro viene versata a una società di consulenza chiamata Research Analytics. Ho recuperato l'indirizzo, domani andrò a fargli visita." Kat indicò una pila di ricevute. "Nell'ultimo anno, la Edgewater ha versato cinquanta milioni di dollari sul loro conto. L'anno precedente, i milioni erano duecentoventi. Sono sicura che la presunta collaborazione vada avanti da un bel pezzo."

"Che succede se un cliente vuole riscuotere? A quel punto la truffa diventerebbe evidente."

"Soltanto se Nathan non paga quanto promesso. Ogni volta che un cliente chiede di riscattare il suo denaro, la Edgewater attinge ai fondi degli ultimi arrivati per coprire la somma scritta sui certificati. Finché i nuovi iscritti sono più numerosi di quelli che se ne vanno, il sistema continua a funzionare." Con la coda dell'occhio, Kat notò un movimento nel corridoio. Voltandosi, vide Harry che andava dritto verso la porta. Indossava un paio di pantaloncini corti e un golfino di lana. "Dove stai andando, zio?"

"Esco a fare una passeggiata."

"Una passeggiata in piena notte? Lascia perdere zio, sta piovendo."
Jace lo aveva convinto a fermarsi a dormire da loro. Era perfino riuscito
a fargli guardare la partita. Era la prima volta che usciva per un giretto
notturno? Oppure era già successo altre volte?

"Davvero? Allora è meglio che resti in casa."

Kat e Jace si scambiarono un'occhiata. Come sarebbe andata a finire,
se loro non fossero rimasti alzati fino a tardi? Harry sarebbe uscito nel
gelo della notte, senza nemmeno mettersi il cappotto. "Ottima idea, zio.
Ci vediamo domattina."

Harry tornò verso la stanza degli ospiti. Il dottore aveva ragione,
non potevano più lasciarlo da solo nemmeno per un minuto. Era diventato troppo rischioso. Kat avrebbe dovuto trovare una soluzione alla
svelta. La casa di riposo era fuori questione: non intendeva abbandonarlo proprio adesso che aveva più bisogno di lei. In ogni caso, ci
avrebbe pensato il giorno seguente. Voltandosi di nuovo verso la scrivania, si accorse che Jace stava fissando i suoi documenti con aria
perplessa.

"Se ti dicessero che il tuo investimento sta fruttando il dodici
percento all'anno," gli disse Kat, "tu cosa faresti? Chiederesti indietro i
tuoi soldi?"

Jace scosse la testa. "Neanche per sogno. In tutto il mondo, non
esiste una sola banca che può garantirmi una percentuale del genere."

"I clienti di Edgewater la pensano esattamente come te. Di anno in
anno guadagnano cifre stellari – soltanto un idiota rinuncerebbe a
un'opportunità del genere. Nessuno riscatta il suo investimento finché
non si trova con l'acqua alla gola. Il sistema fa leva proprio su questo:
la maggior parte dei clienti proviene da altri investimenti meno redditizi ed è perfettamente consapevole che non si possa trovare di
meglio."

"Per cui Nathan non ha bisogno di molto denaro per liquidare quei
pochi che decidono di andarsene."

Kat annuì. "Esattamente. Gli investitori stanno facendo la fila per
entrare nel fondo, ma Nathan è molto selettivo a riguardo. Solo alcuni
privilegiati ricevono il permesso di investire nella Edgewater. Sono
liberi di riscattare il loro investimento in qualsiasi momento, ma non

avranno una seconda possibilità. Questo lo rende un fondo esclusivo. La quota minima per sottoscrivere è di cinquecentomila dollari."

"Io non mi sarei mai fidato. Un investimento a rischio zero, con un ritorno astronomico e una percentuale perfettamente stabile. Non è troppo bello per essere vero?"

"Decisamente. Ma non importa a nessuno, almeno finché continuano ad arricchirsi. Zachary Barron sostiene di aver elaborato un modello di trading infallibile."

"E invece anche lui sta raccontando un mucchio di balle."

Kat sorseggiò il suo caffè. "Lui crede che il modello funzioni davvero. Il problema è che non può dimostrarlo, dal momento che Nathan non ha mai eseguito i suoi ordini. Finora, Zachary si è limitato a dirgli quando vendere e quando comprare, senza mai controllare che lo facesse realmente. Anche lui credeva alla storia del dodici percento, finché non ha scoperto di essere al verde. Ha cominciato a sospettare che il padre lo stesse derubando e naturalmente ha ragione. I certificati falsi e la Beecham & Company ne sono la prova. Quello che non riesco a capire, è come abbia fatto a portare avanti il suo inganno per tanto tempo. Zachary non mi sembra ingenuo fino a questo punto. Ma c'è anche dell'altro." Lo mise al corrente dell'improbabile collaborazione tra la Edgewater e Fredrick Svensson.

"Quel tizio di cui hanno parlato al notiziario? Il candidato al Nobel per l'economia? La cosa non mi sorprende più di tanto. La Edgewater deve aver fatto qualche vero investimento per salvare le apparenze. Nathan gli avrà chiesto di effettuare delle predizioni sull'andamento del mercato per non buttare via il suo denaro. Anche se le opinioni di Svensson non erano molto convenzionali, era pur sempre un esperto di fama mondiale."

"In tal caso, il suo coinvolgimento sarebbe ancora più sospetto. Svensson sta facendo pressione per una moneta comune – qualcosa come l'euro, ma su scala mondiale. La Edgewater invece ha bisogno che le monete nazionali rimangano separate per portare avanti il suo bluff. Dovrebbero odiarsi a vicenda, invece che collaborare."

"Perché non lo chiedi al tuo amico Zachary? Che sciocco, dimenticavo che lui non sa nulla di nulla," disse Jace con un sorrisetto ironico.

"Zachary Barron non è uno sprovveduto, ma gli hanno fatto credere che il suo modello di trading stia funzionando e lui ne va troppo fiero per metterlo in dubbio. Ma se Zachary non è coinvolto nella truffa, c'è un'altra questione da considerare."

"E quale sarebbe?" Le chiese Jace, scettico.

"Zachary afferma di essersi occupato personalmente di inserire gli investimenti nel sistema informatico aziendale. Ma quando sono andata a controllare, nel sistema contabile non c'era traccia delle sue operazioni. Come ha fatto Nathan a isolare suo figlio da tutto il resto?"

Jace non ebbe il tempo di rispondere.

Uno schianto secco, seguito dal rumore di un vetro che andava in frantumi, li raggiunse dal piano di sotto.

Kat lasciò cadere la penna. Un rumore di passi pesanti rimbombò sulle scale dell'ingresso. Kat balzò in piedi e corse verso la finestra dell'ufficio, appena in tempo per vedere una figura scura fiondarsi all'interno di una berlina nera, ferma sul ciglio della strada. Non riuscì a capire se si trattasse di un uomo o di una donna. La vettura doveva essere già in moto, perché un istante dopo l'automobile partì facendo stridere le gomme sull'asfalto.

Corse verso il corridoio, cercando di raggiungere Jace. Lo vide arrestarsi di colpo sul pianerottolo. Sembrava spaventato. Dopo qualche altro passo, ne comprese il motivo. C'era odore di benzina.

CAPITOLO 16

Kat e Jace **rimasero a guardare** la scena dal pianerottolo, pietrificati da quello che stava succedendo davanti ai loro occhi. Una molotov rudimentale era andata in frantumi nell'atrio. Un tappeto si era imbevuto di liquido e stava bruciando a fuoco lento, mentre le esalazioni della benzina si fondevano col fumo scuro dell'incendio. Frammenti di vetro ricoprivano il pavimento di legno.

Ci vollero pochi secondi, prima che le fiamme cominciassero a consumare il parquet.

Il fuoco si espanse in tutte le direzioni. La porta d'ingresso scomparve dalla loro vista, nascosta dietro una cortina di fumo. Le fiamme si fecero strada fino al corrimano della scala.

L'odore della benzina bruciava sempre più forte nelle narici di Kat. Un'esplosione la fece trasalire. La fiammata percorse il corridoio come un'enorme palla di fuoco.

"Lo zio Harry! Dobbiamo portarlo fuori." Kat si voltò, pronta a correre verso la stanza degli ospiti. Ma Harry era già nel corridoio.

"Che sta succedendo?" Chiese Harry strofinandosi gli occhi. Quando vide le fiamme, rimase a bocca aperta. "Per tutti i diavoli!"

Kat tornò verso lo studio per chiamare i vigili del fuoco. Il cordless non c'era. Si maledisse per non averlo riposto sulla base dopo averlo utilizzato per l'ultima volta e corse di nuovo nel corridoio, chiedendosi dove lo avesse lasciato.

"Vediamo se riesco a sedare le fiamme." Jace si tolse la felpa e cominciò a scendere le scale.

"Fai attenzione," gli gridò dietro Kat, osservandolo dal pianerottolo. L'incendio si era allargato velocemente ed era già troppo tardi per intervenire. Presto avrebbe divorato le scale, bloccando la loro unica via di fuga.

Kat si voltò. "Dobbiamo andare. Coraggio, zio Harry." Gli fece cenno di seguirla e cominciò a scendere le scale.

"Vengo ad aiutarti, Jace." Harry sollevò il suo golfino sopra alla testa e accelerò il passo.

"Fermati!" Kat lo prese per un braccio, impedendogli di proseguire. Con un leggero strattone lo fece voltare verso la cucina, nella direzione opposta a quella dell'incendio. "Da quella parte, zio. Dobbiamo usare la porta sul retro finché siamo in tempo." Il fuoco ormai avvolgeva metà del corridoio. Le fiamme erano fuori controllo. "Smettila, Jace, è tutto inutile. Mettiamoci in salvo!"

Improvvisamente, Kat si ricordò dei documenti al piano di sopra. I certificati di Nathan e i suoi fogli di calcolo. Lei aveva gli originali. Per quanto ne sapeva, non esistevano copie.

Forse, muovendosi in fretta, avrebbe potuto salire le scale e recuperarli. No – era una pessima idea. "Jace, mi hai sentito? Lascia perdere!"

Il calore le aveva fatto arrossire il volto.

"Posso farcela," disse Jace. Strinse i denti e sollevò la sua felpa bruciacchiata dal tappeto, quindi ci saltò sopra coi suoi stivali di pelle, cercando di estinguere le fiamme.

Kat lo fissava accanto alla porta della cucina. Qualche minuto prima, le azioni di Jace avrebbero anche potuto funzionare. Ma adesso la dimensione dell'incendio era duplicata e l'unico effetto del suo tentativo era di esporlo a un rischio inutile.

"L'incendio è fuori controllo, Jace. Andiamocene."

Jace balzò all'indietro, riparandosi il volto dal calore proprio mentre una terza esplosione faceva ruggire le fiamme con ancora più violenza. L'incendio stava cominciando a risalire lungo le scale. Jace si voltò e seguì Kat che, con un cenno della mano, gli faceva segno di andare via.

Kat si mise a correre lungo il corridoio e con un'improvvisa virata entrò in cucina. Harry era immobile accanto alla stufa e si torceva le mani. Sembrava completamente spaesato. "Da questa parte, zio. Andrà tutto bene." Mentre Harry si avviava verso la piccola porta che dalla cucina conduceva direttamente all'esterno, Kat vide il telefono sul tavolo e si affrettò a recuperarlo. Sforzandosi di mantenere la calma spalancò la porta, trascinò fuori Harry e poi compose il 911 sulla tastiera del cordless.

Quando si voltò di nuovo verso la casa, ebbe un tuffo al cuore.

Dov'era finito Jace? Sarebbe dovuto uscire subito dopo di loro, ma per qualche motivo era ancora là dentro.

"Aspettami qui. E intanto fatti mandare i vigili del fuoco." Kat spinse il telefono nella mano di Harry e tornò sui suoi passi.

"Fermati un momento, dove stai andando?" Harry sollevò una mano cercando di trattenerla. "Non entrare là dentro, è pericoloso."

Kat si fermò sulla soglia. "Devo trovare Jace e tirarlo fuori." Harry cercò di protestare, ma il vento e la pioggia coprivano la sua voce. Kat fece finta di non aver sentito.

"Ti prego!" Harry gridò più forte, unendo i palmi delle mani e intrecciando le dita. "Ci penseranno i vigili del fuoco."

Ma Kat era già dentro. Appena attraversata la soglia, fu circondata da un fumo denso e soffocante. Si piegò sulle ginocchia, sperando che più in basso ci fosse ancora dell'ossigeno.

Perché Jace non li aveva seguiti? Era proprio dietro di loro – cosa gli era saltato in mente? L'incendio era troppo esteso perché potesse davvero pensare di spegnerlo da solo. Kat avanzò lungo la cucina, tenendosi più bassa che poteva.

Harry aveva ragione – entrare era stato un errore. Ma quei pochi minuti prima dell'arrivo dei soccorsi potevano fare la differenza. Un conto era lasciare i suoi documenti in preda alle fiamme, un conto era abbandonare Jace. Mentre prendeva fiato, il fumo le entrò nei polmoni e la fece tossire. Le bruciavano gli occhi. Strizzò le palpebre per liberarsi dalle lacrime.

Strisciando sul pavimento, Kat si fece strada fino al corridoio. Non riusciva a vedere nulla. Le fiamme ormai stavano bruciando con meno intensità e il fumo aveva invaso ogni centimetro del corridoio, limitando la sua visuale a circa trenta centimetri da lei.

Ormai doveva essere vicina al punto in cui aveva visto Jace per l'ultima volta. Il suo respiro si stava facendo pesante per lo sforzo e per la mancanza di ossigeno. Non poteva più proseguire.

Poi sentì le sirene di una camionetta dei pompieri avvicinarsi a tutta velocità. Le gomme del camion grattarono contro l'asfalto. Le portiere si aprirono e alcune voci maschili risuonarono attraverso la finestra rotta. Kat sentì la speranza riaccendersi in lei. Poi la luce di un riflettore penetrò nella casa, tagliando l'oscurità e attraversando il fumo. Il corridoio era vuoto. Jace non c'era più.

CAPITOLO 17

Kat rabbrividì e si strinse nella coperta di lana che le avevano dato. Era seduta sui gradini di casa, ad ascoltare il suono dell'acqua che gocciolava attraverso le grondaie. La pioggia si era fermata e l'incendio era stato domato. Il fumo che aveva inalato le causava ancora qualche accesso di tosse convulsa. Uno a uno, i vicini tornarono nelle loro case e spensero le luci, ormai sicuri che l'incendio non si sarebbe propagato.

Un gruppetto di pompieri si era raccolto sul margine del giardino per riordinare l'equipaggiamento e prepararsi a ripartire. Passando in mezzo a loro, una sagoma si avvicinò a Kat con passi incerti. Finalmente i paramedici lo avevano lasciato andare.

Jace aveva il braccio destro fasciato fino all'altezza della mano, con una garza bianca che proteggeva il bendaggio. Aveva rotto la finestra del soggiorno e vi era passato attraverso per uscire in giardino, dall'altro lato della casa. Kat si alzò e gli andò incontro.

Lo abbracciò forte, felice di rivederlo ancora vivo. "Non fare mai più una cosa del genere. Credevo che fossi morto."

Jace si fece un po' indietro e socchiuse gli occhi, come per osservarla meglio. "Non avresti dovuto rientrare là dentro. So badare a me stesso."

Kat la pensava diversamente, ma non disse nulla. Era sollevata di sapere che Jace non aveva riportato ferite gravi e questo, per il momento, le bastava. Scivolando di lato, fece scorrere una mano sotto il suo braccio sano. Camminarono sottobraccio fino al portone d'ingresso, dove rimasero a guardare l'atrio consumato dalle fiamme.

"Perché lo hanno fatto?" Kat osservò i resti anneriti della molotov. Chiunque avrebbe potuto costruire un attrezzo del genere. Lo straccio bruciacchiato era ancora infilato nel collo spezzato di una bottiglia di vino.

Jace non rispose. Si chinò per studiare il danni al pavimento.

Un cerchio di tessuto carbonizzato era tutto ciò che rimaneva del tappeto, un pregiato pezzo d'antiquariato dell'India coloniale, vecchio quanto la casa stessa. Il corrimano della scalinata e la *boiserie* del corridoio erano anneriti e bruciacchiati. Le assi del pavimento, che Jace aveva sostituito durante i lavori di restauro, si erano piegate, raccogliendo l'acqua piovana in una piccola pozza. I pompieri avevano estinto l'incendio in un batter d'occhio, ma ormai il danno era fatto.

"Non lo so," disse Jace alzandosi in piedi. "Potrebbe trattarsi di uno scambio di persona. Volevano punire qualcuno, ma hanno sbagliato casa."

"Stai scherzando? I nostri vicini sono ultrasettantenni. Non credo che si dedichino ad attività criminali." Viste le loro condizioni di salute, probabilmente i pensionati del quartiere di Queens Park non stappavano una bottiglia di vino da diversi anni. Figuriamoci se potevano usarla per fare una molotov.

"Avete fatto arrabbiare qualcuno?" Harry sbucò dietro di loro e si mise a guardare dentro anche lui. "Restare a dormire da voi è stata una pessima idea."

"E questo cos'è?" Con la punta del piede, Jace diede un colpetto a un contenitore metallico, parzialmente nascosto sotto il guardaroba dell'atrio. La polizia aveva dato soltanto una rapida occhiata, ma le indagini vere e proprie sarebbero iniziate a momenti. Jace si chinò a raccoglierlo, quindi svitò il coperchio e ne estrasse un pezzo di carta.

"Che stai facendo?" chiese Kat. "Potrebbe essere un indizio. Hanno detto di non toccare nulla."

Jace la ignorò e lesse il biglietto. Il suo volto si fece scuro. Accartocciò il pezzo di carta e lo infilò in una tasca.

"Fammi vedere," disse Kat stendendo una mano.

Jace scosse la testa. "Non è niente."

"Come sarebbe a dire che non è niente?" Il contenitore di metallo doveva trovarsi all'interno della molotov. "Ti ricordo che anch'io abito qui. Voglio sapere cos'hanno da dire."

Jace scrollò le spalle e tirò fuori il biglietto, quindi lo consegnò a Kat.

Conteneva una sola frase, battuta a macchina. *Questa storia è andata già troppo oltre.* "Ce l'hanno con il tuo articolo? Mi pareva che il *Sentinel* fosse stato abbastanza chiaro, riguardo al fatto di non pubblicarlo."

"Fin troppo."

"Hai lavorato su qualche altra storia ultimamente?" Kat ebbe un brivido mentre gli riconsegnava il biglietto. Si avvolse nella coperta e rimase a guardarlo.

"No, ho passato tutto il tempo a scrivere quel maledetto articolo. Ma non è andato in stampa. Nessuno è al corrente della sua esistenza."

"Eccetto la redazione del *Sentinel* – che subito dopo ti ha licenziato in tronco."

"Pensi che sia stato qualcuno del giornale a incendiarci la casa? Mi pare un po' eccessivo."

"Ma potrebbero aver fatto leggere il tuo articolo a qualcuno. Forse alle stesse persone che hai cercato di accusare."

"Per quale motivo?" Jace lanciò un'ultima occhiata al biglietto e poi lo infilò di nuovo in tasca.

"Non saprei. Dovremmo prima scoprire cosa li ha spinti a licenziarti – ma una cosa è certa: il *Sentinel* è invischiato fino al collo in questa storia. Avevano paura che avresti proposto l'articolo ad altri giornali e così ti hanno mandato un avvertimento."

"Sai cosa ti dico, è proprio quello che farò. Se la sono cercata."

"Non ne vale la pena, Jace."

"E perché no? Venderò la mia storia a qualcun altro. Ormai è chiaro che c'è sotto qualcosa e non permetterò a quella gente di mettermi una museruola. Forse dovrei scavare più a fondo e vedere dove riesco ad arrivare."

"E rischiare altre rappresaglie?" Kat si morse la lingua. Non avrebbe mai dovuto iniziare quel discorso – quando fiutava una traccia, Jace si trasformava in un segugio. Non si sarebbe fermato finché non avesse scoperto i responsabili dell'incendio.

"Chiunque sia stato deve essere punito. Si tratta di gente violenta e senza scrupoli. Se questa volta gliela facciamo passare liscia, cosa credi che succederà? Potrebbero sentirsi in diritto di fare qualcosa di peggio. Magari hanno già le autorità dalla loro parte."

Kat sospirò. Anche lei avrebbe voluto sapere chi c'era dietro quell'attacco. Proprio come Jace, anche lei voleva giustizia. Certe volte, però, c'erano mostri addormentati che era meglio non svegliare. Lo aveva imparato a sue spese, trascorrendo l'adolescenza in casa dei Denton.

Ma dopo tutto quello che era accaduto quella sera, l'ultima cosa che voleva era mettersi a rivangare il passato. Si affrettò a cambiare argomento. "Jace, sono stata così presa dalle mie carte che non ti ho più chiesto nulla su quell'azienda di revisione contabile. Sei riuscito a scoprire qualcosa?"

"Me ne ero completamente dimenticato," disse Jace. "Effettivamente sì, sono riuscito a trovare qualcosa. La Beecham & Company è iscritta alla camera di commercio, anche se la sua sede legale coincide con un capannone abbandonato."

Per quanto piccolo, era pur sempre un progresso. I suoi pensieri tornarono al caso Edgewater come se l'incendio non fosse mai accaduto. Aveva pur sempre un lavoro da fare.

"Perciò la Beecham esiste davvero."

"Soltanto di nome. Appartiene a una grossa holding, che a sua volta appartiene a Nathan Barron."

Le preoccupazioni di Kat erano fondate. "Questo spiegherebbe perché i revisori dei conti non hanno avuto alcun sospetto. Perché questi revisori non esistono. È tutta una messa in scena."

Come aveva immaginato, Nathan Barron non voleva rischiare che la sua truffa venisse scoperta – ma allora perché non si era inventato qualcosa di meglio? Con una posta in gioco di svariati miliardi di dollari, un capannone deserto e un numero di telefono fasullo le sembravano delle precauzioni troppo sciatte.

"In genere gli investitori milionari non dovrebbero preoccuparsi di controllare queste cose? Se ci sono riuscito io, avrebbero potuto scoprirlo anche loro."

"Con un ritorno sull'investimento del dodici percento all'anno e nessun cliente insoddisfatto, penso che preferiscano fidarsi ciecamente. Zachary Barron mi ha detto che gli investitori stanno facendo la fila per sottoscrivere il fondo. Sono più ingenui di quanto si pensi. Ti ho già detto che negli archivi della Edgewater ho trovato un'altra persona registrata allo stesso indirizzo della Beecham?"

"Davvero? Chi?"

"L'ormai defunto Fredrick Svensson. Ho bisogno del tuo aiuto, Jace. Dobbiamo scoprire per quale motivo lo stavano pagando."

A dire il vero, esisteva un'altra questione sulla quale bisognava investigare con urgenza: come diavolo faceva Zachary Barron a piazzare i suoi investimenti senza spostare nemmeno un dollaro? Anche se la truffa era ormai scoperta, qualcosa ancora non quadrava.

CAPITOLO 18

Kat e Jace erano seduti nella reception dello studio Carter, esausti dopo una notte insonne. Oltre alle finestre rotte, l'incendio aveva vanificato giorni e giorni di duro lavoro. Il corrimano intagliato e la *boiserie* del corridoio, che Jace aveva restaurato con attenzione certosina, non esistevano più. Fortunatamente non c'erano stati danni strutturali, ma la vista dell'atrio carbonizzato era difficile da sostenere. Quella notte avevano terminato di pulire e poi avevano inchiodato delle assi di legno alle finestre. All'alba della giornata di sabato, erano fuggiti nell'ufficio di Kat per evitare l'aria piena di fumo che ancora infestava la casa e riposarsi un po'.

"Ti prego, Jace, dimmi che non sto diventando pazza." Kat indicò lo schermo del computer, dove avrebbero dovuto comparire le ultime conferme di negoziazione della Edgewater, ma che invece mostrava soltanto una pagina bianca. "La Edgewater è completamente al verde, e non ci sono stati investimenti nel giro di mesi. Come abbia fatto Zachary a non accorgersene, rimane un mistero." Kat storse il naso e bevve un sorso dalla sua tazza di caffè. Era ghiacciato.

"Sei ancora sicura che non sia in combutta col padre? Anche se devo ammettere che, in quel caso, soltanto un idiota ti avrebbe chiesto di investigare." Jace cercò di appoggiare sul tavolo il braccio ferito, stringendo gli occhi per il dolore.

"Esattamente. Ma come ha fatto a non accorgersi che il suo modello di trading non è mai stato applicato? Gli investimenti della Edgewater non assomigliano neanche lontanamente a quelli che lui descrive. E l'azienda sta per implodere."

"Se Nathan Barron ha manomesso il sistema, avrà anche fatto in modo che le operazioni sembrassero andare a buon fine," suggerì Jace.

"È possibile. Ma Zachary dovrà pur parlare con qualcuno, di tanto in tanto. Gli altri trader non gli hanno mai detto nulla? E nemmeno il suo broker?" In fin dei conti, il lavoro di quella notte aveva portato i suoi frutti. Con le prove che il denaro veniva sistematicamente dirottato, avrebbero potuto disporre di un'accusa molto più solida. Se fosse riuscita a seguire le tracce dei pagamenti fino alla loro destinazione finale, Nathan non avrebbe avuto via di scampo. Ma l'ingenuità di Zachary la lasciava perplessa. "Creare una falsa piattaforma informatica di trading è uno stratagemma troppo sofisticato per le capacità del vecchio signor Barron. Chiederò a Zachary di mostrarmi come funziona."

"Potrebbe averlo commissionato a qualcun altro. Ai suoi complici della Research Analytics, per esempio. Quanto hai detto che gli hanno versato, lo scorso anno? Duecentoventi milioni?" Jace si grattò la fronte.

"Esattamente."

"Beh, ho fatto qualche ricerca anche su di loro," disse Jace. "Lo sapevi che hanno un sito web molto curato? Ti lasciano perfino scaricare il bilancio dell'anno precedente. I loro incassi corrispondono grosso modo ai pagamenti della Edgewater."

"Il che significa che non hanno avuto altri clienti." Kat ripensò all'indirizzo della Beecham e alla donna che le aveva riagganciato il telefono in faccia. Probabilmente anche la Research Analytics era soltanto una copertura. Ma una copertura per cosa? Kat non poteva fare a meno di chiedersi se la truffa di Nathan servisse soltanto per arricchirsi oltre misura o se ci fosse dietro qualcosa di più grosso.

Kat si alzò dalla sedia, fece scivolare una cartella dalla cima di un armadietto e la afferrò prima che cadesse a terra. "Qui c'è una copia delle operazioni bancarie eseguite sui conti della Edgewater da un anno a questa parte. Si tratta quasi esclusivamente delle quote di nuovi clienti. Nessuna traccia di investimenti."

"L'ennesima dimostrazione di quello che già sapevamo."

Kat annuì. Andò a sedersi accanto a Jace, sul bracciolo della sua poltroncina imbottita. "A meno che non abbiano un conto in banca segreto." Aprì la cartella e cominciò a sfogliare le carte. "In ogni caso, questi depositi vengono immediatamente trasferiti a una banca delle Isole Cayman. Il numero del conto è sempre lo stesso."

"E scommetto che coincide con quello della Research Analytics." Jace alzò gli occhi verso di lei. "Posso verificare, se vuoi."

"Certo. Ma intanto voglio farti vedere una cosa." Kat si alzò e lasciò cadere la cartella sulla scrivania, poi si spostò verso la sua lavagnetta. "È soltanto una bozza, però aiuta a capire meglio i collegamenti."

Prese un pennarello e batté la punta contro il grafico che aveva disegnato sulla lavagna. Nella parte più alta, c'era un grosso riquadro con la scritta *Edgewater*. Sotto di esso, due riquadri più piccoli contenevano i nomi della Research Analytics e di Frederick Svensson. Lungo le linee che li collegavano alla Edgewater, Kat aveva scritto: *pagamenti*. Un'altra linea, con la scritta *bilancio*, univa il riquadro dell'azienda con quello della Beecham.

"Dove dovrei guardare?" Jace si alzò, tenendosi il braccio mentre si avvicinava alla lavagna.

"Cerca di seguire i flussi di denaro e di informazioni. Finiscono tutti nello stesso posto." Kat appoggiò la punta dell'indice sulla parte alta del grafico e lo fece scorrere verso il basso.

Jace alzò un sopracciglio, ma non disse nulla.

"Adesso che conosciamo il fatturato della Research Analytics, non c'è alcun dubbio che si tratti di uno strumento nelle mani di Edgewater." Kat indicò i documenti sulla sua scrivania. La Research Analytics era soltanto un fantasma. Sicuramente risultava regolarmente iscritta al Registro Generale delle Isole Cayman, ma Kat aveva la sensazione che un'eventuale ricerca nell'archivio online non li avrebbe portati a nulla di nuovo.

Batté il pennarello sul riquadro della Research Analytics. "Vuoi sapere dove vanno a finire i loro duecentoventi milioni di dollari? Alla fine dell'anno vengono donati a un'organizzazione no-profit chiamata

World Institute. Ne fa parte anche il nostro Nathan Barron." Fortunatamente per loro, il World Institute aveva un sito web. Uno di quelli che elencavano con orgoglio tutte le donazioni ricevute.

Kat disegnò un cerchio in fondo al grafico e al suo interno scrisse la sigla *WI*. Quindi lo collegò alla Research Analytics con una freccia. "La Research è soltanto un tramite per arrivare al World Institute."

"Quindi tutto il denaro va a finire nello stesso posto. Ma perché hanno bisogno di un tramite?"

"È una bella domanda," disse Kat battendo qualche colpetto sulla lavagna. "Si tratta di un'organizzazione no-profit, per cui le donazioni sono esenti da tasse. Non c'è alcun vantaggio nell'utilizzare un conto alle isole Cayman."

"Perciò la Research Analytics è soltanto una maschera." Tenendosi il braccio, Jace tornò alla sua sedia. "Il denaro della Edgewater viene trasferito al World Institute passando per un intermediario. In questo modo è più difficile tracciare i suoi movimenti."

"Esattamente. E scommetto che gli altri donatori stanno utilizzando lo stesso stratagemma. Forse vogliono rimanere anonimi."

"Ovviamente hanno qualcosa da nascondere." Con una smorfia di dolore, Jace cambiò posizione sulla sedia e cominciò a massaggiarsi il braccio ferito.

"Ti fa male? Dovresti farti visitare da un dottore."

Jace declinò la sua proposta con un cenno della mano. "Non è niente di grave."

"Come vuoi tu," disse Kat, tornando alla sua scrivania. Aprì un motore di ricerca e scrisse le parole World Institute, poi schiacciò il tasto invio. Scorrendo verso il basso, controllò i risultati. "Pare che organizzino perfino un convegno annuale."

"Credevo che si trattasse di un'organizzazione segreta."

"E infatti è così. Gli atti del convegno vengono mantenuti rigorosamente segreti. Nessuno, al di fuori dei membri, conosce il luogo in cui si incontrano." Per essere un'organizzazione clandestina, la quantità di informazioni reperibili attraverso una semplice ricerca su internet era a dir poco sorprendente. Forse dovevano mostrarsi credibili agli occhi dei loro donatori.

"Se riuscissimo a scoprire che genere di membri frequentano i convegni del World Institute, potremmo farci un'idea delle loro attività," disse Jace.

"Questa è la parte più interessante. Ho trovato una lista nel computer di Nathan, ma non sembra esserci un campo specifico. Magnati della finanza, filantropi, eredi al trono, conduttori televisivi, futuri capi di stato. Gente coi soldi."

"Hai detto futuri? Il World Institute riesce a prevedere chi sarà eletto prima ancora che succeda?"

"Non hanno bisogno di prevederlo," disse Kat. "Lo decidono loro. O almeno è quello che dicono i cospirazionisti, ma con tutti quei soldi potrebbe essere vero." Cliccò sulla pagina del bilancio annuale. "Senti questa. Le entrate dello scorso anno ammontano esattamente a quattrocento milioni di dollari. Le donazioni della Edgewater sono più del cinquanta per cento."

"Una bella sommetta, non c'è che dire. Gli altri soldi da dove arrivano?" Jace si chinò leggermente in avanti.

Il volto di Kat si scurì. Jace aveva fiutato una storia e ci si stava buttando sopra, come un cane su un osso. Tra i due, era sempre stato lui il migliore in queste cose.

"I nomi su questo elenco non mi dicono nulla, devono essere altre identità fasulle. Puoi fare qualche ricerca per scoprire chi c'è dietro?" La rete era piena delle più fantasiose teorie cospirazioniste sul World Institute. Mentre il sito ufficiale dell'organizzazione la descriveva come un "comitato di specialisti," altre pagine web erano molto meno lusinghiere. Per alcuni si trattava di una società segreta formata dagli uomini più potenti del pianeta per imporre politiche e leggi favorevoli alle loro necessità. Altri lo descrivevano come una sorta di governo ombra mondiale, che aveva già sabotato la sovranità nazionale di diversi stati finanziando i politici più disponibili ad assecondare le richieste delle multinazionali.

Invece di dare credito alle voci di corridoio, Kat preferiva aspettare che Jace si facesse la sua opinione. Nessuno era meglio di lui, quando si trattava di scoprire una verità scomoda. Lei doveva solo assicurarsi che il potenziale giornalistico di quella storia non lo trascinasse troppo lontano.

"Controlliamo subito." Jace appoggiò le spalle allo schienale rivestito di pelle, distendendo le gambe davanti a sé. Allungando una mano, afferrò la custodia del suo portatile, tirò fuori il computer e lo accese.

Kat lanciò un'occhiata verso un vassoio da ufficio che utilizzava per riporre la posta in arrivo nell'attesa di trovare il tempo per leggerla. Il raccoglitore di Harry, appoggiato in cima al mucchio di lettere e documenti, sembrava reclamare la sua attenzione. Un altro lavoro da sbrigare al più presto. Chiunque ci fosse dietro alla deriva finanziaria dello zio, andava fermato subito. Ma la scadenza di Zachary era ormai alle porte: bisognava concludere le ricerche sulla Edgewater e poi concentrarsi sull'enigma di Harry.

Kat contava di risolvere entrambe le questioni entro sera. Spostò il raccoglitore e diede un'occhiata alla posta. Una busta indirizzata a Harry catturò la sua attenzione: un'altra lettera dalla banca. Era la notifica di un trasferimento mensile su un altro conto. Lo stesso conto al quale era stato versato tutto il denaro del prestito.

Jace si chinò verso lo schermo, ma non disse nulla. Il rumore delle sue dita che battevano sulla tastiera era l'unico suono nella stanza.

Kat tornò a guardare la lettera. I trasferimenti di denaro erano regolari, uno ogni mese da almeno sei mesi, stando alla documentazione che Harry aveva raccolto. Per quanto ne sapeva Kat, suo zio non aveva un secondo conto nella stessa banca. Scrisse un appunto su un post-it. Sarebbe tornata a parlare con Anita Boehmer.

MEZZ'ORA PIÙ TARDI, Jace le fece cenno di avvicinarsi, indicando lo schermo del computer. "Non riesco a crederci. Possibile che non abbiamo mai sentito parlare del World Institute prima d'ora? Ci sono storie di tutti i tipi, qualcuno parla perfino di una cospirazione massonica per il controllo del mondo. Guarda qua."

Kat cominciò a leggere l'articolo. La didascalia sotto la fotografia dell'autore diceva: *Roger Landers, autore del libro "Il nuovo ordine mondiale: chi controlla il denaro controllerà il mondo"*.

"Non abbiamo tempo per questo, Jace. Forse un giorno scopriremo la verità sul World Institute, ma adesso dobbiamo soltanto capire perché i pagamenti della Edgewater vanno a finire lì."

"L'elenco dei membri è impressionante," disse Jace. "Ho trovato una lista dei partecipanti alle loro riunioni. Il primo convegno si è tenuto nel 1954, quando le cento personalità più influenti del mondo hanno cominciato a incontrarsi segretamente. Il loro scopo? Gettare le basi per un unico governo mondiale. La realizzazione dei loro desideri di potere si sta facendo sempre più vicina."

"Una teoria cospirazionista coi fiocchi. Peccato che siano solo sciocchezze." Kat avrebbe dovuto immaginarlo. Aveva commesso un errore. Jace era partito per la tangente e non c'era modo di fermarlo.

"Ma in questo caso abbiamo prove attendibili. Ad esempio, gli ultimi tre presidenti degli Stati Uniti, il primo ministro del Regno Unito e l'attuale primo ministro del Canada hanno partecipato alle ultime riunioni del World Institute. Subito prima di andare al potere."

"Sono stati scelti dal popolo, Jace. Eletti democraticamente." Come poteva riportarlo coi piedi per terra?

"Esattamente. Ma il popolo non può votare chi non si candida alle elezioni."

"Pensi che possano aver truccato le candidature?"

"Non direi. Ma sicuramente le hanno influenzate. Stando a questo articolo, il novantatré percento degli iscritti al World Institute ha ottenuto una posizione politica di prestigio nel giro di due anni. Non può essere una coincidenza. Ma il loro legame con il World Institute rimane impossibile da dimostrare con certezza."

"Facciamo finta che sia tutto vero. Cosa c'entra il denaro in tutto questo?"

"Serve per ungere gli ingranaggi e comprare il silenzio dei media. Il motivo per cui non abbiamo mai sentito parlare del World Institute è terribilmente semplice: loro non vogliono che se ne parli. Controllano anche l'informazione, Kat. Chi non accetta i loro assegni in cambio del silenzio, viene etichettato come un idiota. Un cospirazionista a cui è saltata qualche rotella. Un pazzo a cui non bisogna dare ascolto."

"E cosa ti dice che non lo siano davvero?" Kat fece un lungo sospiro.

"Deve esserci qualche elemento di verità. Per come la vedo io, questo World Institute è una vera e propria società segreta. Le riunioni si tengono a porte chiuse. I giornalisti non possono partecipare, con l'eccezione di alcune personalità di spicco. Se qualcuno decide di rompere il silenzio, sa bene a cosa va incontro: la completa esclusione dal circolo e dai guadagni che comporta. Questo Roger Landers ne è un ottimo esempio. Lui non si è limitato a un articolo di giornale. No, Landers ci ha scritto un libro intero. Naturalmente è stato tagliato fuori, ma doveva aspettarselo. Gli altri giornalisti non hanno mai osato parlare dell'organizzazione. Nel giro di cinquant'anni, non c'era mai stata una fuga di informazioni, neanche minima. Perché? Questa è una storia da raccontare. Qualunque giornalista con un minimo di cervello lo farebbe."

"Però nessuno lo ha mai fatto." Kat staccò gli occhi dallo schermo e si voltò verso di lui. "Com'è possibile?"

"Te l'ho detto, devono aver comprato il loro silenzio," disse Jace, alzando le sopracciglia. "Oppure li hanno minacciati."

"Oppure," ribatté Kat, "sono andati a scavare, ma non hanno trovato nulla di interessante. È una storia troppo improbabile per essere vera."

"Forse hai ragione – ma se ti sbagliassi? È una storia da prima pagina. Deve esserci un motivo, se nessuno ne ha mai sentito parlare. Voglio dire, abbiamo a che fare con le persone più ricche e potenti del mondo. Controllano banche, governi e interi paesi. Il loro obiettivo è quello di mantenere e consolidare il potere. L'Unione Europea era soltanto l'inizio. Secondo il libro di Landers, questa gente vorrebbe creare una federazione monetaria asiatica e qualcosa di simile per il Nord America."

Jace puntò l'indice contro lo schermo del computer di Kat. "Il loro scopo finale è la creazione di una valuta unica mondiale. Non mi sorprende che la Edgewater li stia aiutando. Sono i protagonisti assoluti del mercato valutario globale."

"Per me non ha alcun senso," disse Kat. "La scomparsa delle monete nazionali segnerebbe la fine del fondo Edgewater. Non avrebbero nulla su cui investire." Kat riportò lo sguardo sullo schermo del computer. "In ogni caso, le motivazioni di Nathan non ci interessano. Mi serve soltanto una prova delle sue operazioni illegittime."

"Non sei curiosa di scoprire perché lo sta facendo?"

"Naturalmente. Muoio dalla curiosità, ma non c'è tempo per questo. Devo finire il lavoro entro lunedì."

Jace fece finta non averla sentita. "Prendiamo l'Unione Europea – è un esempio perfetto. Ogni passo della sua formazione è servito per arrivare all'euro. La moneta unica."

"E allora?"

"Prova a pensarci, Kat. Per molti Paesi, è stato l'inizio di una lunga crisi."

"Stai dicendo che la crisi economica è stata programmata in anticipo?"

"Esattamente. Col risultato di non poter più tornare alle singole monete nazionali. Se una moneta continuasse a perdere valore, tu cosa faresti?"

"Punterei tutto sulla moneta più forte. Oppure investirei in oro e diamanti, mi sembra ovvio. Ma una crisi economica non fa bene a nessuno."

"Non è vero – se sai che sta arrivando, puoi usarla a tuo vantaggio."

"Il tuo discorso assomiglia alle teorie strampalate dei cospirazionisti," disse Kat. "E per di più, mi stai facendo perdere del tempo prezioso. Questa faccenda non ha nulla a che vedere con il fondo Edgewater."

"È proprio qui che ti sbagli, Kat. Nonostante la scarsa opinione che Zachary ha di suo padre, il signor Nathan Barron è una figura molto rispettata nell'ambiente finanziario. Abbiamo a che fare con un vero esperto, un uomo che non lascia nulla al caso. Mettiamo che il suo obiettivo sia proprio questo: la creazione di una moneta unica. Come faresti per convincere i diversi paesi a sposare il tuo progetto?"

"Annientando la loro moneta," disse Kat. "E poi, offrendo ai governi la possibilità di abbandonare la valuta nazionale per qualcosa di più stabile."

"Funzionerebbe. Il dollaro crolla. La sterlina e lo yen perdono ogni valore. Il mondo precipita nel panico. A quel punto, un'organizzazione finanziaria propone di adottare una moneta unica. Potrebbero dettare le loro condizioni."

"Come ti vengono certe idee? Non è così che funziona."

"Aspetta un secondo. Guarda questa lista." Jace le consegnò un foglio stampato. Assomigliava a una di quelle liste di VIP stilate dai giornaletti scandalistici o dalle riviste di costume. Ma in questo caso non si trattava di personaggi dello spettacolo. Il foglio conteneva una serie di elenchi, suddivisi per anno, il primo dei quali risaliva al 1954. All'interno di ogni elenco, i nomi indicavano le persone più ricche e influenti del pianeta.

"La regina dei Paesi Bassi? È famosa per le sue attività filantropiche, non prenderebbe mai parte a una cospirazione. Non ti sembra un po' eccessivo?" Kat continuò a leggere la lista. Personalità di spicco, ma nulla che facesse pensare a motivazioni sospette.

"Controlla una delle più grandi compagnie petrolifere del mondo," disse Jace. "La tua regina non si dedica soltanto alla beneficienza. Quella donna è un concentrato di denaro e potere."

"Anche se tu avessi ragione, ti dispiacerebbe spiegarmi cosa c'entra tutto questo con Nathan Barron?" Kat cominciava a subire il fascino delle teorie di Jace e questo non le piaceva per niente.

"Se conosci esattamente il momento in cui una valuta estera perderà il suo valore, puoi approfittarne per arricchirti."

"Speculando sulla valuta, proprio come dovrebbe fare il fondo Edgewater. È questo che intendi?"

"Esattamente," disse Jace. "Dobbiamo smetterla di guardare i singoli dettagli. Invece di concentrarci sulla Research Analytics, dovremmo allargare lo spettro delle indagini. Sappiamo già che Nathan sta realizzando una truffa. Ma non abbiamo ancora analizzato i rapporti tra la Research Analytics e il World Institute."

"Non è il momento adatto, Jace. Abbiamo già scoperto che il World Institute ha assorbito tutto il denaro scomparso dal fondo Edgewater. Per quanto riguarda il mio incarico, questo è più che sufficiente."

"Lo credi davvero? Non sappiamo nulla, a parte il fatto che Nathan Barron sta finanziando un'organizzazione segreta con del denaro che non gli appartiene. Non sappiamo quali siano le sue intenzioni. Perché lo sta facendo? Prima o poi, Zachary vorrà conoscere il motivo che ha spinto suo padre a distruggere l'azienda di famiglia."

Kat sospirò. "Va bene. Se Zachary è d'accordo, approfondiremo le indagini." Era sicura che Zachary avrebbe approvato. In fin dei conti, stavano solo cercando di portare alla luce le malefatte di suo padre. "Per il momento, però, limitiamoci a fare quello che ci ha chiesto."

"Dobbiamo trovare un modo per entrare a quella conferenza."

"Non ci pensare nemmeno." Kat mise avanti le mani in segno di protesta. "Io voglio aiutarti a scrivere la tua storia, ma adesso ti stai facendo prendere la mano. Non possiamo andare a quella conferenza."

"Mancano pochi giorni. Le e-mail che hai scaricato dal computer di Nathan parlano chiaro. Non c'è scritto quale sarà il luogo, ma possiamo tirare a indovinare. Scelgono un albergo di lusso nelle vicinanze di una grande città. La conferenza non si è mai tenuta due volte nello stesso posto. L'anno scorso era in Svizzera. L'anno prima si erano riuniti a New York."

Kat si portò una mano alla fronte, come se avesse improvvisamente ricordato qualcosa. "Lo scorso anno Nathan è scomparso all'improvviso, senza avvisare nessuno. Sfogliando la sua agenda, abbiamo scoperto che era a Ginevra." In un primo momento, la cosa non le era sembrata sospetta. Un uomo d'affari tende a spostarsi molto.

"Proprio come immaginavo. La conferenza si tiene sempre nello stesso periodo. Scommetto che l'anno precedente, Nathan ha fatto un viaggetto a New York."

"La mia tariffa non include i voli transoceanici, Jace. Se vuoi spendere un patrimonio per inseguire i tuoi fantasmi, sei libero di farlo. Dove pensi che si incontreranno, quest'anno?"

"Non ne ho idea. La località viene comunicata soltanto all'ultimo momento. Il motivo è evidente: anche se qualcuno venisse a conoscenza del posto, non potrebbe permettersi un viaggio del genere con così poco preavviso. In altre parole, non vogliono giornalisti tra i piedi." Jace sorrise. "Questo genere di eventi sono i miei preferiti. Non è solo una questione di privacy – se vogliono tenere lontani i giornalisti, significa che hanno qualcosa da nascondere."

CAPITOLO 19

Un'ora più tardi, Kat stava ancora cercando di dissuadere Jace dalla sua idea di partecipare alla riunione segreta.

Era già mezzogiorno. Il tempo a sua disposizione stava per scadere, ma le ricerche sembravano ancora inconcludenti. Le accuse verso Nathan Barron erano troppo vaghe. Kat lanciò un'occhiata al grafico che aveva disegnato sulla lavagna del suo ufficio, cercando di dare un senso alle cose. I flussi di denaro, sotto forma di frecce sottili, abbandonavano la Edgewater e confluivano in altri riquadri, senza alcuna ragione apparente.

Jace, nel frattempo, era diventato un esperto di teorie cospirative. Il World Institute continuava a ossessionarlo.

"Dove si trova adesso Nathan Barron?" domandò Jace. "Questo potrebbe essere un indizio decisivo. Se riusciamo a trovarlo, troveremo anche il luogo della conferenza."

"Mi dispiace, ma non so come aiutarti. Aveva prenotato un volo per Londra. Zachary ha chiesto alla sua segretaria di controllare. Hanno scoperto che Nathan non è mai salito su quell'aereo."

"E allora dov'è finito?"

"Non lo sappiamo. Nemmeno la sua segretaria personale ha saputo aiutarci – o forse non ha voluto farlo. È passata quasi una settimana dall'ultima volta che ha parlato con Zachary."

"Pensi che sia una cosa definitiva? Forse è fuggito all'estero e non tornerà mai più."

"Ne dubito." Kat stava pensando ai trofei che riempivano l'ufficio di Nathan. Quell'uomo ne andava orgoglioso. Il suo ego non gli avrebbe mai permesso di abbandonarli così. "Si comporta in questo modo da almeno dieci anni. I suoi dipendenti ci hanno fatto l'abitudine, credono che sia solo una questione di affari. Nathan si sente al sicuro: i misteriosi viaggi del signor Barron non incuriosiscono più nessuno."

"Supponiamo che Nathan sia un membro del World Institute, e questo mi sembra abbastanza probabile, considerando le sue generose donazioni. Se quello che hai detto è vero, non ci sono dubbi: sta andando alla conferenza."

"Credi che la conferenza di quest'anno sia a Londra? E allora perché non ha preso quell'aereo? Forse ha deciso di rinunciare all'ultimo minuto."

"Siete riusciti a scoprire quando è stato prenotato il suo volo?"

Rovistando in mezzo a una pila di documenti, Kat tirò fuori una copia del biglietto aereo. "È stato emesso quasi sei mesi fa. Che importanza ha?"

"Te l'ho detto, il World Institute tende a comunicare i dettagli solo all'ultimo momento. Il paese in cui si terrà la riunione viene svelato soltanto un paio di mesi prima. Perfino la data precisa rimane un segreto, almeno fino a quel momento. L'unica cosa sicura è che la conferenza si tiene in questo periodo dell'anno. Probabilmente Nathan ha annullato il suo impegno a Londra perché aveva qualcosa di più importante da fare. Ha scoperto che la data della conferenza coincideva con quella del suo viaggio d'affari."

"Ammesso che tu abbia ragione, come facciamo a scoprire dov'è?" domandò Kat.

"Possiamo usare una strategia che mi hanno insegnato nel soccorso alpino. Passami quella lista." Jace afferrò una scatola di puntine da disegno. "Quando cerchiamo una persona dispersa, cominciamo dall'ultimo posto in cui è stata avvistata. Dal momento che i nostri bersagli sono personalità di una certa importanza, è impossibile che tutti i membri della conferenza siano riusciti a passare inosservati. Ci basta un singolo avvistamento per definire un perimetro. A quel punto stringeremo il cerchio, eliminando le località meno probabili."

"Stai dicendo sul serio? Questa non è una missione di recupero in alta montagna."

"Lo so. Ma la strategia resta valida."

POCO DOPO, si trovavano entrambi nella stanza vuota dello studio Carter, a fissare il muro di fronte al tapis roulant. Era l'unico spazio disponibile per appendere l'enorme cartina che Jace aveva comprato dal negozio "Tutto a un dollaro". Le puntine da disegno indicavano le località in cui si erano tenute le conferenze precedenti, una cinquantina in tutto. Erano concentrate in Europa, ma erano distribuite anche lungo costa orientale degli Stati Uniti. Una volta la conferenza si era tenuta in Canada. Le puntine blu indicavano le località utilizzate negli ultimi dieci anni. Il giallo si riferiva ai dieci anni precedenti.

La cartina faceva pensare a un centro di comando del Pentagono, ma in versione ridotta.

"Devo ammettere che questa cosa ha il suo fascino," disse Kat. "Pensi che ci aiuterà a rintracciare Nathan?"

"Puoi scommetterci. Guarda le località che hanno scelto negli ultimi anni. Mi fanno pensare alle Olimpiadi: per accontentare tutti, cercano di essere equilibrati. Distribuiscono le conferenze in luoghi lontani tra loro e non tornano mai nello stesso continente per due volte di fila."

"Questo escluderebbe l'Europa."

"Il Nord America è stato utilizzato pochissimo."

Aveva ragione. C'erano soltanto sette puntine, tutte nella zona orientale.

"Scelgono sempre un albergo di lusso. Il livello di sorveglianza è altissimo – guardie giurate, soldati, polizia. Forse intervengono perfino i servizi segreti," aggiunse Jace.

"Mi sembra giusto, considerando le personalità che partecipano all'incontro. Quindi hanno bisogno di un luogo isolato. Devono mettere in sicurezza il perimetro."

"Non è detto. Possono decidere di evacuare la zona circostante. È già successo altre volte: i residenti vengono dirottati altrove con la scusa di un pericolo imminente. L'accesso ai turisti viene temporaneamente bloccato."

"Dici sul serio?" Kat sollevò le sopracciglia per la sorpresa. "Possono spingersi fino a questo punto?"

Rimasero in silenzio a guardare la mappa. Nel corso degli anni, alcuni luoghi si erano trasformati radicalmente. Gli attori sulla scena della politica internazionale continuavano a cambiare, ma si trattava soltanto di marionette, fantocci di legno che non avevano alcun potere reale. Le mani che tiravano i fili invisibili del mondo erano rimaste le stesse. Colpi di stato, guerre civili e sistemi democratici non erano serviti a cambiare la gerarchia. Sul palcoscenico si ripeteva sempre lo stesso, identico spettacolo. In fin dei conti, certe cose non cambiano mai.

CAPITOLO 20

Kat non riusciva a staccare gli occhi dalla mappa. I puntini colorati e le linee curve che la percorrevano in ogni direzione le ricordavano una gigantesca rete neurale – il cervello dello zio Harry, sopraffatto dalla malattia e tormentato dalla demenza. Le placche senili e gli ammassi neurofibrillari si facevano strada attraverso un campo di battaglia desolato, sopprimendo le sinapsi nervose e intrappolando i suoi ricordi. Le ultime linee di difesa stavano crollando. La linea di combattimento si spostava ogni giorno. L'Alzheimer stava prendendo possesso della sua mente e del suo corpo, come un invasore spietato e inarrestabile.

Nella stanza accanto, Harry assestò un pugno contro uno schedario di metallo e borbottò qualcosa di incomprensibile. Colta di sorpresa dal rumore improvviso, Kat trasalì.

"A cosa stai pensando?" Le domandò Jace. "Non mi stavi ascoltando."

Kat lo guardò negli occhi, ma non riuscì a rispondere. Il suo labbro inferiore si mise a tremare.

"Perché hai quello sguardo? Devi dirmi qualcosa?"

Kat scoppiò in lacrime. "Harry è malato. Ha l'Alzheimer."

Senza esitare, Jace la strinse a sé. "E così la diagnosi è stata ufficializzata."

Le lacrime continuavano a rigare le guance di Kat, mentre teneva la testa appoggiata sul petto di Jace. "Non sembri sorpreso."

Jace ruppe il suo abbraccio per guardarla negli occhi. Prima di parlare, le accarezzò una guancia. "Pensavi che non me ne sarei accorto? I segni erano troppo evidenti: le sue paranoie, i suoi strani incidenti. Non ho mai creduto che fosse un semplice problema di memoria. Perché non me ne hai parlato prima?" La abbracciò di nuovo. "Non avresti dovuto nascondermi una cosa del genere."

"Lo so." Kat ripensò all'ultimo appuntamento dal dottor Mc Adam, ma non disse nulla. Appoggiò il viso sul petto di Jace, lasciando che le lacrime inzuppassero la sua maglietta di cotone.

"Perché non me l'hai detto prima? Ti va di parlarne?"

Come faceva a dirglielo? Come poteva dirgli che aveva paura di perderlo? Jace si sarebbe sentito insultato. Le avrebbe risposto che non doveva temere. Ma il padre di Kat l'aveva abbandonata per quello stesso motivo: non era stato capace di sopportare il peso della malattia che divorava sua moglie. Forse anche Jace sarebbe scomparso dalla sua vita.

"Stavo aspettando il momento giusto."

"Il momento giusto era quello in cui l'hai saputo per la prima volta. Ma hai preferito non dirmi nulla. Non ti fidi di me?" Jace distolse lo sguardo. Aveva l'espressione di una persona ferita e umiliata.

"Non sapevo come dirtelo." Jace aveva ragione, ma la paura aveva avuto la meglio.

Chinando la testa, Jace la baciò. "Kat, io ti amo. Ma ho il diritto di sapere certe cose. Non puoi continuare a proteggermi dai tuoi problemi."

"Hai ragione. Ma non è per mancanza di fiducia. Ho paura – parlare della malattia mi spaventa da morire. La rende più reale. In questo momento, mi mancano le energie per affrontarla." Kat cercò di fermare le lacrime. Piangere non aveva mai risolto alcun problema.

"Ma l'hai già affrontata una volta, quando eri più piccola. Anche tua madre aveva l'Alzheimer."

Kat annuì lentamente, il viso bagnato dalle lacrime.

Ecco – l'aveva detto ad alta voce, risparmiandole il dolore del dover pronunciare quella parola. Kat aveva solo quattordici anni quando lei era morta. Subito dopo, era stata accolta dalla sua nuova famiglia: zio Harry e zia Elsie. E anche Hillary.

"Harry sa di essere malato? Se ne rende conto?"

"Non lo so. Quando il dottore ha cercato di spiegarglielo, sembrava che avesse capito. Ma adesso crede di essere sano come un pesce. Forse ha già dimenticato tutto."

"Ci prenderemo cura di lui, Kat. Lo faremo insieme." Jace le accarezzò la testa e le asciugò una lacrima.

"Non voglio che Harry faccia la stessa fine di mia madre."

Kat continuava a sperare che la diagnosi fosse sbagliata. Sapeva che non era possibile, ma non riusciva ancora a rassegnarsi.

"Insieme a noi, lo zio si troverà sempre bene. Faremo tutto il necessario. Non ti preoccupare."

Furono interrotti da un rumore improvviso, un forte tonfo proveniente dalla stanza accanto.

"Zio Harry?"

Kat corse fuori dalla stanza, seguita a breve distanza da Jace.

Harry era disteso sul pavimento. Aveva il viso contratto in una smorfia di dolore e si stava massaggiando una spalla. Accanto a lui c'era una sedia da ufficio rovesciata, con le rotelle che giravano ancora.

"Sto bene. Ho perso l'equilibrio e sono caduto. Non è niente di grave, state tranquilli."

"Abbiamo imparato una nuova lezione," disse Jace. "Mai stare in piedi su una sedia con le ruote."

"L'ho fatto per lei. Volevo aiutarla, ma il registro era sul ripiano più alto e non sapevo come raggiungerlo." In passato, l'ufficio di Kat era stato lo studio di un dentista. La stanza conservava ancora gli stessi scaffali in metallo, che andavano dal pavimento al soffitto. Kat non metteva mai niente sui ripiani più alti. Aveva intenzione di sostituire gli scaffali, un giorno o l'altro, ma non aveva ancora trovato il tempo di farlo.

"Chi volevi aiutare? Non vedo nessuno, qui con te."

"Hillary," spiegò lui, senza battere ciglio. "Aveva bisogno di quel registro per il suo progetto di scienze. Le serve entro domani."

"Capisco," disse Kat. "Però non la vedo da nessuna parte. Dov'è andata?"

"A scuola. Era in ritardo, poverina. È andata via di corsa."

Kat dovette sforzarsi di trattenere le lacrime. Jace non sapeva a cosa stesse andando incontro. Non avrebbe resistito a lungo, e lei non aveva il diritto di chiedergli un sacrificio del genere. Nessuno avrebbe mai potuto sopportare un peso come quello.

CAPITOLO 21

Kat accostò al marciapiede e parcheggiò la Lincoln dello zio Harry a mezzo isolato di distanza dalla sede della Research Analytics. Finalmente la fortuna era dalla sua parte, pensò Kat. Tutti gli altri i parcheggi erano già stati occupati e i pochi che rimanevano non erano abbastanza grandi da contenere l'ingombrante automobile di Harry – quel ferro vecchio aveva le stesse dimensioni di un motoscafo. Lo spazio che aveva trovato era perfetto. Da quella posizione, avrebbe potuto osservare il palazzo senza dare nell'occhio.

Harry aveva insistito per prendere la sua automobile. Questo significava che Kat avrebbe dovuto guidare, dal momento che lui non poteva più farlo. Dopo aver perso la patente a causa dell'incidente, Harry aveva insistito per riparare la sua Lincoln e si era rifiutato di venderla. Adesso si trovava accanto a Kat, sul sedile del passeggero, e si guardava intorno girandosi i pollici. Quei movimenti involontari stavano diventando sempre più frequenti. Non riusciva più a stare fermo.

"Attenta alle gomme, Kat. Hai idea di quanto possano costare questi pneumatici a fascia bianca?" Senza aspettare la sua risposta, Harry emise un sospiro e riprese a parlare. "Perché devi parcheggiare sempre così vicino al marciapiede?"

Kat si voltò verso di lui. "Siamo a quindici centimetri dal marciapiede. Se non mi credi, apri la portiera e guarda fuori." Kat aveva preso l'abitudine di parcheggiare a distanza da qualsiasi tipo di ostacolo per evitare queste continue discussioni, ma non c'era modo di evitare le assillanti proteste dello zio. La sua percezione della profondità stava diventando sempre meno precisa.

Harry spalancò gli occhi e cominciò a girarsi i pollici ancora più in fretta. "Sei arrabbiata con me, Kat?"

"No, forse hai ragione tu, sono troppo vicina." All'improvviso, Kat aveva compreso il vero motivo della sua agitazione –– la maniglia della portiera. La demenza stava corrodendo l'intelligenza di Harry in maniera sorprendentemente irregolare. Ricordava a memoria le canzoni della sua giovinezza, ma non riusciva più a trovare la maniglia per uscire dalla sua automobile. Un'automobile che possedeva da oltre trent'anni. "La prossima volta cercherò di fare più attenzione."

Kat balzò fuori dall'auto e fece il giro per aprire la portiera del passeggero. Mentre aspettava che lo zio Harry uscisse, rimase a osservare gli edifici dall'altra parte della strada. Questa zona della città era un miscuglio di negozi e palazzine residenziali costruite tra gli anni Quaranta e gli anni Settanta. A eccezione della vernice sbiadita, non era cambiata una virgola dal giorno in cui erano stati realizzati. Perfino le persone trasudavano stanchezza. Kat chiuse la portiera della macchina. "Tutto bene, zio? Possiamo andare?"

Harry annuì, e cominciò a trascinarsi verso il marciapiede dall'altra parte della strada. Erano nel suo vecchio quartiere. La casa in cui era cresciuto si trovava a tre isolati da lì.

"Dove siamo, Kat?" Le domandò Harry guardandosi intorno con un'espressione di meraviglia. "Non avevo mai visto questa parte della città."

"Lo so." Kat preferì non correggerlo. Sarebbe servito solamente a turbarlo e poi erano già arrivati a destinazione. Il quartier generale della Research Analytics sembrava essere una palazzina ricoperta di stucco grigiastro, con un cartello che diceva "in vendita". Kat raggiunse il portone d'ingresso e controllò i nomi sul citofono. Non c'era nulla che potesse essere collegato alla Research Analytics. La società avrebbe dovuto trovarsi all'interno quattordici, ma la palazzina conteneva soltanto dodici appartamenti, l'ultimo dei quali apparteneva a un certo "A. Knopf".

Proprio come sospettava. La Research Analytics era l'ennesima montatura. Anche il numero di telefono era fasullo – quando aveva provato a chiamarlo, si era rivelato inesistente. L'utilizzo di una società fittizia era uno dei metodi più classici per portare a termine un'appropriazione indebita, quando si trattava di far scomparire il denaro dei propri soci e collaboratori. Kat tirò fuori il cellulare e scattò una foto dell'edificio, da utilizzare come prova in caso di necessità.

DOPO APPENA UN'ORA, Kat era seduta davanti a Zachary Barron, nella sala conferenze della Edgewater. Nonostante fosse sabato, metà degli uffici erano ancora occupati dagli impiegati dell'azienda. Ascoltando attentamente, Kat poteva sentirli parlare al telefono o battere sulla tastiera del computer. Frammenti di conversazione penetravano attraverso la porta aperta della sala conferenze, mentre altri impiegati percorrevano il corridoio chiacchierando e sorseggiando tazze di caffè bollente.

Kat estrasse un pesante fascicolo di documenti dalla sua valigetta e lo appoggiò sul tavolo.

"Cosa abbiamo qui? Spero abbastanza prove da inchiodarlo." Zachary sembrava quasi felice. Una reazione piuttosto insolita, considerando che il suo socio in affari – nonché suo padre – lo stava riducendo sul lastrico.

Le ricerche di Kat avevano portato più domande che risposte. E una sola certezza: le cose stavano per cambiare radicalmente. La Edgewater non sarebbe più stata la stessa. E nemmeno la famiglia Barron.

Prima di parlare, Kat fece un respiro profondo. Zachary avrebbe fatto meglio a prepararsi, perché la verità non sarebbe stata facile da accettare. "Ci sto ancora lavorando. Il caso è più complicato di quanto pensassimo." Gli raccontò di come una parte del denaro scomparso fosse stata assorbita dalla Research Analytics.

"La società di consulenza che lavora per noi? Di quanto denaro stiamo parlando?” Zachary la guardò dritto negli occhi, in attesa della sua risposta.

“Se vogliamo considerare soltanto quest'anno, la cifra si aggira sui cinquanta milioni di dollari. Ma lo scorso anno, la Edgewater ha sborsato duecentoventi milioni. Per gli anni precedenti, non saprei dirlo con precisione.” Ruotò i palmi delle mani verso l'alto e scrollò le spalle. “Ci sto ancora lavorando.”

Zachary si alzò di scatto dalla sedia. “È impossibile. Sapevo che stava succedendo qualcosa di strano – ma non fino a questo punto. Un quarto di miliardo? Deve esserci un errore.”

“Si ricorda quando mi ha detto che la Edgewater era rimasta senza denaro?”

“Pensavo che si trattasse di un semplice problema con la banca.”

“Temo che dovrà rassegnarsi alla verità.”

La sua espressione baldanzosa si era trasformata in una smorfia piena di panico. “Come faccio a recuperare quei soldi?”

“È quello che sto cercando di scoprire. Per adesso, posso dirle con certezza che la Research Analytics è una compagnia fasulla. L'indirizzo delle ricevute corrisponde a una palazzina disabitata sulla East Broadway.” Tirò fuori il suo smartphone e gli mostrò la fotografia dell'edificio abbandonato.

Zachary sbuffò. “Lo sapevo. Mio padre è uno sporco ladro. Lo trascinerò in tribunale. Lo farò sbattere in prigione per il resto della sua vita.”

“Nathan non ha agito da solo.”

Zachary si irrigidì. Socchiuse gli occhi, trasformandoli in due strette fessure. “Che cosa intende dire?”

“Aveva dei complici all'interno della Edgewater. Qualcuno ha dovuto emettere gli assegni a favore della Research Analytics. Nathan non aveva le autorizzazioni di sicurezza necessarie, dal momento che la gestione finanziaria non rientrava nelle sue dirette competenze.”

“E quindi? Chi aveva quei permessi?”

Era inutile girarci intorno. “Victoria, ad esempio. E tutti i revisori dei conti che lavorano per la Edgewater.” Kat gli raccontò dei numeri sequenziali che aveva trovato sulle fatture della Research Analytics e gli comunicò tutti i dettagli che aveva raccolto sul conto della Beecham, incluso il possibile collegamento con Nathan. Esclusi i revisori dei conti, Victoria Barron era la sola dipendente della Edgewater che avesse accesso diretto ai conti bancari.

"Tutte queste società in realtà non esistono? Nathan ha creato uno studio di consulenza fasullo per la revisione del bilancio?" Non sembrava davvero sorpreso. La mancanza di una reazione più decisa era davvero preoccupante. Zachary non si rendeva conto della portata di quanto gli stava dicendo? O forse preferiva negare l'evidenza.

"La situazione è molto grave. Ogni movimento della Edgewater è estremamente sospetto. Gli aspetti finanziari, gli investimenti – tutto quanto." Non c'era modo di indorare la pillola. "Zachary, la Edgewater è ormai prossima alla bancarotta. E lo stesso destino spetterà a lei."

"Bancarotta? Le dispiacerebbe essere più precisa?"

Kat tirò fuori l'estratto conto della banca dalla sua valigetta e lo fece scivolare sul tavolo della sala conferenze.

Zachary afferrò il foglio con uno scatto e rimase in silenzio mentre leggeva i dati. "Lo ucciderò, quel bastardo." Picchiò un pugno sul tavolo, facendo sobbalzare Kat dallo spavento, anche se la reazione non era del tutto inattesa.

"Sarà molto difficile recuperare il denaro. Ha tenuto qualcosa da parte? Una linea di credito separata?"

Zachary scosse la testa. "Il denaro disponibile per gli investimenti sta terminando? È questo che sta cercando di dirmi?"

Kat annuì.

"Maledizione. Sono rovinato." Zachary balzò in piedi e prese a camminare avanti e indietro.

Quell'uomo era ancora più al verde di Harry. Solo che non lo sapeva ancora.

CAPITOLO 22

Kat e Jace **erano seduti** in ufficio e fissavano i ventisette nomi sulla lavagna bianca. La maggior parte dei partecipanti alla conferenza del World Institute erano anche sull'elenco dei contatti di Nathan. A destra dei nomi c'erano delle colonne, una per ciascuna delle ultime cinque conferenze. Il sabato pomeriggio stava per finire, scivolando nelle ore serali, e la scadenza imposta da Zachary si avvicinava sempre di più.

Fuori dalla finestra, i gabbiani si erano messi a starnazzare, volando in cerchio nel cielo coperto di nuvole. Cercavano qualche scarto di pesce su cui calare in picchiata, tra i moli del porto sotto di loro. Un grosso gabbiano si avventò su un uccello più piccolo che si era posato sul pontile, portandogli via la sua preda.

Kat e Jace avevano deciso di concentrare gli sforzi sulla Research Analytics. Ma questo significava semplicemente seguire la traccia lasciata dal denaro dei Barron fino alla sua destinazione ultima, il World Institute. Ogni passo avanti faceva nascere nuove domande e Zachary pretendeva una risposta per ciascuna di esse.

"Chi *sono* queste persone?" La domanda era rivolta a Jace, ma anche a sé stessa. Kat si alzò e camminò fino alla lavagna.

La lista dei partecipanti alla conferenza del World Institute non era stata difficile da reperire. I teorici della cospirazione avevano documentato gli andirivieni di tutti i membri per anni; avevano perfino seguito le tracce di alcuni personaggi chiave per individuare la sede prescelta per il prossimo incontro. Ma non riuscirono a scoprire altro. Chi non faceva parte dell'elenco dei membri, era automaticamente escluso da tutte le informazioni ufficiali. L'ordine del giorno previsto per la conferenza rimaneva un mistero. A quanto pareva, le misure di sicurezza rivaleggiavano con quelle utilizzate per un incontro del G8, con tanto di squadre della SWAT e sorveglianza aerea, per non parlare degli agenti di sicurezza privata e delle guardie del corpo che venivano assoldate dai singoli partecipanti.

"Gente coi soldi," disse Jace. "Quasi tutti famosi. Ci sono anche delle importanti figure pubbliche. Se escludiamo la loro appartenenza al World Institute, queste persone hanno una sola cosa in comune: il denaro."

"Hai ragione." Kat studiò la lista più da vicino. "Segretari del tesoro, dirigenti delle banche centrali, amministratori delegati di istituti bancari e direttori di fondi speculativi. Sono tutte persone che sviluppano le politiche finanziarie nazionali, che le regolano o ne sono influenzati."

"Esatto," disse Jace. "E sono tutti esperti mondiali di politica monetaria. Ma perché tanta segretezza? Perché incontrarsi al di fuori delle istituzioni, come una sorta di organismo sovranazionale?"

"Le istituzioni sono un ostacolo per loro. Coinvolgono l'elettorato, devono rispettare le leggi e procedere per dibattiti pubblici. Democrazia e maggioranze parlamentari. Persone potenti, gente come Nathan Barron e il resto del World Institute, vogliono che le cose siano fatte a modo loro. Se considerate in blocco, le loro corporazioni multinazionali sono più grandi e più potenti di molti governi." Certe volte era meglio non sapere come funzionassero davvero le cose.

Jace rimase in silenzio.

"Questa storia sembra uscita dalla mente di un paranoico, non è vero?" Disse Kat.

"Ma c'è un fondo di verità in tutto questo. Sempre più spesso, sono le multinazionali a dettare le regole del mercato. Finanziano le lobby per influenzare i legislatori. Eliminare le barriere commerciali significherebbe aumentare i loro profitti. Le transazioni in valuta straniera sono l'ennesimo ostacolo da abbattere. Una seccatura che provoca un inutile spreco di tempo e denaro."

Era l'unica deduzione che avessero raggiunto nell'ultima ora, ed era inquietante. Kat non riusciva ancora a capire perché Nathan Barron avrebbe voluto farne parte. Meno valute significavano meno opportunità di effettuare operazioni di arbitraggio, ed era da lì che provenivano i profitti della Edgewater Investments.

"Che razza di conferenza viene organizzata all'ultimo minuto?" Domandò Kat.

"Una conferenza segreta. Un incontro che vuole raggiungere il suo scopo senza interferenze esterne."

"Senza ombra di dubbio." Kat tamburellò sulla lavagna con un pennarello. "Analizziamo ogni nome e vediamo che cos'altro hanno in comune."

"Jason Blackstone," disse Kat, "presidente della Federal Reserve degli Stati Uniti."

Jace recuperò le informazioni dal suo portatile. "È stato presente alla conferenza per tre anni di fila."

Kat tracciò tre X accanto al nome di Blackstone.

"Jean-Claude Bruneau."

"Ha partecipato per la prima volta l'anno scorso. È a capo del Fondo Monetario Internazionale."

"Da quando?" chiese Kat.

"Da sei mesi. Prima di entrare nell'FMI è stato ministro delle finanze in Francia." Jace svuotò una bustina di zucchero nel suo caffè e mescolò con la matita capovolta.

Kat gli lanciò uno sguardo di disapprovazione. "Vuoi finire all'ospedale con un avvelenamento da piombo? Non puoi prendere un cucchiaino?"

"Non c'è tempo da perdere." Le sorrise dolcemente.

"Come preferisci. Adesso prendiamo in considerazione le tempistiche. Sono il dato più interessante che abbiamo. Bruneau è stato invitato appena prima della sua nomina al Fondo Monetario. Proprio come l'attuale presidente degli Stati Uniti e il primo ministro canadese."

"Invitati prima di diventare capi di stato," ricapitolò Jace.

"Esatto. E i ministri delle finanze come Bruneau in genere non partecipano alla conferenza."

"A meno che il World Institute non abbia piani più grandi per loro."

"È quello che sembra. Il World Institute decide chi è in lizza per le elezioni. Prendono la decisione prima ancora che andiamo a votare." Kat continuò a scorrere la lista di nomi, "Gordon Pinslett."

Jace per poco non si strozzò col caffè. "Chi?"

"Gordon Pinslett. È un magnate dei media – dirige la Global Financial."

"Lo conosco benissimo, Kat. È il proprietario del *Sentinel*."

"Davvero? Non ne hai mai parlato prima d'ora."

"Non ha mai messo piede nei nostri miseri uffici. Tecnicamente, è il proprietario del conglomerato che possiede il *Sentinel*."

"Davvero interessante. E che rapporti ha con il World Institute?"

"Non lo so, ma intendo scoprirlo." Jace si grattò il braccio fasciato. "Forse ha qualcosa a che fare con la decisione di tagliare il mio articolo. Esponendo al pubblico quella truffa, ho calpestato l'erba del suo giardino. Ma se nessuno racconta storie come la mia, la verità non verrà mai a galla. In che razza di mondo viviamo?" Dopo un istante di esitazione, Jace rispose alla sua stessa domanda. "Nel mondo dei ricchi, dove la censura non è mai scomparsa davvero."

Kat si strinse nelle spalle e sorrise, sperando di strapparlo via dalla sua nuvola di malumore. "Niente di tutto questo ha importanza, visto che non lavori più per loro."

"Ti sbagli, Kat. È importante. La gente come Pinslett non può comprare tutti i mezzi di comunicazione e metterci a tacere. Certe storie devono venire alla luce."

Kat sospirò. "D'accordo, ma per adesso concentriamoci su quello che abbiamo tra le mani. Perché Nathan sta dirottando i soldi verso la Research Analytics e il World Institute?" Quando Jace attaccava a parlare di democrazia poteva andare avanti per ore. Se voleva rispettare la scadenza imposta da Zachary, doveva riportarlo sulla retta via. Vedere il nome di Pinslett l'aveva fatto innervosire fin troppo. "È stata una fortuna per te lasciare il *Sentinel*. Sei stato tu a dirmi che la situazione stava peggiorando già da un po'. Questa è la tua occasione per un nuovo inizio."

Jace si strinse nelle spalle. "Immagino di sì. Ma comunque devo trovare il modo di guadagnarmi da vivere."

"Posso aiutarti io." Era un'affermazione discutibile. Avevano ottenuto la loro fatiscente dimora vittoriana vincendola all'asta giudiziaria dell'anno precedente, con un'offerta minima. Anche se forse parlare di vittoria era un tantino eccessivo. L'antica villa era un pozzo senza fondo che ingurgitava i loro risparmi e occupava tutto il loro tempo libero in lavori di riparazione e ristrutturazione. Il regolamento per gli edifici storici rendeva qualsiasi intervento costoso e interminabile, una costante battaglia tra la necessità di rimodernare la casa e il dovere di rispettare le prescrizioni imposte dal piano regolatore cittadino.

"Torniamo all'elenco."

Passarono in rassegna i nomi restanti, mentre il cielo fuori dalla finestra si faceva sempre più scuro. Aveva iniziato a piovere.

"Svensson," disse Jace. "Presente negli ultimi tre anni. La sua candidatura al premio Nobel ha gettato le basi per le moderne teorie sulla moneta unica globale."

Kat scrisse *pagamenti Edgewater* e *incidente in montagna* accanto al suo nome.

"È il tizio che è morto durante l'escursione con le ciaspole, vero?"

Kat annuì.

Jace spinse alcuni tasti sulla tastiera. "È caduto giù da un cornicione." I cornicioni si formavano a seguito di nevicate intense. La neve, presente in gran quantità, si compattava fino a formare una sorta di pianerottolo, che sporgeva oltre il bordo del dirupo sottostante. I cornicioni erano facili da individuare dal basso, dove si vedeva chiaramente che la neve non era supportata dalla roccia, ma da sopra apparivano come terra coperta di neve. Lo sgretolamento dei cornicioni di neve era una causa di incidente molto comune in montagna.

"Ricordo di aver sentito parlare dell'incidente, ma non conosco i dettagli," disse Kat.

"I dettagli non sono stati resi pubblici. Me ne ha parlato Kurt. Faceva parte della squadra incaricata del recupero." Kurt era un amico di Jace, nonché un suo compagno del soccorso alpino. Kurt lavorava nel distretto della Sunshine Coast, mentre Jace operava nel territorio del North Shore.

Jace digitò qualcosa sulla tastiera. "Aspetta un momento... qui dice che il medico legale sospetta un suicidio."

"Suicidio? Mentre è in lizza per un premio Nobel?" Domandò Kat. "Vincere un Nobel sarebbe stato il culmine della carriera. Mancavano solo due settimane. È una cosa per cui sarebbe valsa la pena aspettare, perfino se fosse stato depresso."

"La depressione fa brutti scherzi. Hanno trovato tracce di narcotici sul corpo di Svensson. I livelli erano troppo alti perché potesse arrivare lassù con le sue gambe. Deve aver preso le droghe dopo aver raggiunto il punto dell'incidente. E sembra che il suo conto in banca fosse al verde."

"Molte persone hanno difficoltà finanziarie, Jace. Il denaro del premio Nobel le avrebbe risolte."

"L'articolo dice che ha lasciato un biglietto. L'hanno trovato nella sua stanza d'albergo." Jace tamburellò sullo schermo del portatile.

"Vorrei proprio vederlo, quel biglietto," disse Kat. "È in un paese straniero, nel bel mezzo dell'inverno, e va a fare un'escursione di svariati chilometri soltanto per gettarsi giù da un burrone? Mi sembra uno sforzo eccessivo, per essere uno che vuole farla finita."

"Non posso darti torto," disse Jace.

Kat spostò lo sguardo fuori dalla finestra. Un anziano con indosso un impermeabile giallo stava spargendo briciole di pane lungo il pontile. Una dozzina di piccioni si era raccolta ai suoi piedi per beccare le briciole.

"Aspetta. Non si trattava del biglietto di un suicida. Qui dice che Svensson ha scritto una lettera di scuse."

"Una lettera di scuse? Riguardo a che cosa?"

Jace digitò ancora qualcosa sulla tastiera. "Sembra che Svensson avesse cambiato idea. Aveva deciso che la moneta unica globale non era una buona idea, dopo tutto."

"Ma è proprio per la sua teoria monetaria che lo avevano candidato al Nobel."

Jace sollevò una mano, come per dirle di aspettare un minuto. "L'*Herald* ha pubblicato uno stralcio della sua lettera."

Kat si affrettò a spostarsi accanto a Jace, per leggere da sopra alla sua spalla.

Una moneta unica globale o sovranazionale minerebbe la sovranità delle nazioni. Il denaro è uno strumento fondamentale nella politica monetaria dei diversi paesi. I governi devono adeguare i tassi di interesse, il debito e l'offerta della moneta per gestire la loro economia nella massima indipendenza.

L'*Herald* era un altro quotidiano cittadino, il diretto concorrente del *Sentinel.*

"Devo dire che sono d'accordo con lui," affermò Kat. "Eliminando le monete nazionali, i governi perderebbero il controllo della loro economia. E quindi, in un certo senso, del loro destino."

"Ovviamente questa nuova teoria è in netto contrasto con gli obiettivi del World Institute. La moneta unica globale è la sua *raison d'être.*"

"Mi chiedo che cosa abbia indotto Svensson a cambiare idea." Kat guardò fuori dalla finestra. Due dei piccioni più grandi avevano attaccato un uccello più piccolo. Per salvarsi, quello si ritirò in cima a un paletto di legno e rimase a osservare impotente, mentre gli altri piccioni divoravano il cibo che sarebbe spettato a lui.

"Non ne ho la più pallida idea, ma dobbiamo scoprirlo. C'è una storia qui – me lo sento." Jace si mise a battere rabbiosamente sulla tastiera del portatile. "Un altro dettaglio da non trascurare. Il nostro caro Svensson è fuori dalla corsa al Nobel. Sembra che tu non possa vincere, se sei morto."

"A quanto ammonta il premio in denaro?"

"Dieci milioni di corone. Un milione e mezzo di dollari."

"È una bella somma," disse Kat. "Alcune persone sarebbero disposte ad uccidere, per una cifra del genere."

"Pensi che sia stato ucciso?"

"Può darsi. Non saprei dirlo con certezza. In ogni caso, dobbiamo scoprire il luogo in cui si terrà la conferenza quest'anno e ottenere le prove del coinvolgimento di Nathan. Svensson è stato agli ultimi tre convegni, e probabilmente era stato invitato a quello di quest'anno. I membri del World Institute non potevano immaginare che avesse cambiato idea sul conto della valuta unica. Vuoi sapere dove penso che si riuniranno?"

"Dove?"

"Nella nostra città," disse Kat. "Vedi questi punti sulla mappa? La sede più probabile per l'incontro del World Institute è la costa occidentale del Canada. Questo spiegherebbe la presenza di Svensson sulle nostre montagne. Cerca di scoprire se qualcuno degli altri membri è venuto qui recentemente. Controlla tutti gli hotel di lusso. Gli ospiti potrebbero arrivare il giorno prima e alloggiare in un hotel del centro. Prova a contattare le sale da conferenza che si trovano nei paraggi, soprattutto i posti un po' fuori mano, dove è più semplice garantire la sicurezza del perimetro, specialmente se hanno una sola via d'accesso. Non abbiamo molto tempo, se i membri dell'organizzazione sono già qui."

"Mi metto subito al lavoro."

Trovare il luogo del convegno avrebbe potuto rivelarsi un'operazione relativamente facile, grazie ai contatti di Jace. La parte difficile sarebbe stata entrare.

CAPITOLO 23

I **sospetti di Kat furono** confermati dieci minuti più tardi.

"L'albergo in cui alloggeranno è il Tides Resort di Hideaway Bay," disse Jace. "Piuttosto vicino, ma estremamente difficile da raggiungere."

"Sulla Sunshine Coast? Non riesco a immaginare tutti questi VIP che arrivano alla conferenza su un battello."

La Sunshine Coast si trovava una quindicina di chilometri a nord di Vancouver, ed era raggiungibile soltanto in barca. Occorrevano due brevi tragitti in automobile, intervallati da una traversata in battello di una quarantina di minuti.

La gente del luogo faceva affidamento sui traghetti pubblici che collegavano quella zona al resto della provincia – ma i battelli della British Columbia erano per il proletariato, non per l'élite dell'alta finanza mondiale, abituata ad alloggiare nei cinque stelle. Kat non riusciva a figurarseli in coda dietro ai SUV e alle berline, in attesa di salire sul traghetto, mentre sorseggiavano caffè scadente dalle tazze di cartone del distributore automatico, nel disperato tentativo di mantenersi al caldo.

"Non devono per forza prendere il traghetto," disse Jace. "Possono arrivarci dall'aeroporto di Vancouver, su un aereo privato oppure in elicottero. Il Tides Resort ha una pista di atterraggio."

"Sei sicuro di quello che stai dicendo? Hai già ottenuto una conferma ufficiale?"

"Niente di più facile. Ho telefonato all'albergo per avvertirli che Monsieur Bruneau aveva dimenticato le sue medicine." Jace fece un gran sorriso. "Mi hanno chiesto di farle consegnare via corriere a loro spese. Se questa non è una conferma…"

"Sei davvero subdolo." Kat gli fece scivolare le braccia attorno alla vita e lo abbracciò.

Jace abbassò il viso per baciarla. "Quando partiamo? Bruneau ha il check in programmato per domani."

DUE ORE PIÙ TARDI, Kat, Jace e Harry erano seduti su una vecchia panca di legno, nella cabina frontale del battello che li avrebbe portati verso la Sunshine Coast. L'interno dell'imbarcazione non era cambiato per niente da quando aveva preso il largo per la prima volta negli anni Sessanta, se non si faceva caso ai segni lasciati da generazioni e generazioni di passeggeri sulla similpelle color blu polvere. Graffi e piccoli danni che nessuno si era mai sforzato di nascondere. I finestrini della cabina erano appannati a causa dei vestiti umidi dei passeggeri e del calore all'interno.

"È lui." Kat abbassò il giornale e indicò un punto dall'altra parte del corridoio, sul lato opposto del traghetto. Un uomo alto e magro teneva una tazza di caffè bollente in equilibrio tra il pollice e l'indice, mentre con l'altra mano si sforzava di ripescare un quaderno da uno zaino.

Jace si avvicinò a Kat, mentre gli altoparlanti vecchi e malconci del battello ripetevano un messaggio di sicurezza registrato. "Chi sarebbe?"

"Roger Landers." Kat fissò lo sguardo su Landers. Indossava un paio di jeans, e la cerniera del pesante giaccone da sci lasciava intravedere un maglione di lana. "Siamo decisamente nel posto giusto."

Kat era sorpresa che Jace non l'avesse notato per primo. Landers aveva rintracciato l'ultima dozzina di conferenze del World Institute e aveva cercato di entrare ogni singola volta. Poteva esserci una sola ragione per la sua presenza sul traghetto.

Il giornalista alzò gli occhi e incontrò lo sguardo di Kat. Sobbalzò sul sedile e fece una smorfia quando il caffè gli si rovesciò sulla mano. Lasciò cadere la tazza e si sfregò la mano sulla giacca. Poi si voltò e tornò a grandi passi verso la metà della nave, dirigendosi verso le scale che conducevano al livello del parcheggio.

"Voglio andare a conoscerlo." Kat si alzò e lo seguì.

Jace aggrottò la fronte e scosse la testa, chiaramente imbarazzato, ma lei lo ignorò.

Harry si voltò sul sedile. "Dove vai, Kat?"

Lei non rispose.

Landers si girò a guardare verso di loro. Raggiunse le scale e si mise a correre, facendo due gradini alla volta.

"Aspetti!" gridò Kat. "Voglio solo parlarle."

Landers accelerò il passo e scomparve dietro l'angolo. Kat balzò giù dalle scale, raggiungendo la porta del parcheggio mentre stava per chiudersi. La spalancò con una spinta e guardò verso il mare di veicoli. Landers era sparito.

Da qualche parte, tra le file di auto e furgoni, un cane abbaiò; i suoi latrati echeggiavano sotto il soffitto basso del ponte. A parte il cane, regnava un silenzio inquietante, niente a che vedere con il caos di mezz'ora prima, quando si erano imbarcati sul molo della Horseshoe Bay. Bisognava intercettare Landers prima che il traghetto entrasse in porto. Mancavano meno di venti minuti all'arrivo. Se Kat avesse aspettato ancora, lo avrebbe smarrito tra la folla che scendeva dal traghetto. Doveva parlare con quel giornalista. Forse avrebbero potuto unire le forze contro il World Institute.

Un rumore di passi risuonò sotto il ponte, proprio di fronte a Kat. Il profilo di Landers era delineato da un raggio di luce bianca fluorescente, a una decina di metri da lei. Il giornalista la individuò e si accucciò dietro a un pick-up Ford. Kat procedette a zig-zag tra i veicoli, tenendo lo sguardo fisso sul punto in cui l'aveva visto per l'ultima volta.

"Signor Landers? Per favore, si fermi. Se vuole entrare a quella conferenza, il mio aiuto potrebbe tornarle utile."

Silenzio.

Kat cominciò a correre verso il pick-up, ma Landers se n'era già andato. Tese le orecchie e cercò di concentrarsi sul suono dei suoi passi, ma sentì solo un tubo che sgocciolava alle sue spalle. Perché Landers stava fuggendo da lei? Non la conosceva nemmeno. E soprattutto, dov'era finito?

Uno schianto improvviso la raggiunse dalla parte anteriore del traghetto, facendola sobbalzare dallo spavento. Il suono sembrava provenire dalla sezione riservata al parcheggio delle biciclette, anche se ovviamente non ce n'era nessuna, in quel periodo dell'anno.

Poi lo vide. Landers le stava dando le spalle, la sua sagoma si stagliava contro lo sfondo dell'oceano. La sezione anteriore del parcheggio era delimitata soltanto da una barriera di doppie corde, che sarebbero state rimosse per far sbarcare i veicoli. Il giornalista si voltò e incrociò il suo sguardo per una frazione di secondo. Poi saltò in mare.

CAPITOLO 24

L'**imprevisto di un uomo fuoribordo** provocò un netto ritardo sugli orari d'arrivo, e di conseguenza generò anche la rabbia degli altri passeggeri. L'annuncio che il capitano del traghetto pronunciò attraverso gli altoparlanti sembrava insinuare che Kat avesse dato un falso allarme. Anche la polizia si era dimostrata scettica. Non c'erano prove che un uomo fosse davvero finito in mare.

Kat non vedeva l'ora di scendere dall'imbarcazione, per sottrarsi agli sguardi stizziti dei passeggeri. Subito dopo l'attracco, si mise alla guida della sua Subaru e la condusse fuori dal battello, seguendo la fila di veicoli che serpeggiava lentamente fuori dal porto e su per la ripida collina che conduceva all'autostrada. Avevano già percorso quella strada molte altre volte, per raggiungere il cottage di Kurt Ritter. Come Jace, anche Kurt era un volontario del soccorso alpino.

"Perché Landers avrebbe dovuto saltare?" La boscaglia si aprì improvvisamente, offrendo una vista panoramica di Hove Sound oltre l'asfalto dell'autostrada, ma Kat non fece caso al paesaggio. Ancora non riusciva a capire come Roger Landers fosse scomparso nel nulla proprio davanti ai suoi occhi.

"Era nel panico," rispose Jace. "Anch'io mi sarei spaventato, se una sconosciuta si fosse messa a corrermi dietro gridando di fermarmi."

Kat alzò gli occhi al cielo. "Volevo solo parlargli. Non capisco perché sia partito a razzo."

"Mi pare ovvio. Credeva che tu fossi qualcun altro," disse Jace.

"E ha preferito annegare, piuttosto che essere raggiunto?" Nessuno poteva sopravvivere più di cinque minuti nell'acqua gelida dell'oceano. "Da cosa diavolo credeva di fuggire?"

Diversi passeggeri l'avevano attaccata, quando aveva tirato la leva dell'allarme. Sembrava che i loro programmi per la giornata fossero più importanti di un incidente marittimo. Ma questo non cancellava la realtà dei fatti: Landers si era lanciato oltre il ciglio della barca. Kat era certa di quello che aveva visto, anche se ne era stata l'unica testimone. Che aveva fatto di male? Non bisognava forse dare l'allarme, quando c'era un uomo in mare?

"Non credo che sia morto. È soltanto sparito dalla tua vista."

"Jace, è svanito nel nulla. Non c'erano isole verso cui potesse nuotare. La terraferma era troppo lontana e non c'erano altre imbarcazioni in vista." Landers se n'era andato senza lasciare traccia, nonostante gli sforzi del capitano per fermare il battello e l'arrivo quasi immediato della guardia costiera.

Kat continuava a rivolgere lo sguardo verso l'acqua, mentre conduceva l'auto lungo le curve della strada costiera. Qualunque segreto le acque serbassero, sarebbe rimasto un mistero, almeno per il momento. Sterzò per uscire dalla strada principale e imboccare un sentiero sterrato. Un'ora dopo, le rocce e i solchi della strada cedettero il passo a una pavimentazione regolare e l'albergo comparve finalmente alla loro vista.

Il Tides Resort era costruito contro il fianco della collina, come una specie di bunker. Grandi massi di pietra ancoravano le sue enormi travi di cedro, che salivano per tre piani, stagliandosi contro un panorama mozzafiato. Attraverso i pannelli di vetro, Kat gettò un'occhiata nell'atrio. Dall'altra parte della stanza, si poteva vedere l'oceano. La hall dell'albergo era dominata da un massiccio camino di pietra, dove un fuoco acceso spandeva il suo bagliore arancione. Diverse persone erano sedute attorno al caminetto, intente a sorseggiare bevande calde e svariati tipi di alcolici.

Sulla sinistra c'era un secondo edificio, che Kat suppose fosse il centro conferenze. Oltre la sua facciata di vetro e acciaio, c'era l'oceano e nient'altro. Alti abeti di Douglas fiancheggiavano i due edifici come sentinelle. Tra di essi, si estendeva un giardino, tagliato in due da un passaggio pedonale. Oltre il brodo del giardino, la scogliera si tuffava nell'oceano sottostante. Anche in una tipica giornata invernale, il luogo aveva una bellezza da mozzare il fiato.

"Sei pronto, Jace? Ricordi tutti i dettagli del piano?"

"Naturalmente. Io sono il tecnico che deve installare l'attrezzatura audio e video per la conferenza. Un rimpiazzo dell'ultimo minuto."

Kat aveva scoperto il nome della compagnia e dell'addetto con una semplice telefonata all'albergo, fingendo di voler verificare che l'alloggio per il tecnico fosse stato prenotato correttamente.

Poi aveva chiamato la compagnia che si sarebbe dovuta occupare dell'impianto, fingendo di essere un'impiegata dell'albergo, e aveva cancellato il lavoro. In questo modo, Jace avrebbe potuto prendere il posto del tecnico e occuparsi dell'attrezzatura. Era la copertura perfetta. Avevano una stanza tutta per loro, e nessuno aveva mai visto in faccia i tecnici di quell'azienda, perciò non c'era alcun modo in cui potessero smascherarli. Se l'impianto audio-video dell'albergo non fosse stato troppo complicato da installare, nulla sarebbe potuto andare storto.

Jace, tuttavia, si sentiva a disagio. "Non sono sicuro che funzionerà, Kat."

"Pensavo che fossi un giornalista investigativo." Kat fermò la Subaru lungo il vialetto circolare che passava davanti all'ingresso.

"Ho un brutto presentimento." Il volto di Jace si incupì mentre un parcheggiatore si avvicinava all'auto. "Non funzionerà mai. Non so nemmeno che faccia abbia questo tizio. Come faccio a farmi passare per lui?"

"Non devi farlo. Il personale dell'albergo non l'ha mai incontrato. Io non posso certo passare per il tecnico del suono. Non mi crederebbero mai. Si aspettano di incontrare un uomo. E il nostro Harry è troppo vecchio."

Questo catturò l'attenzione di Harry, che era seduto sul sedile posteriore.

"Troppo vecchio per cosa?"

"Non importa." Kat porse le chiavi al parcheggiatore e aprì la portiera.

"Oh. Avete prenotato una camera in questo posto?" Harry sgranò gli occhi. "Caspita."

"Prendi la tua roba, Harry." Jace aprì lo sportello del passeggero. "Andiamo."

"Ricordati," sussurrò Kat mentre stavano entrando, rivolgendosi a Jace. "Sei stanco e vuoi terminare il check-in nel minor tempo possibile. Comportati come se fossi irritato per il ritardo del traghetto, così l'addetta della reception non vorrà chiacchierare con te."

Kat condusse Harry attraverso l'atrio, verso una coppia di divani di pelle così bassi che sfioravano il pavimento. Con lo sguardo, continuò a seguire Jace che si dirigeva al bancone della reception. Aveva insistito perché indossasse un completo con la cravatta. Anche se era solo il tecnico audiovisivo, era importante avere l'aspetto giusto per mescolarsi tra la gente. Probabilmente questi "broker di alto profilo" indossavano giacca e cravatta anche per dormire.

Era contenta di aver insistito. Jace era vestito proprio come altri due uomini che stazionavano al bar dell'hotel – solo che Jace era decisamente più in forma e aveva un'aria più sexy. Kat non poté fare a meno di ammirare il modo in cui la giacca fatta su misura definiva le sue spalle larghe e la vita stretta. Non assomigliava per niente ai tecnici audiovisivi, con la loro aria da nerd.

Studiò gli uomini seduti al bar. Erano assorbiti dalla loro conversazione ed erano girati l'uno verso l'altro, in modo che fosse quasi impossibile vederli bene in faccia. In occasione del convegno, l'hotel ospitava un centinaio di ospiti. Probabilmente quegli uomini erano due degli invitati. Uno di loro agitò il braccio con enfasi, rischiando di rovesciare il suo drink sul bancone del bar. Kat estrasse il cellulare e lo sollevò all'altezza del volto.

"Non è magnifico?" disse ad alta voce rivolgendosi a Harry, con quello che sperava potesse passare per un accento Europeo. Scattò una fotografia, assicurandosi che i due uomini fossero ben visibili nell'immagine. Forse le sarebbe servita più avanti.

Dieci minuti più tardi, Kat, Jace e Harry stavano ammirando la vista sull'oceano dalla balconata della loro suite al terzo piano. Sedettero, infagottati nelle loro giacche invernali, le schiene rivolte verso la stufa a gas che riscaldava la terrazza e che Jace aveva acceso alla massima potenza.

"Sei sicura di volerlo fare, Kat? Non mi hanno nemmeno chiesto la carta di credito. L'azienda del servizio audio-video riceverà una richiesta di pagamento per la nostra camera, e a quel punto scopriranno tutto."

"Se teniamo un basso profilo, non abbiamo nulla da temere. Lo prenderanno per un disguido tecnico. Con così tante persone di cui tenere traccia, un errore nell'assegnazione delle stanze è una possibilità da mettere in conto. Inoltre, il World Institute ha affittato l'intero resort, e probabilmente ha già pagato il conto per tutti i suoi ospiti. Nessuno riceverà la fattura per una singola camera."

"Non ne sono così sicuro. E se ci beccassero?" Jace sbirciò oltre la ringhiera della terrazza.

"Non succederà. Dobbiamo solo trovare Nathan Barron, e magari capire fino a che punto è coinvolto in questa organizzazione. Domani saremo fuori di qui, e avremo abbastanza tempo per chiudere il caso Edgewater una volta per tutte." Improvvisamente lo stomaco di Kat si mise a brontolare. Si alzò dalla sedia e tornò all'interno della stanza per esaminare il frigobar. Scelse un pacchetto di mandorle tostate e tre barrette di cioccolato ripiene di wafer e crema al caffè, accompagnando il tutto con una bottiglia di Merlot.

Portò fuori il vino e tre bicchieri, insieme agli spuntini.

"Ordiniamo al servizio in camera, così nessuno si domanderà perché non ceniamo con gli altri ospiti."

"Immagino che tocchi di nuovo a me." Jace aprì una barretta al cioccolato.

"Beh, il tecnico sei tu." Kat lanciò il menù del servizio in camera sul tavolo, poi versò il vino nei bicchieri.

"Per me niente, grazie." Lo zio Harry si alzò in piedi e fece per tornare all'interno. "Sono stanco morto. Vado a fare un pisolino."

Kat si alzò e accompagnò Harry nella sua stanza. La suite era composta da due stanze comunicanti, ciascuna con un suo caminetto.

"Ascoltami bene, zio. Non devi andare da nessuna parte senza di noi."

"Non lo farò, promesso. Buona notte, Kat."

Kat chiuse la porta e tornò nella stanza principale. Aveva fatto bene a portare lo zio? Probabilmente no, ma di sicuro non avrebbe potuto lasciare Harry da solo per giorni, specialmente dopo l'incidente con il fornello nella sua cucina.

Jace rientrò dalla terrazza mentre Kat stava controllando l'orologio. Erano le sei del pomeriggio. Accese la televisione sperando in un aggiornamento su Roger Landers e sulla sua scomparsa dal traghetto. Il presentatore del telegiornale annunciò rapidamente le notizie locali, senza fare menzione del giornalista disperso. Quindi passò alle notizie dal mondo. Sia la Grecia che il Portogallo non erano riusciti a rispettare le condizioni imposte dal Fondo Monetario Internazionale per i prestiti che erano stati loro concessi, e che avevano accettato come parte degli accordi per il salvataggio della loro economia.

"Il direttore operativo del Fondo Monetario dovrebbe trovarsi in questo albergo," commentò Jace, abbassando la cornetta del telefono e tirando un sospiro di sollievo per aver concluso la telefonata. Aveva ordinato bistecche per loro e un sandwich Monte Cristo per Harry, in caso si fosse svegliato.

"Jean-Claude Bruneau?" A Kat non piaceva l'espressione sul viso di Jace. "Non provare a seguirlo e non metterti in mente di parlare con lui. Ti prego, Jace."

"Sarò discreto. È l'occasione di una vita."

"Jace, no. Prima dobbiamo trovare Nathan e raccogliere informazioni sul caso Edgewater. Poi potrai fare quello che vuoi. Promesso?"

Jace mise il broncio. "Va bene. Come vuoi."

"Immagina come si possa sentire un uomo come lui. Dalle sue decisioni, dipende il futuro di interi paesi." Il destino di così tante persone, racchiuso tra le mani di pochi individui. Kat trovava che la situazione fosse fin troppo simile al sistema feudale del Medioevo, quando i nobili vivevano nei castelli e i servi della gleba fuori dalle mura. Pochi fortunati riuscivano a entrare dentro i bastioni in caso di attacco, ma tutti gli altri restavano privi di protezione e alla mercé dei nemici.

"Bruneau? Non gli importa un accidente di salvare quei paesi. L'operazione rientra nei dettami del Fondo Monetario. È una procedura obbligatoria. Non è necessario che gli importi, perché lo faccia."

"Viene da domandarsi se non sia stato proprio il sistema finanziario globale a causare il fallimento delle loro economie nazionali. Le regole che tutti devono seguire vengono stabilite dai paesi più ricchi. E naturalmente, sono tutte a loro favore." Kat tornò a rivolgere l'attenzione alla televisione. Le previsioni del tempo per l'indomani davano pioggia mista a neve. Ancora nessuna menzione di Landers e della sua scomparsa.

"Sospendere il pagamento dei prestiti insoluti non mi sembra una soluzione ragionevole," continuò Kat. "A meno che, naturalmente, l'obiettivo non sia proprio quello di condurre i paesi al fallimento." Le tornarono in mente pagamenti alla Research Analytics. Supponendo che la Research Analytics fosse soltanto una copertura, doveva scoprire per che cosa il World Institute usasse quei soldi. Era davvero una cospirazione per distruggere le valute nazionali di tutto il mondo?

Kat afferrò il telecomando per cambiare canale, ma proprio in quel momento una voce maschile risuonò nel corridoio. Sentì i battiti del suo cuore che acceleravano. Era troppo presto per il servizio in camera. Tolse il volume al televisore e si rese conto che il rumore non proveniva dal corridoio. Era solo lo zio Harry che parlava nel sonno, nella stanza accanto.

CAPITOLO 25

*K*at si svegliò al suono di qualcuno che bussava alla porta. Jace doveva aver ordinato la colazione. Aveva l'acquolina in bocca al solo pensiero. Sperò che si trattasse di uova alla Benedict e waffle. Rotolò nel letto e tese un braccio verso Jace. Gli posò l'avambraccio sullo stomaco e fece scorrere le dita sui suoi addominali scolpiti. Ma c'era qualcosa che non quadrava. Se Jace era ancora a letto, non poteva aver chiamato il servizio in camera. In un attimo, la delusione per la colazione mancata si trasformò in apprensione. Erano stati scoperti?

"Jace," sussurrò. "C'è qualcuno alla porta."

Lui si girò sul fianco e le accarezzò la spalla. La pelle di Kat formicolò al contatto mentre la mano di Jace scendeva lungo il suo braccio. Il bussare alla porta si fece più insistente e Kat scattò sull'attenti.

"Jace, vai a rispondere."

"Va bene, ma tu non scappare." Jace si alzò e si buttò addosso una camicia e un paio di pantaloni. Andò alla porta e sbirciò attraverso lo spioncino. Poi si voltò e tornò a sedersi sul letto, scuotendo la testa.

"Non ci crederai mai." Si abbottonò la camicia.

"A cosa?" Kat balzò fuori dal letto e indossò velocemente una maglietta di cotone e un paio di pantaloni felpati.

Il bussare si fece ancora più insistente e sonoro. Chiunque ci fosse là fuori, stava picchiando alla porta con tutta la forza che aveva.

"È tua cugina Hillary." Molti anni prima, ai tempi della scuola, Hillary, Kat e Jace erano stati compagni di classe. Hillary aveva tentato in ogni modo di fare colpo su di lui, ma a Jace non era mai piaciuta.

Kat sentì il battito accelerare, mentre ricordava il suo ultimo scontro con Hillary. L'anello di diamanti della zia Elsie era stato rubato. Hillary insisteva che qualcuno fosse entrato in casa, ma Kat sospettava che si trattasse di una bugia bella e buona. Poco dopo il furto, Hillary aveva preso a sfoggiare un nuovo Rolex che, senza dubbio, aveva barattato per l'anello scomparso. Quella donna non portava altro che problemi. "Impossibile. Se n'è andata da dieci anni. Inoltre, come fa a sapere che siamo qui?"

"Non ne ho idea, ma sono sicuro che sia lei. Forse Harry non si è inventato tutto. Vieni a vedere coi tuoi occhi."

Kat andò in punta di piedi fino allo spioncino e trattenne il respiro mentre sbirciava attraverso il piccolo foro.

Gli anni avevano aggiunto delle rughe, un mento cadente e una tonnellata di trucco. Gli occhi di Hillary erano nascosti dietro a un paio di occhiali da sole Chanel, inconfondibili per il gigantesco logo sulle stecche. Anche se non c'era nessun raggio di sole da cui proteggersi, trovandosi al chiuso e nel bel mezzo dell'inverno, Hillary li indossava per pubblicizzare il suo status e il suo gusto impeccabile.

Kat aprì la porta e sua cugina oltrepassò la soglia a tutta velocità, rischiando quasi di travolgerla. Indossava un abito scollato senza maniche, anche se fuori la temperatura era sotto zero. Chiazze di sale bianco formavano un motivo a cerchi sugli stivali marroni con il tacco a spillo. Dal cursore della cerniera di ciascuno stivale pendeva un logo D&G di dimensioni esagerate. Non c'era alcun dubbio: si trattava di Hillary.

"Dove diavolo è finito papà?" Hillary puntò dritta verso le porte scorrevoli che davano sul terrazzo, spingendo i giganteschi occhiali da sole sopra i capelli laccati e cotonati. "Che cosa gli hai fatto? Lo hai rapito!"

"Hillary?" chiese Kat. "Che cosa ci fai qui? Perché pensi che…?"

Jace rimase a bocca aperta, mentre Hillary lo oltrepassava a passo di carica per uscire sul balcone. Nella stanza entrò una ventata di aria gelida.

Non trovando nessuno all'esterno, Hillary marciò di nuovo dentro, lasciando la porta scorrevole spalancata. Si diresse all'armadio e spalancò le ante, che per poco non si staccarono dai loro cardini.

"Dimmi dov'è. Subito!"

Jace andò a chiudere la porta del terrazzo. Sollevò le sopracciglia rivolgendo un'occhiata perplessa a Kat, ma rimase in silenzio.

"È nella stanza accanto. Cosa vuoi da lui?" Domandò Kat, ancora sotto shock.

Hillary diede uno strattone al pomello, ma la porta non si aprì, perciò si mise a picchiare sulla porta di comunicazione tra le due camere.

"Papà! Apri la porta."

"Vacci piano," disse Kat. "Finirai per romperla."

Hillary si limitò a guardarla in cagnesco. Poi la serratura scattò e la porta si aprì.

Ne emerse Harry, con l'aria assonnata.

"Hillary!" Disse, rivolgendole un gran sorriso. "Che bella sorpresa."

Kat guardò Jace con la coda dell'occhio. Stava trafiggendo Hillary con un'occhiataccia, ma lei non sembrava rendersene conto.

"Come facevi a sapere che eravamo qui?" Quando erano ragazzine, a volte Kat aveva avuto la sensazione che Hillary la pedinasse.

"Ti piacerebbe saperlo." Hillary era dall'altra parte della stanza e la stava guardando in cagnesco.

Kat la osservò attentamente. Aveva gli occhi incorniciati da un pesante ombretto marrone che dava l'impressione che le sue orbite fossero bruciacchiate.

"Chiamerò la polizia e ti farò arrestare." Hillary afferrò Harry per un braccio. "Non riuscirai più a trovare un lavoro, quando avrò finito con te."

"Mi farai arrestare per cosa?" E soprattutto: che diavolo ci faceva lì sua cugina?

"Per averlo costretto contro la sua volontà."

"Zio Harry, ti ho costretto a venire qui?"

Hillary tappò la bocca a Harry con una mano, appena prima che lui cominciasse a parlare, poi si voltò verso Kat. "Stai zitta. Hai già fatto abbastanza danni."

"Hillary, dovevo portarlo con me." Kat gettò una rapida occhiata a Harry, domandandosi come avrebbe potuto spiegare la situazione a Hillary senza ferire i sentimenti dello zio. "La demenza senile... Sta peggiorando."

Harry guardò in basso verso il tappeto, avvilito.

"Mi dispiace, zio."

"Va tutto bene. Kat ha ragione. So di non essere più acuto come un tempo."

"Non è al sicuro da solo, Hillary. Se fossi stata presente negli ultimi anni, magari te ne saresti accorta."

Hillary non sapeva che Harry aveva dimenticato i fornelli accesi e per poco non aveva bruciato la casa, né che aveva schiantato la sua Lincoln contro la vetrina del ristorante Carlucci. E se invece fosse stata al corrente di tutto? Harry parlava di lei da mesi e, negli ultimi tempi, la nominava sempre più spesso. E poi c'era stato quell'acquisto da Tiffany, elencato sulla sua carta di credito. Ma una donna come Hillary, per quanto meschina, non sarebbe mai caduta così in basso da derubare suo padre. O forse sì?

In ogni caso, Kat doveva fare tutto il possibile per proteggere Harry. Scollegare i fornelli, disabilitare l'apertura automatica della porta del garage e rimuovere la batteria dell'auto erano state solo delle soluzioni temporanee. Harry aveva bisogno di qualcuno che lo seguisse a tempo pieno e Kat era a corto di opzioni. Hillary non sarebbe stata di alcun aiuto. Improvvisamente Kat realizzò la verità: l'improvvisa ricomparsa di Hillary aveva una ragione ben precisa. La demenza di Harry era diventata evidente. Possibile che Hillary fosse lì per approfittarsi della situazione? Beh, non c'era altro motivo per cui sarebbe dovuta tornare dopo un decennio di latitanza.

"Hai rapito papà contro la sua volontà. Come puoi guardarti allo specchio? Sei una criminale."

"E tu come fai a guardarti allo specchio, Hillary? Sei tu la vera criminale. Hai prosciugato i risparmi dello zio e della zia. I risparmi di una vita."

"Prosciugato? Si trattava solo di un regalo."

Kat alzò gli occhi al cielo. "Certo, come no."

Harry stava ancora fissando il pavimento, in silenzio.

"Hillary, tu non capisci. Harry si dimentica di mangiare. È qui perché io mi prendo cura di lui. Non posso lasciarlo solo, nemmeno per pochi giorni."

"Capisco più di quanto tu possa immaginare. Lo hai rapito per approfittartene. Grazie al cielo vi ho trovati. Metterò fine a questa storia immediatamente."

Harry doveva aver parlato con Hillary al telefono. Probabilmente lo aveva chiamato al cellulare. Era difficile che Harry ricordasse il nome dell'albergo, ma poteva leggere senza alcuna difficoltà. Hillary non aveva dovuto far altro che chiedergli di trovare qualcosa con il nome dell'albergo stampato sopra.

"Rapito? Stai parlando sul serio?" Kat guardò lo zio Harry. Si era chiuso nel suo mondo, ignaro della discussione. "Lo abbiamo invitato, e lui ha accettato di venire con noi."

"Finalmente siamo di nuovo tutti insieme." Disse Harry, con un sorriso a trentadue denti. "Bisogna festeggiare! Andiamo a fare colazione."

Kat stava per spiegargli che non potevano scendere in sala da pranzo, ma Hillary si mise in mezzo e le impedì di aprire bocca.

"No, papà. Ce ne andiamo. Prendi la tua roba." Hillary spinse Harry nella sua stanza e sbatté la porta.

Kat spostò lo sguardo su Jace. Era sconvolta. Una sensazione di impotenza la travolse, mentre pensava a Hillary che portava via Harry. Lo zio sarebbe riuscito ad arrivare fino a casa, prima che Hillary perdesse la pazienza e lo scaricasse da qualche parte? Sempre che lo stesse davvero portando a casa.

"Lasciali andare." Disse Jace, abbracciandola. "Non gli succederà niente. Domani saremo a casa con lui."

"Hillary non si rende conto di quanto sia grave la sua situazione." Quella donna era troppo assorbita da sé stessa per potersi concentrare su Harry e sulle sue medicine. Non avrebbe potuto sopportare a lungo le sue allucinazioni e la sua confusione.

"Francamente, non credo che sia così," ribatté Jace. "Hillary sa perfettamente quello che sta succedendo."

"E allora perché ha detto quelle cose?"

"Per ferirti. Vuole distogliere l'attenzione dalle sue malefatte e spostare la colpa su di te."

Kat si liberò dall'abbraccio di Jace. "So che è una donna egoista, e sono sicura che abbia rubato i soldi di Harry. Ma come può pensare che io gli stia facendo del male?" Domandò Kat. "Non dirà mica sul serio."

"Andiamo, Kat. Smascherare le truffe è il tuo mestiere, dovresti riconoscere una frode quando ne vedi una. Quei misteriosi prelievi in banca, le spese da Tiffany. Hillary lo sta derubando."

"Ci ho pensato anch'io. Ma non ti sembra un po' troppo ovvio?"

"Il denaro di Harry comincia a scomparire proprio quando lei ricompare, dopo dieci anni di assenza. Non posso credere che si tratti solo di una coincidenza. Prova a dirglielo in faccia. Sono sicuro che non avrà il coraggio di negare. Ti dirà che si è trattato di altri regali."

"Credi che sia tornata perché ho fatto bloccare le carte di credito dello zio? In questo modo, le avrei tagliato i fondi?" Kat sedette sul letto. "Non arriverebbe mai fino a quel punto. È una frode vera e propria. Potrebbe essere perfino accusata di abuso su un anziano."

"Apri gli occhi, Kat. Harry non ha mai fatto acquisti da Tiffany. Perché credi che sia tornata?"

Jace aveva ragione. "Mi sembra così assurdo. Harry è suo padre. Che razza di figlia si spingerebbe fino a quel punto?"

"La maggior parte della gente non arriverebbe mai a fare una cosa del genere," rispose Jace. "Ma Hillary non è come loro. Farà tutto quello che è in suo potere, pur di farla franca."

"Jace, anche se fosse vero, non c'è più niente da rubare. Ho bloccato le carte di credito e tutto il suo denaro verrà usato per saldare i debiti. Non è rimasto più nulla."

CAPITOLO 26

Kat e Jace si strinsero nei loro giacconi caldi e uscirono sul balcone per godersi il caffè mattutino. Il sole era sorto appena sopra l'orizzonte e un bagliore arancio scuro faceva capolino tra gli alti sempreverdi. Una luce spettrale si rifletteva sulla spolverata di neve fresca che faceva da contrasto alle lunghe ombre proiettate dagli alberi.

Kat mandò giù l'ultimo boccone di french toast. I sintomi dell'influenza che aveva sentito fino al giorno prima sembravano miracolosamente spariti e si sorprese di quanto fosse affamata. "Credi che Harry stia bene? Hillary perde la pazienza per qualsiasi sciocchezza. La demenza dello zio non farà che esacerbare la sua frustrazione."

"Non credo che resterà a lungo, dopo aver scoperto che i soldi sono finiti. Hillary si preoccupa solo di Hillary." Jace si alzò e scrutò oltre la ringhiera. Fece cenno a Kat di avvicinarsi per guardare di sotto.

Due guardie di sicurezza erano appena emerse dalla porta della cucina, qualche piano sotto di loro. Parlavano a voce troppo bassa perché Kat potesse distinguere quello che stavano dicendo.

Kat aveva già notato quei due uomini nerboruti sulla trentina. Se ne stavano lì, sul terreno ghiacciato, a sorvegliare l'ingresso. Ogni pochi minuti, accostavano le maniche della giacca alla bocca e dicevano qualcosa; evidentemente erano in contatto radio con qualcuno.

La sicurezza si era materializzata gradualmente nella baia, man mano che arrivavano i partecipanti alla conferenza. Anche se indossavano giacca e cravatta, gli uomini della sicurezza assomigliavano a soldati che si preparavano a una guerra, in netto contrasto con gli invitati che dovevano tenere al sicuro.

"Ci sono una dozzina di guardie solo su questo lato dell'edificio," sussurrò Jace. "Vado a fare una passeggiata. Deve esserci qualche VIP in arrivo."

Kat sollevò una mano nel tentativo di trattenerlo. Non voleva parlare, per non rischiare di farsi sentire dagli uomini di sotto. Ma Jace era già rientrato nella camera, per cambiarsi e indossare il suo completo elegante. Kat balzò dentro e lo seguì, facendo scivolare la porta del balcone, che si richiuse con un fruscio.

"Devo proprio indossare questo completo per tutto il tempo? È terribilmente scomodo." Jace sedette sul letto per allacciarsi le scarpe.

"Non puoi uscire là fuori, Jace." Kat lasciò cadere il giaccone sul letto.

"Perché no? Se sono un membro del personale tecnico, non dovrei essere in giro? Lo staff dell'hotel si starà chiedendo perché non siamo più usciti dalla stanza." Jace si avvicinò e circondò Kat con le braccia, stringendogliele attorno alla vita. Poi tirò le tende.

Kat posò le mani sulle sue. "Non possiamo solo rilassarci e goderci un po' questo posto? Una volta che la conferenza sarà iniziata, anche la sicurezza abbasserà la guardia. Dobbiamo concedere a quei ragazzotti qualche ora per sistemarsi. In questo momento, avranno i nervi a fior di pelle." Kat però non si sentiva affatto rilassata. Ora che erano dentro, non voleva fare niente che rischiasse di farli scoprire.

"Se ho capito bene, la loro unica preoccupazione è tenere fuori gli ospiti indesiderati. Non controllano chi è già dentro."

La sicurezza era sembrata stranamente assente fino a quel momento. Perfino Hillary era riuscita ad entrare. Kat si rese conto che erano stati fortunati ad arrivare un giorno prima della conferenza. Altrimenti non sarebbero riusciti nemmeno a raggiungere il vialetto d'ingresso.

"Non sono gli agenti di sicurezza che mi preoccupano, ma la tua curiosità. Non puoi andare a parlare con Pinslett come se niente fosse.

Ho bisogno di chiudere questo caso e, se tutto andrà per il verso giusto, potrei riuscirci prima che la Edgewater resti completamente al verde – ossia entro domani, o al massimo martedì. Non possiamo rischiare che Nathan Barron si metta in allerta. Ti prego, Jace. Non ti lascerò sabotare il caso più importante che io abbia mai avuto tra le mani."

Jace scosse la testa. "Andiamo, Kat. Dammi un minimo di fiducia. Non farei nulla che possa mettere a rischio il tuo lavoro – ma non posso nemmeno rinunciare a un'occasione come questa. È l'opportunità di una vita. Nessun giornalista è mai stato a una conferenza del World Institute, prima d'ora."

"A parte Pinslett."

"Pinslett non è un giornalista. Possiede una scuderia di giornalisti, è diverso. Voglio smascherarlo, voglio che paghi per tutto quello che sta facendo." Jace si picchiò un pugno sul palmo della mano.

"Ok, non ti permetterò di uscire dalla stanza. Sei troppo su di giri. Solleverai dei sospetti e ci farai cacciare fuori da qui."

"Hai intenzione di tenermi prigioniero? Mi perderò tutto il divertimento."

"Non insistere, Jace. Procediamo con ordine. Procuriamoci le prove del coinvolgimento di Nathan. Una volta fatto questo, potrai dedicare un'intera giornata a Pinslett e agli altri. Ti aiuterò io, se vuoi. Ma adesso ho bisogno di te. Non posso andare alla conferenza, darei troppo nell'occhio. Quasi tutti i delegati sono uomini."

"E ben presto si renderanno conto che anch'io sono un impostore."

"Non è detto. Dobbiamo soltanto procurarci una registrazione o una fotografia per dimostrare che Nathan è presente al convegno. Altrimenti, senza una prova schiacciante, sarebbe la nostra parola contro la loro." Aveva bisogno di una conferma a prova di bomba.

"Come dobbiamo muoverci?" Domandò Jace.

Kat si vestì velocemente e indossò un paio di scarpe da corsa.

"Ho un'idea." Raccolse i suoi lunghi capelli sotto un berretto da baseball. "Dammi un quarto d'ora."

Aprì la porta che si affacciava sul corridoio e sbirciò fuori.

Libero.

Kat svoltò a destra, la direzione che supponeva l'avrebbe portata a incontrare "per caso" altri ospiti. Dopo aver percorso il corridoio fino alla fine, fece dietrofront, si diresse verso un corridoio laterale e sbirciò dietro l'angolo. Nei pressi di una scalinata, vide uno di quei carrelli che venivano utilizzati dalle inservienti per fare le pulizie e rassettare le camere.

Avanzò verso il carrello, a testa bassa per evitare di incrociare gli sguardi di chi avrebbe potuto incontrare. Controllò il carrello, momentaneamente tentata di prendere un campioncino extra di balsamo.

Tutte le porte delle camere erano chiuse, il che significava che l'inserviente non si trovava in nessuna di esse. Kat svoltò l'angolo e vide una porta con su scritto "Privato", probabilmente uno sgabuzzino o un armadio riservato al personale. La porta era accostata e, con un rapido gesto, Kat la aprì. Se fosse stata scoperta, avrebbe finto di essere alla ricerca di un cuscino in più.

Dentro non c'era nessuno. Non le ci volle molto per trovare quello che stava cercando. Appesa a un gancio dietro la parete c'era un'uniforme da donna di servizio. La afferrò e si cambiò velocemente, infilando la sua maglietta di cotone e i pantaloni felpati in un sacco della lavanderia. Con uno strattone deciso, tirò giù la camicetta per cercare di coprirsi al meglio. Era troppo stretta – ma questo aveva poca importanza, non sarebbe rimasta a lungo in quel corridoio.

All'esterno, non si vedeva ancora nessuno. Kat emerse dallo sgabuzzino e andò verso il carrello. Afferrò due confezioni di balsamo e, nell'abbassarsi, qualcosa di rigido le sfregò contro il fianco. Infilò la mano in tasca e fece scorrere le dita lungo il contorno di una tessera magnetica. Non riusciva a credere di essere stata così fortunata. Non si era solo procurata un'uniforme da cameriera, ma aveva anche trovato un passe-partout che le avrebbe permesso di entrare in tutte le stanze dell'albergo.

Si voltò e si affrettò ad andarsene, sperando di arrivare in fondo al corridoio senza incontrare nessuno. Raggiunse il gruppo di ascensori che faceva da spartiacque tra le due ali dell'edificio proprio nell'istante in cui le porte di una cabina si aprivano con uno scampanellio. Poi sentì una voce. Una voce che avrebbe riconosciuto dovunque.

CAPITOLO 27

Kat si fermò di botto, rischiando di andare a sbattere contro il muro. Lottò contro l'impulso di voltarsi e tornare da dove era venuta. Ormai era troppo tardi. L'avevano vista.

Victoria Barron era in piedi accanto agli ascensori e batteva ritmicamente a terra il piede calzato in un sandalo Gucci, mentre controllava con impazienza l'orologio. La sua figura taglia trentotto era avvolta in un accappatoio di cotone identico a quelli che si trovavano nella stanza di Kat. In qualche modo sembrava più glamour, indossato da Victoria.

"Non ti azzardare ad andartene," abbaiò Victoria.

Kat restò paralizzata. Guardò giù verso le sue scarpe da corsa malconce e si domandò che cos'altro sarebbe successo. Perché Victoria era lì? Il World Institute aveva prenotato l'intero hotel e Victoria non era il tipo di persona che potesse essere invitato alla conferenza.

"Non ignorarmi! Potrei farti licenziare in meno di un minuto."

Kat sollevò lentamente lo sguardo e andò a cercare gli occhi di Victoria. Possibile che non l'avesse riconosciuta con l'uniforme da donna di servizio?

"Quelle come te non combinano mai niente di buono. Si accontentano del minimo indispensabile." Victoria puntò un'unghia verso Kat. La sfumatura dello smalto era perfettamente intonata a quella del rossetto.

"Nella mia stanza c'è troppa polvere e non c'è abbastanza shampoo. Ti rendi conto di quanto sei fortunata a lavorare qui? Non riusciresti mai ad ottenere un lavoro di questo livello al tuo paese, qualsiasi esso sia. Scommetto che non hai nemmeno il permesso di soggiorno."

Kat non aveva nemmeno aperto la bocca e Victoria l'aveva già bollata come pigra, incompetente e immigrata irregolare.

"Sì, signora," disse Kat in quello che sperava potesse passare per un accento dell'est Europa. "Le farò avere più shampoo. Qual è il numero della sua camera?"

"216. Io sto andando alla spa." Le porte dell'ascensore si aprirono e Victoria entrò nella cabina. "Mi aspetto di trovare lo shampoo nella mia stanza, al mio ritorno. Se così non fosse, lo riferirò alla direzione."

"Sì, signora." Le porte dell'ascensore si chiusero. Era un sollievo non essere stata riconosciuta, ma che umiliazione. Aveva affrontato Victoria apertamente, durante l'udienza in tribunale, e il suo sguardo era rimasto fiero e inflessibile – anche se il risultato non era stato dei migliori. Kat accarezzò il passe-partout che aveva in tasca. Victoria se n'era andata. L'occasione perfetta per frugare nella sua stanza. Magari avrebbe scoperto il motivo per cui si trovava lì.

Kat andò fino alla stanza 216 e bussò. Nessuna risposta. Fece scivolare la chiave elettronica nel lettore e una luce verde lampeggiante, accompagnata da un click, le segnalò che poteva entrare. Kat aprì la porta e lasciò che si richiudesse alle sue spalle, con un altro click.

La disposizione della stanza era simile a quella che occupavano lei e Jace. Le tende erano tirate e c'erano due valigie impilate accanto alla finestra. Anche nella luce soffusa, Kat distinse le sagome di abiti sparpagliati dovunque: sul pavimento, sul letto disfatto, appoggiati sopra alle porte dell'armadio e sull'asse da stiro. In che modo Victoria fosse riuscita a trovare della polvere era un mistero. Non c'era una superficie libera su cui la polvere si potesse posare.

Kat avanzò fino alla scrivania, quasi inciampando su un mucchio di scarpe dal tacco alto abbandonate nel bel mezzo della stanza. Sul piano della scrivania erano sparsi dei documenti. Accese la lampada e li sfogliò rapidamente. Non riusciva a credere alla sua fortuna. Sotto le informazioni di check-in dell'hotel c'era il programma della conferenza del World Institute. Ripiegò il foglio e lo nascose sotto l'uniforme.

Poi notò il resto dei documenti, uno spesso plico tenuto insieme da una grossa clip di metallo. Sfogliò rapidamente le pagine. Le prime contenevano i verbali delle riunioni dell'anno precedente, seguite da alcuni rendiconti finanziari e altri documenti.

Victoria era davvero un membro del World Institute? Era difficile da credere, ma altrimenti perché sarebbe stata lì? E perché avrebbe dovuto avere il programma del congresso? Kat tirò fuori il foglio che aveva nascosto sotto i vestiti e lo scorse rapidamente. Non menzionava Victoria come partecipante. Quindi lanciò un'occhiata all'orologio. Secondo il programma, il congresso non sarebbe iniziato il giorno seguente, ma di lì a mezz'ora. Victoria non avrebbe partecipato all'incontro, a meno che non avesse intenzione di andarci in accappatoio.

Kat avvolse i documenti contenuti nella clip in un asciugamano, lo ripiegò e se lo mise sotto il braccio.

Sobbalzò quando la porta del bagno si aprì con uno scatto. La stanza si riempì dell'odore di acqua di colonia e vapore umido della doccia. Kat infilò di nuovo il programma sotto la camicetta. Poi starnutì.

"Che cosa fai nella mia stanza?" Nathan Barron emerse dal bagno. Era nudo, con un asciugamano bianco avvolto intorno alla vita. Era molto più basso visto dal vivo, rispetto alle sue fotografie da predatore. Ovviamente, nelle immagini i suoi trofei erano mammiferi morti, non persone vive e vegete, perciò era difficile farsi un'idea delle proporzioni.

Kat iniziò a sudare freddo. Nathan si spostò tra lei e la porta della camera, bloccandole l'uscita. Le si strinse la gola mentre il cuore cominciò a martellarle nel petto. Cercò disperatamente di pensare a una scusa da propinargli. Poi si ricordò di un dettaglio fondamentale: aveva visto Nathan solo in fotografia. Non era presente alla Edgewater, quando lei era andata a svolgere le sue indagini per conto di Zachary. Non si erano mai incontrati e non aveva idea di chi fosse. Con la sua uniforme da donna di servizio, aveva una ragione perfettamente plausibile per trovarsi lì.

"Mi dispiace, signore. Credevo che la stanza fosse vuota. Stavo solo controllando gli asciugamani."

"Lasciali sul letto." Nathan Barron incrociò le braccia e la guardò dall'alto in basso.

Non poteva. Negli asciugamani erano avvolti i documenti che aveva appena raccolto dalla scrivania. Cercò di mantenere la calma. "Questi sono sporchi. Vado subito a prenderle quelli puliti."

"D'accordo." Nathan aggrottò le sopracciglia e le voltò le spalle. Tornò nel bagno a grandi passi, sbattendo la porta alle sue spalle.

Kat esalò un sospiro di sollievo e si rese conto di aver trattenuto il fiato fino a quel momento. Si asciugò un leggero velo di sudore dalla fronte e aprì la porta per tornare in corridoio. Questi incontri a sorpresa diventavano sempre più stressanti.

Nathan e Victoria dovevano essere amanti. Altrimenti perché avrebbero dovuto dividere la stanza? Zachary sapeva che la sua ex-moglie aveva una relazione con suo padre?

Non faceva esattamente parte dello scopo delle sue indagini, ma Zachary meritava di saperlo. D'altro canto, se gliel'avesse detto, avrebbe scoperto che era entrata di nascosto nella loro stanza d'albergo. Forse c'era una buona ragione dietro ai sentimenti di ostilità che Zachary nutriva per suo padre. Che tipo di uomo si fa coinvolgere in una relazione con l'ex-moglie del figlio?

Kat uscì dalla stanza, chiudendo la porta e tornando nel corridoio. Rimase a bocca aperta quando per poco non andò a sbattere contro una donna bionda e minuta, con indosso un'uniforme da donna di servizio.

"Chi sei?" chiese con un pesante accento dell'est.

Russo, suppose Kat. La donna era alta intorno al metro e sessanta, per una cinquantina di chili di peso. L'uniforme le pendeva dalle spalle come se fosse destinata a qualcuno più grosso di lei.

"Sono nuova." Kat tese la mano, sforzandosi di non tremare. "Mi chiamo Marcie. È il mio primo giorno."

La donna la osservò senza dire niente.

Kat ritrasse la mano e si sfregò il palmo sull'uniforme troppo stretta. La sua era destinata a qualcuno decisamente più basso e non le serviva uno specchio per capire quanto apparisse ridicola. Strattonò la camicetta per farla stare giù e tese ancora la mano.

L'inserviente guardò di sfuggita la cintura di Kat e le strinse delicatamente la mano. "Angelika. Tu qui per conferenza? Dorothy non parlato di te." L'inglese di Angelika era punteggiato di articoli e verbi mancanti. Guardò nervosamente verso il corridoio e spinse una ciocca dei suoi capelli biondi dietro l'orecchio.

"Sì, mi hanno assunta per la conferenza." Kat non poté fare a meno di notare quanto fosse bella. Zigomi alti e una pelle traslucida, come l'avorio.

Angelika guardò di nuovo lungo il corridoio.

"Cerchi qualcuno?"

Angelika scosse la testa. "No, controllo solo stanze. Quale fare dopo."

"Mi hanno chiamata solo questa mattina." Quante donne di servizio lavoravano in un turno? Cinque? Venticinque? Una di loro forse stava cercando la sua uniforme proprio in quel momento. "Erano a corto di personale. Una ragazza si è ammalata e lo ha comunicato all'ultimo momento."

Angelika sembrava ancora perplessa.

"Non sono su questo piano," aggiunse Kat, in fretta. "Sono scesa perché mi hanno chiesto un'altra bottiglia di shampoo." Sperava che Angelika non le domandasse a che piano era assegnata.

"Certo. C'è scatola di shampoo dentro sgabuzzino." Angelika sorrise e indicò la direzione da cui era arrivata Kat. "Prendi pure. Forse tu chiamata al posto di Annie?"

"Sì, Annie. Accidenti, non riuscivo a ricordare il suo nome. Si è ammalata questa mattina. Ma cos'è tutto questo trambusto? Qual è l'argomento della conferenza?"

"Dorothy non ha detto niente? Forse no, se tu arrivata oggi. È molto, molto segreto. Non possiamo parlare con nessuno di questo. Hai firmato accordo di riservatezza?" Angelika si appoggiò al suo carrello, facendo cadere una scatola di fazzolettini sul tappeto.

Kat si abbassò per raccoglierla. "Non ancora. Firmerò quando sarò in pausa."

Porse i fazzoletti ad Angelika senza distogliere lo sguardo dalle scarpe della donna. Le sue décolleté firmate avevano tacchetti sottili da cinque centimetri – piuttosto scomodi per pulire le stanze.

"Non vedo l'ora di arrivare a venerdì," sospirò Angelika. "Guardie di sicurezza dappertutto, e questi ospiti – troppo, troppo esigenti."

"Venerdì?"

"Quando conferenza finisce. Allora le cose tornano normali."

Venerdì era anche la scadenza per il prossimo pagamento del mutuo di Harry. Se non l'avesse saldato, la banca gli avrebbe pignorato la casa.

Come poteva risolvere il problema delle finanze di Harry e il caso di Zachary allo stesso tempo?

Kat temeva l'arrivo del venerdì, eppure allo stesso tempo sperava che venisse presto.

Mentre si dirigeva allo sgabuzzino per prelevare lo shampoo, i pensieri di Kat tornarono allo zio Harry. Se Hillary avesse scoperto che Harry era completamente al verde, che cosa avrebbe fatto? Il suo ritorno, dopo tutti quegli anni, significava che era disperata. Fino a che punto si sarebbe spinta, per ottenere altri soldi da Harry?

Kat fece scorrere la sua chiave elettronica nella serratura dello sgabuzzino. Aprì la porta e restò paralizzata. Aveva di fronte Roger Landers.

CAPITOLO 28

*K*at balzò **indietro mentre** la porta si richiudeva alle sue spalle. Gli asciugamani le caddero dalle mani e si srotolarono a terra, rivelando il loro contenuto. Da qualche parte tra la stanza di Nathan e lo sgabuzzino, la clip di metallo che teneva insieme i fogli doveva essersi allentata, perché si sganciò non appena ebbe toccato il pavimento e i documenti si sparpagliarono a terra. Kat li calciò sotto agli asciugamani.

"Chiudi la bocca e non ti muovere." Roger Landers brandiva il manico di una scopa sopra la testa, pronto a colpire.

Kat rimase immobile, mentre la sua mente cominciava a galoppare, cercando di decidere la sua prossima mossa. Tastando dietro di sé, riuscì a raggiungere il pomello della porta. Landers era abbastanza vicino da colpire, ma non abbastanza da afferrarla e trattenerla. Se avesse agito rapidamente, forse sarebbe riuscita ad aprire la porta e a scappare lungo il corridoio. Landers non l'avrebbe inseguita, specialmente se si stava nascondendo. Ma questo significava abbandonare i documenti.

Come aveva fatto Landers a entrare? Visto che era in cima alla lista delle persone non gradite, a causa dei suoi tentativi di intrusione nelle precedenti conferenze, non sarebbe mai riuscito a passare i controlli di sicurezza senza essere riconosciuto. Per non parlare del fatto che si presumeva che fosse affogato. Il suo cadavere avrebbe dovuto trovarsi nella baia di Howe, a galleggiare nell'acqua gelida.

Forse, per qualche oscura ragione, era stato invitato alla conferenza. Ad ogni modo, la sicurezza si era dimostrata piuttosto blanda, fino a quando non erano arrivati i gorilla in giacca e cravatta. Kat, Jace, Harry e perfino Hillary erano riusciti ad entrare in albergo senza problemi. A Jace era bastato fornire il nome della presunta compagnia per cui lavorava.

"Accidenti. Credevo che lei fosse morto," disse Kat.

"Ti piacerebbe." Landers stava ancora pensando di impalarla con la scopa, ma almeno aveva rilassato la presa sul manico.

"Non vedo perché la sua morte dovrebbe rendermi felice. Sul traghetto volevo solo parlare con lei," disse Kat. "Perché è saltato giù? Non sapeva nemmeno chi fossi."

"So chi rappresenti."

"Non rappresento nessuno. Sono qui per la sua stessa ragione: per scoprire di più sul World Institute." Kat si abbassò per raccogliere gli asciugamani, sperando che Landers non avesse visto i fogli che contenevano.

La clip si era davvero aperta dentro allo sgabuzzino, quando i documenti erano caduti a terra? Oppure era successo lungo il corridoio, e adesso c'era una traccia di fogli svolazzanti che conduceva dritta al loro nascondiglio?

"Vuole prendermi in giro?"

"No, sto indagando su uno dei membri." Kat sostenne lo sguardo di Landers per qualche secondo, prima che lui spostasse l'attenzione sulla porta alle sue spalle, un'espressione preoccupata sul volto. Quella stanza era piccola come un armadio.

"Stai mentendo. Nessuno investiga su questa gente. Sono al di sopra della legge."

"Nessuno è al di sopra della legge." Nemmeno gli uomini più ricchi e potenti del mondo – o le loro figlie presuntuose. La gente si prostrava fin troppo davanti ai primi, e concedeva fin troppo alle seconde. Il fatto che ci fossero sempre due pesi e due misure la faceva davvero arrabbiare. "Specialmente questo tizio."

"Me lo dimostri."

"Non ho niente da dimostrare. La privacy del mio cliente mi impone di mantenere il segreto sull'intera faccenda." E non voleva che Landers scoprisse chi era realmente, facendo saltare la sua copertura. Kat sospirò e raddrizzò le spalle. Meglio averlo come alleato piuttosto che come nemico. "È uno dei membri del World Institute. Ma non ho intenzione di riferirle il suo nome."

Le spalle di Landers si afflosciarono e Kat interpretò questa postura più rilassata come un segno che avesse creduto alle sue parole. Probabilmente temeva soltanto che Kat fosse una sua concorrente, un'altra giornalista a caccia di una storia. Eppure, non aveva ancora abbassato il manico di scopa, che rimaneva sospeso sopra la sua testa. "Dammi una buona ragione per fidarmi di te. Come faccio a sapere che non andrai a chiamare la sicurezza?"

Kat sospirò. "Noi due siamo dalla stessa parte. Sto solo cercando di collaborare con lei. Ma se non vuole, va bene. Me ne vado."

Si voltò verso la porta, ma il manico di scopa si abbassò davanti a lei, sbarrandole l'uscita.

"Aspetta. Voglio darti una possibilità. Come ti chiami? E perché sei qui?"

"Mi chiamo Katerina Carter. Sono un'investigatrice specializzata in frodi finanziarie." Kat tese lentamente la mano. Landers non la strinse, però abbassò il manico di scopa.

Kat gli raccontò dei pagamenti effettuati dalla Edgewater alla Research Analytics, e di come la traccia lasciata dal denaro dei Barron l'avesse condotta al World Institute.

"Research Analytics? Non li ho mai sentiti."

"Deve conoscerli, almeno di nome. Non ha scritto un libro sul World Institute? Di certo avrà controllato i loro rendiconti finanziari. Se l'avesse fatto, saprebbe che la Research Analytics è uno dei maggiori donatori del World Institute. È tutto scritto nel loro rendiconto annuale." Kat era rimasta stupita dalla trasparenza finanziaria del World Institute, visto che nascondevano tutto il resto. Sempre ammesso che si trattasse davvero di un'organizzazione segreta.

"Il World Institute non pubblica un rendiconto annuale."

"Certo che sì. Si trova in rete. Non ha mai provato a cercarlo?" Kat si diede una pacca sul petto. Il programma del convegno era al sicuro sotto alla sua uniforme. Non vedeva l'ora di leggerli.

"Lo tiene sotto al grembiule?" Landers sollevò le sopracciglia. "Mi faccia vedere."

"No, mi dispiace, ma non si tratta di quello. Oggi ho trovato qualcosa di meglio."

Kat tirò fuori l'angolo superiore del fascicolo dalla scollatura della sua uniforme. Era così stretta che i bottoni rischiavano di saltare a ogni suo minimo movimento. Arrossì mentre un velo di sudore, che faceva attrito contro i documenti del World Institute, le copriva la pelle. I loro programmi segreti, pensò con un sorriso.

"Perché quel sorriso?"

"Sono informazioni riservate. Allora, ci sta oppure no?" Kat aveva dato a quei documenti soltanto un'occhiata fugace, ma poteva immaginarne il contenuto. Le organizzazioni multimilionarie che finanziavano il World Institute avevano allegato i loro rendiconti finanziari al programma del convegno, così che tutti i membri potessero ottenerne una copia. Con ogni probabilità, la riunione annuale del World Institute si teneva anche per ispezionare e discutere i rendiconti delle varie compagnie. Kat era impaziente di tornare nella sua stanza per controllare il bottino, sperando che venissero menzionati anche Nathan Barron e la Edgewater.

"Perché dovrei collaborare con te? Finirai solo per attirare l'attenzione su di me. Mi hai inseguito sul traghetto e adesso ti presenti qui, travestita da cameriera." Landers posò il manico di scopa contro il muro. "Per essere un'investigatrice sei davvero troppo appariscente. E poi, si può sapere perché continua a seguirmi?"

Kat non riuscì a trattenere una risata. "Lei si è chiuso in un armadio delle scope e adesso crede che io la stia seguendo? Signor Landers, lei è fuori di testa." Kat alzò le braccia al cielo in un gesto di stizza. La manica dell'uniforme troppo stretta si strappò. Kat imprecò sottovoce.

Fin dal loro primo incontro, aveva sperato di poter collaborare con Landers. Le sue conoscenze, accumulate nel giro di dieci anni interamente dedicati al World Institute, avrebbero potuto farle guadagnare tempo, ma lui non sembrava davvero intenzionato a condividerle con lei.

Landers la squadrò dalla testa ai piedi. "Fuori di testa? Non più di lei, signorina. È davvero ridicola con quell'uniforme striminzita. Si occupa anche di pulizie?"

"In un certo senso, potremmo dire di sì." Più che altro ripuliva le stanze dai documenti riservati. I fogli sotto l'uniforme si erano incollati alla pelle. Kat si voltò verso la porta e fece per uscire. Al diavolo Landers, non le serviva il suo aiuto. Estrasse la chiave dalla tasca e gliela fece dondolare davanti al naso. "Questo è un passe-partout. Posso andare dove voglio, e raccogliere tutto quello che mi interessa. Lei da che parte sta? Con me o contro di me?"

"Dammi pure del tu," le concesse Landers. "Sono dalla tua parte. In fondo, due teste sono meglio di una."

"Finalmente cominci a ragionare. Ma c'è una cosa che devo sapere: come hai fatto a raggiungere la terraferma prima che l'acqua ghiacciata ti mandasse in ipotermia? Ti ho visto saltare giù dal traghetto. È impossibile resistere più di qualche minuto."

"Tu non mi hai visto cadere in acqua – mi hai solo visto saltare oltre il bordo della nave." Un leggero sorriso comparve sul suo volto, subito rimpiazzato dalla stessa espressione cupa di poco prima.

"E come avresti fatto a non finire in acqua?"

"Sulla poppa c'è un foro attraverso il quale passano le cime per ormeggiare la nave, abbastanza largo da lasciar passare una persona. Dall'altra parte del foro, si trova una sporgenza sulla quale si può camminare. Tu hai supposto la cosa più ovvia – cioè che io fossi caduto in acqua. Non hai mai considerato altre opzioni. Ma io mi sono infilato nel foro e sono rimasto aggrappato a quella sporgenza finché il traghetto non è entrato in porto. Poi sono sceso prima delle auto e dei passeggeri, saltando giù dalla nave. Così ho evitato la fila e il traffico. In altre parole, ho risparmiato un sacco di tempo."

"Una trovata rischiosa, ma a suo modo efficace. Devo ammettere che sei molto furbo." Kat non riusciva ancora a capire perché fosse scappato da lei. Arrotolò gli asciugamani che erano a terra, stringendoli bene tra loro, in modo che Roger Landers non potesse vedere i documenti che contenevano.

"Modestamente."

Pianificarono di incontrarsi di nuovo nello sgabuzzino di lì a mezzora. Kat preferì non rivelargli che alloggiava nell'hotel. Non poteva ancora fidarsi di lui.

CAPITOLO 29

*J*ace si svegliò di colpo, afferrò le lenzuola e si coprì fino al mento, gli occhi sbarrati per il panico.

"Rilassati, sono io." Kat sedette sul letto accanto a lui e guardò il display dell'orologio posato sul comodino. Erano già successe così tante cose quel giorno, eppure erano solo le otto e mezza del mattino. "Sei tornato a letto?"

"Che altro avrei potuto fare? Mi hai intrappolato in questa stanza d'albergo. Ti dispiacerebbe spiegarmi perché sei vestita in quel modo?" Jace mollò la presa sulle coperte per allungare un braccio verso di lei.

"È una lunga storia." Kat si tolse le scarpe e fece cadere gli asciugamani ai piedi del letto. Poi si strinse a Jace tra le coperte. "Mentre tu stavi riposando, io ho raccolto delle informazioni riservate."

"Fantastico. Raccontami tutto." Jace la prese tra le braccia e la attirò a sé. Poi si fermò all'improvviso. "Aspetta – hai della carta sotto alla camicia?"

Kat infilò una mano nella sua scollatura, tenendo ferma la camicetta troppo aderente per evitare di far saltare i bottoni. Estrasse delicatamente i fogli, uno dopo l'altro. "Guarda cosa ho trovato."

Jace continuava a fissarle i seni.

Kat espirò. Finalmente poteva smettere di trattenere il fiato. Gli asciugamani rotolarono a terra appena lei si spostò per cambiare posizione sul letto. Mostrò a Jace i fogli che teneva in mano. Più tardi avrebbe raccolto anche i documenti nascosti tra gli asciugamani.

"Fammi dare un'occhiata." Jace afferrò i fogli e cominciò a sfogliarli. "Il nome di Gordon Pinslett è stampato sul programma. Ti immagini cosa succederà, quando il mondo scoprirà che è un membro del World Institute? Come farà a giustificarsi di fronte a tutti? Essendo un giornalista, dovrebbe mettersi al lavoro per smascherare questa cospirazione. E invece è invischiato fino al collo. Devo parlare con lui. Voglio fargli capire che lo tengo in pugno."

"Non ci pensare, Jace." Qualsiasi barlume di romanticismo era già svanito, lasciando il posto alla sua cieca ambizione. "Distruggeresti le mie speranze di risolvere il caso Edgewater. Tu non lavori più per lui, cerca di ricordartelo. E non puoi ricattarlo per convincerlo a riassumerti." Kat si voltò sul fianco per guardare Jace in faccia. "È una pessima idea. Per un'infinità di motivi." Proprio come aveva temuto. Jace aveva fiutato una storia e avrebbe fatto di tutto per trasformarla in un articolo di giornale.

Il volto di Jace si incupì. "I mezzi d'informazione dovrebbero combattere per la verità, invece di servire i potenti. La gente che alloggia in questo albergo mi disgusta."

Kat gli fece scorrere le dita sul braccio. "Me compresa?"

Un sorriso appena accennato comparve sulle labbra di Jace. "Sai che cosa intendo. Pinslett e i suoi compari stanno prendendo il controllo di ogni cosa. Tengono in mano i governi di tutto il mondo. E la libertà di stampa? La libertà non esiste, quando la stampa è in combutta con i politici."

Kat appoggiò la testa sul petto di Jace. "Comunque stiano le cose, non ti permetterò di lasciare la stanza."

"D'accordo. Ma scriverò questa storia, prima o poi. Appena saremo fuori di qui."

"Avrai molte cose di cui scrivere, anche se non dovessi riuscire a parlare con Pinslett. A proposito: non immagini chi ho incontrato." Kat gli raccontò di come si fosse imbattuta prima in Victoria e poi in Roger Landers.

Mentre stava descrivendo il comportamento paranoico di Landers, qualcuno bussò alla porta. Kat e Jace rimasero immobili, paralizzati dalla sorpresa.

"Vai a rispondere, Jace," disse Kat, tuffandosi sotto le coperte. "Sbrigati."

"Non posso. Sono praticamente nudo."

La porta si aprì con un leggero scatto. "Pulizie."

Jace si sollevò sui gomiti. "Cosa diavolo sta facendo?"

Angelika, la donna di servizio, entrò nella stanza. "Oh. Mi dispiace, signore."

Kat si appiattì contro il materasso, maledicendo la sua colazione abbondante. Angelika avrebbe notato la sagoma sotto alle coperte? Si sforzò di trattenere il respiro.

Se l'avesse scoperta, che scusa avrebbe potuto usare? Era peggio trovare una donna di servizio a letto con un ospite, o scoprire che non era una vera donna di servizio? In entrambi i casi, la sua copertura sarebbe andata in frantumi.

Kat sollevò le coperte quanto bastava per avere uno spiraglio da cui guardare. Angelika era in piedi accanto alla televisione, proprio di fronte al letto.

"Santo cielo." Angelika si coprì la bocca con una mano. "Mi dispiace tanto. Credevo lei già andato per conferenza," si giustificò, nel suo linguaggio sgrammaticato.

"Non mi sento molto bene. Resterò qui a riposare." Per rendersi più credibile, Jace aggiunse qualche colpo di tosse. "Non si preoccupi di pulire la stanza, per oggi."

"Sicuro? Posso tornare questo pomeriggio, se non è problema." La donna delle pulizie fece scorrere lo sguardo sulla stanza. C'erano vestiti appoggiati sulle sedie e ammucchiati sopra le valigie.

Kat si ricordò di aver lasciato due tazze sul tavolo. Angelika le avrebbe notate? Si mosse leggermente sotto le coperte, mentre la donna di servizio arretrava verso la porta.

Angelika notò il movimento e rimase immobile a fissare il letto. Quel secondo rigonfiamento sotto le coperte l'aveva colta di sorpresa. O forse era solo l'immaginazione di Kat.

"Non ce n'è bisogno, ma grazie," disse Jace.

"Come preferisce, signore." Angelika si abbassò per raccogliere gli asciugamani caduti.

Gli asciugamani che contenevano i documenti di Kat. Preziosissimi documenti che non era ancora riuscita ad esaminare.

Kat diede un calcio a Jace sotto le coperte.

"Ehi… Ehm, lasci pure gli asciugamani, grazie."

Angelika sembrava perplessa. "Devo solo cambiare con quelli puliti. Sono su mio carrello. Ci metto solo un secondo."

Kat sferrò a Jace un altro calcio.

"No! Voglio dire, vanno bene quelli. Li lasci pure."

"Come vuole, signore." Angelika sorrise. Mise giù gli asciugamani ai piedi del letto e si diresse verso la porta. "Spero che lei guarire presto."

Dopo aver chiesto per l'ennesima volta se gli servissero altre confezioni di shampoo e sapone, Angelika finalmente se ne andò. Kat controllò l'orologio. Mancavano meno di cinque minuti al suo appuntamento con Landers.

CAPITOLO 30

"**C'è mancato poco.** Dove eravamo rimasti?" Jace sollevò le coperte e baciò Kat sulla testa. "Prima che tu iniziassi a prendermi a calci, intendo."

"Stavi per vestirti." Le sarebbe piaciuto giocare a nascondino tutto il giorno tra le lussuose lenzuola dell'albergo, ma non avevano tempo.

"Non è quello che ricordavo." Jace le accarezzò la pancia e affondò le labbra nella piega del suo collo.

"Devo andare." Kat si alzò a sedere, voltandosi di lato per baciare Jace e gettando un'occhiata all'orologio sul comodino. "Landers mi sta aspettando."

Kat balzò fuori dal letto e raccolse i documenti che aveva infilato tra gli asciugamani. Raggiunse il comodino e li ripose in un cassetto, insieme al programma della conferenza e agli altri documenti.

"Va bene." Jace sospirò e si sedette. Slanciò le gambe oltre il lato del letto e accese la televisione con il telecomando. " Ormai questo tizio è diventato una vera ossessione."

"Troveremo del tempo da dedicare a noi, una volta risolta questa faccenda." Kat lo baciò sulla guancia e afferrò le sue scarpe da tennis, poi sedette sul letto per indossarle. "È una promessa."

"D'accordo. Ti aspetto." Jace si alzò e afferrò i vestiti che aveva abbandonato sullo scrittoio, ma rimase paralizzato di fronte alla televisione.

Kat seguì il suo sguardo. Roger Landers era in piedi davanti alla stazione di polizia di Hideaway Bay. La telecamera si spostò lateralmente, mostrando un agente di polizia che si trovava in piedi accanto a lui. La luce del sole, insolitamente intensa per quella stagione, lo costringeva a tenere gli occhi socchiusi.

"Come avete fatto a scoprire che Svensson è stato assassinato?" Landers tese il microfono all'ufficiale di polizia. Indossava un paio di jeans e una giacca di Gore-Tex, con la cerniera aperta.

Kat incrociò lo sguardo di Jace, la bocca aperta per lo stupore. "È impossibile. Come fa Landers a essere in televisione? L'ho incontrato mezz'ora fa, era nascosto nello stanzino di servizio. Siamo a dieci chilometri dalla città più vicina."

"Forse è stato registrato qualche giorno fa," disse Jace. "È impossibile che sia riuscito a sgattaiolare fuori dal resort, con tutta la sicurezza che c'è in giro."

Jace si voltò e afferrò carta e penna dalla scrivania. L'istante successivo, stava già scribacchiando qualcosa.

Kat, invece, rimase a fissare lo schermo.

L'ufficiale di polizia si era voltato verso Landers. "Abbiamo iniziato a sospettare che si trattasse di omicidio fin dalle prime fasi dell'indagine, ma non avevamo prove a sufficienza per dimostrarlo. Ora abbiamo diverse tracce promettenti, e speriamo di formulare le accuse al più presto." L'ufficiale strizzò gli occhi verso la telecamera mentre la luce del sole si rifletteva sul cartellino con il cognome – Kravitz. Spinse il petto in fuori e si sistemò la cintura.

"Prima erano sicuri che si trattasse di suicidio, adesso pensano a un omicidio," commentò Kat. "Mi chiedo se abbiano già un sospettato."

Jace la ignorò, ipnotizzato dallo schermo.

"Scommetto che non è mai successo niente di così grave a Hideaway Bay," disse Kat. "Prima una conferenza di portata mondiale, e adesso un omicidio collegato a un intrigo internazionale." Non riusciva ancora a credere che il World Institute avesse scelto quel paesino sonnolento, per la sua conferenza annuale. Ma forse era stato proprio quello il motivo. Si trovava vicino a un aeroporto internazionale, eppure era abbastanza isolato dal resto del mondo. Un posto lontano dai riflettori. Naturalmente, la scelta migliore per raggiungerlo era un volo privato.

"Il movente?" stava chiedendo Landers a Kravitz.

"Hanno tentato di derubarlo. Hideaway Bay è un luogo molto sicuro, ma questo genere di crimini non…"

Jace spense la televisione. "Dobbiamo incontrare Landers. Andiamo."

Kat era ancora scombussolata dall'improvvisa visita di Angelika. Possibile che una donna di servizio si mettesse a riordinare le camere alle otto e mezza del mattino? Il possibile omicidio di Svensson era un ulteriore colpo di scena. Era dovuto alle sue teorie sulla politica monetaria, oppure era stato ucciso per un altro motivo?

Quando si alzò, Kat notò che due tessere magnetiche erano cadute sul tappeto. Si abbassò per raccoglierle – la chiave di una stanza e una MasterCard. Dovevano esserle scivolate dalla tasca quando si era chinata per allacciarsi le scarpe.

Jace le vide e immediatamente tese la mano per chiedere a Kat di consegnarle a lui. Kat gli diede la chiave magnetica. Jace si mise a giocherellare con il cordino elastico attaccato alla tessera. "Non è la nostra chiave. Il colore è diverso. Dove l'hai presa?"

"L'ho trovata nella tasca dell'uniforme. È un passe-partout." Kat tese la mano e gli fece cenno di restituirgliela. "Posso riaverla?"

"Come fai a sapere che è un passe-partout?" Jace le diede la chiave e andò alla scrivania. "Aspetta un momento. Ti sei intrufolata in qualche stanza?"

"Non mi sono intrufolata. Ho usato la chiave, come una donna di servizio qualunque." Gli rivolse quello che sperava fosse il suo sorriso più affascinante. "Da dove pensavi che venissero, tutti quei documenti?"

"Io non posso nemmeno uscire dalla stanza, mentre tu puoi andartene in giro a rubare?"

"Ricorda il motivo per cui siamo qui. Devo procurarmi le prove da presentare in tribunale. Non posso rischiare che tu faccia saltare la mia copertura."

"Parli come se io fossi capace di fare cose terribili." Jace rimase in piedi vicino alla porta, con le braccia incrociate.

"Non usare quel tono da cane bastonato. So bene di cosa sei capace, quando hai una storia da scrivere."

Quando aveva indossato l'uniforme, Kat non aveva notato la seconda tessera. Osservò la Master Card. Non c'era indicato nessun nome. Sopra l'ologramma con il logo della MasterCard, una piccola scritta diceva: *carta prepagata*. Accidenti. Le prepagate venivano usate da chi, per inaffidabilità creditizia o per la mancanza di un conto bancario, non poteva procurarsi una vera e propria carta di credito. Kat si domandò se ci fossero dei soldi su quella carta. Se così fosse stato, la proprietaria sarebbe presto venuta a cercare la sua uniforme.

"Io non ho mai rubato un'uniforme, e non ho mai utilizzato un passe-partout senza averne il permesso. Stai indagando su un crimine, ma nel frattempo nei hai commessi altri."

"Ma ho beccato Nathan Barron con le mani nel sacco."

"Sei entrata nella sua stanza? Non riesco a crederci. Io non sarei mai capace di una sciocchezza del genere."

"Non è che l'avessi programmato. È successo per puro caso." Dopo tutto, era stata Victoria ad insistere per quella bottiglia di shampoo. Anche se poi, distratta dalla sua scoperta, si era completamente dimenticata di rifornirla come aveva promesso. Kat se ne rese conto solo in quel momento. Era una buona scusa per tornare a visitare la stanza, se necessario.

"Per puro caso?"

Kat indicò l'orologio. "Siamo in ritardo. Ti spiegherò più tardi."

Dieci minuti dopo, Kat e Jace tornarono nella loro stanza accompagnati da Roger Landers. Landers sedette sulla sedia della scrivania, le lunghe gambe distese in avanti. Jace e Kat si accomodarono sul bordo del letto. Lo sgabuzzino si era dimostrato troppo piccolo per accoglierli tutti e tre, e incontrarsi in quel buco avrebbe aumentato il rischio di essere scoperti.

"Cosa puoi dirci sull'omicidio di Svensson?" Domandò Kat, mettendo da parte le formalità.

Landers non rispose. Si limitò a inclinare la testa all'indietro, trangugiando una tazza di caffè che si era procurato chissà dove.

Kat aprì il frigobar, afferrò un tubo di patatine Pringles e glielo lanciò.

Landers afferrò il tubo con una mano, aprì il coperchio per rimuovere l'alluminio e iniziò a ingurgitare le patatine come un animale affamato. "Non c'è molto da dire. La polizia sostiene che qualcuno abbia tentato di derubarlo. Ma è una teoria ridicola. A tre ore di cammino da qualsiasi traccia di civiltà? Che razza di criminale si arrampicherebbe fin lassù per uno stupido portafoglio?"

"Quando è stata l'ultima volta in cui hai parlato con la polizia?" Kat era sicura che l'intervista fosse stata registrata in precedenza, ma quando? Il giorno precedente era stato nuvoloso. Il sole, che si era lasciato intravedere solo all'alba, era durato ben poco, mentre nel notiziario splendeva alto nel cielo.

"Un po' di tempo fa."

"Potresti essere più specifico? L'indeterminatezza e il mistero vanno bene per le teorie cospirazioniste, ma adesso stiamo parlando di notizie vere!"

"Non sono teorie, Katerina. Sono fatti." Landers posò il tubo di Pringles sul tavolo. Lo aveva svuotato quasi del tutto. "Le teorie di Svensson sono la chiave di volta, le fondamenta su cui è stato edificato il World Institute. Ma poi, di punto in bianco, Svensson ha cambiato idea. Immagino che il gesto non sia stato apprezzato. Il grande economista che si oppone alle sue stesse affermazioni."

"Credi che il World Institute sia coinvolto nell'omicidio?" Domandò Jace.

Far incontrare nella stessa stanza Jace e un teorico della cospirazione come Landers era stato un terribile errore.

"Naturalmente! Ci sono altre spiegazioni?"

"Esistono molte possibilità," disse Kat. "La polizia ha parlato di furto. Perché non dovremmo crederci? Le sue teorie monetarie non sono state nemmeno nominate." Quella storia li stava portando fuori dal seminato. Kat avrebbe solo voluto occuparsi di Nathan Barron e chiudere la cosa il più in fretta possibile. Ma le speranze di riuscirci stavano svanendo, insieme alla sua pazienza.

Landers fece uno sbuffo di scherno. "In questo paesello di provincia?

La polizia non sa nemmeno da che parte prenderla, un'indagine per omicidio. I crimini più gravi che siano mai stati commessi a Hideaway Bay sono il furto di una canoa e qualche piccola rapina nei bungalow dei turisti. È il posto perfetto per farla franca. Il World Institute ha fatto un'ottima scelta."

"E quale sarebbe il vero movente?" Domandò Jace.

"Mettere a tacere una voce fuori dal coro," disse Landers. "Svensson era un membro del World Institute. Un membro che si è opposto apertamente al loro programma, con l'autorevolezza di un candidato al Nobel. Non ha lasciato loro alcuna scelta."

"Non starai mica dicendo sul serio." Kat era sorpresa che Landers stesse in qualche modo razionalizzando l'assassinio di Svensson.

"Se non lo avessero eliminato, quell'uomo avrebbe condotto il loro progetto al fallimento." Landers si sfilò il maglione da sopra la testa, rivelando una camicia blu a quadri. "Si muore di caldo, qua dentro."

Kat raggiunse il termostato e abbassò la temperatura. "Ci sono membri molto influenti, all'interno del World Institute. Bastava screditarlo. Hanno abbastanza soldi e potere per contrastare le sue affermazioni. Non c'era bisogno di ucciderlo."

Ma nessuno la stava ascoltando. Landers e Jace stavano fissando la televisione, imbambolati davanti a un servizio della CNN. Jace teneva sempre la televisione sintonizzata sul telegiornale; Kat non ci faceva più caso. Sospirò e lanciò un'occhiata alla televisione.

Una ricca star del cinema teneva un bambino etiope tra le braccia. Non riusciva a ricordare il nome dell'attrice, ma aveva già sentito parlare delle sue iniziative per l'adozione degli orfani africani. Kat non era sicura che fosse una scelta del tutto libera, quella dei genitori che davano in affido i loro bambini. D'altra parte, chi mai avrebbe potuto negare al proprio figlio una vita di ricchezze immense?

Kat guardò Landers e si domandò cosa fosse successo a quell'uomo, per averlo reso così. Nonostante si fosse occupato del World Institute per dieci anni, il suo lavoro era stato ampiamente denigrato. Facendo qualche ricerca, Kat aveva trovato molte recensioni sfavorevoli e commenti negativi sul suo libro.

Poi notò la camicia di Landers. Era di un blu chiaro, la stessa che aveva indosso sul battello. Quando lo aveva visto al telegiornale, Landers indossava una camicia rossa. L'intervista era stata registrata qualche tempo prima, ormai non c'era alcun dubbio. Quella discrepanza, se considerata insieme al differente tempo atmosferico, era significativa. Durante l'intervista di Landers con l'agente di polizia, il tempo era sereno e soleggiato, una bella differenza rispetto alle nuvole che coprivano il cielo in quel momento. Hideaway Bay era solo a qualche chilometro di distanza, non abbastanza per spiegare quel sole.

Se l'intervista risaliva a qualche giorno prima, quando era avvenuto esattamente il cambio di rotta nelle indagini sulla morte di Svensson? Quando avevano stabilito che si trattava di omicidio e non di suicidio? E perché Landers non l'aveva detto prima? Nonostante tutti i suoi sforzi, anche Kat si stava facendo portare fuori strada.

CAPITOLO 31

"**G**uarda questo." **Jace sparpagliò** i documenti sul piccolo tavolo della loro suite. Indicò il primo punto all'ordine del giorno. "*Una moneta globale.*"

Kat lo guardò di traverso. Non avevano parlato di quanto potessero effettivamente mostrare a Landers, e Kat era risentita che Jace gli avesse fatto vedere quei documenti senza prima chiederlo a lei. Erano passate cinque ore da quando Landers era entrato nella loro stanza, ma non aveva ancora condiviso nessuna informazione con loro. Tutto fumo e niente arrosto.

"Dove li hai presi?" Landers si piegò per studiare i documenti. "Non possono essere autentici."

"Ma certo che sono autentici." Jace tirò i documenti verso di sé, come se fosse stato punto da un insetto. "Appartengono a un membro del World Institute."

"Quale?" Landers lo guardò dritto negli occhi. "Non sono mai riuscito a mettere le mani sul loro materiale, prima d'ora."

"È un'informazione riservata." Kat afferrò i documenti e li sottrasse alla portata di Landers, proprio mentre lui allungava una mano per prenderli. Era stato un errore invitarlo nella loro stanza. Ora sapeva dove trovarli, e non aveva offerto niente in cambio. Kat non aveva alcuna intenzione di incriminarsi da sola, rivelandogli che i documenti erano stati rubati dalla stanza di Nathan e Victoria. Cercò di incrociare lo sguardo di Jace, ma lui teneva la testa bassa, preso dalla lettura dell'ordine del giorno.

"Anche se quei fogli non fossero contraffatti, direi che non c'è niente di nuovo." Landers prese un'altra manciata di patatine dal tubo di Pringles. "La moneta unica globale è sempre stata un argomento d'interesse, per il World Institute. Scommetto che ne discutono da anni."

"A livello teorico. Ma adesso sono pronti a implementarla," disse Jace.

"Non puoi saperlo." Landers scrollò via le briciole di patatine dai palmi delle mani. "I documenti riportano solo un elenco degli argomenti."

"Abbiamo raccolto dei dati molto più interessanti." Jace indicò i fogli sparsi sul tavolo. I documenti provenienti dalla stanza di Nathan promettevano grandi cose. Forse si sarebbero rivelati una miniera d'oro – ma non ne avevano alcuna certezza, almeno per il momento. Kat non era ancora riuscita a trovare un po' di privacy per esaminarli a dovere. Era riuscita solo a dare un'occhiata superficiale. Jace, nel frattempo, aveva cominciato a sfogliarli, con Landers appostato alle sue spalle. "Hanno progettato una campagna mediatica coi fiocchi. Ma il succo mi pare piuttosto semplice: stanno pianificando un tracollo finanziario. Causeranno una crisi economica senza precedenti, che farà svalutare tutte le principali monete. Inizieranno dall'Europa, poi proseguiranno con il Nord America. Una volta che questo processo sarà iniziato, l'Asia e il resto del mondo faranno la stessa fine."

"Fammi vedere." Landers tese la mano.

Jace guardò Kat.

Lei inclinò la testa di lato. *Non adesso.*

Jace sfogliò i documenti. "Una volta che le valute avranno perso il loro valore, una moneta globale sarà molto più desiderabile. Quando il mondo sarà sull'orlo del collasso, il World Institute entrerà in scena e salverà tutti quanti. Nessuno saprà che l'intera faccenda era stata orchestrata da loro. Sarà come ai tempi della corsa all'oro. Il selvaggio west. Un territorio vergine, un nuovo mondo tutto da sfruttare."

Landers si voltò verso Kat. "È esattamente quello che avevo predetto nel mio libro. Ora capisci il movente dell'omicidio?"

Kat scosse la testa, esasperata. Non era una ragazzina ingenua. "Questo dovrà stabilirlo la polizia. Io sono qui per risolvere un caso di frode."

"È tutto collegato. Credi che le forze di polizia locali possano sfidare il World Institute?" Landers non le lasciò il tempo di rispondere. "Non hanno le risorse necessarie. Noi dobbiamo aiutarli. Dobbiamo svelare al mondo i piani del World Institute."

"Dobbiamo?" Domandò Kat.

"Smettila di protestare, Kat. Proprio non ti rendi conto?" Jace indicò i documenti. "Pinslett e i suoi compari hanno il controllo dei media. Possiedono il sessanta per cento delle maggiori testate giornalistiche in Nord America e in Europa, oltre a varie stazioni televisive e radiofoniche. Racconteranno solo quello che vogliono."

"Nessuno potrà contraddirli. L'informazione e il denaro sono le chiavi del potere," aggiunse Landers. "E loro le tengono in mano. Potranno controllare ogni cosa: dai governi alle multinazionali."

Kat si sentì presa di mira. Jace era diventato un cospirazionista folle, proprio come Landers.

"Prima hanno progettato l'Unione Europea, poi hanno creato l'euro," disse Landers. "È stato un esperimento. Il loro prossimo passo sarà creare una moneta unica in altre regioni del mondo. Nord America, Asia e Sud America."

"E l'Africa?" Domandò Jace.

"Sarebbe inutile. Lì non c'è niente da guadagnare." Landers afferrò un'ultima manciata di patatine. I suoi occhi dardeggiarono verso la pila di carte ammucchiate sul tavolino da caffè. "Il resto del mondo li controlla e li sfrutta a suo piacimento. Non c'è una moneta stabile da smantellare. Il commercio si svolge principalmente in dollari o in euro. La Cina ha bloccato la maggior parte delle loro risorse naturali, perciò non possono speculare nemmeno su quelle."

Ogni affermazione di Landers era confermata dai verbali delle conferenze precedenti. Ma perché dovevano essere loro a salvare il mondo? Forse la cosa migliore era ringraziare Landers e convincerlo ad andarsene tagliandogli le scorte di cibo del frigobar. Ma Kat temeva che fosse ormai troppo tardi, a giudicare dalla direzione che stava prendendo la discussione.

"Questo è il verbale dello scorso anno. Le argomentazioni di Svensson erano a favore di una moneta globale," disse Jace. "Ecco perché ha ricevuto la nomination per il Nobel. Poi, appena prima di morire, ha cambiato idea. Ma c'è una cosa che non capisco: perché tutta questa segretezza? L'euro funziona. Avrebbero potuto proporre la moneta unica in una sede istituzionale, e poi raccogliere abbastanza consensi da ottenerne l'approvazione."

Kat aprì la bocca per parlare, ma si rese conto che una sua risposta avrebbe solo buttato benzina sul fuoco, protraendo la discussione. Invece tornò verso il frigo e lo aprì. Rovistò tra gli snack, afferrò tutto quello che poteva e lo lasciò cadere sul tavolo.

Landers afferrò una barretta Mars e le sorrise. Il giornalista della CNN stava parlando di economia spicciola: l'indebitamento delle famiglie e la gratificazione istantanea.

"Non tutti sono a favore di questo progetto, Jace," disse Landers. "La maggior parte dei governi non lo sono, visto che una moneta unica li priverebbe del loro potere. I paesi dominanti sono favorevoli, perché abbatterebbe le barriere del mercato, abbasserebbe i costi delle transazioni ed eliminerebbe i costi di cambio per la valuta estera. Tuttavia, è possibile che i prezzi si alzino in modo drammatico, al momento del cambio. Specialmente per i paesi più deboli, che sarebbero costretti a pagare gli stipendi con una moneta più forte. E questo farebbe salire l'inflazione."

"Rendendo i prodotti nazionali più costosi." Jace camminò lentamente fino alla finestra. Le nuvole si erano fatte più spesse e il cielo cupo minacciava pioggia da un momento all'altro. "Una buona argomentazione, ma sarebbe solo una conseguenza temporanea. A lungo termine, renderebbe tutto più equo."

"Forse è per questo che Svensson ha cambiato idea," disse Landers. "È un peccato per l'incidente... Voglio dire, l'omicidio. Era l'unico moderato del gruppo."

"Quali prove ha raccolto la polizia, per parlare di omicidio?" Jace scribacchiò qualcosa sul suo blocchetto.

"Le analisi tossicologiche. Il medico legale ha detto che non sarebbe mai riuscito ad arrivare fino a lì, con tutte quelle droghe in corpo."

"Forse le ha prese dopo esserci arrivato," ipotizzò Jace.

"No. Un altro escursionista lo ha visto sul sentiero del Summit Trail alle due del pomeriggio." Landers aprì l'ultima barretta di cioccolato vi affondò i denti. "Non sembrava che la sua mobilità fosse compromessa. Il rapporto del medico legale dice che ha ingerito le droghe intorno alle tre del pomeriggio. In base all'orario in cui è stato avvistato, aveva ancora diverse ore di camminata prima di arrivare al punto in cui è morto. Non avrebbe potuto farcela dopo aver preso le droghe. Erano troppo potenti."

"Nessun altro l'ha visto, da quel momento in poi?" Kat aveva percorso lo stesso sentiero molte volte, sulla strada per raggiungere il cottage di Kurt. In quel periodo dell'anno, c'era uno spesso strato di neve e capitava di camminare per ore senza incontrare anima viva.

"No, però qualcuno ricorda di averlo visto con una donna. Appena qualche ora prima," disse Landers. "Un escursionista li ha incrociati mentre rientrava in albergo. Nessuno ha denunciato la scomparsa fino al giorno seguente. È stato allora che i ricercatori hanno tracciato i suoi passi a ritroso e l'hanno trovato. Una caduta di trecento metri."

"Conosco il sentiero," disse Jace. "E della donna cosa mi dici? Chi è?"

"Nessuno lo sa. Non è mai stata trovata. Non c'erano auto nel parcheggio, quindi è probabile che sia tornata indietro e abbia abbandonato la zona in automobile," disse Landers.

"Nessuna denuncia per una persona scomparsa?" Kat sapeva che il solo modo per raggiungere l'inizio del sentiero era arrivarci in macchina, attraverso una strada a pedaggio. "Non serve un pass, per raggiungere il punto di partenza?"

"Sì," rispose Jace. "Ma non chiedono il nome. E non c'è modo di controllare chi torna indietro. Potrei contattare i miei amici del soccorso alpino. Cercherò di scoprire se ne sanno qualcosa." Kurt era a capo della squadra di soccorso nell'area di Hideaway Bay, ed era plausibile che conoscesse tutti i dettagli dell'incidente.

"E così la donna se n'è andata senza riportare l'accaduto? È davvero assurdo," disse Kat. Quella storia non la convinceva per niente. "A meno che non fosse coinvolta nell'omicidio."

Landers estrasse una penna e un bloc-notes dalla tasca. Tentò di scrivere qualcosa, ma non c'era più inchiostro nella sua penna. Si alzò e ne afferrò una dalla scrivania. "Il voltafaccia di Svensson è stato un duro colpo. Un pezzo grosso dell'economia mondiale, con una nomination al Nobel. È una voce difficile da smentire."

"Specialmente se conosceva tutti i loro piani," disse Jace. "Invece di essere una risorsa, si è trasformato in un ostacolo. Ora che non c'è più la sua voce a sostenere la posizione contraria, il dibattito è praticamente inesistente. Hanno scelto la soluzione più facile."

CAPITOLO 32

Dopo che Landers ebbe mangiato tutto ciò che il frigobar poteva offrire, neanche fosse un ostaggio appena salvato dalla prigionia, ordinarono il pranzo al servizio in camera. Landers divorò prontamente una bistecca e due dessert.

Un dettaglio continuava a tormentare Kat: Landers era arrivato a Hideaway Bay con il loro stesso battello. Presumendo che avesse registrato l'intervista in anticipo, quando l'aveva fatto? Il cielo era soleggiato nel servizio del telegiornale, ma da quando erano arrivati all'albergo non avevano visto altro che nuvole.

E poi c'era un altro particolare da non trascurare: il ritrovamento del corpo di Svensson. Stando alle informazioni del telegiornale, il cadavere era stato recuperato il giorno precedente, e l'autopsia era stata effettuata poco dopo. Landers era arrivato insieme a loro, prima che i risultati dell'autopsia fossero resi pubblici. Se l'intervista era stata registrata diversi giorni prima, come faceva Landers ad avere quelle informazioni?

Kat era stanca di giocare alla brava padrona di casa, con un opportunista come lui. Dopo aver mangiato il loro cibo e aver assorbito le loro informazioni, non aveva offerto nulla di tangibile in cambio. Erano già le undici di sera, e Kat era rimasta bloccata nella stanza tutto il giorno senza poter lavorare al suo caso. E tutto per colpa di Landers.

Kat sintonizzò il televisore su un altro notiziario. Anche con il volume al minimo, riuscì a capire che Parigi era in uno stato di assedio. La telecamera fece una panoramica sul quartiere latino, dove una folla inferocita aveva dato alle fiamme alcune auto, inclusa una volante della polizia.

Landers seguì lo sguardo di Kat verso lo schermo. "La Francia sarà la prossima a cadere. Sta seguendo lo stesso copione della Grecia e del Portogallo. La gente non è disposta ad accettare le misure di austerità proposte dall'Unione Europea."

Jace alzò il volume. La ripresa televisiva si spostò sugli Champs Élysées dove diversi uomini mascherati, il viso coperto con una bandana, prendevano a calci le vetrine dei negozi. Alle loro spalle si era formata una folla che li incitava.

"Perché sono così arrabbiati?" Chiese Jace. "È tutta colpa loro. Hanno esagerato con i prestiti, e adesso devono restituirli."

"Non è colpa della gente comune," disse Kat. "I veri responsabili sono il governo e le banche. Il governo, per aver tenuto così bassi i tassi di interesse. Le banche, per aver concesso prestiti a chiunque, senza considerare la loro affidabilità creditizia. Quando i debitori si sono dimostrati insolventi, i nodi sono venuti al pettine. Non sono stati i cittadini a creare questa bolla. È per questo che protestano." Kat capiva perché Svensson avesse cambiato idea. Una moneta unica, comune a tutti i paesi del mondo, aveva senso solo in via teorica. Ma bisognava tenere in considerazione il comportamento arrivista ed egoista dei pochi che l'avrebbero controllata. La concentrazione del potere nelle mani di una cerchia ristretta può corrompere l'intero sistema.

"Perché le banche non hanno smesso di concedere prestiti, quando le cose si sono messe male?" Domandò Jace.

"Per loro andavano alla grande," disse Kat. "Le banche hanno scaricato tutto il rischio sugli investitori, mettendo insieme i prestiti redditizi e non redditizi per creare un nuovo prodotto finanziario. Se la maggior parte dei prestiti ha un ranking elevato, possono applicare questo ranking all'intero prodotto. In realtà, i prestiti sono stati impacchettati così tante volte che nessuno ricorda più a chi siano riconducibili o per cosa siano stati concessi inizialmente."

"In questo modo il sistema resta in piedi, anche se qualche creditore non paga quanto dovuto," intervenne Landers. "Le banche continuano a guadagnare grazie alle perdite degli investitori, e concedono prestiti a chiunque abbia un indirizzo diverso da quello di un cimitero. Eppure si aspettano che i governi intervengano a salvarle quando la bolla esplode. Concedere un mutuo da un milione di dollari a un raccoglitore stagionale di lamponi è un grosso rischio. Quando la situazione implode, i banchieri vogliono continuare a guadagnare. Anche mentre la barca cola a picco."

"Roger, esattamente su che cosa stai lavorando?" Chiese Kat senza troppi preamboli, in modo che Landers non potesse evitare la domanda. Se proprio doveva nutrire quel naufrago alla deriva, voleva qualcosa in cambio. Come poteva fidarsi di lui, se tutto quello che faceva era prendere, prendere, prendere?

"Che razza di domanda. Il mio lavoro è piuttosto noto."

Kat finse ignoranza. "In realtà non avevo mai sentito parlare di te, finché non ho iniziato a fare ricerche sul World Institute. E così ho scoperto che sei un loro fan."

Jace la guardò storto.

Per lo meno, finalmente aveva la sua attenzione. Jace aveva passato la giornata a venerare Landers; probabilmente era convinto che avrebbero potuto scrivere qualcosa insieme. Tuttavia Kat era sicura che Landers non sarebbe mai stato disposto a condividere con lui il merito di ciò che stavano portando alla luce. Era abituato a usare le persone, a prendere quello che poteva senza dare niente in cambio. Perché Jace non riusciva a rendersene conto?

Landers gonfiò il petto. "Non sono un semplice ammiratore del World Institute, Katerina. Io sono un giornalista investigativo. Se avessi letto il mio libro, lo sapresti."

Kat ignorò la sua mancanza di rispetto. "La tua teoria della cospirazione globale non è un po' esagerata? Devi ammetterlo, è proprio questo che cercano i tuoi lettori. E tu devi accontentarli, se vuoi vendere quel libro. Probabilmente hai raccolto abbastanza materiale per un seguito." Le vendite del libro di Landers avevano cominciato a languire, e un bel caso mediatico non avrebbe fatto certo male alla sua campagna di marketing. Forse ammaccare un po' il suo ego sarebbe servito a fargli mostrare la sua vera faccia.

Il volto di Landers divenne rosso, e lui incrociò le braccia. "Non mi serve la tua opinione."

"Direi che per stanotte abbiamo finito." Kat si voltò, diretta verso il bagno. Forse Landers se ne sarebbe andato, se l'avesse ignorato abbastanza a lungo.

Stava per chiudere la porta, quando Jace la seguì e scivolò all'interno. "Kat, perché ti comporti così? È l'occasione di una vita. Landers ha fatto ricerche sul World Institute per dieci anni. Insieme a quello che abbiamo già trovato, possiamo smascherare il loro complotto. È una storia enorme. Una storia di avidità e corruzione."

Kat lo spinse contro la porta socchiusa. "Hai lasciato Landers da solo coi documenti? Jace, come hai potuto?"

Jace contrastò la sua spinta, sollevando gli avambracci per staccare le mani di Kat dal suo petto. "Landers non farà niente di male," sussurrò. "Me ne assicurerò io."

"Certo che lo farà. È un opportunista." Kat aprì il rubinetto per coprire il suono delle loro voci. "Non vedi dove vuole arrivare? Ti sta usando per ottenere quello che gli serve. Poi ti scaricherà e si prenderà tutto il merito."

"Perché sei sempre così negativa?" Jace si piazzò dietro di lei, e guardò il suo riflesso nello specchio nello specchio del lavandino.

"Non sono negativa. Sono realista." Kat strizzò il tubetto del dentifricio e ne posò una striscia sullo spazzolino. Le martellava la testa ed era turbata dal fatto che la loro conversazione fosse degenerata in un litigio. Tutto per colpa di Landers. Perché aveva cercato il suo aiuto? Avrebbe potuto raccogliere informazioni in mille altri modi, tanto più che Landers non le aveva raccontato niente di utile, e adesso aveva trascinato Jace nella sua follia; le cose non potevano che peggiorare. "Devo chiudere il caso prima di incontrarmi con Zachary, domani a mezzogiorno. Non posso permettermi complicazioni o ritardi." Zachary le aveva già lasciato diversi messaggi, e lei doveva procurarsi delle prove concrete. Senza di esse, non avrebbe mai potuto rivelare il collegamento tra Nathan e il World Institute davanti a un tribunale. Sarebbe stato impossibile da credere.

"E io cosa sarei, Kat? Una specie di ostacolo per la tua carriera? Siamo qui, infiltrati nel World Institute – come puoi biasimarmi, se cerco di raccogliere qualche informazione per conto mio? Basta, io torno a parlare con lui." Jace si voltò e uscì dal bagno, sbattendo la porta alle sue spalle.

Possibile che Jace non vedesse Landers per quello che era davvero? Kat strinse i denti e fissò il proprio riflesso nello specchio. Non le piaceva la persona che era diventata.

Benché non potesse biasimare Jace, che desiderava cogliere quell'occasione per dare un nuovo slancio alla sua carriera giornalistica, non poteva permettergli di farlo a spese della sua indagine.

Kat chiuse il rubinetto e premette un orecchio sulla porta, sforzandosi di ascoltare qualche brandello della conversazione che si teneva dall'altra parte.

"Andiamo nella stanza accanto," disse Jace a Landers. "Kat è molto stanca, e noi possiamo continuare a discutere lì."

"Mi sembra un'ottima idea."

"Puoi dormire qui, se vuoi. Abbiamo una stanza libera, ed è molto meglio dello sgabuzzino."

Kat rimase a bocca aperta. Come poteva invitare Landers nella loro stanza? Anche se fosse stato un uomo degno di fiducia, cosa di cui Kat dubitava, aggiungere una persona al gruppo non avrebbe fatto altro che aumentare le possibilità di essere scoperti.

Si sciacquò la bocca e aprì la porta, pronta a dare voce alle sue obiezioni. Ma Jace e Landers se n'erano già andati. Le carte del World Institute erano sparite dal tavolo.

Kat schiacciò l'orecchio sulla porta della stanza comunicante e si mise in ascolto. Udì le loro voci, sempre più concitate per l'eccitazione di ogni nuova scoperta. Prese in considerazione l'idea di bussare, ma preferì non farlo.

Doveva lasciare che Jace avesse la sua storia. Doveva fidarsi di lui e del fatto che avrebbe tenuto i documenti al sicuro. Anche se non era d'accordo sul fatto di mostrarli a Landers, sapeva che Jace non si sarebbe mai separato dai documenti. Fino a quando la cosa non avesse interferito con le indagini del caso Edgewater, Kat non avrebbe fatto nulla per fermarlo. Era bello vedere il suo entusiasmo tornare alla ribalta, dopo essere stato licenziato dal *Sentinel*.

Trascinando i piedi per la stanchezza, Kat raggiunse il letto e vi si lasciò cadere sopra. Con un pizzico di fortuna, Jace avrebbe raccolto tutto il materiale di cui aveva bisogno nel giro di una notte. L'indomani avrebbero potuto chiudere quella storia e tornare a casa.

CAPITOLO 33

Kat si svegliò di soprassalto, in un bagno di sudore. Il cuore le batteva all'impazzata e il suo primo istinto fu quello di scalciare per liberare le gambe dalle coperte. Quando vide lampeggiare la luce del sensore per il fumo sul soffitto, si rese conto di dove fosse e il panico diminuì.

Era stato solo un brutto sogno. Hillary aveva demolito la casa di Harry con un bulldozer e l'aveva scaricato in un rifugio per senzatetto. No, Hillary non si sarebbe mai spinta fino a quel punto, pensò mentre si sfregava gli occhi.

Si voltò verso la sveglia sul comodino. Le tre del mattino, e il letto accanto a lei era ancora vuoto. Poi si ricordò che Jace era andato nella stanza accanto per parlare con Roger Landers. Di colpo le tornò in mente la loro discussione sul World Institute, e la conseguente lite che aveva avuto con Jace. Il fatto che Jace si stesse mettendo in combutta con Landers la preoccupava, ma forse non avrebbe dovuto essere così brusca con lui. Aveva tutto il diritto di perseguire quella che avrebbe potuto essere una svolta nella sua carriera, e lei stava facendo di tutto per impedirglielo. Non si fidava abbastanza della sua discrezione? Certo che si fidava, e si vergognava di essersi comportata da egoista.

Dopo aver indossato una maglietta e un paio di jeans, infilò le scarpe da tennis per tenersi pronta a uscire dalla stanza in qualsiasi momento. Camminò silenziosamente fino alla porta di comunicazione tra le due stanze e si mise in ascolto. Nessuna voce. Si erano addormentati? No, Jace sarebbe tornato da lei, anche se avevano litigato.

Bussò e rimase in ascolto.

Dopo qualche secondo, sentì delle voci che sussurravano parole indistinte. "Jace?"

Cercò di aprire la porta girando la maniglia, ma era chiusa a chiave. Bussò leggermente, una seconda volta. La porta si aprì di uno spiraglio e Kat sentì un brivido risalirle lungo il collo. La stanza era completamente buia, troppo buia per capire se la figura nell'ombra fosse Jace o Landers.

"Jace? Sei tu?" La porta si aprì di scatto. Una mano la afferrò, tirandola all'interno della stanza.

"Ehi!" Delle braccia forti le afferrarono le spalle e la spinsero in avanti. Kat inciampò e per poco non cadde. Fu salvata dalle suole di gomma, che facevano attrito contro la moquette. Jace non avrebbe mai agito così. "Roger?"

"Sta' zitta." L'uomo la colpì in faccia. "Ti sentiranno."

Kat recuperò l'equilibrio e si voltò per guardarlo. Avrebbe dovuto dar retta al suo istinto, Landers non era mai stato dalla loro parte. "Mi stai facendo male! Che cosa stai…?" Kat non riuscì a terminare la frase.

Landers sbatté la porta alle sue spalle. Le luci si accesero abbagliandola e Kat lo vide. Il volto stesso del male.

A differenza del loro ultimo incontro, Nathan Barron era completamente vestito. Indossava uno smoking nero sotto un impermeabile. E dei guanti di lattice.

Il cuore di Kat batteva all'impazzata. I guanti potevano significare una sola cosa: niente impronte, niente prove. Sentì le gambe cederle per la paura. Arretrò di un passo, rischiando di cadere, ma riuscì a recuperare l'equilibrio.

"Sei venuta qui per controllare Victoria?" Nathan la afferrò all'altezza della vita, proprio mentre Landers allentava la presa sulle sue spalle. Era in piedi accanto al comodino e gli bloccava la visuale di una terza persona seduta sul letto. "Davvero toccante."

"Che cosa vuoi da me?" Possibile che Nathan non sapesse delle indagini per frode? Pensava davvero che fosse venuta lì per il divorzio? Kat fece scorrere lo sguardo sulla stanza.

Jace non c'era. E non c'erano nemmeno i documenti che aveva rubato dalla stanza di Nathan.

Landers era ancora alle sue spalle, a bloccare la porta di comunicazione tra le stanze. Un attimo dopo, Nathan si spostò leggermente a destra, rivelando la persona dietro di lui.

Victoria era seduta sul bordo del letto, con un sorriso al botulino stampato sul volto. Probabilmente si trattava di uno sforzo sovrumano, per i suoi poveri muscoli facciali. "Mi ci è voluto un po', ma ti ho riconosciuta. Vuoi sapere una cosa? Come cameriera, sei davvero uno schifo."

"Possiamo risparmiarci un bel po' di seccature, signorina Carter," disse Nathan. "Se rinuncia all'indagine, siamo disposti a lasciarci tutto alle spalle." Le labbra di Nathan si curvarono verso l'alto, ma i suoi occhi rimasero gelidi. "Le conviene collaborare."

Kat sostenne il suo sguardo.

Non ti agitare. Mantieni la calma.

Inspirò ed espirò due volte, lasciando uscire lentamente l'aria e sforzandosi di placare il battito impazzito. Nathan stava cercando di terrorizzarla. Beh, lei non avrebbe ceduto alle sue tattiche. Avrebbe trovato un modo per uscirne, ne era sicura.

Nathan non poteva credere davvero che lei fosse lì per il divorzio. La sentenza era già stata emessa. Doveva trattarsi di un bluff. Landers doveva avergli riferito ogni cosa, compresa la sua indagine attuale.

"Collaborare? In che modo?" Per fortuna non aveva detto a Landers su quale membro del World Institute stava indagando. A meno che non gliel'avesse detto Jace, ma lui non avrebbe mai tradito la sua riservatezza. Fu allora che le venne in mente. Era la soluzione più semplice: Landers poteva aver trovato qualche indizio nei documenti. Dopo tutto erano rimasti incustoditi sul tavolo, mentre Jace e Kat discutevano nel bagno.

"Roger mi ha raccontato tutto." Nathan allentò la presa, ma ancora non la lasciò andare. "Non la passerai liscia."

Nathan Barron era un uomo d'affari, non un assassino. Kat era certa che non si sarebbe sporcato le mani con un lavoro di bassa manovalanza. Ma un'occhiata alle sue mani protette dai guanti bastò per farle dubitare della sua conclusione. Quando andava a caccia, si divertiva a macellare le sue prede? Oppure c'era qualcuno che faceva il lavoro sporco per lui? Kat si sentì come un animale chiuso in trappola.

"Cosa ho fatto di male?" Quindi Nathan sapeva dell'indagine. E con questo? Non poteva intimidirla. Scandagliò la stanza ancora una volta, per cercare di capire dove potesse essere Jace, e individuò il suo portatile. Il salvaschermo era attivo da chissà quante ore.

Imprecò sottovoce. Quanto aveva condiviso Jace con Landers? La presenza del portatile voleva dire che anche Nathan, Victoria e Landers potevano aver visionato i file della Edgewater contenuti là dentro.

"La tua maledettissima indagine, o come diavolo chiami questa stupida operazione sul campo. Stai perdendo tempo e ne stai facendo perdere anche a noi. Però mi piaci. Ti aiuterò a uscire dal casino che tu stessa hai creato."

"E come?" Kat cercò di ribattere con voce ferma. Nathan Barron aveva fatto la stessa proposta a Jace? O addirittura a Svensson?

Nathan mollò la presa su di lei.

"Qualsiasi somma Zachary ti abbia promesso, io posso raddoppiarla. Vattene adesso, e dimentica il caso Edgewater. Da oggi in poi, lavorerai per me."

Voltare le spalle a Zachary per il doppio della paga? La sua parcella era già abbastanza salata. Il doppio del compenso equivaleva a una somma pari al fatturato di un anno. Ovviamente non poteva contare di ricevere quel denaro da Zachary, visto che era sul lastrico. Ecco come facevano Nathan e il World Institute a operare impunemente. Comprando le persone, riuscivano a passarla liscia anche quando commettevano i crimini più atroci.

"Di cosa dovrei occuparmi?" A quel punto era chiaro che la morte di Svensson fosse in qualche modo collegata a loro. E non poteva essere stato altro che un assassinio. Kat dubitava che un uomo del genere avrebbe accettato di tradire le sue idee in cambio di denaro, ma uno come Landers l'avrebbe fatto senza pensarci un attimo.

"Voglio che apra un'indagine per frode a carico di Zachary Barron.

Sta mettendo in atto uno schema Ponzi, e io ho le prove per dimostrarlo."

"Vuole incastrare suo figlio per i crimini che lei stesso ha commesso?"

Nathan strinse gli occhi. "È colpevole. E io ho le prove. Le operazioni finanziarie di Zachary, aggressive e avventate, hanno quasi rovinato la Edgewater. Saremmo già in bancarotta, se non gli avessi impedito di accedere ai contanti."

"Parla delle centinaia di milioni di dollari che lei ha trafugato alla società per girarli alla Research Analytics e al World Institute?" Continuare a mantenere il segreto non aveva più senso. Era evidente che Nathan sapesse delle sue indagini. Kat si voltò verso Landers. "Dov'è finito Jace?"

Landers si appoggiò alla porta. Rimase in silenzio, gli occhi abbassati sul pavimento.

Kat si lanciò verso di lui, ma Nathan la afferrò per le braccia e la tirò indietro.

"Il tuo amico Jace ha avuto un piccolo incidente." Nathan strinse la presa. "Vuoi andare a raggiungerlo?"

"Non la passerete liscia. La polizia sa cosa state facendo."

"La polizia?" Nathan scoppiò a ridere. "Non ho fatto niente di illegale."

"Mi permetto di dissentire." Kat cercò di non mostrare le proprie emozioni. Si rifiutava di concedergli quella soddisfazione.

Victoria le sorrise, ma il botulino distorse la sua bocca in un ghigno spaventoso.

"Mi ritieni un criminale?" Nathan la spinse sul letto. "La Edgewater è la mia compagnia, e io spendo i miei soldi come mi pare e piace."

"Sono soldi degli investitori, non suoi. Ma a lei non importa, vero? Finché può spendere il denaro degli altri, va tutto a gonfie vele."

"Questo è ridicolo!"

Kat si mise a sedere. "Davvero? Una moneta unica globale, controllata da un'istituzione al di sopra dei governi. È una prospettiva troppo pericolosa per permettere che diventi realtà. Sarebbe la rovina della democrazia. Svensson la pensava così, e lo avete messo a tacere. In fin dei conti, dovete portare avanti il vostro piano."

Mentre pronunciava quelle parole, Kat ne rimase profondamente impressionata. Era quello che Jace aveva cercato di spiegarle, ma lei era stata troppo presa dalla sua indagine per riuscire a vedere il quadro generale.

"Devi capire una cosa, cara mia: tutto questo non ha più importanza. Gli ingranaggi sono in moto, e non c'è nulla che tu possa fare per fermarli."

Kat si voltò per fronteggiare Nathan, mentre il panico le saliva dallo stomaco. "Mi lasci andare."

Nathan le strizzò i polsi e spinse verso il basso. Kat fu costretta a stendersi di nuovo. "Vuoi fare la stessa fine del tuo amico economista?" Disse Nathan. "Continua così, ed è proprio quello che otterrai."

Aveva praticamente ammesso il suo coinvolgimento nella morte di Svensson. Continuò a stringerle i polsi, mentre frugava nelle tasche alla ricerca di qualcosa. Una corda. La sottile fune di nylon le bruciò la pelle mentre gliela avvolgeva attorno ai polsi in spire sempre più strette. Nathan la legò, continuando a stringere fino a quando Kat non cominciò a gridare in segno di protesta. Sentiva il petto compresso in una morsa, come se la stanza si stesse chiudendo su di lei.

"Hai portato l'ago?" Nathan sventolò una mano verso Victoria e si sedette sulle gambe di Kat, immobilizzandola contro il letto.

Victoria si alzò. "Ma certo, tesoro," disse con una voce disgustosamente dolce. Frugò nella sua borsa firmata, e ne estrasse una siringa.

Kat cercò di scalciare per liberarsi, ma fu tutto inutile. I suoi pensieri galoppavano in mille direzioni, ripensando a tutto quello che Roger Landers aveva detto a Jace, la notte precedente. Era stata tutta una recita, fin dall'inizio? Oppure aveva ceduto alle lusinghe di quello squalo, che nuotava in una vasca sempre più piccola?

"Roger, quanto ti ha dato? Qual è il tuo prezzo?" Kat si agitò sul letto per riuscire a guardare Landers. Sembrava quasi compiaciuto, per il ruolo che aveva assunto.

Landers non rispose.

"Taci, lurida stronza." Victoria tamburellò sulla siringa con una delle sue unghie perfettamente curate. "È l'ora della medicina."

Kat fece una smorfia, mentre l'ago le pizzicava la pelle. Poi una sensazione calda e allo stesso tempo gelida le percorse il bicipite, e prese a scorrerle nelle vene. Bruciò fino a raggiungere il petto, poi fluì verso l'alto, attraverso il collo, per raggiungere la testa. Era tutto caldo, caldissimo. E poi le voci si affievolirono. Non vedeva più i colori, non percepiva alcun suono e niente aveva più importanza.

CAPITOLO 34

Kat emise un grido. Qualcosa di appuntito le stava affondando nella cassa toracica. Rotolò su un fianco in modo da dare le spalle al suo assalitore.

"Si alzi," disse l'uomo, con un pesante accento inglese.

Kat portò i gomiti davanti al volto per difendersi. Poi si rese conto di non avere più i polsi legati assieme. Nathan e Victoria erano spariti, così come Roger Landers. Si trovava faccia a faccia con una guardia della sicurezza. Un uomo col turbante, che indossava una giacca in Gore-Tex color giallo canarino. La sovrastava, e aveva tutta l'aria di sentirsi a disagio.

Kat strizzò gli occhi. Un raggio di luce, proveniente dalla torcia della guardia, la stava praticamente accecando.

"Le ho detto di alzarsi, signorina. Per favore."

Kat rimase a bocca aperta. Fece scorrere lo sguardo su ciò che la circondava. Delle voci echeggiavano nell'aria intorno a lei. Le persone si affrettavano su un pavimento piastrellato per raggiungere le loro destinazioni. Kat era coricata su una panca di quercia vecchia e consumata, una delle molte che circondavano quello spazio aperto. Le modanature sorreggevano degli archi, incorniciando una serie di dipinti che ritraevano il paesaggio canadese, con tanto di foreste e montagne. Ci volle ancora un momento, prima che si rendesse conto di trovarsi alla stazione ferroviaria di Waterfront, nel centro di Vancouver. A giudicare dalle orde di pendolari, doveva essere l'ora di punta, forse le sette e trenta, o le otto del mattino. Lunedì mattina. Mancavano solo poche ore alla scadenza di Zachary, prevista per mezzogiorno.

"Mi dispiace, signore. Vado subito." Kat si alzò e inspirò l'aroma di caffè fresco e muffin che si spandeva dalla caffetteria Starbucks, dall'altra parte del grande atrio. Cercò nelle tasche per vedere se c'erano degli spiccioli con cui compare una tazza di caffè, ma non trovò niente. Guardò in basso, verso i suoi abiti. Gli stessi pantaloni felpati e la stessa maglietta di cotone che aveva addosso la notte precedente. Grazie al cielo aveva messo le scarpe, prima di andare nella stanza accanto a cercare Jace.

Cercò nell'altra tasca per raggiungere il cellulare, ma la trovò vuota. Doveva essere rimasto al Tides Resort, insieme alla sua borsetta, ai soldi, al computer e ai documenti del World Institute. Che Nathan, Victoria o perfino Landers avessero trovato il suo rapporto sulla Edgewater? Kat rabbrividì al solo pensiero.

L'avrebbero catturata ugualmente, se non fosse andata a ficcare il naso nella stanza accanto? Probabilmente sì. Landers sapeva dove trovarla, e ovviamente collaborava con Nathan e Victoria. Che ne era stato di Jace? Scomparso, forse vittima di un destino peggiore del suo.

Jace non se ne sarebbe mai andato senza di lei. C'erano solo tre persone che sapevano cosa gli fosse capitato – Nathan Barron, Victoria e Roger Landers. Avevano drogato anche Jace, per scaricarlo in qualche luogo pubblico? Kat si sentì sollevata al pensiero che fosse ancora vivo. La sola domanda era dove andare a cercarlo.

Il cottage di Kurt era una possibilità concreta, visto che era possibile raggiungerlo a piedi da Hideaway Bay. Tuttavia sembrava improbabile, visto che le temperature sotto zero sulle montagne richiedevano un abbigliamento adeguato, e Jace non aveva con sé la giacca. Forse avevano scaricato anche lui alla stazione ferroviaria? In quel caso, avrebbe potuto raggiungere la propria abitazione senza troppi problemi. Magari aveva cercato di chiamarla, ma il cellulare di Kat era rimasto in albergo. Sarebbe stato un gran colpo di fortuna trovare Jace comodamente seduto sul divano di casa.

Lo spirito di Kat si risollevò ulteriormente, quando si rese conto di essere molto vicina a casa sua. Le servivano solo i soldi per l'autobus, o magari per un taxi. Forse sarebbe riuscita a racimolare qualcosa nel suo ufficio, che si trovava a pochi isolati di distanza.

Kat uscì dalla stazione ferroviaria. Appena scostò la pesante porta che conduceva all'esterno, fu accolta da una folata d'aria fredda. La pioggia cadeva di sbieco, portata dal vento. Il nevischio le punse la faccia, mentre i capelli le frustavano le guance. I pendolari si trascinavano qua e là, i volti nascosti dai cappotti e dalle giacche per difendersi dal freddo. Kat rabbrividì, mentre l'aria gelida penetrava sotto la sua maglietta leggera.

Un mendicante si avvicinò a una coppia che passava. Tese verso di loro un berretto da baseball, sperando che gli dessero qualche moneta. La coppia affrettò il passo respingendo l'uomo con un gesto della mano. Kat attraversò il parcheggio e si diresse verso la strada in cui stazionava il vagabondo. La sua mano tesa le ricordò che le servivano almeno un paio di dollari, per riuscire ad arrivare a casa in autobus. Poteva lasciar perdere l'idea del taxi.

Il mendicante notò che lo stava fissando e ritrasse protettivamente il cappellino, come se lei avesse l'aria di volerglielo strappare via. "É il mio angolo. Trovati il tuo." Fece una smorfia, rivelando un dente mancante sul davanti.

"Eh?" Improvvisamente Kat si rese conto che l'uomo doveva averla presa per una mendicante, una concorrente. Aveva davvero un aspetto tanto orribile? Per la seconda volta quel giorno Kat si sentì completamente inutile. Non male, per essere solo le otto del mattino.

Procedette lungo Water Street fino al suo ufficio nel quartiere di Gastown. Teneva le braccia incrociate sul petto per proteggersi dal freddo. La neve si trasformava in fanghiglia non appena toccava il suolo, rendendo scivoloso il selciato del marciapiede, soprattutto con le scarpe da ginnastica. La fanghiglia le penetrò nelle scarpe, facendole rimpiangere gli stivali caldi che erano rimasti a Hideaway Bay, abbandonati insieme al resto dei suoi averi.

Nonostante la temperatura fosse sopra lo zero, il vento mordeva la pelle e la pioggia la congelò fino al midollo. Si fece strada lungo le strade deserte, battendo i denti e tremando come una foglia. La maggior parte dei senzatetto doveva aver trovato rifugio in qualche posto al chiuso. Oltrepassò il Café Marseilles mentre un gruppo di barboni era appoggiato alla parete dell'edificio, le mani strette attorno alle loro tazze di caffè caldo.

Quando finalmente raggiunse il palazzo del suo ufficio, era completamente congelata. Aveva le mani talmente intorpidite da non sentire più le nocche, mentre bussava sulle porte a vetri. In genere il portone rimaneva chiuso per tutta la mattina, soprattutto in inverno, quando i senzatetto cercavano rifugio negli androni per ripararsi dal freddo.

Dopo quella che le parve un'eternità, il portiere spuntò fuori da una porta laterale per vedere chi avesse causato quel rumore. Le gettò appena un'occhiata, e le fece cenno di sloggiare.

"Marcus, sono io. Fammi entrare." Kat agitò freneticamente le braccia per attirare la sua attenzione, ma lui si ritirò dietro la porta. La sede della Carter & Soci si trovava in quell'edificio, la Hudson House, da almeno tre anni. Come poteva non riconoscerla? Kat ricominciò a picchiare sulla porta, più forte che poté. "Marcus!"

Diversi passanti, avvolti nei cappotti e protetti dagli ombrelli, la guardarono storto e si affrettarono a proseguire. Lei evitò i loro sguardi, vergognandosi del suo aspetto. Non le serviva uno specchio per capire che i vestiti laceri, i capelli arruffati e la mancanza di trucco la facevano sembrare una stracciona. Era così che ci si sentiva, quando le persone non facevano altro che passarti accanto e giudicarti per tutto il giorno?

Marcus ricomparve. Si avviò verso la porta a grandi passi e la aprì di scatto.

"Vattene, o sarò costretto a chiamare la..."

"Marcus, non mi riconosci? Sono Kat. Ho l'ufficio al quarto piano."

Il volto del portiere fu trasfigurato dall'improvviso riconoscimento. Rimase paralizzato sul posto, a bocca aperta. "Cosa diavolo ti è successo?" Tenne la porta aperta per farla passare, e le fece cenno di entrare.

"Adesso non c'è tempo." Kat lo oltrepassò e trascinò i piedi fino all'ascensore. Lentamente, cominciò a recuperare la sensibilità alle gambe. Premette il pulsante per chiamare l'ascensore in salita, voltando le spalle a Marcus. Non era dell'umore adatto per mettersi a dare spiegazioni, e comunque lui non ne meritava.

Marcus la seguì. "Kat. Mi dispiace. Non avevo idea che fossi tu."

Lo ignorò e salì sull'ascensore. La freddezza con cui trattava i mendicanti era un lato della personalità di Marcus che non aveva mai conosciuto fino a quel momento. E non era sicura che le piacesse. Spinse il pulsante per il quarto piano.

Nathan e Victoria non l'avrebbero passata liscia.

Che cosa avevano fatto a Jace? Perché lui era scomparso, mentre Landers era rimasto lì con loro? Anche se Landers avesse provato a giustificarsi, riversando tutta la colpa dei documenti rubati su Jace, un uomo come Nathan non si sarebbe accontentato delle sue parole. Probabilmente avrebbe preferito sbarazzarsi di entrambi, dal momento che avevano scoperto i piani del World Institute. A meno che Landers non facesse parte della cospirazione. Bisognava aspettarselo, da uno come Landers. Per tutelare i propri interessi sarebbe stato disposto a fare qualsiasi cosa, perfino collaborare con il nemico.

Nathan Barron aveva detto che Jace era stato vittima di un "incidente". Suonava un tantino più infausto, rispetto a quello che era capitato a lei. In fondo, non le era successo niente di grave – eccetto qualche graffio e un brutto mal di testa, provocato dalla sostanza che le avevano iniettato. Che Jace avesse fatto la stessa fine di Svensson? Nonostante svolgessero professioni differenti, entrambi si erano schierati contro il World Institute e il potere di un'élite senza scrupoli. Era una ragione sufficiente per finire ammazzati? Kat rabbrividì al solo pensiero.

Svensson era morto poco dopo aver cambiato la sua posizione e aver affermato di non essere d'accordo con il dogma del World Institute. La scomparsa di Jace poteva essere legata al fatto che aveva portato alla luce quella truffa immobiliare. A pensarci bene, avevano già cercato di attentare alla sua vita, quando avevano appiccato il fuoco alla loro casa. Ma la sua scomparsa era avvenuta a Hideaway Bay. La cancellazione del suo articolo aveva a che fare con il World Institute? E in che modo le due cose erano collegate? O forse l'obiettivo era qualcosa di più semplice – mettere a tacere qualsiasi forma di dissenso. Senza quelle voci contrarie, il World Institute avrebbe raggiunto impunemente i suoi obiettivi. Era così che funzionavano le cose, nei corridoi del potere. Si eliminavano gli ostacoli. L'avidità tirava fuori il peggio delle persone.

Forse non intendevano limitarsi a insabbiare la frode scoperta da Jace. C'era dietro dell'altro, qualcosa di molto più scottante. Volevano cancellare la voce di un giornalista rispettato, un uomo di cui la gente poteva fidarsi, proprio come Svensson. Certe affermazioni non potevano essere distrutte da una semplice smentita, per quanto autorevoli fossero le fonti da cui proveniva. Ma c'era una strada molto più semplice per evitare che un'opinione si diffondesse: eliminare chi la sosteneva.

Benché Kat non avesse letto la bozza su cui Jace stava lavorando in albergo, sapeva che non avrebbe taciuto alcun dettaglio, compresi i nomi dei membri. Avrebbe dato particolare rilievo a Nathan Barron e Gordon Pinslett – il primo aveva dirottato i fondi dei suoi investitori per finanziare le imprese del World Institute, mentre il secondo aveva messo a tacere tutta la stampa sfavorevole al World Institute. Una cosa era cercare di far accettare alla gente una teoria politica indigesta, ma trarre da essa un profitto esorbitante, speculando sulla manipolazione della valuta e sull'insider trading era tutta un'altra storia. E poi c'era la censura dei media, e gli innumerevoli inganni che ne conseguivano.

Una sola cosa era chiara. Chiunque avesse il coraggio di parlare, veniva messo a tacere. La storia di Jace era finita nel dimenticatoio, e lui era stato licenziato dal *Sentinel*, che guarda caso apparteneva a Gordon Pinslett. Bisognava solo sperare che Jace non fosse stato costretto al silenzio una volta per tutte, nel peggiore dei modi. Il solo pensiero le dava i brividi.

Jace aveva ragione. Era facile restare in silenzio finché qualcosa non ti toccava personalmente. Il silenzio ti salvava dal rischio di perdere la libertà, il benessere sociale ed economico. Se non si fosse schierata dalla parte della giustizia, chi l'avrebbe fatto?

Per certe cose valeva la pena combattere, a qualunque costo.

 illary era in piedi sulla porta della cucina e guardava suo padre, che stava svuotando la lavastoviglie dai piatti sporchi, per riporli negli stipetti della cucina. Piatti macchiati, tazze usate e bicchieri con il segno incrostato della bevanda che avevano contenuto. Caricava e svuotava la lavastoviglie con gli stessi piatti, che non venivano mai lavati. Era come premere il tasto *rewind* durante un film noioso, che si ripeteva all'infinito. Accidenti, stava proprio andando fuori di testa. Era davvero quella la sua vita?

"Non puoi restare in questa casa, papà." Hillary controllò l'orologio. Era già l'una passata, e tutto quello che avevano fatto, durante quell'interminabile mattinata, era stato sorseggiare caffè che sapeva di detersivo. Avrebbe potuto trovare un migliaio di modi migliori, per trascorrere il suo lunedì. "Devi trasferirti in una casa di riposo. Ti troveresti bene."

"Una casa di riposo? Neanche morto." Harry lasciò cadere i coltelli sporchi nel cassetto delle posate. "Non mi serve una casa di riposo. Qui sto benissimo."

"Ma guardati. Sei un vecchio pazzo! Non sai più nemmeno come funziona la lavastoviglie. Guarda che disordine!" Hillary agitò un braccio verso il bancone della cucina, coperto di ciarpame. "Questo posto sta diventando una discarica."

"Non è vero. È il mio disordine, e mi piace così." Harry si asciugò la fronte con la manica della camicia. "Non puoi dirmi cosa devo o non devo fare a casa mia."

Hillary la vedeva in maniera differente. Era davvero patetico – adesso si sarebbe messo a piangere? Hillary spinse con il braccio una pila di libri che erano stati abbandonati sul tavolo della cucina, mandandoli a terra in una cascata di pagine. Poi sedette su una sedia, rossa di rabbia. Il fatto che suo padre non riuscisse più a pagare le bollette o a occuparsi della casa non era un suo problema. "Non riesco nemmeno ad appoggiare le braccia sul tavolo. Come fai a mangiare in questo porcile?"

"Che cosa stai facendo, Hillary? Perché hai spostato i miei libri? Ti avevo detto di lasciarli stare." Harry chiuse la lavastoviglie e trascinò i piedi fino al tavolo, un canovaccio posato sopra la spalla. Abbassò lo sguardo sui libri, sparpagliati sul pavimento di linoleum. Soldati feriti, con le pagine stropicciate e le coste malconce.

"Perché sei fuori di testa, papà. Vivi in mezzo alla spazzatura." Hillary alzò gli occhi al cielo. Non capiva perché facesse tanto il difficile. Di sicuro non si sarebbe messa a cucinare e pulire per lui.

"Non è spazzatura, Hillary. Sono libri da collezione. Rimettili a posto," disse Harry. "Mangeremo in salotto."

"Non esiste che io mangi qui. È disgustoso." Hillary sbatté la sua tazza di caffè sul tavolo. "Non capisco come puoi vivere in questo modo."

"Mi piacciono le mie cose. Esattamente così, come sono. Tu non vivi sotto questo tetto, quindi non dirmi che cosa devo fare."

"E se vivessi qui? Potrei dare una ripulita alla casa?"

Il volto di Harry si illuminò.

Hillary aveva colpito nel segno. "Magari potrei trasferirmi, tornare a casa."

"Davvero? Sarebbe meraviglioso. Mi sono sentito così solo, dopo la morte di tua madre."

"Ci penserò. Ma dovremo stabilire alcune regole di base." Hillary si alzò da tavola e si diresse verso il frigorifero. Forse avrebbe potuto resistere a un'altra settimana di quella tortura, non di più. Ma sarebbe stata sufficiente a sistemare le cose e rimettersi in pari con le rate scadute della sua Porsche.

"Possiamo lavorarci," rispose suo padre.

"Bene." Hillary estrasse una caraffa di succo d'arancia dal frigo e riempì un bicchiere. Estrasse una piccola fiala dalla tasca, che conteneva una polverina biancastra. La fece cadere nel bicchiere e mescolò finché non fu sciolta. Poi rimise in tasca la fiala, e si voltò di nuovo verso Harry.

"Tieni. Bevi questo." Gli porse il bicchiere. Aveva agito di nascosto, ma non sarebbe stato necessario. Avrebbe potuto sparare una palla di cannone nel mezzo della cucina e lui non si sarebbe accorto di nulla. Che idiota.

"Grazie." Harry bevve un sorso e sorrise.

Hillary sospirò. Altri cinque minuti sarebbero stati sufficienti per farlo cadere addormentato sulla sua orribile poltrona scozzese. A quel punto, avrebbe potuto mettersi al lavoro. Di sicuro non avrebbe potuto aspettare fino alla sua morte, per sistemare la casa. Tutto quel disordine la soffocava.

Quel vecchio si preoccupava più del suo logoro tugurio che di lei. Hillary aveva rinunciato alla sua vita per tornare in quel buco merdoso, in quell'orrendo quartiere. Per cosa? Non era cambiato niente negli ultimi dieci anni. A parte i vicini, che erano sempre più vecchi e più irascibili, e i tentacoli di Kat, che avevano scavato ancora più in profondità nella vita di suo padre. Kat fingeva di preoccuparsi per lui, ma Hillary sapeva la verità. Harry non era altro che un vecchio demente.

Se Kat pensava che leccare i piedi a Harry le avrebbe fatto guadagnare una fetta della sua eredità, non aveva capito un accidente. Ecco perché gli assegni avevano smesso di arrivare; Kat stava tenendo tutti i soldi per sé. Hillary ne era sicura. Per quale altro motivo avrebbe continuato ad abitare con Harry, alla veneranda età di trentaquattro anni? Non bastava che i suoi genitori l'avessero adottata, dopo che il padre di Kat l'aveva abbandonata? Chi altri avrebbe adottato una ragazzina di quattordici anni? Senza ombra di dubbio, Kat si considerava sua figlia a tutti gli effetti, e sperava che l'avrebbe citata nel testamento.

Doveva porre fine a quella storia.

CAPITOLO 36

*H*illary **spostò il peso** dal piede destro a quello sinistro. Non osava togliersi le scarpe in quello schifo di posto. Le sue Manolo Blahnik con tacchi da dieci centimetri la stavano uccidendo, ma non poteva assolutamente toglierle. Chi poteva sapere quali disgustosi animaletti strisciassero tra le pareti di quella bettola?

"Papà, devi mangiare qualcosa," disse, depositando un altro bicchiere di succo d'arancia accanto al piatto di Harry.

"Ho mangiato. Ora basta, sono pieno." Harry sedeva al tavolo della cucina, la forchetta in una mano e il tovagliolo infilato nel colletto della camicia.

"Devi mangiare. Finisci quelle frittelle." Hillary sentì le sue guance arrossarsi per la rabbia. Doveva somministrargli una dose ben precisa della sua polverina, ogni singolo giorno. Gli effetti erano cumulativi, e saltare un giorno significava ricominciare da capo. Sicuro come la morte, non aveva alcuna intenzione di investirci altro tempo o altri soldi.

"Hillary, basta. Non ho più fame. Vuoi mangiarle tu?" Harry indicò le sue frittelle di patate con la forchetta.

"Ho già pranzato." Hillary immaginò la sua vita, come sarebbe stata di lì a qualche settimana. Avrebbe venduto quella topaia e avrebbe incassato una bella quantità di contanti. Magari poteva andare a sciare in Svizzera, come facevano i membri delle famiglie reali. Forse avrebbe incontrato un principe e avrebbe scambiato qualche parola con lui.

"Quando? Non ti ho vista mangiare."

"Certo che mi hai vista. Te ne sei dimenticato. Hai l'Alzheimer, vecchio mio." Hillary tracciò dei cerchi con il dito all'altezza della tempia, il gesto universale per indicare i fuori di testa. "Sei matto, ricordi? O hai dimenticato anche questo?"

Harry scosse la testa e posò la forchetta.

Hillary la raccolse, e infilzò una forchettata di patate dal piatto di Harry. Sollevò la forchetta, portandola a pochi centimetri dalla sua bocca. "Apri. Mangia tutto."

Harry alzò una mano per protestare.

"Ti ho detto che devi mangiare!" Hillary spinse le frittelle di patate nella bocca di suo padre, proprio mentre Harry cercava di aprirla per protestare.

"Smettila!" Harry allontanò la sua mano con il braccio. Sputò pezzetti di patata e rovesciò il piatto, sparpagliando il resto delle frittelle sul tavolo e sul pavimento.

"Guarda che cosa hai fatto!" Gridò Hillary, sbattendo la forchetta sul tavolo. "E adesso chi pulirà questo casino? Non ti meriti che qualcuno si prenda cura di te."

Suo padre abbassò il braccio e si ritrasse sulla sedia. Era una totale perdita di tempo. La casa era in condizioni disgustose, piena di disordine, sporcizia e polvere. Assomigliava alle case di quegli accumulatori seriali che si vedevano in televisione, anche se il mobilio consunto che suo padre aveva acquistato ai grandi magazzini era ancora visibile, sotto ai vari soprammobili anni Settanta. Il solo fatto di trovarsi lì dentro le faceva venire da vomitare.

Ogni giorno che trascorreva nella bettola dei Denton era un giorno rubato alla sua nuova vita, la vita che meritava e che aveva atteso fin troppo a lungo. Dopo mesi e mesi passati a nascondersi dai vicini e da Kat, il suo piano aveva funzionato a meraviglia. Quella vita la stava aspettando, ce l'aveva a portata di mano. E come se non bastasse, aveva trovato l'uomo giusto con cui condividerla.

Prima però, doveva sbarazzarsi di suo padre. E doveva tenerlo lontano da quella stronza impicciona di Kat. Non c'era tempo da perdere.

CAPITOLO 37

Ferma sulla porta del salotto, Hillary stava osservando suo padre. Russava così forte che il suono echeggiava tra le pareti e si poteva sentire in tutta la casa. Il giornalista della CNN sullo schermo della televisione avrebbe dovuto mettersi a urlare, se voleva farsi sentire. Harry era accasciato sulla sua poltrona reclinabile, la testa appoggiata sul petto, che saliva e scendeva a ogni respiro.

Il reporter del telegiornale stava parlando dei disordini di Parigi. In quel momento si trovava nel Quartiere Latino e stava intervistando la proprietaria di un negozio. La donna scoppiò in lacrime e le immagini registrate mostrarono un branco di delinquenti con il volto coperto che prendevano a calci le vetrine del suo negozietto. Fuori dalla casa di Harry era notte fonda, e stava piovendo a dirotto. Le sirene di un'auto della polizia lacerarono il buio, mentre i lampeggianti colorati si lasciavano alle spalle scie di luce rossa e azzurra.

Hillary sobbalzò per quel rumore improvviso. Entrò in punta di piedi nella stanza e raccolse il telecomando dal bracciolo della poltrona, poi abbassò il volume, in modo che Harry non si svegliasse. A pensarci bene, era improbabile che succedesse. La dose che gli aveva somministrato avrebbe steso anche un elefante.

Aveva circa due ore di tempo. Da dove poteva cominciare? La cassaforte? Decise di partire dalla camera da letto. Così, quando Harry si fosse svegliato, la stanza sarebbe stata già libera. A quel punto avrebbe potuto convincerlo a infilarsi il pigiama e mettersi a letto, mentre lei continuava a frugare nel resto della casa.

Sfilandosi le scarpe un piede alla volta, e facendo attenzione a non toccare il pavimento sporco, indossò le sue scarpe da ginnastica. Poi salì le scale, facendo i gradini due alla volta, e raggiunse la stanza di suo padre. Non vedeva l'ora di cominciare.

Cercò prima nei cassetti del suo scrittorio, poi nell'armadio. Non trovò altro che vecchi vestiti, scarpe e una scatola di fotografie. Rovesciò il contenuto della scatola sul letto e cominciò a scorrere le foto. Immagini di lei da bambina, fotografie di famiglia, alcune delle quali includevano anche Kat. Hillary prese un sacchetto della spazzatura, lo aprì con uno scatto e ci lanciò dentro le foto. Una volta trasferito all'ospizio, Harry non ne avrebbe più avuto bisogno. E in ogni caso, presto non sarebbe riuscito più a riconoscere le persone che comparivano in quelle foto.

Non impiegò molto a capirlo: quello che stava cercando non era lì. In punta di piedi attraversò il corridoio, rassicurata dal continuo russare di suo padre, che arrivava fino al piano di sopra. Aprì l'armadio della biancheria del corridoio e tastò lungo il muro fino a trovare la cassaforte. Tirò la maniglia e lo sportello si aprì. Harry si era dimenticato di chiuderlo a chiave. Spalancò lo sportello e si infilò in tasca tutti i documenti che trovò nella cassaforte, insieme a cinquecento dollari in banconote da cinquanta, nuove di zecca. Non si trattava di un vero e proprio furto. Prima o poi, tutto il denaro di Harry sarebbe appartenuto a lei.

Doveva tenere Kat lontana per qualche giorno, mentre terminava di mettere a punto il suo piano. Trascinò giù dalle scale i sacchi della spazzatura che aveva riempito con la roba di suo padre e li portò fuori, nel vialetto sul retro. Sedici sacchi di immondizia, solo nella prima stanza. Quel vecchio non si sarebbe neanche accorto che tutta quella robaccia era scomparsa. Tornò in cucina, asciugandosi il sudore dalla fronte.

Il calendario della cucina era ancora sul mese di giugno. Hillary lo spostò su dicembre e strappò via i post-it attaccati alle pagine, tutti scritti con la calligrafia di Kat. Il numero di Kat, quello di Jace, una lista della spesa, un promemoria dei pasti conservati in frigorifero. Quella stronza leccapiedi aveva affondato le sue grinfie dappertutto. Hillary ne aveva abbastanza. Strappò i biglietti a metà e li accartocciò a formare una palla.

Poi fece un respiro profondo e pensò che stavolta sarebbe stato diverso. Doveva mantenere la calma e attenersi al piano. Una volta libera dal vecchio, la sua vita sarebbe stata una strada in discesa.

Hillary guardò di nuovo verso il calendario. Sulla pagina di dicembre c'era un acquerello dall'aria amatoriale, che raffigurava delle stelle di Natale. Sembrava dipinto da un bambino di due anni. Altra spazzatura. Quando lo strappò via dal muro per buttarlo nel cestino, trovò quello che stava cercando. Dietro al calendario c'era una chiave. La chiave che avrebbe spalancato una porta verso un futuro migliore.

CAPITOLO 38

at si sfregò le mani per scaldarle, mentre usciva dall'ascensore al quarto piano. Trascinò i piedi fino al suo ufficio, felice di non trovarsi più all'aperto, esposta al freddo e alle intemperie. Quando vide la porta dell'ufficio, si fermò di botto. Era socchiusa. A giudicare dai danni sullo stipite, sembrava che qualcuno l'avesse forzata.

Prese in considerazione l'idea di telefonare a Marcus, ma questo avrebbe generato altre domande e ulteriori ritardi. Non aveva tempo da perdere. Per prima cosa, aveva bisogno di cambiarsi, poi doveva recuperare la relazione sulla Edgewater dall'archivio informatico e cambiare le password in modo che Nathan e Victoria non potessero accedere ai suoi documenti.

Scostò leggermente la porta e si mise in ascolto. Non sentendo nessuno, entrò e si guardò intorno. Superò la zona della reception e poi proseguì fino alla piccola cucina e ai due uffici. Si rilassò solo quando si rese conto che, chiunque fosse entrato lì dentro, se n'era già andato.

Nell'ufficio non era cambiato niente, anche se l'assenza di Harry e Jace si faceva sentire in maniera evidente. Il pensiero di Harry le fece stringere lo stomaco, ma almeno lui era al sicuro. Di Jace, invece, non aveva alcuna traccia.

Andò al telefono più vicino e compose il numero di Jace. La sua ansia salì alle stelle quando controllò la segreteria telefonica e scoprì che non c'erano messaggi da parte sua. Tuttavia, Zachary aveva chiamato una mezza dozzina di volte, lasciando messaggi pieni di rabbia e frustrazione. Il succo era sempre lo stesso: voleva sapere a che punto fossero le indagini e perché Kat non lo avesse più richiamato.

Sapeva che avrebbe dovuto telefonare a Zachary. Forse aveva provato a cercarla anche sul cellulare. Era preoccupato per le sue finanze e aveva tutto il diritto di essere aggiornato sulla situazione, ma avrebbe dovuto aspettare il loro incontro, programmato di lì a qualche ora. Nel frattempo, Kat aveva questioni più urgenti di cui occuparsi. Rintracciare Jace, ad esempio.

Se ne avesse avuto la possibilità, Jace le avrebbe lasciato un messaggio in segreteria. Kat ne era sicura, e questa consapevolezza portò con sé un'ondata di terrore.

Dopo una dozzina di squilli a vuoto, riagganciò e controllò il blocco degli appunti che si trovava accanto al telefono. La prima pagina era coperta di scarabocchi furiosi e indecifrabili. Le poche parole riconoscibili erano piene di errori d'ortografia. Harry era sempre stato fissato con la calligrafia, ma la demenza aveva trasformato la sua scrittura in un groviglio privo di senso, annullando per sempre una parte di lui. Le si spezzava il cuore a vedere quanto in fretta stesse peggiorando.

Fu allora che Kat notò uno spazio vuoto sulla scrivania, un quadrato sul quale la polvere non si era depositata. Il computer di Harry era sparito. Kat imprecò sottovoce. Senza il portatile di Harry, non poteva recuperare i file della Edgewater, e nemmeno i documenti memorizzati nel database informatico. Doveva tornare a casa.

Kat compose il numero di casa sua, ma sentì solo la voce registrata della segreteria telefonica. La voce di Jace. Le salirono le lacrime agli occhi. E se non l'avesse più rivisto? Dovunque fosse, Jace aveva bisogno di lei.

Forse avrebbe dovuto avvertire la polizia. Cercò il numero della centrale di Hideaway Bay e lo compose, aspettando che qualcuno le rispondesse. Dopo sei squilli, si attivò la segreteria telefonica. Kat si accasciò sulla poltrona di Harry, terribilmente delusa. Una centrale di polizia avrebbe dovuto rispondere a qualsiasi telefonata, specialmente se c'erano delle indagini in corso. Kat lasciò un messaggio, poi sbatté giù il ricevitore, fumante di rabbia. Jace era scomparso e lei non aveva idea di cosa fare.

Anche lo zio Harry sembrava impossibile da raggiungere. Al suo numero di casa non rispondeva nessuno, e tanto meno al cellulare. Pensò di telefonare a Hillary, ma poi si rese conto che non aveva il suo numero. Harry non ricordava più nulla, quindi era improbabile che avrebbe pensato di chiamare in ufficio, anche se i numeri di casa e dello studio erano memorizzati nel suo cellulare. Oltretutto, aveva delle difficoltà a usare il nuovo telefono. Kat aveva dovuto acquistare un nuovo modello, per sostituire il pezzo d'antiquariato che lo zio aveva smarrito qualche mese prima. Forse sarebbe stata Hillary a telefonare. A un certo punto avrebbe perso la pazienza e l'avrebbe cercata per scaricare Harry, in modo da potersi concentrare sulla sua vita sociale.

In quel turbinio di pensieri, Kat ebbe dei ripensamenti anche su Zachary, e decise di chiamarlo per rimandare il loro incontro. Tuttavia fu sollevata quando, dopo aver composto il numero, sentì la segreteria telefonica che si avviava. Per essere uno che viveva attaccato al cellulare, come una specie di gemello siamese robotico, Zachary era incredibilmente difficile da raggiungere. Kat decise di non lasciare un messaggio. Lo avrebbe incontrato di persona. Aveva bisogno di parlargli, per raccontargli di Nathan, Victoria e tutto quello che era successo la notte precedente. Eppure, Kat non si sentiva a suo agio. E se le accuse di Nathan a proposito di Zachary fossero state fondate?

Non riusciva a credere che Zachary avesse fatto investimenti fittizi senza nemmeno saperlo. Come poteva essere così cieco da non rendersi conto che la sua azienda stava mettendo in atto uno schema Ponzi? Doveva essere un idiota per non accorgersi che in realtà le transazioni non venivano eseguite.

Kat controllò l'orologio. Era tardi e doveva darsi una mossa, se voleva arrivare in tempo all'appuntamento. Ma prima fece un rapido giro per l'ufficio. Non sembrava mancasse altro, a parte il computer di Harry.

Davanti allo specchio del bagno, si fermò a osservare il suo riflesso. I capelli ingarbugliati le incorniciavano il viso coperto di graffi, conseguenza della lotta con Victoria. Da dove venisse la sporcizia che aveva in faccia, non ne aveva idea. Ecco perché Marcus si era innervosito, e non l'aveva riconosciuta.

Frugò nel cestino di vimini in cui teneva i vestiti da corsa e ne tirò fuori una tuta da ginnastica, delle calze sporche e una vecchia giacca. Il minimo indispensabile per non congelare mentre tornava a casa.

Le servivano anche i soldi per il trasporto. Dopo essere uscita a mani vuote dall'ufficio, andò fino alla scrivania di Harry e prese a frugare nei cassetti, sperando di trovare abbastanza spiccioli per un biglietto dell'autobus.

Il primo cassetto era un vero disastro. C'erano elastici e graffette, così ingarbugliati da formare dei grumi disordinati. Tirò fuori tutto, un pezzo alla volta, e depositò ogni oggetto sulla scrivania. Due spillatrici, del nastro con la parte adesiva coperta di polvere, tre paia di occhiali da lettura e una confezione di ibuprofene scaduto. Aprì la confezione e si mise in bocca due pillole, sperando che aiutassero a lenire il mal di testa.

Quindi raccolse un piccolo contenitore metallico, una scatola di mentine, e la scosse. Era arrugginita dal tempo, ma il suono che proveniva dall'interno era promettente. Una striscia di nastro di carta, appiccicata sul coperchio, recava la scritta: *spiccioli*. Kat aprì la scatola e trovò due banconote da venti dollari, insieme a qualche moneta. Contò i soldi, se li mise in tasca, poi scrisse su un pezzo di carta la cifra che aveva preso in prestito e infilò il biglietto nella scatola, ripromettendosi di restituire il denaro appena avesse potuto.

Fu allora che notò le due chiavi. La prima era una chiave di riserva dell'ufficio. L'altra sembrava identica alla chiave che apriva il portone di Harry – la stessa che aveva anche Kat, agganciata al suo portachiavi. Improvvisamente si ricordò che le sue chiavi di casa erano rimaste nella borsetta, abbandonate in albergo. Afferrò le chiavi di Harry. Sarebbe andata subito a fargli visita. Anche se non lo avesse trovato, avrebbe potuto recuperare la sua chiave di riserva, che teneva nascosta in casa dello zio.

Chiuse il primo cassetto e aprì il secondo. Era quasi vuoto. In netto contrasto con il disordine tipico di Harry. In effetti, era così vuoto da risultare fuori luogo, così diverso dagli altri cassetti. Davvero strano. Kat ricordò che Harry lo aveva utilizzato per riporci qualcosa a cui teneva molto. Ma non riusciva a ricordare che cosa. Per lui doveva essere molto importante, visto che Harry tendeva a riempire tutto lo spazio disponibile. Proprio come poteva riempire una stanza con la sua sola presenza, Harry riempiva tutti i cassetti con la sua roba.

Kat rimase per qualche secondo a fissare il cassetto. In tutta la sua vita, non si era mai sentita così vuota.

CAPITOLO 39

Venti minuti più tardi, Kat pagò il tassista e arrancò su per i gradini che conducevano alla casa di Harry. Bussò alla porta d'ingresso e attese.

Nessuna risposta.

Provò ancora una volta a bussare, poi decise di dare un'occhiata attraverso la finestra che si trovava di fianco al portone. All'interno, non c'era il minimo segno di movimento. Scese i gradini e si diresse verso il cortile sul retro. Harry poteva essere in garage, a lavare per l'ennesima volta la sua amata automobile. O magari si trovava in giardino, anche se era dicembre. Non ci sarebbe stato da stupirsene, visto che lo zio stava scivolando sempre più in basso nella spirale della demenza.

Kat aprì la porta del garage e restò paralizzata. La Lincoln era sparita. Che Harry avesse capito come sbloccare la serranda del garage? Era improbabile, considerato il suo corrente stato mentale. Qualcuno doveva averlo sbloccato al posto suo. Il cuore di Kat saltò un battito al pensiero di Harry che guidava tra la neve. Un disastro annunciato.

La Porsche di Hillary non era parcheggiata davanti alla casa. Forse Harry era ancora con lei. Ma Hillary non si sarebbe fatta vedere a bordo di quella vecchia auto anni Settanta. Neanche morta, né da guidatrice né da passeggera. Con il pollice, Kat spinse il pulsante per aprire la porta e la serranda si sollevò. Proprio come temeva: qualcuno aveva ricollegato il circuito.

Uscì dal garage per tornare in cortile, sperando in qualche modo di trovarlo. Invece, scoprì una dozzina di sacchi della spazzatura ammucchiati contro la staccionata in fondo al cortile. Mentre si avvicinava per ispezionarli più da vicino, Kat sentì il terrore bruciarle lo stomaco. Dietro all'immondizia, sbucava un bracciolo marrone, vecchio e consunto. Kat sollevò un sacco e lo spostò da parte. La poltrona preferita di Harry era inzuppata di pioggia e quasi del tutto rovinata. Perché si trovava lì fuori, tra i sacchi della spazzatura, come se fosse un rifiuto da gettare via?

Le mancò il respiro. Lo zio non si sarebbe mai sbarazzato della sua poltrona reclinabile. Quella poltrona aveva assunto la sua forma in maniera così perfetta, che calzava allo zio Harry come una scarpa comoda e morbidissima. Doveva esserci Hillary dietro a tutto questo. Anche la scomparsa dell'automobile doveva essere colpa sua. Come sempre, stava oltrepassando il limite. Kat era certa che Harry non avesse idea che i suoi oggetti tanto amati fossero finiti nella spazzatura. Gli si sarebbe spezzato il cuore.

Quando sentì il cigolio metallico del camion della nettezza urbana, a circa un isolato di distanza, Kat capì che il ritiro della spazzatura era previsto per quel giorno. Controllò l'orologio. Avrebbe fatto tardi al suo appuntamento, ma doveva salvare la roba di Harry prima che finisse in discarica.

Afferrò un sacco dopo l'altro e li trascinò dentro il garage. Ne contò almeno quaranta, ma dopo essersi liberata di quelli, aveva appena scalfito la superficie. Era riuscita a disseppellire la poltrona di Harry quel tanto che bastava per farla scivolare fuori da quel mucchio di immondizia. Dovevano esserci centinaia di sacchi.

Forse era arrivata in tempo per salvare tutta quella roba, ma se ne sarebbe preoccupata più tardi. Trascinò indietro la poltrona, graffiandosi le gambe mentre la faceva avanzare faticosamente sull'asfalto, un centimetro dopo l'altro, per sottrarla alla pioggia e metterla al riparo nel garage.

Lanciò l'ultimo sacco nel garage di Harry proprio mentre il camion della spazzatura svoltava l'angolo. Quindi si fermò, e si asciugò il sudore dalla fronte con il dorso della mano. La pioggia le aveva fatto increspare i capelli. Beh, non aveva importanza. Finalmente era riuscita a combinare qualcosa di buono.

Il netturbino la salutò con la mano. Kat sollevò il braccio lentamente, in un gesto che sembrava più di resa che di saluto. Non erano nemmeno le nove del mattino e lei era già distrutta. Non aveva idea di dove fosse Jace, così come non sapeva dove si trovassero i documenti del World Institute, e il suo computer con la documentazione sul caso Edgewater. E per di più il suo cliente era arrabbiato con lei, anche se avrebbe dovuto essere il contrario. Fino a quel momento Kat aveva presupposto che almeno Harry fosse al sicuro, affidato alle mani di Hillary, ma adesso stava iniziando a dubitarne. Doveva tornare a casa sua e controllare la situazione.

Si trascinò nuovamente nel garage e spinse il pulsante sulla parete. La serranda si chiuse con un cigolio, mentre Kat faceva scorrere una mano sulla mensola sopra il banco da lavoro di Harry, alla ricerca della sua chiave di scorta. Tirò un sospiro di sollievo quando la sua mano toccò il metallo. Due chiavi. La sua chiave di riserva e un'altra chiave del portone di Harry. Per lo meno Hillary non era riuscita a mettere le mani su quelle.

Kat si infilò le chiavi in tasca e uscì dal garage, poi salì i gradini sul retro della casa che conducevano alla porta della cucina. Bussò e aspettò qualche istante, nel caso in cui Harry fosse stato effettivamente in casa e non l'avesse sentita perché era addormentato. Era molto improbabile, visto che quasi tutti i suoi averi erano stati gettati nei sacchi della spazzatura, pronti per la discarica. Kat aveva un pessimo presentimento a riguardo.

Aveva aspettato abbastanza. E se Harry si trovava là dentro? Poteva essere ferito, o anche peggio. Kat fece scivolare la chiave nella serratura e aprì la porta della cucina.

Era deserta.

I libri di cucina della zia Elsie erano spariti. Gli scaffali accanto al frigorifero erano stati svuotati. Non c'erano più le statuette sopra al lavandino, né il calendario su cui Harry pianificava la sua vita.

Perfino il tavolo della cucina era scomparso. Eppure non lo aveva visto, tra l'immondizia sul vialetto. Opera di qualche sciacallo che si era messo a rovistare tra le sue cose? Che diavolo stava succedendo?

Kat credeva di conoscere già la risposta. Hillary. I ricordi di una vita non avevano alcun valore per lei. Specialmente se si trattava delle cose di un anziano parsimonioso, che aveva risparmiato ogni centesimo per offrire a sua figlia tutto il meglio.

Era sempre stato così. Hillary si sbarazzava dei suoi abiti firmati e delle sue automobili costose non appena cambiava la moda, per rimpiazzarli con indumenti e veicoli all'ultimo grido, dal costo esorbitante. Oggetti e persone erano praticamente usa e getta; quando smettevano di assolvere alla loro funzione venivano buttati via. La sua intera esistenza ruotava attorno alla costruzione della propria immagine, una femmina dell'alta borghesia in cerca di un compagno che le permettesse di vivere nel lusso. Peccato che avesse bisogno dei soldi degli altri, per finanziare questa immagine.

La poltrona preferita di Harry e tutti i suoi ricordi erano solo spazzatura per lei, un promemoria del luogo da cui proveniva. Per questo li aveva buttati via, anche se doveva sapere perfettamente quanto fossero cari a suo padre. Kat ebbe la sensazione che il suo stomaco fosse in fiamme. Hillary non aveva il diritto di decidere che cosa tenere e che cosa buttare. Anche se Harry era disordinato, quello era il *suo* disordine e lui aveva il diritto di vivere come preferiva.

Ma il carattere egocentrico di Hillary rappresentava solo una parte del problema. La preoccupazione maggiore di Kat riguardava le ragioni alla base del suo comportamento. E se questo fosse in qualche modo inserito in un piano più grande?

Harry sapeva quello che lei aveva fatto? In ogni caso, la situazione era disastrosa. Un ambiente pieno di ricordi era fondamentale, per una persona affetta da Alzheimer. Un piccolo dissesto nella routine di zio Harry era sufficiente a mandarlo fuori di testa. Privandolo di tutte le sue cose, lo avrebbe destabilizzato in maniera devastante. Sempre che lo zio fosse stato presente, quando Hillary aveva smantellato la sua casa. Kat rabbrividì pensando all'alternativa.

I suoi pensieri tornarono alla Lincoln. Corse in salotto e guardò fuori dalla finestra, verso la strada. Magari la Porsche di Hillary era parcheggiata a qualche isolato di distanza, e lei non l'aveva notata.

Niente da fare. L'unico veicolo fermo lungo la strada era il pick-up di un vicino.

Anche il salotto era stato ripulito. Non solo mancava la poltrona, ma anche tutto il resto. La casa era stata totalmente svuotata, spogliata di ogni cosa fino a lasciare solo le assi di quercia del pavimento e le pareti spoglie. Un secchio e un bastone per lavare i pavimenti giacevano accanto al caminetto.

La mente di Kat era in subbuglio. Se si trattava davvero di un piano di Hillary, che cosa ne aveva fatto di Harry? Per lui sarebbe stato terribile vedere la sua casa vuota, ma sarebbe stato anche peggio se Hillary l'avesse lasciato solo da qualche parte. La ricomparsa improvvisa di sua cugina dopo dieci anni era sconcertante. Hillary aveva sempre pensato di meritarsi di meglio. Non vedeva l'ora di fuggire da quella città e dalla famiglia Denton. Adesso era tornata, come un'orribile maledizione.

"Ehilà?" La voce di Kat echeggiò nella casa vuota.

Salì al piano di sopra. E se Hillary fosse scomparsa di nuovo, portando Harry con sé? Kat accantonò quel pensiero. La presenza di suo padre avrebbe ostacolato lo stile di vita che Hillary desiderava. Non l'avrebbe mai tenuto con sé.

Kat fu assalita dal senso di colpa. Era stata la causa di tutto. Bloccando le carte di credito di Harry, aveva attirato Hillary alla fonte del suo abbeveratoio. Una volta che avesse ottenuto altri soldi, sarebbe scomparsa di nuovo e avrebbe lasciato Harry col cuore spezzato. Cosa che sarebbe accaduta presto, visto che i soldi dello zio erano praticamente esauriti.

Hillary non era capace di amare qualcuno al di fuori di sé stessa. In un certo senso, Harry lo sapeva, eppure continuava a finanziarla, in preda a una folle ostinazione che gli consentiva di ignorare la verità.

Kat sentì lo scatto della serratura e trattenne il fiato. Erano tornati. Tirando un sospiro di sollievo, corse al piano di sotto.

Ma non vide Harry né Hillary, sulla soglia di casa. Davanti a lei c'era un perfetto sconosciuto.

CAPITOLO 40

Era un uomo sulla trentina, con la faccia sbarbata di fresco. Il suo completo elegante era teso sulla pancia, e i bottoni sembravano dover schizzare fuori dalle asole da un momento all'altro. Troppi pranzi di lavoro, evidentemente. Fece scivolare il cellulare nella tasca del completo e fissò Kat di rimando.

"Chi è lei? E come diavolo è entrata qui?" Le sorrideva, ma gli occhi freddi tradivano le sue vere intenzioni. Un uomo e una donna, anche loro sui trent'anni, entrarono alle sue spalle. La donna era palesemente incinta.

Anche se Kat aveva tutto l'aspetto di una senzatetto, nessuno aveva il diritto di parlarle in quel modo.

"Dovrei chiederle la stessa cosa. Sono Katerina Carter, la nipote di Harry Denton." Harry non poteva aver preso quella decisione. Non l'aveva perso di vista fino a quando Hillary non l'aveva portato via da Hideaway Bay, ed era successo solo la mattina precedente.

Hillary.

Che cosa aveva combinato?

E perché Kat stava dando spiegazioni a degli estranei? Non aveva nulla di cui giustificarsi.

"Denton? Oh certo. Non ha niente di meglio da fare? Sono qui per mostrare la casa a potenziali acquirenti." L'uomo aveva le pupille dilatate e Kat riusciva quasi a vedere il simbolo del dollaro riflesso all'interno, come nei cartoni animati.

"Lei è un agente immobiliare?" Kat incrociò le braccia sul petto e gli bloccò la strada. "La casa di Harry non è in vendita."

"Sì che è in vendita. Hillary mi aveva assicurato che sarebbe stata vuota. Adesso, se vuole scusarci..."

La donna tirò su col naso e si appoggiò alla parete, mentre caracollava accanto a Kat.

"Hillary non è la proprietaria di questa casa." Kat non si mosse di un millimetro. "L'immobile appartiene al signor Harry Denton. A meno che non abbiate il suo permesso, vi suggerisco di andarvene. Altrimenti dovrò chiamare la polizia."

"Si chiama Katerina, vero?" L'agente immobiliare non aspettò la conferma di Kat. "Lei è male informata. Hillary – la legittima proprietaria – ha messo in vendita la casa. E queste brave persone..." fece un gesto verso la coppia, che stava già discutendo di come sventrare la cucina. "Queste brave persone vorrebbero dare un'occhiata in santa pace." Estrasse di nuovo il cellulare dalla tasca. "Non voglio problemi, perciò la prego di andarsene senza fare storie."

Tutte le energie rimaste a Kat evaporarono in un istante. Si sforzò di protestare, ma si sentiva vuota. Hillary era riuscita a farsi intestare la casa? Ecco perché tutte le cose di Harry erano state buttate via. Avrebbe potuto chiedere spiegazioni, ma l'agente immobiliare non le avrebbe detto una parola. E comunque, lei aveva troppa paura di conoscere i dettagli.

Decise di andarsene. Anche se quella era la casa di Harry, non era il momento adatto per mettersi a litigare. Avrebbe affrontato Hillary, ma in quel momento aveva cose più pressanti di cui occuparsi. Non aveva ancora trovato Jace. E doveva parlare con Zachary, per costringerlo a rivelarle la verità.

CAPITOLO 41

Kat svoltò l'angolo della strada e tirò un sospiro di sollievo quando vide comparire casa sua. La vecchia villa vittoriana era strizzata tra un bungalow degli anni Quaranta e una casetta di inizio secolo. Anche da mezzo isolato di distanza, era evidente che Jace non fosse a casa. Il suo pick-up era ancora parcheggiato nel punto in cui l'aveva lasciato quando erano partiti per Hideaway Bay. Un sottile strato di neve mezza sciolta era scivolato a coprire parzialmente il parabrezza. L'assenza di tracce di pneumatici sulla neve indicava che nemmeno la Subaru era stata spostata di recente. Dalla loro partenza, non era passato nessuno.

Kat si trascinò su per i gradini fino alla porta principale, mentre il peso dei suoi problemi le faceva bruciare lo stomaco. La casa di Harry, la scomparsa di Jace e il caso Edgewater la stavano sfinendo. Quella faccenda assumeva un tono sempre più sinistro.

Jace aveva ragione riguardo al World Institute. Perché aveva liquidato le sue idee come se fossero le fantasie di un cospirazionista? Se gli avesse dato ascolto, forse le cose sarebbero andate diversamente.

Più di ogni altra cosa, Kat rimpiangeva di essere andata a Hideaway Bay. Anche Landers, ovviamente, era coinvolto in qualcosa di losco. Se solo non fosse stata così ansiosa di parlargli.

Kat girò la chiave nella serratura e abbassò la maniglia. Era pronta a trovarsi davanti il risultato di un'altra effrazione, e invece la porta d'ingresso urtò contro una pila di posta e volantini pubblicitari. Nessuno entrava in quella casa da giorni. Kat si abbassò per raccogliere la posta dal pavimento in abete e poi rimase immobile, improvvisamente cosciente del ticchettare dell'orologio in cucina. Non aveva mai notato quella quiete spettrale, prima di allora.

Il silenziò non fece altro che ricordarle l'assenza di Jace. Poteva essere ferito, o anche qualcosa di peggio. E se non l'avesse più rivisto? Il pensiero la travolse come una secchiata d'acqua fredda.

In ogni angolo della casa c'era qualcosa che le ricordava Jace, specialmente gli intagli nel legno e la *boiserie*, che aveva trascorso ore a restaurare e ora portava le cicatrici dell'incendio. Del tappeto, divorato dalle fiamme, non restavano che alcuni filamenti sparpagliati sulle assi del pavimento, ormai rovinate dall'acqua usata per estinguere le fiamme.

Kat deglutì, ma non servì a farla stare meglio. Aveva un groppo in gola. Stava pensando all'ultima discussione che aveva avuto con Jace.

Lasciò cadere la posta su un tavolino d'acero e si diresse verso la cucina. Preoccuparsi non l'avrebbe aiutata. Doveva *fare* qualcosa. Ma cosa? Fino a quel momento, le forze dell'ordine non erano state di nessun aiuto.

La cucina risultò in ordine. Nessuno era passato da quelle parti. Nel lavandino c'erano gli stessi piatti sporchi e il giornale era ancora aperto alla pagina su cui Jace l'aveva lasciato. Il *Sentinel*. Quei fogli stampati, che prima avevano suscitato in lei soltanto indifferenza, ora le procuravano una gran rabbia.

Il suo senso di urgenza tornò a farsi sentire quando ripensò al furto del computer. Se Nathan e Victoria non avevano ancora controllato il suo contenuto, l'avrebbero fatto presto. Doveva cambiare le password del database e recuperare i dati dalla memoria remota prima che Nathan o Victoria la battessero sul tempo. Senza dubbio avrebbero distrutto ogni cosa.

Kat corse su per le scale fino allo studio e accese il computer sulla scrivania. Mentre aspettava che si avviasse, telefonò a Marcus, il portiere del palazzo in cui si trovava il suo ufficio, e lasciò un messaggio a proposito della serratura forzata.

Finalmente il computer si avviò e Kat si collegò al database. Trasse un sospiro di sollievo e cambiò rapidamente la password. Quindi cliccò sui file della Edgewater. L'ultimo accesso risultava effettuato la sera precedente, prima che lei andasse a dormire. I suoi file erano al sicuro e inalterati, almeno per il momento. Selezionò tutti i file del database e li copiò sul computer di casa, poi ne fece una seconda copia su un hard disk esterno.

Mentre aspettava che il sistema completasse l'operazione, si rese conto che le serviva un computer da utilizzare in ufficio, visto che il suo portatile e quello di Harry erano rimasti in albergo. Afferrò il portatile di Jace dalla scrivania, insieme all'hard disk esterno, e infilò tutto nella borsa. Ora poteva portare a termine il rapporto sulla Edgewater. Controllò l'orologio. Ancora quaranta minuti, prima del loro appuntamento.

~

Mezz'ora più tardi, Kat era di nuovo in ufficio. La serratura della porta era ancora rotta, perciò lasciò un biglietto a Marcus, sperando che facesse il suo lavoro e la sistemasse. Non aveva nessuna voglia di parlare con lui faccia a faccia, in quel momento. Aprì il cassetto della sua scrivania e ci infilò le chiavi di Harry.

Fu in quel momento che ricordò cos'altro mancava. Harry teneva una chiave dietro al calendario della cucina. Quella chiave serviva ad aprire la cassetta di sicurezza che custodiva nel secondo cassetto della scrivania. Sia la chiave che la cassetta non erano più al loro posto. Harry era troppo parsimonioso per noleggiare una cassetta di sicurezza in banca, perciò preferiva tenere i documenti importanti nella sua personale cassaforte. La scatola conteneva il suo passaporto, il testamento e i documenti legali. Conteneva anche l'atto di proprietà della casa.

Quando aveva aiutato Harry a controllare i documenti della banca, Kat aveva notato che il cassetto era aperto, e la cassetta di sicurezza si trovava ancora al suo interno.

Sentì il suo stomaco fare una capriola.

Harry avrebbe potuto recuperare la scatola solo se qualcuno l'avesse accompagnato in ufficio. Significava che Hillary era stata lì insieme a lui?

Questo poteva spiegare i commenti dell'agente immobiliare – aveva detto che la casa apparteneva a Hillary, non a Harry. Kat si sentì travolgere da un intollerabile senso di minaccia. Doveva parlare con un avvocato. Doveva proteggere Harry.

Accese il portatile di Jace e, mentre aspettava, compose il numero di Harry. La chiamata fu deviata alla segreteria telefonica. O il cellulare era spento, oppure la batteria era scarica. Il disagio di Kat non fece che aumentare. Erano passate quasi ventiquattro ore da quando Harry e Hillary avevano lasciato l'albergo. Un tempo lunghissimo. Hillary non sarebbe mai riuscita a sopportare Harry per più di qualche ora. Dove potevano essere?

Kat collegò il suo hard disk al computer di Jace e cominciò a copiare i file della Edgewater. Fu allora che lo vide. Sepolto tra i file delle indagini, c'era un documento che non le apparteneva.

Il suo cuore mancò un battito quando vide la data di creazione del file. L'ultimo aggiornamento risaliva alla notte precedente, dopo mezzanotte. Era stato dopo che era andata a dormire, dopo che Jace si era spostato nella stanza accanto. Cliccò su "apri" e trattenne il respiro.

Era l'articolo sulla frode immobiliare, quello che era stato ritirato dal Sentinel prima che il giornale fosse mandato in stampa.

LA GLOBAL FINANCIAL *si macchia di truffa*

La nota holding "Global Financial" si è resa responsabile di una truffa immobiliare, impiegando valutazioni immobiliari fraudolente che sovrastimavano il valore di dozzine di proprietà nel centro di Vancouver. La holding acquistava le proprietà, che passavano poi di mano molte volte attraverso una sfilza di compratori fittizi aumentando ogni volta di valore. Poiché i compratori erano tutti in combutta, i prezzi risultavano artificialmente gonfiati.

Quando il valore della proprietà era alle stelle, gli accusati accendevano grosse ipoteche sulle proprietà stesse, e non adempivano ai pagamenti del prestito. L'estensione della frode è ancora da determinare, ma si stima che ammonti a più di quattrocento milioni di dollari.

Tutti i rappresentanti della Global Financial che abbiamo contattato si sono rifiutati di commentare l'accaduto. La compagnia è registrata all'indirizzo 422 Cedar Street, ma una complessa rete di compagnie collegate rende difficile risalire all'effettivo proprietario.

KAT per poco non cadde dalla sedia. 422 Cedar Street. Era già stata a quell'indirizzo, lo stesso a cui avrebbe dovuto trovarsi la società di revisione contabile utilizzata da Nathan Barron per controllare il bilancio della Edgewater, e a cui venivano inviati i pagamenti di Fredrick Svensson. Questo collegava la frode immobiliare alla Edgewater, che a sua volta era direttamente connessa al World Institute. Ecco perché la storia di Jace era stata respinta dal giornale.

Jace lo sapeva? A differenza di Kat, lui non era mai stato a quell'indirizzo. Non poteva sapere che corrispondeva a un capannone abbandonato.

Kat rabbrividì. La partecipazione al World Institute non era la sola cosa che Gordon Pinslett e Nathan Barron avevano in comune.

Era per questo che volevano sbarazzarsi di Jace. Ma nessuno sapeva che lui si trovava in quell'albergo. Nessuno, eccetto tre persone: Roger Landers, Hillary e Harry. Hillary era troppo concentrata su sé stessa per preoccuparsi di una cosa del genere e Harry non era neanche da prendere in considerazione.

Rimaneva Roger Landers. Nel giro di due giorni, Jace era emerso sulla scena come un nuovo rivale. Per anni, Landers era stato l'unico a volersi occupare del World Institute, e adesso la sua esclusiva era a rischio.

Conoscendo Jace, probabilmente aveva chiesto al collega giornalista un feedback sul suo articolo, e in questo modo poteva aver scoperto il collegamento con la Edgewater. Possibile che Landers avesse tradito Jace? In ogni caso, se Jace fosse stato al sicuro, avrebbe provato a mettersi in contatto con lei. Perché non lo aveva fatto?

Kat rabbrividì e si strinse nel suo maglione. Sembrava tutto così assurdo.

E poi c'era la questione di Fredrick Svensson, ex membro del World Institute, anch'egli legato allo stesso indirizzo. Qualcuno lo aveva messo a tacere. Avrebbero fatto lo stesso con Jace?

CAPITOLO 42

"*D*ove diavolo sei stata?" Zachary stava passeggiando avanti e indietro nell'ufficio di Kat, il volto arrossato per la rabbia. "Sono due giorni che cerco di mettermi in contatto con te. Mi dici che sono sul lastrico e poi smetti di rispondere alle mie chiamate. Hai idea di quello che ho passato?"

Zachary era stato privato di svariati miliardi di dollari, ma anche Kat aveva il suo inferno personale da affrontare. Avrebbe dato qualsiasi cosa per rivedere Jace. Ma era tutta colpa sua. Niente di tutto questo sarebbe successo, se non avesse chiesto il suo aiuto nel caso Edgewater.

"Mi dispiace, Zachary. Avrei voluto chiamarti, ma è stato impossibile." Kat gli raccontò tutto quello che aveva scoperto, a partire dalla Research Analytics fino alla relazione tra Nathan e Victoria.

"E non potevi alzare il telefono per chiamarmi?"

"Ci ho provato, ma..." Non gli importava che suo padre e la sua ex-moglie avessero una relazione?

"Mi hai lasciato allo scuro di tutto. Non so a che punto siano le indagini, e non ho la più pallida idea di cosa stia succedendo alla Edgewater. L'azienda potrebbe chiudere da un momento all'altro, e tu mi stai facendo perdere un mucchio di tempo."

"Forse non ti rendi conto, Zachary. Ho rischiato la vita per te.

Licenziami pure, se vuoi. Per me non ha più importanza." Kat iniziò a sudare freddo. Come aveva potuto aspettarsi che Zachary capisse? La Edgewater e il World Institute erano davvero troppo, anche per una professionista come Kat. Aveva tutto il diritto di essere arrabbiata con Zachary, e invece stava succedendo l'esatto contrario. Beh, se lui non fosse stato così ingenuo, non si sarebbe trovato in questo mare di guai.

"Dimmi solo che cosa devo fare, Katerina. E non provare mai più a tenermi fuori dai giochi."

Ma allora non l'aveva ascoltata? Non lo stava tenendo fuori dai giochi. Gli avrebbe telefonato quella mattina, se non l'avessero drogata e poi scaricata su una panchina senza soldi né telefono.

"Il problema è che sei completamente al verde. Devi bloccare tutti i pagamenti e i rimborsi. Quindi farai congelare i conti bancari della Edgewater, e anche il tuo conto personale."

"Quanto tempo ho?"

"Devi farlo immediatamente." Kat gli espose tutti gli inganni che Nathan aveva messo in atto fino a quel momento: i certificati falsi che rilasciava ai clienti, gli impossibili guadagni che prometteva agli investitori, il dirottamento dei fondi alla Research Analytics. Per finire, gli parlò del suo coinvolgimento con il misterioso World Institute.

"Non credo alle mie orecchie. Nathan è un vero criminale, ed è riuscito a farla franca per tutto questo tempo." Zachary si sporse in avanti e picchiò il pugno sulla scrivania. "Perché i revisori dei conti non se ne sono accorti?"

"Te l'ho accennato l'ultima volta che ci siamo visti: quei revisori non esistono. La Beecham è una compagnia fasulla creata da Nathan, e la Research Analytics è solo una facciata per nascondere il World Institute. Nathan ha continuato a prelevare i fondi dai conti dei clienti e a incanalarli attraverso la Research Analytics. Nasconde i trasferimenti dei clienti falsificando i piani d'investimento. Non hai mai dato un'occhiata ai documenti amministrativi? Dovresti proprio farlo."

Zachary sospirò. "Il mio lavoro è già abbastanza impegnativo, non posso essere dappertutto. L'accordo era che io mi sarei concentrato sugli investimenti, mentre Nathan avrebbe gestito la compagnia dal punto di vista amministrativo. E per qualche tempo ha funzionato:

stavamo ottenendo dei profitti stellari, con il mio modello di trading brevettato."

Kat inspirò bruscamente. "C'è un'altra cosa che devi sapere – il tuo modello non è mai stato implementato nell'azienda. A dire il vero, non funziona per niente." Ora l'avrebbe licenziata sul serio.

"Di cosa stai parlando?"

"Ho utilizzato una programma informatico per simulare le operazioni di trading degli ultimi due anni. La media sul ritorno è molto diversa dal dodici per cento che dichiari per pubblicizzare l'azienda. È molto più bassa. Se avessi effettuato quegli investimenti, la Edgewater sarebbe comunque in perdita."

"È ridicolo. Non può essere vero."

Kat passò a Zachary una cartella piena zeppa di documenti. Sapeva che non le avrebbe creduto, perciò aveva stampato tutti i risultati della sua analisi. "Negli ultimi due anni, avresti perso il cinque per cento. Ma nessuna delle tue operazioni è mai stata effettuata." Fece una pausa, aspettando la reazione di Zachary. "Nemmeno una. Nathan non le ha eseguite."

Zachary si alzò, infuriato. "É una follia. Avrei dovuto essere un idiota per non accorgermi di una cosa del genere. Come è potuto accadere sotto il mio naso?"

Le performance del fondo erano l'aspetto che sembrava preoccuparlo maggiormente, anche più di scoprire che suo padre e Victoria erano coinvolti in una relazione romantica. Kat non poteva credere che Zachary fosse del tutto ignaro della disonestà di suo padre, ma quello sguardo pieno di sorpresa sembrava genuino.

Gli porse uno spesso faldone pieno di estratti conto. "Controlla tu stesso. Le uniche transazioni sono i versamenti che i clienti hanno fatto per entrare nel fondo, e qualche raro rimborso quando qualcuno decideva di recuperare il denaro e ritirarsi dal gioco. Nient'altro. Non c'è traccia dell'acquisto o della vendita di dollari, yen, sterline o qualunque altra valuta."

Zachary aprì il faldone e cominciò a sfogliarlo, le spalle che si afflosciavano sempre più, mentre lui sprofondava in un cupo silenzio. Era devastato. "Non riesco a crederci."

"È una semplice truffa finanziaria: uno schema Ponzi. Non ci sono mai stati investimenti in valuta estera. A dire il vero, gli unici movimenti erano quelli con cui Nathan trasferiva il denaro a terzi. Ecco perché è sempre andato tutto liscio, mentre lui era in viaggio. Perché non c'erano operazioni reali da gestire."

Il volto di Zachary Barron si contrasse in una smorfia. "Uno schema Ponzi? È impossibile."

"Temo che sia tutto vero, invece." Quello che pareva impossibile era la totale inconsapevolezza di Zachary, riguardo alla frode che si era consumata sotto ai suoi occhi. "Nathan preleva il denaro dai conti dei clienti e lo gira alla Research Analytics. In effetti, lo sta facendo da anni."

Kat osservò Zachary, in attesa di una reazione, ma lui rimase in silenzio. "Finché ci fossero stati molti nuovi investitori, lo schema avrebbe funzionato. Nathan pagava gli investitori che volevano riscattare la loro quota con i soldi dei nuovi investitori. Ma lo schema poteva funzionare solo fino a quando fossero entrati più soldi di quanti ne uscivano. Con l'inizio della crisi economica, il meccanismo si è inceppato. Alcuni investitori hanno perso il lavoro, le loro aziende sono andate in fallimento, e si sono ritrovati coperti di debiti. Avevano bisogno di denaro e sono stati costretti a riscattare anche gli investimenti più redditizi. Inclusi quelli sul fondo Edgewater."

"Come ho potuto lasciarmi ingannare? Sono stato uno stupido." Zachary era in piedi davanti alla finestra, la schiena rivolta verso Kat.

"Non avevi motivo di mettere in dubbio quello che ti veniva detto. Nessuno lo fa, quando le cose vanno bene. Le dichiarazioni falsificate di Nathan davano ai clienti un ritorno del dodici per cento, e nessuno riscattava mai gli investimenti. Perché avrebbero dovuto? I ricavi erano superiori a ogni altro investimento. Prima della crisi finanziaria, non c'era nulla che potesse andare storto. Poi parecchi dei vostri investitori si sono trovati ad affrontare un problema di liquidità. E così la Edgewater è colata a picco."

"Non può essere così semplice. Forse ti è sfuggito qualcosa. Un conto in banca, qualche registro contabile. Voglio delle prove incontrovertibili."

Kat tirò fuori i certificati fasulli inviati agli investitori. "Qui ci sono i rendiconti che avete spedito ai clienti. Nathan sta portando avanti la frode da almeno dieci anni, prima ancora che tu entrassi nella società.

Nei primi tempi, quando quote investite erano superiori a quelle riscattate, funzionava a meraviglia." Kat deglutì. Stava parlando con il direttore del più grande fondo di investimento mondiale. E gli stava dicendo che il suo successo era frutto di una colossale menzogna.

"Non capisco. E tutte le mie transazioni? Le inserisco io stesso, sul terminale per il trading."

"È tutta una farsa, Zachary. Una frode elaborata e costosa. Quei terminali non sono collegati al mercato azionario. È un software sofisticato, che gira soltanto sulla rete interna della Edgewater. Devono aver assoldato un intero team di programmatori per realizzarlo. Bisognava coprire una frode da miliardi di dollari – non hanno badato a spese."

Il software di trading aveva attirato l'attenzione di Kat fin dal primo momento. Aveva fatto qualche ricerca, ma non era riuscita a rintracciarne il fornitore, sebbene si trattasse di un software estremamente complesso e personalizzato. Quella era stata un'ulteriore conferma dei suoi sospetti.

"Mi stai dicendo che è una specie di gioco delle tre carte? Io pensavo che il denaro venisse spostato, ma in realtà non succedeva niente?" Zachary sbatté il rapporto sulla scrivania di Kat e andò a grandi passi fino alla porta, ma non uscì dall'ufficio. Invece, si voltò di nuovo a guardare Kat. "Non so più a cosa credere. O tu sei completamente incompetente, o io sono l'idiota peggiore del mondo."

"Mi dispiace, Zachary. Ho ricontrollato ogni documento almeno una dozzina di volte. Vorrei tanto sbagliarmi." Con una smorfia di rammarico, Kat porse a Zachary i documenti sulla Research Analytics. "Per prima cosa, i soldi vanno alla Research Analytics. Poi vengono trasferiti al World Institute."

"E quindi la Edgewater, oltre ad essere una gigantesca montatura, farebbe parte di una cospirazione per il controllo dell'economia globale?" Zachary strinse le labbra come se stesse cercando di trattenere un'esplosione.

"Sembrerebbe così. Nathan ha sviluppato un piano perfetto. I guadagni stellari rendono felici gli investitori e gli investitori felici non fanno domande. Fino a quando fosse continuato a entrare nuovo denaro, Nathan sarebbe andato avanti coi suoi trucchetti."

Zachary tornò a sedersi sulla sedia di fronte a Kat. Rimase in silenzio, a fissare il vuoto davanti a sé. Sulla sua fronte si formarono delle gocce di sudore.

"C'è un risvolto positivo," disse Kat. "La sentenza del tuo divorzio è fondata su un errore di valutazione. Il giudice ha preso in considerazione un patrimonio che, in questo momento, risulta inesistente. Potremmo ottenere l'annullamento."

Zachary estrasse un fazzoletto dalla tasca e si asciugò la fronte. "Ce ne preoccuperemo più tardi. Dov'è finito il denaro della Edgewater? C'è qualche possibilità di recuperarlo?"

"I soldi si trovano alle Cayman e non si muoveranno di lì, almeno fino a quando resteranno nelle casse del World Institute. Se siano recuperabili è un altro paio di maniche. Le leggi delle Cayman sulla segretezza delle banche rendono difficile perfino rintracciarli."

"Perché il World Institute ha voluto Nathan come membro?" Zachary si alzò e tornò alla finestra. "Non ha senso. È un uomo irrilevante."

"Guarda quanti soldi porta all'organizzazione," disse Kat. "È in contatto con le persone più potenti del mondo."

Zachary sbuffò in segno di scherno. "Nathan non è al loro livello. Si è arricchito solo grazie a me. E nessuno potrà mai dimostrare il contrario."

Davvero non riusciva a capirlo? Kat afferrò una pila di fogli stampati e li porse a Zachary. Un riassunto delle sue scoperte, che sfortunatamente non includeva i documenti prelevati dalla stanza di Nathan. "Avevo raccolto delle prove schiaccianti, ma sono rimaste a Hideaway Bay." Kat descrisse quello che aveva letto nel programma del World Institute e nei verbali degli anni precedenti. "Siamo stati aggrediti. E Jace è scomparso," gli ricordò.

Zachary non disse nulla, mentre sfogliava le pagine del resoconto. Sembrava sinceramente sorpreso. Dieci minuti più tardi, finalmente, parlò.

"Hai seguito Nathan fino a quell'albergo?" Aveva gli occhi sbarrati.

"Non esattamente. Ho seguito i soldi. La traccia dei loro spostamenti mi ha condotta fino al World Institute. Visto che la conferenza era nelle vicinanze, è stato naturale che pensassi di partecipare."

"Certo, naturale." Zachary sollevò le sopracciglia. "Hai deciso di infiltrarti a rischio della tua stessa vita. Devo ammettere che hai fegato. Che cosa succederà adesso?"

"Ci servono i documenti di Nathan. Il programma del World Institute, i verbali e il bilancio annuale. Confrontando i dati con le operazioni bancarie della Edgewater, potremo ricondurre tutto a Nathan e provare la sua frode. Ma c'è dell'altro: dovremo dimostrare che tu non sei coinvolto. Senza la documentazione sufficiente, anche tu rischieresti di finire sotto indagine." Kat non spiegò a Zachary come aveva ottenuto quei documenti. Intrufolarsi nella stanza di Nathan non era stata una mossa di cui andare fieri.

"Non so nemmeno da dove cominciare." Zachary appoggiò i gomiti alla scrivania e si prese la testa tra le mani.

"Non preoccuparti. Ci penserò io." E come avrebbe fatto? Poteva forse sperare che Jace fosse riuscito a scappare dall'albergo con i documenti in tasca? In quel momento, provava compassione per Zachary. L'equilibrio del suo mondo aveva cominciato a vacillare, e la sua autostima era andata in pezzi. Kat vedeva la sconfitta nei suoi occhi. "Ma tu dovrai aiutarmi. Jace è scomparso e credo che Nathan sia coinvolto in qualche modo." Kat esitò. Poteva fidarsi di Zachary? D'altra parte, non le rimanevano molte opzioni tra cui scegliere. "Sospetto anche che Nathan sia legato all'assassinio di Frederick Svensson."

Zachary annuì. "Io non andrei in giro a raccontare certe cose. Mio padre sarebbe disposto a fare di tutto, pur di metterti a tacere. Potresti farti male."

Il mondo in cui si muoveva Nathan era così spietato che bastava una divergenza d'opinioni per arrivare all'omicidio. La morte di Svensson sembrava dare credito a quella teoria.

Kat spostò il mouse e cliccò su un filmato, voltando lo schermo in modo che fosse rivolto verso Zachary. Nel video, Svensson stava discutendo le implicazioni di una nuova riforma monetaria. Stava parlando a un summit economico europeo, appena qualche giorno prima di lasciare la Svezia per il Canada. Era il suo ultimo discorso pubblico, dieci giorni prima di trovare la morte a Hideaway Bay.

Zachary fece un gesto con la mano, come per allontanare le immagini. "Conosco Svensson. Hai letto quell'articolo dell'*Herald*? Aveva lasciato un biglietto in cui sconfessava la sua teoria sulla moneta unica globale. Aveva cambiato idea. Finalmente era tornato in sé."

Kat si strinse nelle spalle. "Strano, visto che si trattava del lavoro di una vita." Kat voltò di nuovo lo schermo verso di sé. Per qualche istante, rimase senza fiato nel vedere la figura minuta che si trovava alle spalle di Svensson. Kat aveva già guardato quel filmato, almeno una mezza dozzina di volte, e aveva notato che c'era un gruppo di persone attorno a lui. Fino a quel momento, però, non li aveva mai osservati con attenzione. Eppure quella donna aveva un aspetto familiare. Kat ingrandì l'immagine finché la donna e Svensson non riempirono lo schermo.

Quindi bloccò il filmato. Svensson sembrava incerto e si voltava continuamente verso la donna, come a cercare una rassicurazione. Lei stava annuendo. Era uno scambio così intimo, che Kat li identificò immediatamente come amanti. Un fatto inequivocabile – proprio come l'identità della donna. Accidenti, quasi non riusciva a crederci. L'aveva riconosciuta. Senza quel video, non avrebbe mai sospettato di lei.

CAPITOLO 43

Kat **non si aspettava** di rivedere Connor Whitehall così presto. Eppure, quel lunedì pomeriggio, si trovava nel suo ufficio. Lo aveva raggiunto di corsa, appena Zachary se n'era andato. Per lo meno, stavolta non avrebbe dovuto affrontarlo in un'aula di tribunale.

Era a corto di opzioni e a corto di tempo. A parte il fatto che fosse l'unico avvocato disposto a incontrarla senza un appuntamento, Connor Whitehall era specializzato nell'assistenza legale alle persone anziane. Kat sedeva davanti a lui, osservando ciò che la circondava, mentre aspettava che l'avvocato terminasse la sua telefonata. Le pareti dell'ufficio erano dipinte di un rilassante verde pallido, con una serie di fotografie appese ai muri, una serie di paesaggi incorniciati e allineati con cura. Diversi libri di fotografia erano appoggiati su un angolo della scrivania. Kat non si era mai fermata a pensare che il suo avversario potesse avere degli interessi al di fuori del tribunale, e non avrebbe mai creduto che nascondesse perfino un talento artistico.

"Mi dispiace per l'attesa." Connor mise giù il telefono e le sorrise. "È venuta a chiedermi consiglio per suo zio? Mi ricordo bene di lui, per via di quello spiacevole incidente in tribunale. Problemi di memoria?"

Kat annuì. L'avvocato era completamente diverso da come le era sembrato in aula. Una persona migliore. Kat si chinò per recuperare i rendiconti finanziari di Harry dalla valigetta. "Soffre di Alzheimer. Negli ultimi mesi, è peggiorato molto. Lo sto aiutando il più possibile – devo assicurarmi che non dimentichi di mangiare, tengo sotto controllo il suo patrimonio e tutti i suoi documenti. Da qualche tempo ho scoperto che non stava più pagando le bollette. È rimasto praticamente al verde, e sta per perdere la casa. Ma le circostanze sono molto sospette."

Kat raccontò del suo incontro con l'agente immobiliare, del prestito in banca, delle improbabili spese accreditate sulla carta di Harry. E dei suoi sospetti su Hillary.

"Può dimostrare che questa donna abbia effettivamente ricevuto del denaro da Harry?" Connor la osservò al di sopra degli occhiali, le sopracciglia sollevate.

"Sì." Kat sapeva che Hillary era una parassita, ma non aveva sospettato che stesse perpetrando una vera e propria frode. Almeno fino a quando Jace non le aveva sbattuto la verità in faccia. Porse a Connor le fotocopie degli estratti conto di Harry, sottolineando i numerosi trasferimenti, tutti apparentemente diretti verso il conto di Hillary.

"Ho chiamato la banca a cui sono stati trasferiti i soldi, fingendo di essere lei. In sostanza, hanno confermato quello che già sapevo. Ho chiesto di controllare un trasferimento mancante. La banca di Harry aveva bloccato il bonifico perché i fondi sul conto di mio zio non erano sufficienti. Come se non bastasse, Hillary è ricomparsa dal nulla e ha cominciato a comportarsi in maniera stranamente protettiva. E questo è accaduto nello stesso giorno in cui il bonifico è stato rifiutato. Non le pare strano?"

Whitehall aggrottò le sopracciglia, mentre faceva scorrere lo sguardo sull'estratto conto di Harry. "Suo zio può fare quello che vuole coi suoi soldi. Può regalarli a chiunque, se lo ritiene opportuno. Questi trasferimenti stanno ancora avvenendo?"

"No, sul conto di Harry non ci sono stati altri movimenti, e non ci saranno per un bel pezzo. Ma soltanto perché è completamente al verde." Gli spiegò dello scoperto di Harry, e del grosso prestito che aveva stipulato. "A meno che la banca non decida di prestargli altro denaro." Kat rabbrividì al solo pensiero. Harry si sarebbe ritrovato nei debiti fino al collo.

"Se suo zio era d'accordo, non c'è niente di illegale."

"Mio zio non è più capace di prendere certe decisioni. Bisogna fermare quella donna, avvocato." Kat gli raccontò delle carte di credito che aveva fatto bloccare. Migliaia di dollari erano stati spesi in abiti firmati e viaggi di lusso. Rabbrividiva al pensiero dei debiti che Hillary stava continuando ad accumulare. Era completamente fuori controllo. "Il tribunale non può aiutarlo? Lei non può fare niente?"

"Tutto dipende da Harry. Abbiamo bisogno di una sua dichiarazione, in cui venga affermato esplicitamente che non ha autorizzato quei trasferimenti. Senza quella dichiarazione, dobbiamo presumere che fosse d'accordo."

"Harry non è più in sé. In caso contrario, non avrebbe mai permesso che succedesse una cosa del genere. Hillary si è sempre approfittata di lui. Quando i suoi genitori le tagliarono i fondi, lei decise di andarsene. Harry fu disposto a rinunciare a sua figlia, pur di salvare il suo patrimonio. Non si sarebbe mai indebitato fino a questo punto!" Kat alzò gli occhi al cielo. "Cinquant'anni di risparmi, completamente azzerati nel giro di pochi mesi. Harry ha un disperato bisogno di aiuto."

"La mancanza di giudizio non è sufficiente, per affidare il suo patrimonio a un tutore. Dovrà dimostrare che non è capace di intendere e di volere. È un passo molto serio, signorina Carter. Ci sono differenti gradi di Alzheimer. Fino a quando non sarà dimostrato il contrario, suo zio verrà considerato libero di fare ciò che vuole."

"Ma qui non si tratta di una semplice mancanza di giudizio. Dimentica le cose da un minuto all'altro, non possiamo più nemmeno lasciarlo da solo." Gli riferì dell'incendio in cucina, delle allucinazioni e dei momenti in cui perdeva il contatto con la realtà. "Qualcuno deve farsi avanti e aiutarlo. Non riesce nemmeno a fare le cose più elementari. E non ha mai concesso a nessuno di prendersi cura dei suoi interessi."

"La questione è più complessa di quanto crede. Non ci sono gli estremi legali per agire, a meno che Harry non venga dimostrato incapace di gestire i propri affari. E non sembra che siamo già a quel punto. Ha parlato con lui della situazione?"

"Ci ho provato, ma è impossibile. All'inizio negava il problema, ma quando gli ho mostrato gli estratti conto si è reso conto di ciò che aveva fatto. Ne è rimasto sconvolto, ma solo per qualche minuto. Io gli parlo e lui dimentica la conversazione. Così siamo di nuovo al punto di partenza. Nel frattempo, sta perdendo tutti i suoi averi. Il suo conto in banca è stato svuotato e anche la sua linea di credito ha superato il limite."

"La banca dovrebbe congelargli il conto."

"Ho chiesto che lo facessero, ma non mi ascoltano. Dicono che l'ordine deve arrivare da Harry, ma lui non è in grado di gestire la situazione. È un circolo vizioso."

Pensare a tutti i debiti che si stavano accumulando le faceva venire i brividi. "È la sua unica figlia. Come può derubarlo?"

Connor sospirò. "Succede anche nelle migliori famiglie. Con il mio lavoro, ho sentito di cose ben peggiori."

Kat indicò l'estratto conto della carta Visa. "Ha risparmiato per tutta una vita. Pesa che sarebbe felice di sapere che tutti i suoi soldi vengono sperperati in gioielli, viaggi a Las Vegas e auto sportive? Guardi questa voce: una riparazione in un concessionario Porsche. Harry non ha mai avuto una Porsche. Ma Hillary sì. Mentre suo padre sta per perdere la casa." Kat controllò l'orologio. "Sempre che non l'abbia già persa. Dovremmo denunciarla per abuso finanziario."

"È triste rendersi conto di quanto spesso accada." Whitehall la guardò al di sopra degli occhiali. "Dovrebbe parlare con suo zio e discutere delle sue condizioni mentali, prima di intraprendere azioni legali."

"Per dirgli cosa? Che potrebbero dichiararlo incapace di intendere e di volere? Questo lo ucciderebbe." Kat si alzò e guardò fuori dalla grossa finestra che andava dal pavimento al soffitto. Incorniciava una vista spettacolare. Il Lions Gate Bridge si stagliava contro la cupa sagoma delle North Shore Mountains, incappucciate di neve.

"Harry merita di sapere. Stiamo solo cercando di aiutarlo."

"Ma è troppo orgoglioso della sua indipendenza. Ne sarebbe umiliato."

"Forse. Ma l'alternativa è anche peggio."

Whitehall aveva ragione. Ma la prima reazione di Harry, alla recente diagnosi di Alzheimer, era stata quella di fuggire dallo studio medico e quasi morire congelato in un parcheggio sotterraneo. Non poteva rischiare che accadesse ancora.

"Dev'essere valutato da un equipe medica che abbia familiarità con i pazienti geriatrici. Lo sottoporranno a un colloquio e faranno una serie di test. Se si convinceranno che non sia capace di badare a sé stesso, potrà essere dichiarato non responsabile delle sue azioni. Questo lo proteggerà. La banca non potrà prestargli altri soldi, e Hillary non potrà più appropriarsene. Gli sarà impedito di prendere decisioni finanziarie in autonomia."

Kat si sfregò la fronte. Aveva un mal di testa da manuale. "Ci vorrà molto tempo? Hillary sta cercando di vendere la sua casa, e potrebbe riuscirci da un momento all'altro." Fino a un attimo prima, Kat aveva trovato rassicurante l'atteggiamento calmo e rilassato di Whitehall, ma la sua pacatezza cominciava a darle sui nervi. "Non possiamo avvertire la polizia?"

"Non è così semplice."

"Dice sul serio? Eppure mi sembra terribilmente semplice. Hillary si sta approfittando di lui."

"Non possiamo violare la libertà di Harry, signorina Carter. Suo zio ha il diritto di gestire il proprio patrimonio fino a quando sarà capace di intendere. Bisogna agire con estrema cautela."

"Una persona razionale non butterebbe via tutti i suoi soldi."

"Forse, ma nel nostro Paese una valutazione legale deve essere fondata sull'opinione medica di almeno due dottori. L'opinione del suo medico di famiglia non è sufficiente."

"Il suo medico di famiglia lo ha scaricato. Dove troveremo due dottori disposti a esaminarlo con un preavviso così breve? Non so nemmeno da che parte cominciare."

"Conosco qualcuno." Whitehall le diede una leggera pacca sul dorso della mano. "Farò qualche telefonata."

Kat stava per vomitare. "E per quanto riguarda il denaro rubato? Hillary non sarà perseguibile? Non dovrà restituire quei soldi?"

"Probabilmente no, visto che l'incapacità di Harry non può essere dimostrata, al momento di quelle transazioni."

"Quindi la farà franca, come se niente fosse?" Kat sbuffò spazientita. "È più facile che rubare a una banca."

Whitehall sospirò. "La legge può sembrare ingiusta, ma le capacità di Harry devono essere obiettive e verificabili. Non si può tornare indietro e sistemare le ingiustizie del passato. Temo che l'abuso finanziario sia un crimine molto comune."

"Credevo che le leggi fossero state fatte per proteggere le persone più vulnerabili."

"Se la valutazione medica metterà in luce una disabilità mentale, faremo appello al tribunale perché sia dichiarato legalmente incapace. Lo proteggerà per il futuro. Per quanto riguarda il passato, non c'è niente che possiamo fare. Potremmo risolvere il tutto in meno di tre settimane."

"Tre settimane? A quel punto non gli sarà rimasto più niente."

Whitehall la osservò con un'espressione compassionevole dipinta sul volto. "Farò più in fretta possibile. Quando sarà disponibile Harry, per le visite mediche?"

"Non ne ho la più pallida idea. In questo momento, non saprei nemmeno dove trovarlo."

CAPITOLO 44

*L*a pioggia si trasformò in grandine, fuori dalla finestra. Tamburellava in crescendo contro il vetro della cucina, mentre Kat mescolava la pasta che stava bollendo in una pentola. Il ritmico scoppiettio della grandine sulla finestra si fece più forte, fino a esplodere in una cacofonia di rumori che sovrastò tutto tranne i suoi pensieri. Era grata di essere riuscita ad arrivare a casa prima che la tempesta iniziasse.

Nuvole basse incombevano nel cielo del tardo pomeriggio. Kat rabbrividì, domandandosi se Jace avesse trovato un riparo. Non l'avrebbe mai abbandonata così. Non di sua volontà. E perché la polizia non aveva ancora chiamato? Il nodo nel suo stomaco si fece ancora più stretto. Era ferito? O peggio, era andato incontro a una fine simile a quella di Svensson? Non voleva nemmeno prendere in considerazione quella possibilità, eppure non riusciva a pensare ad altro.

Un colpo assordante interruppe i suoi pensieri. Kat sussultò. Probabilmente si trattava dei rami degli alberi, sbattuti dal forte vento. Spense il fuoco girando la manopola del fornello e rovesciò il contenuto della pentola nello scolapasta, per poi lasciarlo nel lavandino.

I colpi risuonarono di nuovo. Questa volta si rese conto che era la porta d'ingresso. Il cuore le batteva a mille. Si voltò e cominciò a correre verso la porta. Poteva essere Jace, o più probabilmente Hillary, finalmente pronta a sbarazzarsi di Harry. Aprì la porta.

Connor Whitehall era in piedi sulla soglia, gocce d'acqua che scorrevano in rivoli sul suo impermeabile marchiato London Fog. Aveva i capelli umidi, anche se il portico della casa distava solo pochi passi dal marciapiede a cui aveva accostato la sua Volvo.

Kat lo invitò a entrare e appese il suo impermeabile nel guardaroba all'ingresso, fortunosamente scampato all'incendio. Gli fece cenno di seguirla in cucina. "Stavo preparando la cena. Vuole favorire?"

Connor diede un'occhiata alla *boiserie* e alla ringhiera delle scale, entrambi carbonizzati.

"Mi dispiace, vado molto di fretta. Ma c'è una cosa che deve assolutamente sapere." Connor guardò in basso, verso le sue scarpe. "Ho fatto qualche ricerca sulla casa di Harry."

"E cosa ha scoperto?" Kat sentì il sangue defluirle dal viso. Era già pesantemente ipotecata, ed era tutto ciò che restava allo zio Harry. "È già stata venduta? Hillary ha trovato un compratore?"

"Non esattamente. Ma ho scoperto che Hillary figura sull'atto di proprietà. Harry le ha trasferito la casa." L'avvocato rimase in silenzio, ad osservare Kat. "In sostanza, la casa è già venduta. A Hillary. Harry non è più il proprietario."

"Ma è impossibile! Come diavolo ha fatto?" Non si sarebbe mai aspettata una frode tanto sfacciata, nemmeno da sua cugina. D'altro canto, questo dettaglio spiegava molte cose: la recente comparsa di Hillary nell'ufficio di Kat, la cassetta di sicurezza sparita insieme all'atto di proprietà della casa e la chiave mancante dietro al calendario di Harry. Hillary era una manipolatrice, certo, ma Kat non avrebbe mai immaginato che si sarebbe spinta fino a quel punto.

Connor appoggiò la valigetta sul tavolo della cucina ed estrasse una busta. Tirò fuori un fascicolo e glielo porse. "Ecco. Dia un'occhiata lei stessa."

Kat controllò la firma di Harry, con la sua *y* piena di cerchi e il taglio netto sulla *t*. Era la sua calligrafia, d'accordo. Ed era datato due giorni prima.

Non potevano farci più niente.

"Harry non avrebbe mai acconsentito. Probabilmente non ha nemmeno capito che cosa stava firmando. Crede che sia legale?"

"Beh, temo che lo sia. Se non possiamo dimostrare che ci sia stata coercizione, quell'atto è perfettamente legale."

"Aspetti un momento." Kat sollevò il foglio per guardare la firma in controluce. Benché fosse certamente la calligrafia di Harry, corrispondeva più al modo in cui avrebbe firmato un paio d'anni prima. Era la stessa firma che compariva sui suoi documenti e sulla carta d'identità, ma non assomigliava alla calligrafia tremolante che si era manifestata di recente. Negli ultimi tempi, Kat era appena in grado di decifrare la sua scrittura. Lo stesso valeva per gli incomprensibili scarabocchi che aveva fatto nel suo registro dei conti personali, praticamente illeggibili. Anche il prestito per i lavori di restauro mostrava lo stesso tratto tremolante. "È troppo perfetta. Dev'essere contraffatta."

"Una firma contraffatta? Ne è sicura?"

"La mano di Harry trema visibilmente, ogni volta che cerca di scrivere. Ma questa firma è fluida e tondeggiante, come un paio d'anni fa." Hillary era caduta ancora più in basso.

"È sicura che Harry non fosse d'accordo? Aggiungere i figli nell'atto di proprietà della casa è il modo più semplice per evitare le spese di successione. Le ha mai parlato di una simile intenzione?"

"No. Non l'avrebbe mai fatto." Specialmente per Hillary. Anche se amava sua figlia, Harry conosceva il suo lato oscuro ed egoista.

"Sono davvero desolato. Avrei voluto portarle notizie migliori." Connor Whitehall controllò l'orologio. "Forse è meglio che vada."

Kat lo seguì fino all'ingresso e gli porse l'impermeabile. "Deve fermarla. La prego."

"Prima dobbiamo rintracciare Harry. Non possiamo aiutarlo, finché non l'avremo fatto valutare dalla commissione medica." Si voltò e scese i gradini davanti alla casa per raggiungere la sua auto.

Era buio pesto. La Volvo si scostò dal marciapiede. Le luci dei freni si riflettevano sull'asfalto bagnato creando delle lunghe strisce rosse. Il vento continuava a far ondeggiare i rami degli alberi, avanti e indietro davanti al lampione. La luce appariva solo a intermittenza, come un segnale in codice Morse. Kat rabbrividì e chiuse la porta. Era già troppo tardi per salvare le finanze dello zio Harry. L'unico aspetto positivo dell'Alzheimer era l'oblio. Non potevi renderti conto di quanto fossi davvero incasinato. In fin dei conti, non ti importava nemmeno.

CAPITOLO 45

Kat arrivò in ufficio poco prima delle sei. Era martedì mattina, e l'edificio era buio e tranquillo in maniera inquietante. Salì le scale fino al suo ufficio e trafficò per aprire la porta, nella luce soffusa del pianerottolo. Marcus aveva riparato la serratura, anche se ci vollero diversi tentativi prima che la chiave girasse nella toppa.

Kat non era abituata ad alzarsi presto, ma dopo un sonno agitato in un letto troppo vuoto, non aveva sopportato di restare in casa un altro minuto. Riusciva a pensare soltanto all'assenza di Jace.

Il filmato della conferenza di Svensson continuava a tormentarla. La sua accompagnatrice assomigliava in modo impressionante ad Angelika, la donna di servizio che aveva conosciuto nell'albergo di Hideaway Bay. Kat era quasi sicura che si trattasse della stessa persona. Ma perché compariva in quel video, girato in Svezia? Era in qualche modo collegata alla morte di Svensson?

Kat chiuse la porta dietro di sé e ci si appoggiò contro. Dall'altra parte della stanza, le finestre incorniciavano il profilo delle montagne North Shore. Poche luci brillavano ancora sull'acqua, mentre il sole si alzava oltre l'orizzonte e il porto prendeva lentamente vita. Kat aveva un appuntamento con Zachary. Questa volta avrebbero stabilito una strategia per comunicare la frode agli investitori. Non appena terminato l'incontro, Kat aveva intenzione di tornare a Hideaway Bay.

Le sue telefonate alla stazione di polizia locale erano rimaste senza risposta, e non riusciva a capire perché. Il centralinista era stato sostituito da una semplice segreteria telefonica. Che razza di poliziotti erano? Jace era scomparso e lei meritava almeno che si degnassero di risponderle, anche solo per dirle che non c'erano stati sviluppi. Era inaccettabile. Se la polizia non avesse preso sul serio la faccenda, li avrebbe ritenuti responsabili. E, nel frattempo, avrebbe iniziato a cercare Jace da sola.

Prima di andarsene, però, doveva definire con più precisione l'area di ricerca.

Kat studiò la mappa appesa al muro. C'era qualcosa che le stava sfuggendo? La geografia di Hideaway Bay era estremamente semplice. L'unica via d'accesso era una strada, che partiva dal molo dei traghetti, tagliava attraverso la città e poi continuava fino all'incrocio che conduceva al Tides Resort. Uno spostamento via aria era quanto meno improbabile. Aveva sentito un elicottero atterrare durante la sua permanenza al resort. Se lo avessero utilizzato per andarsene durante la notte, Kat si sarebbe svegliata. Questo significava che Jace doveva essersi allontanato a piedi o in barca. La costa alta e rocciosa nei pressi dell'albergo significava che da quella parte non potevano esserci moli né ormeggi, e comunque niente che fosse accessibile di notte. Alcuni sentieri escursionistici passavano proprio di fronte all'albergo, incluso il Summit Trail, il percorso da cui Svensson era precipitato. Non era una camminata facile, specialmente in inverno, ma era possibile se si disponeva dell'attrezzatura adatta. E questa, di notte, includeva necessariamente una torcia. E se Jace avesse subito un destino simile a quello di Svensson?

C'era un altro possibile scenario, a cui la polizia non avrebbe dato alcun credito. Jace poteva essersi rifugiato nel cottage di Kurt, che si trovava nelle vicinanze. Kat dubitava che Jace si sarebbe messo in cammino senza l'attrezzatura adeguata per una scalata notturna. E non avrebbe mai lasciato l'albergo senza avvisarla. A meno che non avesse avuto altra scelta.

Non poteva escludere questa possibilità, a meno di non ispezionare personalmente il cottage di Kurt, visto che non esisteva una linea telefonica fissa che arrivasse fin lassù, e i cellulari non avevano la minima copertura.

Non avrebbe mai dovuto coinvolgere Landers. Possibile che il suo entusiasmo fosse stato solo uno stratagemma per incastrarli?

Kat infilzò una serie di puntine colorate su ogni sentiero che si dipanava dal resort. Più tardi sarebbe tornata in quella zona e avrebbe controllato i percorsi più probabili. Il cuore le sprofondò nel petto, mentre piantava l'ultima puntina. Poteva ancora sperare che Jace fosse vivo?

La luce del giorno inondò gradualmente l'ufficio. All'esterno i raggi del sole si riflettevano sul sottile strato di ghiaccio che ricopriva ogni cosa, tranne le acque del porto. Il rumore del traffico, delle macchine e delle voci iniziò a salire verso l'alto. La città si stava svegliando. Kat sentì un brivido lungo la schiena. Finalmente il riscaldamento dell'ufficio era partito, ma non riusciva a compensare gli spifferi gelati che entravano dall'antica finestra.

Una gru del porto sollevò un container Maersk da una nave cargo cinese e lo calò nella zona di scarico. I container venivano impilati in colonne da tre, pieni di dispositivi elettronici, mobili a basso costo e chissà cos'altro. Il traffico del porto non sembrava mai rallentare, alimentato dalle importazioni sfrenate e dalla insaziabile domanda dei consumatori.

La porta dell'ufficio si aprì con un suono graffiante.

"Zachary? Sono qui."

Ma non si trattava di Zachary. E allora chi altro? Hillary. I suoi tacchi a spillo ticchettarono contro il pavimento, fino a quando comparve sulla soglia dell'ufficio di Kat. Per quanto Kat preferisse evitare la sua compagnia, questa volta fu felice di vederla. La sua presenza alimentava le speranze di trovare lo zio Harry. Gli ingranaggi della giustizia stavano per mettersi in moto. E gli abusi di Hillary sarebbero stati fermati una volta per tutte.

"Ehi, cugina." Hillary indicò la mappa e scoppiò a ridere. "Sei tornata all'asilo? Ti diverti a giocare con le puntine da disegno?"

"Hillary, cosa ci fai qui? E dov'è Harry?" Kat si alzò e si incamminò verso di lei. Si piazzò davanti alla mappa, tendendo le braccia per impedire che Hillary staccasse le puntine.

"Non posso nemmeno passare a farti una visita di cortesia, senza che tu attacchi con le tue stupide domande?" Hillary sollevò il piede destro e poi il sinistro, per spolverare le suole delle scarpe di Gucci con il palmo della mano. Fece una smorfia di disgusto mentre si ripuliva i palmi uno contro l'altro. "Questo posto è pieno di polvere. Avete mai pensato di dare una pulita ai pavimenti?"

"Il portiere pulisce ogni sera." Doveva sbarazzarsi di Hillary il più rapidamente possibile, prima che Zachary arrivasse in ufficio e facesse la sua conoscenza. Il pensiero di sua cugina che incontrava uno dei suoi clienti le faceva venire i brividi. Era troppo manipolatrice e imprevedibile.

"Dov'è finito tuo padre, Hillary?" Non era ancora il momento di parlare della casa di Harry. Non ancora. Non poteva rischiare che Hillary se ne andasse senza dirle dove si trovava Harry.

Hillary ignorò la sua domanda. "Questo ufficio è sudicio. E l'arredamento sembra roba acquistata da un negozio dell'usato. Tutto questo disordine…" Raccolse le riviste che si trovavano sul tavolino e le buttò nel cestino della spazzatura. "E poi ti sorprendi che non ti prendano sul serio?"

"Il mio ufficio va benissimo così com'è. Dove hai portato lo zio Harry?" Hillary era arrivata da meno di un minuto e lo stomaco di Kat aveva già cominciato a protestare. Poi si ricordò che solo una di loro aveva fatto carriera, tanto da poter chiedere una parcella a sei cifre. E di sicuro non si trattava di Hillary. Per lo meno, Kat sapeva guadagnarsi da vivere onestamente. "Gli ho telefonato, ma non era in casa. E non risponde nemmeno al cellulare."

Avrebbe voluto farle un milione di altre domande. Ad esempio, fu tentata di chiederle dove diavolo fosse stata negli ultimi dieci anni. Ma non era quello il momento.

"Come faccio a sapere dove si trova papà? È un uomo libero. Non ha bisogno di qualcuno che lo segua costantemente. Probabilmente è andato a fare la spesa."

"Hillary, sai bene che tuo padre non è più in grado di andare al supermercato da solo." Hillary era davvero così irresponsabile, o c'era sotto qualcos'altro? Ogni volta che le concedeva il beneficio del dubbio, la cosa le si ritorceva contro. In ogni caso, Kat era certa che Hillary non fosse minimamente preoccupata per suo padre.

"E cosa ti fa credere che non sia a casa?" Hillary aggrottò la fronte e la sua espressione si incupì.

Kat le fece cenno di accomodarsi sulla poltrona di pelle. Affrontandola direttamente, non avrebbe cavato un ragno dal buco, perciò aveva deciso di cambiare strategia. "Siediti. Devi essere stanca."

"Ti aspetti che io mi sieda su quella schifezza infestata di pulci?" Hillary si lisciò i capelli, facendoci passare in mezzo le sue dita affusolate. "Non credo proprio."

"È assolutamente innocua. Ma se preferisci rimanere in piedi, fai come vuoi."

Hillary rimase immobile ad osservare Kat, valutando i vestiti, i capelli e il trucco. "Dovresti davvero pensare a rifarti il look," disse, con una smorfia di disapprovazione. "Da capo a piedi. Il tuo guardaroba è passato di moda almeno cinque anni fa. Come fai a uscire di casa conciata così? Seriamente, ti serve una rinfrescata."

Kat non rispose e si voltò verso la lavagna. Hillary non sopportava di essere ignorata.

"Che cosa stai facendo con quelle puntine?"

"Un mio esperimento." Kat guardò fuori dalla finestra. Nel giro di qualche minuto il sole era scomparso del tutto, coperto da una coltre di nuvole. Dei fiocchi di neve cominciarono a vorticare oltre il vetro dalla finestra. Il profilo delle montagne era appena visibile all'orizzonte. Dove diavolo era Zachary?

"Alla faccia dell'esperimento." Hillary estrasse dalla borsetta il gel igienizzante e se ne fece cadere una noce in mano. Si sfregò i palmi e fissò la mappa. "Quello è il posto in cui avevi portato mio padre, dopo averlo rapito."

"Hillary, dacci un taglio. Non ho mai rapito tuo padre. Lo sai bene anche tu."

"In ogni caso, lo hai costretto a seguirti in quell'albergo. Ehi, non è vicino al posto in cui era scomparso quel tizio del Nobel?"

"Frederick Svensson?" Kat era sconvolta che Hillary ne avesse sentito parlare.

"Sì, proprio lui. Piuttosto sexy per essere un vecchietto."

La scala con cui Hillary misurava il sex appeal degli uomini si basava sul valore del loro conto corrente, non sull'aspetto fisico. Svensson avrà avuto all'incirca settant'anni. "Comunque, ormai è morto," tagliò corto Kat.

"Hai ragione. È schiattato prima ancora di capire cosa stesse succedendo." Hillary rise alla sua stessa battuta.

Kat ne aveva abbastanza. Era sul punto di esplodere. "Piantala di dire sciocchezze, Hillary. Dove si trova?"

"Il tizio del Nobel? E come potrei saperlo?"

"Per l'amor del cielo, sto parlando di Harry!" Kat si massaggiò le tempie, sentendo il principio di un mal di testa in arrivo.

Dall'altro lato della baia, un secondo fronte temporalesco si stava addensando in direzione di Hideaway Bay. Kat rabbrividì, nonostante il pesante maglione di lana e la calzamaglia spessa. Doveva andarsene al più presto o rischiava di trovare le strade chiuse per la neve. Il pick-up di Jace era parcheggiato all'esterno, con una scorta di vestiti caldi, attrezzatura da escursione e tutto quello che poteva servirle.

"Non fare l'acida, Kat." Hillary estrasse una limetta dalla borsa e iniziò a lavorare sulle sue unghie. Quindi puntò la limetta contro Kat e strinse gli occhi. "E non ti agitare, per favore. Come faccio a sapere dov'è?"

"L'ultima volta in cui l'ho visto, era con te. Se non sai dove si trova, allora che fine ha fatto?"

Hillary inarcò le sopracciglia e gli angoli della sua bocca si sollevarono in un sorrisetto. "Datti una calmata. Che te ne importa? È mio padre, non il tuo."

Quelle parole continuavano a fare male, anche se le aveva sentite centinaia di volte. I Denton avevano adottato legalmente Kat dopo che sua madre era morta e suo padre se n'era andato. Quando Hillary aveva compreso che l'adozione sarebbe stata permanente, aveva fatto di tutto per non farla sentire la benvenuta.

"Kat. Non sono affari tuoi." Hillary strinse le labbra. "Fattene una ragione."

"Certo che sono affari miei." Kat incrociò le braccia. "E comunque, Harry non è a casa sua. Potrebbe essersi perso. A quest'ora, sarà terribilmente confuso e spaventato. Ho il diritto di sapere dove lo hai abbandonato."

"Tu non hai nessun diritto. Vai a preoccuparti della tua famiglia." Hillary si portò la mano alla bocca. "Ooops, l'avevo dimenticato. Tu non ce l'hai, una famiglia."

"Harry è anche la mia famiglia. Sono stata io a prendermi cura di lui mentre tu non c'eri. Sei uscita dalla sua vita per anni."

"Ma le cose stanno per cambiare." Hillary guardò Kat di traverso.

Il portone si aprì e qualche istante più tardi Zachary entrò nel corridoio, parlando al cellulare e avanzando a lunghi passi, fino all'ufficio di Kat. Le spalle del suo cappotto di lana erano ancora spruzzate da una leggera spolverata di neve.

Hillary rimase a bocca aperta e un sorriso le trasformò lentamente il volto.

"Salve." Si voltò verso di lui e sorrise, risucchiando in dentro le guance, poi lo squadrò da capo a piedi, prendendo nota del suo completo di sartoria, delle scarpe con la suola in cuoio e dell'anulare sguarnito.

Kat vide il simbolo del dollaro danzare negli occhi di sua cugina.

Zachary, invece, la ignorò completamente. Il suo sguardo fu attratto dal televisore di Kat. Un gruppo di dimostranti aveva bloccato la Grand Central Station di New York, chiedendo l'intervento del governo per abbassare i prezzi dei beni di prima necessità. Il servizio si interruppe, passando a trasmettere uno spot pubblicitario. A quel punto, Zachary spostò lo sguardo, notando Hillary per la prima volta. Terminò la sua telefonata e infilò il cellulare in tasca. "Mi dispiace per l'interruzione. Non l'avevo vista."

"Non c'è bisogno di scusarsi." Hillary fece un passo avanti e tese la mano, con il palmo verso il basso, come se si aspettasse un baciamano da un principe. "Volevo invitare mia cugina a fare colazione, ma vedo che ha di meglio da fare."

Che razza di bugiarda, pensò Kat. Hillary stava mettendo in piedi il solito teatrino destinato agli uomini che potevano portarle dei benefici, che si trattasse di semplici sconti sulle riparazioni dell'auto o potenziali mariti facoltosi. Gli uomini, alla fine, riuscivano a vedere oltre la sua facciata di affabilità fasulla – ma solo dopo che Hillary era riuscita ad approfittarsi di loro.

"Non volevo disturbare, davvero. Tornerò un'altra volta." Zachary sorrise a Hillary, che intanto si era seduta sulla poltrona di pelle. Sembrava che fosse improvvisamente riuscita a superare il suo disgusto verso quella poltrona.

"No." Kat sollevò una mano. Doveva parlare subito con Zachary. "Hillary stava solo scherzando. In realtà aveva un impegno, e stava giusto andando via."

Hillary accavallò le gambe, permettendo alla gonna di sollevarsi per mettere in mostra le cosce. Non sembrava che avesse intenzione di andarsene.

"Possiamo fare colazione insieme. Cosa ne dite?" Propose Zachary. "Possiamo parlare d'affari anche davanti a una tazza di caffè."

Kat si alzò in piedi. La sua mattinata si stava rapidamente trasformando in un incubo. Le serviva almeno un'ora con Zachary, prima di partire per Hideaway Bay. La tempesta di neve stava peggiorando, riducendo le sue speranze di raggiungere il resort a ogni minuto che passava. Se fosse incappata in altri contrattempi, non sarebbe nemmeno riuscita a salire sul traghetto. "Non penso che Hillary sia interessata ai nostri discorsi. Possiamo rimandare la colazione a domani."

"Sciocchezze. Lasciala venire con noi." Zachary indicò il corridoio con il pollice di una mano.

Maledizione, pensò Kat. Doveva sbarazzarsi di Hillary. Non poteva discutere del caso Edgewater in sua presenza, e non poteva nemmeno accennare al destino di Jace. Hillary avrebbe potuto servirsi di quelle informazioni contro di lei, in qualche modo. Perché Zachary era disposto a discutere dei suoi problemi finanziari davanti a un'estranea?

Kat si fermò sulla porta e si voltò verso Hillary. "Non devi andare a prendere tuo padre? Dov'è Harry, a proposito?"

"Il tizio con la Lincoln?" Domandò Zachary. "È un po' confuso, non è vero? Non dovreste lasciarlo da solo."

Hillary strinse gli occhi.

"Era esattamente quello che stavo dicendo a Kat. Negli ultimi tempi, bisogna tenerlo sotto controllo." Hillary si arrotolò una ciocca di capelli attorno al dito e sollevò le sopracciglia, guardando Kat con un'espressione di falsa preoccupazione.

Kat strinse le labbra e si sforzò di rilassare le mani strette a pugno. Come faceva la gente a non rendersi conto di chi aveva davanti? "Forse è meglio che tu vada a prenderlo. Dove hai detto di averlo lasciato?"

Hillary la guardò storto. "Al centro per anziani. Stavo giusto andando lì."

"Proprio come pensavo." Per lo meno Hillary era costretta a comportarsi bene, in presenza di estranei.

"Tornerò dopo pranzo," disse Hillary, lanciando un sorriso a Zachary.

Kat tirò un sospiro di sollievo. Giusto il tempo di aggiornare Zachary sulla situazione, e avrebbe potuto mettersi in strada per raggiungere Hideaway Bay.

CAPITOLO 46

Kat guardò fuori dalla finestra dell'ufficio, impaziente e frustrata. La neve continuava ad imbiancare la città e Zachary non si schiodava dalla sua posizione.

"Se riportiamo questa faccenda alle autorità, l'azienda è spacciata. Aspettiamo ancora un po'. Forse posso recuperare quel denaro. Devo solo scegliere con cura il prossimo investimento."

Zachary era ancora convinto che il suo modello di trading fosse infallibile. "E come pensi di farlo, Zachary? Non ci sono più soldi. Non hai niente da investire."

"Conosco un sacco di gente. Mi presteranno tutto il denaro di cui ho bisogno – abbastanza da portare a termine qualche operazione e recuperare una parte delle perdite." Zachary posò la relazione preparata da Kat in cima a una pila di cartelline sulla sua scrivania. Così facendo, la pila crollò, e i fogli si sparsero sul pavimento.

Zachary si chinò per raccoglierli, ma Kat gli fece cenno di lasciar perdere. "Sistemerò tutto più tardi," disse, alzandosi in piedi. "E gli investitori, Zachary? Gran parte di quel denaro appartiene a loro. Non meritano di sapere della frode?"

Anche Zachary si alzò dalla sedia. "Naturalmente. Ne hanno tutto il diritto. Ma io colmerò quelle perdite prima che se ne rendano conto. È nel loro interesse. Se il mio piano dovesse riuscire, non sapranno mai che c'è stato un problema. Riporterò tutto alla normalità."

Forse il suo concetto di normalità era un tantino deviato. Zachary era il capitano di una nave che stava per affondare, e avrebbe fatto qualsiasi cosa per salvarla. "Non è possibile, Zachary. Devi fermarti adesso, prima che sia troppo tardi."

"Kat, lo hai detto tu stessa. Non abbiamo le prove. Sporgendo denuncia in queste condizioni, non otterremmo niente di buono. Nathan scoprirebbe che siamo sulle sue tracce. Potrebbe riuscire a scappare prima che le autorità raccolgano abbastanza elementi per arrestarlo."

Su questo punto, Zachary aveva ragione. Posticipare la denuncia significava più tempo per cercare Jace. Forse, insieme a lui, Kat avrebbe trovato anche i documenti di Nathan. Perché questo accadesse, bisognava supporre che Jace fosse ancora vivo, e che fosse riuscito a fuggire con i documenti. A pensarci bene, la cosa era a dir poco improbabile. E poi le sembrava sbagliato non denunciare immediatamente quei reati.

D'altro canto, le indagini non erano ancora concluse. Prima di portare Nathan davanti a un tribunale, era meglio mettere tutti i puntini sulle i. In quel momento, avevano troppe incertezze. Una denuncia affrettata, oltretutto, avrebbe peggiorato la situazione di Jace. Il processo legale avrebbe assorbito tempo ed energie, costringendo Kat a sospendere le ricerche.

Kat sospirò e si abbassò per raccogliere i documenti caduti sul pavimento. Zachary cercava sempre di spingersi oltre i propri limiti. Kat presumeva che fosse la ragione per cui era così ricco. E così irrequieto.

Raccogliendo un fascicolo della Edgewater, Kat sentì qualcosa di rigido sotto alla copertina. Aprì la cartella e trovò un mazzo di carte di credito, tenute insieme da un elastico. Nella fretta di controllare i fascicoli, non le aveva nemmeno prese in considerazione. Sciolse l'elastico che le teneva insieme ed esaminò la prima carta. Non c'era scritto alcun nome. Fece scorrere le altre. Erano tutte identiche – carte prepagate, proprio come quella che aveva trovato in albergo, nell'uniforme da inserviente. C'era un collegamento?

~

DUE ORE PIÙ TARDI, Kat era finalmente in strada. Guidò verso nord, puntando dritto verso Hideaway Bay, grata per le quattro ruote motrici del pick-up di Jace. Sull'autostrada, le ruote dei veicoli avevano scavato due solchi profondi nella neve compatta, che continuava a cadere sempre più pesante, riducendo la visibilità a non più di qualche metro davanti a lei.

Il traffico si fece sempre più congestionato, fino a trasformarsi in una colonna di auto che si muoveva a passo d'uomo. L'attesa le fece perdere il traghetto. Fu fortunata a salire sul successivo. Una volta completata la traversata, seguì una colonna di veicoli lungo la strada principale, fino alla deviazione per Hideaway Bay.

Lì il traffico era inesistente. Nonostante le strade non fossero state ripulite e la visibilità fosse bassa, si sentiva molto più sicura a viaggiare senza altre auto intorno. Rilassò le mani attorno al volante e afferrò la mela che aveva appoggiato sul sedile del passeggero, dandole un morso nella speranza di recuperare un po' di energia. Diede un'occhiata nello specchietto retrovisore e individuò uno spazzaneve alle sue spalle. Si trovava a qualche decina di metri. Era il solo veicolo che avesse visto su quella strada, da quando aveva svoltato all'incrocio.

Ciò che la preoccupava di più era il tramonto imminente. In quel periodo dell'anno, non poteva sperare che la luce del giorno durasse oltre le quattro del pomeriggio. Questo le garantiva soltanto qualche ora di ricerca lungo i sentieri. Jace poteva essere ferito, bloccato da qualche parte sulle montagne. Kat rabbrividì. Se quello era il caso, le possibilità di sopravvivenza alle temperature glaciali del luogo erano praticamente nulle già dopo due ore.

Lo spazzaneve adesso la seguiva a pochi metri di distanza, facendosi sempre più grande nello specchietto retrovisore.

I pensieri di Kat tornarono a Svensson e al suo discorso di Stoccolma. Svensson aveva cambiato la sua visione, dal sogno di una moneta unica globale al mantenimento dello status quo, che prevedeva diverse valute locali. Perché Nathan Barron avrebbe dovuto considerarlo un problema? Sfruttare le differenze di valore tra le varie valute era il modo in cui Barron e la Edgewater facevano soldi, almeno in teoria. La moneta unica avrebbe tagliato le gambe ai suoi affari, costringendolo a interrompere la sua truffa una volta per tutte. Il che portava a un'altra domanda: perché Nathan stava versando i suoi soldi a un'organizzazione che minacciava le sue stesse ambizioni finanziarie?

Kat era ormai certa che l'omicidio di Svensson e la scomparsa di Jace fossero collegate al World Institute.

Quella donna nel video, alle spalle di Svensson, era davvero Angelika, la donna di servizio? Era più probabile che si trattasse di una persona diversa, nonostante la marcata somiglianza. Dopo tutto, la donna del video era leggermente in ombra. Forse Kat si era sbagliata. E comunque, su diversi miliardi di persone, era probabile che esistesse una sosia di Angelika in un altro paese del mondo. Era una coincidenza troppo grossa, per poter risultare credibile?

Kat guardò nello specchietto retrovisore. Lo spazzaneve le stava attaccato al paraurti. Il conducente era ansioso di finire il suo lavoro e tornarsene a casa. Kat afferrò il volante con entrambe le mani; non voleva accelerare, ma sentiva la pressione del veicolo dietro di sé. Non c'era alcun posto in cui accostare per lasciarlo passare. A destra aveva solo una parete rocciosa e dall'altra parte della strada, la scogliera si gettava direttamente in mare. Non poteva superarla sulla corsia opposta? Non si vedeva nessuno che viaggiasse nell'altro senso di marcia.

Lo spazzaneve le colpì il paraurti.

Il pick-up sbandò in avanti. La mela scivolò dalle mani di Kat e rotolò prima sul sedile del passeggero e poi sul pavimento. Kat strinse la presa sul volante, il cuore che batteva all'impazzata. La cintura di sicurezza si strinse attorno al suo petto, mentre lei lottava per tenere il pick-up in strada. Possibile che si trattasse di un errore? Il fondo stradale era scivoloso, e lo spazzaneve era troppo vicino. Il comportamento del conducente equivaleva praticamente a un suicidio, su quella strada tortuosa nel bel mezzo di una tempesta di neve. Che diavolo si era messo in testa? Si era addormentato al volante? Kat guardò nello specchietto retrovisore, ma la cabina dello spazzaneve era troppo alta per riuscire a vedere il guidatore.

Avrebbe preso il numero di targa e sporto denuncia. La cittadina di Hideaway Bay si trovava a dieci minuti di strada. Allentò la cintura che ancora le stringeva il petto ed espirò. Lo spazzaneve arretrò leggermente, concedendole una visuale sulla cabina del conducente. Questa volta riuscì a distinguere una figura al volante. Un uomo dal fisico minuto, o forse un ragazzo? Un cappellino da baseball gli metteva in ombra parte del volto.

Il distacco tra loro si ridusse di nuovo. Lo spartineve la tamponò ancora, colpendo il paraurti, ancora più forte della volta precedente.

Il pick-up cominciò a sbandare. Kat cercò di dirigerlo verso la corsia opposta. L'istinto prese il sopravvento, facendole schiacciare il pedale del freno. Si rese conto di aver commesso un errore ancora prima che il piede arrivasse fino in fondo.

CAPITOLO 47

$\mathcal{L}$o spazzaneve colpì di striscio il retro del pick-up, facendolo scivolare di lato sulla strada. Kat afferrò il volante mentre il pick-up di Jace si inclinava su due ruote. Rimase in bilico un momento, prima di tornare con un gran fracasso a posarsi su tutte e quattro le ruote. La forza dell'impatto diede un colpo di frusta al collo di Kat. Il suo piede cercò ancora il pedale del freno, ma fu tutto inutile.

Il pick-up scivolò in testa coda, trascinando Kat nel suo vortice, mentre varie sfumature di bianco turbinavano oltre il parabrezza. Kat finì sbalzata in avanti e colpì lo specchietto retrovisore con la fronte. Una frazione di secondo più tardi, la cintura di sicurezza si bloccò, tirandola di nuovo indietro contro il sedile.

Lo spazzaneve tornò indietro e accelerò di nuovo. Urtando contro il pick-up, mandò in pezzi il parabrezza. Kat venne sballottata avanti e indietro. Il veicolo sbandò di lato, finendo di traverso sulla strada, e poi rallentò fino a fermarsi. Kat sbirciò dal finestrino laterale. Era in precario equilibrio contro il guardrail. Ancora un colpo e sarebbe precipitata nel vuoto, una caduta di un centinaio di metri fino al fondo del canyon.

Con lo stomaco in subbuglio, Kat si preparò per il colpo di grazia.
Niente.

Kat slacciò la cintura di sicurezza e si mise in ascolto. Scivolò sul sedile del passeggero. Il pick-up scricchiolò e la mela rotolò nell'angolo più lontano del pavimento.

Ancora silenzio.

Il motore del pick-up si era spento nell'impatto.

Kat guardò attraverso il parabrezza spezzato, alla ricerca dello spazzaneve.

Non vide nulla.

Niente, tranne la neve bianca, che continuava a cadere.

Un silenzio ovattato.

Si voltò sul sedile e cercò lo spazzaneve oltre il vetro posteriore.

Se n'era andato.

C'erano soltanto lei, il pick-up e un guardrail ammaccato – l'unica cosa che la tratteneva da una caduta mortale oltre la sporgenza rocciosa.

Lentamente, si voltò di nuovo verso il parabrezza. Con ogni movimento, sentiva il pick-up assestarsi contro il metallo del guardrail.

Era al sicuro. Nonostante le sue paure, tutte e quattro le ruote del pickup erano ancora sulla strada.

Kat si sentiva sollevata e terrorizzata allo stesso tempo. Lo spazzaneve era uscito di strada? Era caduto oltre il ciglio? Sbirciò di nuovo fuori dal finestrino. Il guardrail era ancora integro, per lo meno la sezione che rientrava nel suo campo visivo. Non aveva intenzione di uscire per ispezionarlo meglio, perché ogni spostamento poteva far scivolare il furgone verso il vuoto, ma soprattutto perché quel tizio poteva essere ancora in giro.

Girò la chiave nel quadro e fece ripartire il pick-up. Fece manovra lentamente, arretrando e avanzando un centimetro alla volta fino a disincagliarsi dal guardrail. Condusse il pick-up lontano dal bordo e lo girò in modo da essere di nuovo sulla carreggiata giusta.

Kat guidò per alcuni chilometri lungo la strada e si fermò all'imbocco di un sentiero sterrato, ricoperto di neve e inutilizzabile durante tutto l'inverno. Staccando le mani dal volante, si accorse che tremavano ancora. Fece un respiro profondo, istintivamente afferrò il cellulare e compose un numero. Senza rifletterci, aveva telefonato a Jace. Stava per chiudere la chiamata, quando una voce femminile le rispose.

"Sì?"

Kat cercò di riconoscere i suoni in sottofondo. C'era un rumore forte, come di un macchinario in funzione. Poteva essere ovunque – una fabbrica, un cantiere. Non c'era modo di conoscere il punto esatto.

"Sono Kat. Con chi parlo?" La donna chiuse la chiamata senza risponderle. La sua voce sembrava familiare, ma non era riuscita a riconoscerla. Impossibile, con tutto quel frastuono. Dovunque fosse, era un posto che brulicava di attività. Poteva perfino trattarsi di un aeroporto, o di un centro commerciale.

Tutte le altre chiamate che aveva fatto a Jace erano andate direttamente alla segreteria telefonica. Aveva composto il numero sbagliato? Impossibile, lo aveva memorizzato in rubrica, tra i numeri preferiti. Chi stava usando il suo telefono e perché? Era qualcuno coinvolto nella sua scomparsa? Oppure, più semplicemente, quella donna aveva trovato il telefono di Jace e se n'era appropriata?

In ogni caso, Kat non poteva rimanere lì, in mezzo alla strada. Prese in considerazione l'idea di tornare in città. Poteva denunciare l'incidente con lo spazzaneve alla polizia. D'altro canto, la polizia non aveva fatto assolutamente niente per cercare Jace, quindi poteva rivelarsi un'altra totale perdita di tempo. Inoltre, avrebbe ritardato ulteriormente la sua ricerca.

E se lo spazzaneve era ancora in agguato sulla strada, pronto a crearle altri problemi? Improbabile. Chiunque fosse stato così impaziente da speronarla a quel modo, avrebbe fatto meglio a nascondersi, se non voleva guai con le autorità. Forse era soltanto un autista nervoso che aveva deciso di sfogare la sua rabbia sul primo malcapitato. Alla fine, Kat decise di continuare a guidare. Mancavano solo pochi minuti all'albergo e una volta arrivata lì sarebbe stata al riparo da quello squilibrato di un autista. Lo avrebbe denunciato l'indomani. Non prima di raggiungere il cottage di Kurt, lungo il Pinnacle Trail, uno dei sentieri preferiti di Jace. Forse lo avrebbe trovato da quelle parti.

Kat fece retromarcia, allontanandosi dal sentiero sterrato, facendo attenzione a qualsiasi segno che rivelasse la presenza dello spazzaneve. Ma la neve aveva già ricoperto ogni traccia. La strada davanti a lei era completamente bianca, come se non venisse pulita da diverse ore. Ma lo spazzaneve non aveva la pala abbassata? Non riusciva a ricordarlo.

Una cosa era certa, si sarebbe sentita più al sicuro una volta scesa dal furgone. La luce del giorno stava già calando. Il tempo a sua disposizione si stava facendo sempre più breve: avrebbe dovuto percorrere il Summit Trail fino in cima e poi tornare indietro, ricongiungendosi al Pinnacle Trail per raggiungere il cottage di Kurt. Un solo pensiero la consolava: in mezzo alla natura, sarebbe stato chiaro chi fossero i suoi nemici.

CAPITOLO 48

Kat prese fiato e ricominciò a trascinarsi lungo il sentiero, per gli ultimi metri del Summit Trail. Le racchette da neve le appesantivano i piedi. Per arrivare nel punto in cui Svensson era precipitato, occorreva fare una deviazione di appena trenta minuti rispetto al sentiero principale, ma la sua ricognizione non produsse alcun risultato. Non c'era traccia dell'economista o della sua misteriosa compagna. Nessuna traccia lasciata dalla polizia e nemmeno dalla squadra di ricerca.

E se Jace avesse seguito il suo stesso percorso? Non c'era modo di saperlo con certezza, con tutta la neve che era caduta a ricoprire eventuali segni. A parte le impronte di alcuni cervi che attraversavano il sentiero, la montagna custodiva gelosamente i suoi segreti.

Kat si fermò un momento ad ammirare la vista mozzafiato sulla baia. Non era un luogo che ispirasse il suicidio, sempre che ci fosse un luogo in grado di farlo. Inoltre era piuttosto isolato e remoto – raggiungere quel punto richiedeva uno sforzo davvero notevole, per una persona che volesse togliersi la vita. Dopo due ore trascorse a camminare quasi costantemente in salita, Kat era esausta. Ma la spossatezza fisica non era il più grande dei suoi problemi. Era l'angoscia mentale, il tormento di non sapere dove si trovassero le persone che amava di più sulla faccia della terra. Si era sempre rivolta a Jace nel momento del bisogno, ma questa volta lui non era lì ad aiutarla.

Appena arrivata a Hideaway Bay, aveva cambiato idea e aveva deciso di denunciare lo spazzaneve prima di incamminarsi lungo il sentiero. Ma la stazione di polizia era chiusa. Un cartello sulla porta diceva: *"Torno subito"*.

Com'era possibile che una stazione di polizia restasse completamente sguarnita? Era davvero strano, proprio come il fatto che non esistesse un centralinista per rispondere alle telefonate. Non aveva senso. Ma Hideaway Bay era una cittadina tranquilla. Non accadeva mai niente di eclatante. Kat decise di riprovare l'indomani. Adesso voleva controllare l'unico posto in cui avrebbe potuto trovare Jace.

Il cottage di Kurt Ritter. Kat aveva ancora un barlume di speranza. Kurt e Jace erano diventati grandi amici, grazie alle loro attività di soccorso alpino – anche se adesso coprivano territori differenti. Presumendo che Jace fosse riuscito a fuggire dall'albergo, il cottage del suo amico sarebbe stato l'unico rifugio raggiungibile a piedi.

Jace le aveva detto di voler ripercorrere gli ultimi passi di Svensson. Lui e Kat avevano perfino litigato a riguardo. Lei pensava che fosse una perdita di tempo. Jace teneva sempre la sua attrezzatura da montagna nell'auto, quindi era plausibile che l'avesse recuperata nel parcheggio. Forse si nascondeva nel cottage? Più andava avanti, più la speranza di Kat aumentava.

Kurt era a capo della squadra di soccorso della Sunshine Coast e probabilmente si trovava sulla scena, quando il corpo di Svensson era stato recuperato. Neanche a dirlo, Jace non vedeva l'ora di scambiare due chiacchiere con lui. Il cottage distava un'altra quarantina di minuti, una volta rientrata sul sentiero principale; Kat e Jace avevano pernottato lì molte volte, durante le loro escursioni in montagna. Anche stavolta avrebbe dovuto passarci la notte, visto che il sole era calato quasi a livello dell'orizzonte. Al quarantanovesimo parallelo, il crepuscolo arrivava rapidamente, in quel periodo dell'anno.

Il fatto che non ci fosse copertura per i cellulari significava che chiunque avesse risposto al numero di Jace non si trovava lì. Ma forse Jace non aveva nulla a che fare con quella donna, chiunque fosse. Kat sentì crescere ancora la speranza. Si chinò per allacciare meglio una delle racchette da neve, poi si voltò e cominciò a camminare verso il sentiero principale.

La discesa fu molto più rapida della salita. Ora che non doveva compiere alcuno sforzo per procedere, i vestiti umidi di sudore le si appiccicavano addosso, gelati.

I suoi pensieri tornarono a Jace. Se non fosse stato così ossessionato dal World Institute, il caso Edgewater sarebbe già stato chiuso da un pezzo. Con quei documenti tra le mani, avrebbe avuto tutto ciò che le serviva. Ma Jace aveva voluto coinvolgere Landers. Kat non avrebbe mai dovuto condurlo nella loro stanza. Avrebbe dovuto immaginare come sarebbe finita. Per Jace uno scoop valeva più di ogni altra cosa. Specialmente dopo essere stato scaricato dal *Sentinel*. Ma aveva sottovalutato il potere del World Institute, e l'effetto che aveva sulle persone.

Finalmente giunse in vista del cottage, una vista che le risollevò il morale. Kurt aveva costruito personalmente il lungo edificio, usando legname locale. Era rustico ma funzionale, comodo e confortante. Kat non lo avrebbe scambiato nemmeno con una suite a cinque stelle. Quando finalmente raggiunse la porta, sentì la stanchezza prendere il sopravvento. Non sarebbe riuscita a fare un altro passo, neanche volendo. Slacciò le racchette da neve e tastò sotto il vaso di creta per cercare la chiave nascosta. Kat aveva sempre insistito perché Kurt scegliesse un nascondiglio più sicuro. Un vaso di fiori avrebbe potuto dare nell'occhio, considerando che il cottage era circondato da prati di montagna. Ma adesso, sotto la spessa coltre di neve, il vaso era diventato invisibile.

Aprì la porta e si trascinò dentro. Era stanca morta.

Il piccolo cottage era arredato in una maniera spartana e funzionale. In un soppalco, sotto il tetto a punta, c'erano due stanze da letto, raggiungibili con una scala. Aveva dormito con Jace in una di esse l'estate precedente. Kat salì fino alla stanza e fece scorrere lo sguardo attorno, sentendo il peso di tutti i suoi problemi calarle sulle spalle. Jace era scomparso, di Harry non aveva notizie, Hillary stava tramando qualcosa che poteva portare solo problemi. Kat non si era mai sentita così sola.

Sospirò e appoggiò lo zaino sul grosso tavolo di pino. Accanto alla stufa a legna, c'era una pila di ciocchi pronti per il fuoco. Ne prese quanti riusciva a trasportarne tra le braccia e li portò fino alla stufa. Era fredda. Nessuno era stato lì di recente. Accese la stufa e attizzò il fuoco fino a farlo stabilizzare. Poi si diresse all'esterno per rimpinguare le scorte di ramoscelli per l'accensione. L'aria fredda invase il cottage appena scostò la porta. Il calore della stufa non aveva ancora riscaldato gli ambienti, ma la struttura delle pareti forniva un'eccellente isolamento dal freddo.

Fece il giro dell'edificio, trascinando i piedi nella neve e sperando contro ogni buon senso di trovare qualche traccia di Jace, Kurt o altri visitatori. Non c'era anima viva. Anche la catasta di legna appoggiata alla parete del cottage sembrava non essere stata toccata da quando lei e Jace erano stati lì, a settembre.

Era intatta.

Il suono di un rametto spezzato lacerò l'aria. Kat sobbalzò nel cogliere un movimento con la coda dell'occhio. Era solo una lepre che correva a cercare riparo in un cespuglio a qualche metro di distanza. Rimase ferma per qualche secondo, cercando di abituarsi alla quiete. La neve scivolava dai rami più alti degli abeti, atterrando con soffici tonfi. Gli alberi che circondavano il cottage, in genere, davano al luogo un'atmosfera raccolta e confortevole. Ma quel giorno, in quel tardo pomeriggio, sembravano spettrali e gettavano lunghe ombre sul paesaggio imbiancato.

Kat si caricò le braccia di rametti e si trascinò nuovamente fino alla porta d'ingresso. Entrando in casa, colpì col braccio lo stipite della porta e fece una smorfia di dolore. Il bicipite le faceva ancora male, a causa dell'ago che Victoria ci aveva piantato dentro. A quel punto aveva abbastanza legna per superare la notte. L'indomani sarebbe tornata indietro, percorrendo una strada diversa e sperando di trovare segni di Jace. Poteva essere ferito, magari non era riuscito a raggiungere il cottage. Era improbabile, ma non aveva altre idee su come trovarlo.

Kat scalciò via gli scarponi da montagna e stese i vestiti umidi accanto alla stufa, prima di crollare sull'enorme poltrona davanti a essa. Sapeva che avrebbe dovuto mangiare, ma non riusciva a mettere insieme energie sufficienti ad aprire lo zaino sul tavolo, a pochi metri da lei. Invece, chiuse gli occhi e si lasciò avvolgere dal calore che, piano piano, le riscaldava le ossa. Il trekking in mezzo alla natura le ricordava sempre di quanto immenso fosse il mondo. Era così ingiusto che fosse tutto nelle mani di pochi padroni.

CAPITOLO 49

*K*at si svegliò di soprassalto, a causa dei colpi picchiati sulla porta del cottage, al piano di sotto. Qualcuno stava battendo con violenza sulla pesante porta di legno, come se volesse forzarla. Istintivamente, Kat balzò fuori dal letto e batté la testa contro il soffitto basso. Imprecò sotto voce, ricordando che si trovava nel cottage di Kurt, nella camera da letto al piano di sopra. Il cuore le martellava nel petto. Chiunque ci fosse là fuori, voleva disperatamente entrare.

Un centimetro alla volta, Kat procedette fino alla scala che conduceva al piano di sotto e sbirciò oltre il corrimano. Nonostante il buio, la visione dall'alto che si aveva dal soppalco le dava un vantaggio sull'intruso. La porta del cottage si era già aperta di una fessura e la luce della luna delineava la forma del telaio. Era in trappola. Non c'era via d'uscita.

La porta cedette con un ultimo schiocco. Un uomo entrò nel cottage, la sua figura nera si stagliava contro il cielo illuminato dalla luna. Kat trattenne il respiro mentre l'uomo si voltava per chiudere la porta.

Kurt le aveva raccontato di un'effrazione al suo cottage, qualche tempo prima. Escursionisti di passaggio, che cercavano una sistemazione di fortuna per passare la notte. Magari quel tizio si sarebbe limitato ad arraffare un po' di cibo e ad andarsene. No, in ogni caso sarebbe rimasto là dentro. Era troppo buio per continuare a camminare e non c'erano altri cottage nelle vicinanze. Sarebbe rimasto fino al mattino, e avrebbe avuto il tempo di esplorare ogni stanza, incluso il soppalco. Quando l'avesse fatto, lei sarebbe stata pronta. Tastò attorno a sé, sul pavimento, per cercare qualcosa da usare come arma, ma non trovò niente. Maledisse la sua stupidità, che l'aveva indotta a lasciare lo zaino al piano di sotto, con tutto il suo contenuto, incluso il coltellino svizzero.

La stufa. Anche se era ormai spenta, al tocco sarebbe stata ancora calda, segno che qualcuno alloggiava nel cottage. E il suo zaino era posato in bella vista, sul tavolo della cucina. Ora che l'intruso aveva chiuso la porta, era di nuovo buio, ma Kat riuscì a seguire la sua ombra mentre ispezionava il cottage. Attraversò la stanza e si diresse spedito verso la scala che portava al soppalco. Si fermò sul tappeto ai piedi della scala ed esitò, guardandosi attorno.

Kat rientrò in camera e afferrò una racchetta da sci da una coppia appesa alla parete. Tornò alla scala in punta di piedi e aspettò che le mani dell'uomo fossero sul piolo più alto. Sicuramente era più forte di lei; tutto quello su cui poteva contare era l'elemento sorpresa. Il battito di Kat accelerò mentre aspettava il momento opportuno, ben consapevole del fatto che avrebbe avuto una sola possibilità.

Infilzò le nocche dell'intruso, poi spinse in giù il bastoncino nella sua carne e lo torse per fare più danni. Con suo grande orrore, l'energumeno continuò ad avanzare, aggrappandosi alla cima della scala con l'altra mano.

"Ehi, ma che diavolo..." L'uomo si fermò di botto.

"Sta' indietro!"

Ma l'uomo si era già liberato dalla pressione della racchetta. Kat puntò all'altra mano, mentre l'uomo teneva salda la presa sul piolo della scala. Lo riconobbe nel momento esatto in cui lui riuscì a metterla a fuoco.

"Tu!" Landers la stava guardando dal basso, gli occhi sbarrati per lo shock. "Come sei arrivata qui?" Scosse la mano destra come se stesse cercando di liberarsi del dolore.

"Potrei farti la stessa domanda." Kat infilzò l'altra mano di Landers con la racchetta da sci. Questa volta la tenne ferma, affondando la punta del bastone nella carne morbida. "Vattene!"

"Kat, mi stai facendo male. Toglimi quella roba dalla mano."

"Non se ne parla nemmeno. Scendi da quella scala e vattene. Adesso."

"Datti una calmata. Posso spiegare."

Kat affondò la racchetta con più forza. "Cosa vuoi spiegarmi? Il motivo per cui ci hai traditi e venduti al nemico? Sparisci dalla mia vista."

"Non posso andare da nessuna parte, se non mi lasci la mano."

Kat alzò la racchetta da sci e la tenne sollevata sopra la testa, mentre Roger Landers arretrava sulla scala. Scese soltanto di due pioli, quanto bastava per essere fuori portata. "Continua a scendere."

"Prima devi lasciarmi parlare." Landers tenne lo sguardo fisso su di lei.

"Non c'è niente di cui parlare." Kat gli puntò contro la racchetta da sci, ma la tenne fuori dalla sua portata, così che non potesse strappargliela via.

Landers però non si mosse di un passo. "Tu non capisci. Scendi, così possiamo parlare."

"Neanche per sogno." Non gli avrebbe permesso di avvicinarsi a lei.

"So dove si trova Jace. Vieni giù, d'accordo? Prometto che non ti farò niente."

Kat abbassò la racchetta da sci. Era un trucco per convincerla a scendere? E se invece avesse saputo davvero dove si trovava Jace? Landers si trovava con lui, quella notte. Di sicuro Nathan e Victoria erano coinvolti nella sua scomparsa. "Dove si trova?"

"Lo hanno rinchiuso nella prigione di Hideaway Bay. Mi ha detto di venire qui, se le cose si fossero messe male. Per nascondermi da Nathan."

La prigione di Hideaway Bay? Era un minuscolo complesso di celle che si trovava all'interno della centrale di polizia, dove Kat era stata il pomeriggio precedente. Avrebbe potuto fargli visita, se quel posto non fosse stato deserto.

Era una storia così assurda che doveva essere vera, almeno in parte. Landers non poteva sapere del cottage di Kurt, a meno che Jace non gliene avesse parlato. Kat abbassò ulteriormente la racchetta da sci e cominciò lentamente a scendere la scala, facendo attenzione a non perdere di vista Landers. Lo seguì fino al tavolo e lo guardò mentre si sedeva. Lei rimase in piedi, troppo diffidente per avvicinarsi.

"Hai cinque minuti per convincermi. Altrimenti dovrai andartene." Sapeva di non essere una minaccia per Roger Landers, senza un'arma degna di tale nome. La racchetta da sci poteva funzionare solo se si trovava sul soppalco, dove aveva il vantaggio della posizione sopraelevata. Eppure, non aveva intenzione di cedere.

Chissà se Kurt teneva una pistola nel cottage? Avrebbe dovuto sperare di trovarla prima di Landers. Anche se Kat non sapeva come usarla.

"Perché lo hanno messo in prigione?"

"Nathan lo ha fatto portare alla stazione di polizia di Hideaway Bay. Lo terranno in custodia fino a quando un ufficiale non verrà a interrogarlo." Landers abbassò la cerniera della giacca, se la sfilò e la posò sulla sedia più vicina alla porta, come se avesse in programma di restare per un po'.

"Con quali accuse? Jace non ha fatto niente di male." Nathan Barron era un uomo potente, ma, a meno che i poliziotti di Hideaway Bay non fossero corrotti, non avrebbero arrestato un uomo senza le prove che avesse commesso un crimine.

"Nathan vuole farlo accusare di furto, per aver rubato quei documenti dalla sua stanza d'albergo." Roger Landers tornò a sedersi al tavolo, stringendosi la mano ferita. "Credo che tu mi abbia rotto una mano. Sta sanguinando."

Kat sentì il morso del senso di colpa. Poi si ricordò di come Landers non avesse mosso un dito per aiutarla, quando Victoria le aveva iniettato quella droga. Non l'aveva fermata e aveva permesso che la scaricassero, priva di sensi, alla stazione ferroviaria. Roger Landers non meritava la sua compassione.

Quell'uomo era ancora in debito con lei. Kat incrociò le braccia e lo ignorò.

"Mi hai sentito? Sto sanguinando. Dov'è il kit di pronto soccorso?"

Kat lo guardò di traverso. "Perché non sei stato arrestato? C'eri anche tu, in quella stanza." Era un complice di Victoria? Jace era scomparso e lei si era beccata un'iniezione che l'aveva stordita. Solo Landers ne era uscito incolume. C'erano troppe cose nella sua storia che non quadravano.

"Jace si è preso tutta la colpa. Ha detto di essere stato lui, a trafugare quei documenti. Non so perché abbia voluto proteggermi. Adesso dobbiamo lavorare insieme. Lo faremo uscire di prigione e sbatteremo i veri criminali dietro le sbarre."

"I veri criminali?" La spiegazione di Landers lasciava molto a desiderare.

"Nathan Barron e il World Institute, ovviamente." Landers fece una smorfia e cercò di muovere le dita della mano ferita. "Il World Institute ha una responsabilità ancora maggiore."

"Non hanno infranto alcuna legge," disse Kat. Era vero. L'organizzazione non aveva fatto niente di illegale. Solo Nathan, con la sua frode finanziaria, era perseguibile per un reato. Oltra al fatto che l'aveva aggredita e, probabilmente, aveva fatto lo stesso con Jace. Forse il World Institute era riprovevole, ma discutere della dominazione del mondo non era un crimine. Kat ne aveva abbastanza di Landers e delle sue teorie della cospirazione. Era tutta colpa sua, se si trovavano in quel casino.

"Lo faranno. Oppure cambieranno le leggi in modo che si adattino ai loro bisogni. Stanno mettendo in azione il loro piano. La crisi economica è solo l'inizio. Le banche hanno fatto soldi a palate con le commissioni sui prestiti a rischio, senza preoccuparsi se sarebbero stati ripagati o meno. Quando si sono trovate piene di crediti che non potevano esigere, i governi non hanno potuto fare altro che intervenire per tirarli fuori dai guai. Ma perché? Perché il fallimento delle banche avrebbe provocato un effetto domino. Tra la politica e le banche c'è sempre stato un collegamento strettissimo. Pensa ai segretari del tesoro, ai governatori delle banche centrali. Ognuno di loro è nato e cresciuto nell'ambiente bancario. Tutto rimane in famiglia."

"E così le banche, sapendo di ricevere aiuti dai governi, sarebbero fallite di proposito?" Kat raggiunse il tavolo della cucina, prese un fiammifero dalla scatola e accese la lampada al kerosene, poi sedette di fronte a Landers, dall'altra parte del tavolo. Come avrebbe voluto non averlo mai incontrato.

"Certo. I pesci grossi sapevano che sarebbe stata una manovra conveniente. I prestiti a rischio fanno arricchire le banche e, nello stesso tempo, portano avanti gli obiettivi del World Institute. Quando i governi intervengono per salvare le banche, alzano le tasse per recuperare il denaro. Il costo della vita aumenta, e il denaro perde valore. Nel migliore dei casi, ci sarà una leggera svalutazione della moneta. Ma nel peggiore, quella valuta diventerà carta straccia. Sono sempre i cittadini a pagare il conto. Alla fine di questo processo, le monete nazionali saranno allo sbando, e il World Institute si presenterà sulla scena come il salvatore del mondo."

"Perché non hai detto tutte queste cose a Nathan Barron, quando ne hai avuto l'occasione?" Eccola lì, bloccata in un cottage senza energia elettrica e nessuna copertura telefonica. Landers era un amico o un nemico? A parole sembrava essere dalla sua parte, ma le sue azioni puntavano in un'altra direzione. "Perché dovrei starti a sentire? Non hai mosso un dito per aiutarmi, quando eravamo in hotel."

"La situazione è più complicata di quanto credi." Landers si raddrizzò contro lo schienale della sedia, continuando a massaggiare la mano ferita.

"Beh, è arrivato il momento di spiegarmela. Quanto può essere complicata?" Sembrava proprio una di quelle banalità che la gente diceva quando aveva qualcosa da nascondere.

"Se avessi parlato troppo presto, mi avrebbero costretto a tacere. Ma quando avrò pubblicato il mio nuovo libro, non potranno più impedire alle informazioni di diffondersi. Le loro malefatte saranno sotto gli occhi di tutti. Li trascinerò in tribunale."

"Con quale capo d'accusa, esattamente? A te non importa delle persone e dei paesi più poveri. Tu vuoi soltanto vendere il tuo stupido libro." Tutto il resto era sacrificabile. Proprio come Jace.

"Non lo so. Ci penseranno i miei avvocati."

"Il World Institute sta distruggendo l'economia globale. Ma tu sei disposto a lasciare che vadano avanti solo per dimostrare che avevi ragione? L'unico modo per convincere le persone che le tue previsioni sono fondate, è permettere che si avverino?" Kat gli indicò la porta. Ne aveva abbastanza.

"Non rinuncerò ad anni di ricerche per niente. Il libro è la mia ricompensa. Se altre persone dovranno pagarne le conseguenze, non c'è molto che io possa fare."

"Ne sei proprio sicuro? Puoi raccontare al mondo la tua storia. Puoi pubblicare il tuo libro adesso, prima che sia troppo tardi. Alcuni non ti crederanno. Ti prenderanno per pazzo. Ma almeno avremo qualche speranza di smascherare il World Institute. Prima lo fai, meglio è per tutti." Improvvisamente, ogni cosa le appariva più chiara. Era esattamente quello che voleva fare Jace – raccontare al mondo la sua storia. E questo lo rendeva una minaccia per Landers. Pubblicando il suo articolo, Jace sarebbe stato il primo giornalista a denunciare la cospirazione del World Institute con tutti i relativi dettagli. Il libro di Landers sarebbe diventato inutile.

"Voglio solo aspettare qualche mese, quando le loro intenzioni diventeranno più chiare. Non hai nulla di cui preoccuparti. Ci vorrà del tempo, prima che riescano a smantellare il sistema economico mondiale. Dov'è quel maledetto kit di pronto soccorso? Ho bisogno di una benda."

Kat scosse la testa. All'improvviso, capì che c'era qualcosa di sbagliato. Se Jace avesse davvero detto a Roger Landers di andare al cottage, Landers avrebbe saputo della chiave sotto al vaso di fiori. Invece aveva dovuto forzare la porta.

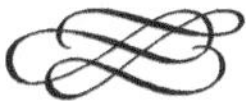

CAPITOLO 50

Kat percepì la luce del mattino prima ancora di aprire gli occhi. Batté ripetutamente le palpebre, mentre un bagliore soffice penetrava tra le tende, attraverso la finestra del soppalco. Rabbrividì e si strinse addosso il piumone, tirandolo fin sopra le spalle. Non c'era riscaldamento al piano di sopra e a un certo punto la stufa si era spenta, durante la notte. Il materasso rigido le faceva dolere la schiena. Kat si girò con una smorfia e si alzò dal letto, il respiro che si addensava in vapore nel soppalco umido mentre camminava verso la finestra. Sfregò il vetro con il palmo per rimuovere il sottile strato di ghiaccio che si era formato all'interno della finestra e sbirciò fuori. La vista era esattamente la stessa del giorno precedente. Tranquilla, desolata e ingannevole. Fin troppo tranquilla, per tutti i drammi che si stavano consumando là fuori.

Kat aveva dormito male, svegliandosi continuamente. Era preoccupata per Jace. Poteva fidarsi di Landers, e credere che Jace fosse al sicuro nella prigione locale? Landers l'aveva già ingannata una volta: non era stato Jace a consigliargli di raggiungere il cottage. Stava mentendo anche su tutto il resto? Il fatto che la stazione di polizia fosse chiusa non significava niente. Kat avrebbe voluto fidarsi di Landers, ma non era così ingenua.

D'altra parte, se Landers aveva detto la verità, Kat avrebbe potuto convincere Jace a non pubblicare l'articolo. Avrebbe terminato la relazione per Zachary e non si sarebbe mai più preoccupata di quella storia. Landers poteva tenersi il suo libro.

Kat si tolse la coperta dalle spalle, e il suo corpo protestò, rabbrividendo. Prima si metteva in marcia, prima avrebbe potuto vedere Jace. Si vestì rapidamente, indossando gli stessi abiti del giorno precedente. Non vedeva l'ora di andarsene. L'avrebbe fatto durante la notte, se la neve e il freddo non gliel'avessero impedito.

Dal piano di sotto arrivò un clangore di piatti, e allora si ricordò che non era sola. Lo stomaco le si strinse in un nodo, al pensiero di passare altro tempo con Roger Landers.

Sbirciò oltre la ringhiera del soppalco e percepì il calore che saliva dalla stufa a legna. Un profumo di caffè e pane tostato si era diffuso nell'ambiente, salendo fino a lei. Quel profumo le ricordava lo zio Harry. Chissà dove si trovava adesso. Era con Hillary? L'idea che quella donna potesse preparargli la colazione, o restare con lui per più di qualche ora, sembrava estremamente improbabile. Spinse da parte quel pensiero e ficcò i vestiti ancora umidi nello zaino.

Poi scese la scala, con lo zaino in spalla.

Landers alzò lo sguardo dal tavolo e sorrise. "Caffè?"

"Certo." Kat posò lo zaino accanto alla porta. Se la prospettiva era quella di trascorrere le prossime ore a camminare con Landers per tornare a Hideaway Bay, tanto valeva tentare di essere civili. Forse l'avrebbe aiutata a decidere se aveva a che fare con un amico o un nemico.

Mezz'ora più tardi, Kat stava aspettando fuori dal cottage, mentre Landers inchiodava la porta divelta usando la testa di un'ascia come martello. Kurt non ne sarebbe stato felice. Landers aveva massacrato la porta di legno intagliata a mano, e poco importava che adesso stesse cercando di fissarla in modo che nessuno potesse entrare. Non era il tipo di persona che si sentisse obbligata o dispiaciuta a sufficienza da rimettere completamente a posto le cose. Sarebbe stato un buon partito per Hillary. Avevano la stessa convinzione che tutto fosse loro dovuto, e la stessa tendenza a non preoccuparsi mai per gli altri. Ripensandoci, Landers era fin troppo gentile, per una come Hillary.

"Aspetta un attimo. Ho dimenticato una cosa." Kat si spostò sul retro del cottage e rovistò nelle tasche per cercare una matita e un pezzo di carta. Scribacchiò un biglietto e lo infilò tra i ciocchi di legno accatastati, per essere sicura che non volasse via. Se le fosse successo qualcosa, Kurt avrebbe saputo che era stata lì.

TRASCORSI ALTRI DIECI MINUTI, si misero in marcia. L'aria era gelida e il cielo terso. Il sentiero che stavano percorrendo divenne pianeggiante dopo aver oltrepassato la prima collina, all'uscita della valle. Kat ripercorse le impronte che aveva lasciato lei stessa il giorno precedente, a malapena visibili. Accanto al sentiero, piccole impronte di animali selvatici tracciavano delle tangenti, dal tronco di un abete fino al successivo; probabilmente si trattava di coyote o coguari, che in quel momento restavano ben nascosti alla vista.

La camminata per tornare verso Hideaway Bay era per la maggior parte in discesa, un percorso piuttosto semplice a parte qualche tratto più tecnico. Landers non si era fatto problemi a usufruire delle racchette da neve di Kurt. Kat si domandò come avesse fatto a raggiungere il cottage all'andata. Doveva ricordarsi di riconsegnare le racchette al legittimo proprietario, oltre che tornare al cottage per far riparare la porta, perché Landers di certo non lo avrebbe fatto.

Dopo i primi metri, Landers si trovò a corto di fiato. Kat l'avrebbe scaricato senza pensarci un attimo, se non fosse stata la sua unica speranza di conoscere la verità. Solo lui sapeva quello che era successo con Nathan e Victoria. Ma Landers continuava a schivare tutte le sue domande, rispondendo in maniera evasiva. Continuava a dire che anche lui era una vittima, senza aggiungere ulteriori dettagli.

"Il destino del mondo non t'interessa, Kat?" Landers si fermò a un bivio nel sentiero e si voltò a guardarla. Il sudore gli imperlava la fronte e aveva già abbassato la cerniera della giacca.

"Certo che mi interessa. Ma il World Institute non è in cima alla lista delle mie preoccupazioni, in questo momento." Come se Landers avesse davvero a cuore il destino del mondo. Tutto quello che voleva, era raccogliere altro materiale per il suo libro. Probabilmente intendeva sfruttare per quello scopo anche Kat, visto che le era rimasto alle calcagna per tutto il tempo e aveva cercato di valutare o influenzare la sua opinione riguardo al World Institute. Non ci voleva un genio per rendersi conto che le sue azioni erano tese a ottenere un vantaggio per sé stesso, punto e basta.

"Come puoi dire una cosa del genere? Se li lasciamo liberi di agire come desiderano, controlleranno ogni cosa. L'euro è solo l'inizio. Vogliono creare una moneta unica per l'Asia. Dopo di che, sarà il turno del Nord America. I governi non avranno più voce in capitolo."

"Cosa ci sarebbe di male?" Kat tastò la neve con la punta della racchetta da sci. "Ci sarebbero meno fluttuazioni dei mercati e i costi dei cambi da una valuta all'altra sarebbero praticamente azzerati. Un vantaggio per i consumatori."

"In teoria è tutto vero. Ma la maggior parte dei governi verrebbero tagliati fuori dai giochi. Per il momento, esistono decine di banche centrali e migliaia di operatori finanziari. Con la moneta unica, il numero si ridurrebbe a poche decine."

"E questo sarebbe un male?"

"Sì, perché tutto finirebbe in mano al World Institute. Gli stessi uomini che controllano il mercato globale, le multinazionali, i mezzi di comunicazione, e poi..."

"Ne ho avuto abbastanza di questi discorsi," lo interruppe Kat. "Perché non mi hai difesa, quando Nathan e Victoria mi hanno aggredita? Lavori per loro, non è vero?"

"Assolutamente no. Ho dovuto collaborare. La loro influenza nel mondo del giornalismo è così grande che rischiavo di non poter lavorare mai più. Mi avevano promesso che non ti avrebbero fatto del male."

Kat non riusciva a immaginare Nathan e Victoria che promettevano una cosa del genere. Si aspettava davvero che lei ci credesse? Infilzò la racchetta in un cumulo di neve. "E Jace?"

"Te l'ho già detto. La polizia l'ha portato via."

"E ti aspetti che io ci creda?"

"Faceva tutto parte del nostro piano. Sapevamo che ci avrebbero scoperti – perciò Jace ha deciso di prendersi la colpa, lasciandomi libero di smascherare la cospirazione."

Kat cercò di ricordare il letto della stanza d'albergo. Quando Nathan l'aveva spinta sul materasso, le coperte erano perfettamente distese. Nessuno ci aveva dormito.

Kat era certa che Landers mentisse. Doveva essere così. L'alternativa – che Jace l'avesse abbandonata per proteggere quell'uomo – era semplicemente impensabile. Jace non avrebbe mai fatto una cosa del genere. Nemmeno per un articolo in prima pagina. Eppure...

"Non ci credo. Smettila con queste stupidaggini e dimmi cos'è successo a Jace. Eri in quella stanza. Come ha fatto Nathan a trovarvi? Che cosa gli hai raccontato?" Kat tirò fuori la racchetta dal cumulo di neve e si voltò per andare via.

Landers la seguì. "Non gli ho detto niente. Lo giuro."

"Sei solo un bugiardo." Landers, come molte persone, poteva essere comprato facilmente. Ma Kat non sapeva ancora quale fosse il suo prezzo. Perché Jace si sarebbe offerto di prendersi la colpa? Per come la vedeva lei, si trattava soltanto dell'ennesima bugia. Kat lanciò un'occhiata a Landers e gli fece cenno di proseguire. Se proprio doveva camminare accanto a lui, aveva intenzione di rendergli la vita difficile. "Avanti. Raccontami cos'è successo in quella stanza. Voglio la verità."

"Non ho detto una parola. Nathan ha fatto irruzione nella stanza, mentre stavamo ancora parlando. Non so come ci abbia trovati." Landers rallentò il passo e si tolse i guanti. "Fa più caldo di quanto pensassi."

Kat fissò le mani nude del giornalista, ma decise di non dire niente. I geloni gli sarebbero serviti di lezione.

"Nathan aveva un pass-partout. E con lui c'erano due poliziotti."

"Due poliziotti? Cosa ci facevano in albergo?"

"Immagino li abbia chiamati quando si è accorto che mancava qualcosa dalla sua stanza. Non saprei dirti altro."

Il tono di Landers non era affatto convincente. "La polizia non si muove per sciocchezze del genere. Doveva esserci dietro qualcosa." E poi, in ogni caso, perché non avevano arrestato anche Landers?

"Beh, io non ne so nulla, ma li ho visti con i miei occhi. Stando ai loro discorsi, sembrava che conoscessero il nome di Jace, e che lo stessero cercando da un pezzo." Landers strinse i pugni per qualche secondo, poi indossò nuovamente i guanti.

Era una menzogna, pensò Kat. Nessuno aveva chiesto a Jace un documento di identità, quando erano entrati in albergo. A parte il personale alla reception e Angelika, la donna delle pulizie, nessuno lo aveva visto arrivare. Soltanto Roger Landers conosceva il suo vero nome. Nel registro dell'albergo, la stanza era prenotata a nome dell'azienda di manutenzione audio-video. "Come hanno reagito alla tua presenza? Anche il tuo nome non era nell'elenco degli invitati."

"Jace è stato molto convincente. Per ringraziarlo, lavorerò giorno e notte al mio libro. Riuscirò a smascherare questa cospirazione."

E a ricavarne un abbondante guadagno, pensò Kat. Landers non poteva permettere che l'articolo di Jace uscisse prima del suo libro. Jace era un concorrente. Fino a che punto si sarebbe spinto quell'uomo per proteggere i propri interessi? Era disposto a uccidere per il suo libro?

"Dobbiamo rimetterci in marcia." Kat non poteva perdere altro tempo e Landers non meritava di riposare.

Kat indicò il sentiero sulla destra, puntando la racchetta da sci. "Non sono ancora convinta che tu stia dicendo la verità. Nathan non poteva sapere dove trovare Jace. E non c'era alcun motivo per andare a cercarlo. A meno che tu non gli abbia detto che aveva lui quei documenti..." Solo il personale dell'hotel poteva conoscere l'assegnazione delle stanze, ma nessuno di loro era autorizzato a diffondere informazioni sugli ospiti.

Landers sospirò e la seguì lungo il sentiero. "Credi che io sia un pazzo paranoico? Dovresti sentire quello che esce dalla tua bocca. Per quale motivo dovrei lavorare per loro? Io sono dalla tua stessa parte."

Kat non rispose, ma accelerò il passo. Avrebbe potuto seminarlo, se avesse voluto. Landers era fuori forma e non avrebbe resistito a lungo, su quella neve spessa e ancora intatta.

"D'accordo, sono stato io. Era uno stratagemma per attirare Nathan. Ho fatto finta di collaborare per metterlo con le spalle al muro. Gli ho detto che non ero l'unico infiltrato, e che gli avrei raccontato ogni cosa – ma solo se mi avesse concesso un'intervista. Ovviamente, anche Jace era d'accordo." Il respiro di Landers si faceva sempre più pesante, mentre lottava per tenere il passo.

"Davvero?" Landers stava mentendo, era evidente. Restava da capire quanto Jace avesse effettivamente condiviso con lui. Quali informazioni gli aveva fornito?

"Mi occupo di Nathan Barron da anni. È un tipo piuttosto egocentrico. Quando gli ho detto che stavo scrivendo una storia sugli uomini più potenti del mondo, ha accettato di farsi intervistare."

"E allora perché avevi bisogno di Jace? Non potevi tenerlo fuori dai tuoi sporchi affari?"

Landers tossì. "Per ottenere la sua collaborazione, dovevo dargli qualcosa in cambio. Gli ho fornito le prove che Jace si era infiltrato alla conferenza. Volevo comprare la fiducia di Nathan e indurlo a parlare più apertamente."

"E Jace ha accettato di partecipare?" Kat lottò contro l'impulso di infilzarlo con la racchetta da sci. Era difficile continuare a parlargli come se niente fosse, sapendo che aveva tradito Jace.

"Certo che ha accettato. E il nostro piano ha funzionato. Nathan era così incazzato per il fatto che Jace si fosse infiltrato alla conferenza, che si è lasciato sfuggire un paio di segreti."

"Di che tipo?" Il sentiero svoltò bruscamente a destra verso una radura. Il piccolo villaggio di Hideaway Bay comparve alla vista nella valle sottostante. Era a meno di un chilometro di distanza in linea d'aria, ma il sentiero scendeva serpeggiando in un'infinità di tornanti. Avrebbero impiegato almeno venti minuti, per raggiungere la cittadina.

"Dovrai leggere il libro per scoprirlo. Fino a quel giorno, le mie labbra resteranno sigillate."

CAPITOLO 51

Raggiunsero la stazione di polizia appena dopo mezzogiorno. Kat slacciò le ciaspole e batté i piedi a terra per scuotere via la neve che si era attaccata agli stivali. Abbassò la maniglia della porta che, con suo grande sollievo, si aprì senza fare storie. Entrò nella stazione di polizia deserta, con Roger Landers che la seguiva a breve distanza. Una fila di sedie vuote era sistemata di fronte a un bancone, che in quel momento non era presidiato da nessun agente. Un talk show radiofonico faceva da sottofondo, emesso da una vecchia radio anni Novanta posata all'estremità del bancone. Tutto era immobile.

"C'è nessuno?" Silenzio.

Il commentatore radiofonico stava blaterando qualcosa a proposito della crisi economica.

Kat drizzò le orecchie quando sentì menzionare il premio Nobel per l'economia. Dopo la morte di Svensson, un altro economista era stato insignito del premio. Un economista che, guarda caso, sosteneva l'idea di una moneta unica globale.

Gettò un'occhiata verso Landers. Era impegnato a massaggiarsi i dorsi delle mani, e non sembrava che stesse prestando attenzione alla radio. Meglio così. Kat non aveva alcun desiderio di commentare con lui la notizia.

La loro discussione era degenerata al punto che non si rivolgevano più la parola. Kat non sapeva più a cosa credere, visto che Landers cambiava versione ogni cinque minuti. Il fatto che Jace fosse in arresto era un'altra bugia?

Landers emise un profondo sospiro, lasciandosi cadere su una delle sedie di plastica, allineate contro la parete. Kat lo guardò con la coda dell'occhio, restando in piedi accanto al bancone. Fece scorrere lo sguardo sul ripiano alla ricerca di un campanello, ma non lo trovò. A parte le luci accese e il riscaldamento in funzione, la stazione di polizia sembrava deserta, proprio come il giorno prima. Non si era certo aspettata un comitato di benvenuto, ma dopo una camminata di tre ore a quelle temperature glaciali, la sua pazienza era pressoché terminata.

Una porta di legno senza contrassegni si apriva alle spalle del bancone e conduceva agli uffici interni, o qualsiasi altra cosa ci fosse dietro le porte chiuse delle stazioni di polizia. Forse una cella di detenzione?

"C'è qualcuno?" Kat trascinò i piedi stanchi e appoggiò i gomiti al bancone. La neve scivolò giù dall'orlo dei suoi pantaloni e atterrò sul pavimento di linoleum, dove iniziò a sciogliersi formando piccole pozze. Guardò verso Landers, che si stava ancora sfregando le dita congelate. Sulla finestra sopra alla sua testa, l'umidità dei suoi vestiti bagnati si stava condensando, a formare minuscole goccioline sul vetro.

Kat era furibonda. Odiava Roger Landers, per averla ingannata e poi aver negato l'evidenza dei fatti. Odiava Nathan e Victoria, che si comportavano come se fossero al di sopra della legge. E avrebbe voluto odiare anche Jace, per aver rincorso quella storia. Ma non ci riusciva. Voleva solo riabbracciarlo.

Si voltò verso la porta. Stava considerando l'idea di scavalcare il bancone e passare dall'altra parte, quando la porta finalmente si aprì, lasciando entrare un agente in sovrappeso.

"Posso aiutarla?" Domandò. Sembrava che avesse il fiatone. Si lasciò cadere di peso su una sedia consunta. Gli ultimi due bottoni dell'uniforme erano tesi sulla sua pancia rotonda.

"Sono qui per vedere Jace Burton."

"Come dice?" L'agente di polizia si fece rosso in viso, mentre si sfregava una mano sulla fronte. Si asciugò il palmo sudato sulla camicia, poi stese la mano sotto il bancone per tirare fuori un raccoglitore. Aprì il faldone e sfogliò mezzo centimetro abbondante di fogli, prima di raggiungere la pagina giusta e appoggiarsi all'indietro contro lo schienale della sedia.

"Jace Burton," ripeté Kat. "È stato arrestato al Tides Resort."

"Jason Burton?" L'agente sbirciò attraverso i suoi occhiali da lettura. "Qui non c'è nessuno che corrisponda a quel nome. Cosa le fa pensare che sia qui?"

Kat lesse il cognome sull'uniforme. *Kravitz.*

L'agente che Roger Landers aveva intervistato per il telegiornale.

"Lo avete arrestato. Un paio di sere fa. Mi è stato detto che lo tenete qui."

"Mi sta prendendo in giro?" Disse Kravitz. "Se avessi arrestato qualcuno, me lo ricorderei."

"Magari l'ha fatto un altro agente."

Kravitz sbuffò con aria di scherno. "Improbabile. Qui ci sono solo io."

"Roger, raccontagli quello che hai detto a me." Kat si voltò verso Landers, ma la fila di sedie era vuota. Tutto quello che restava, erano le ciaspole di Kurt in una pozza di neve sciolta sul pavimento. "Il mio amico ha detto che era presente, quando avete arrestato Jace."

"Il suo amico immaginario? Io non vedo nessuno."

"Dove si è cacciato? Era seduto lì, fino a pochi secondi fa." Kat indicò la fila di sedie.

"Signora, qui ci siamo solo io e lei. Come ha detto di chiamarsi?"

L'ufficiale Kravitz alzò il volume della radio. Le ultime notizie erano state rimpiazzate da un opinionista borioso, che stava parlando del credito al consumo.

Kat si avvicinò all'agente Kravitz e alzò la voce. "Sono Katerina Carter. E il mio amico si chiama Roger Landers. Si ricorda di lui? È il giornalista che…" La voce di Kat si spense di colpo, quando si rese conto che l'agente non la stava ascoltando.

Kravitz lasciò cadere un altro faldone sulla scrivania. Tirò fuori un bloc-notes dalla tasca e lo aprì. Scribacchiò qualcosa, evitando accuratamente di guardare Kat.

"Mi scusi, Ufficiale Kravitz."

"Vada avanti, la ascolto." L'agente aprì il faldone, leccandosi il polpastrello ogni volta che voltava pagina.

"Non è vero. Sta aspettando che finisca di parlare per mandarmi via. Peccato che io non abbia intenzione di andare da nessuna parte. Jace è qui. Mi dimostri il contrario." L'orologio sopra la testa di Kravitz segnava mezzogiorno e quarantacinque. Mancavano venticinque minuti alla partenza del traghetto.

"Aspetti un momento. Lei è la stessa Signora Carter che ha denunciato la scomparsa di un uomo in mare, qualche giorno fa?" L'agente sollevò le sopracciglia. Poi tornò a consultare il faldone. "Quell'uomo si chiamava Roger Landers. Proprio come il suo amico. È riuscita a ripescarlo dalle acque?"

"Si è trattato di un malinteso. E ho il diritto di sapere se Jace è qui."

Kravitz sorrise. "La polizia non ha l'abitudine di diffondere certe informazioni."

Kat incrociò le braccia e gli restituì il sorriso, sforzandosi di trattenere la sua rabbia. "Allora aspetterò qui finché non si deciderà a dirmelo." L'agente avrebbe potuto costringerla ad aspettare per ore? In fin dei conti, cosa aveva da fare? Le parole crociate?

"Faccia come vuole."

Kat si diresse verso una sedia e si lasciò cadere. Fece più rumore possibile, sperando di irritare l'agente.

Funzionò. Kravitz la guardò storto.

"Non starà mica facendo sul serio." Abbassò il volume della radio.

"Gliel'ho detto, non me ne andrò senza una risposta."

L'uomo strinse le labbra, ma non disse una parola.

Kat sostenne il suo sguardo. "Roger Landers è stato testimone dell'arresto. Jace deve essere qui. Dove potrebbe trovarsi, altrimenti?"

Il volto dell'agente si fece rosso di rabbia. "Non c'è. E non c'è mai stato."

"Mi faccia dare un'occhiata. È la seconda volta che vengo. Non me ne andrò, fino a quando non sarò sicura al cento per cento che Jace non è qui."

Il telefono squillò. L'ufficiale Kravitz rispose dopo il primo squillo, e alzò una mano per chiederle di fare silenzio.

Kat tese le orecchie e rimase in ascolto. Stavano discutendo di un incidente automobilistico, che aveva richiesto la chiusura dell'autostrada.

"Dobbiamo tirarlo fuori. Quanto tempo ci vorrà?" L'agente Kravitz fece una lunga pausa, mentre aspettava che chiunque fosse dall'altra parte finisse di parlare. "Sul serio? D'accordo. Lo raggiungo lì."

Rimase di nuovo in silenzio.

"Ho capito. Emetterò un comunicato stampa alle cinque – per tutti i giornali nazionali. Nel frattempo, datti da fare. Hai ancora un sacco di tempo."

Un comunicato stampa per tutti i giornali nazionali? Cos'era successo di così interessante in quella cittadina isolata dal mondo? Un caso di taccheggio all'emporio? Un paio di sci rubati?

Il comunicato stampa doveva essere legato al World Institute. Quali erano le probabilità che in zona ci fossero altri eventi degni di nota, in contemporanea alla conferenza?

L'Ufficiale Kravitz la guardò storto, mentre appoggiava la cornetta del telefono. "È ancora qui?"

"A quanto pare. Forse non ci siamo capiti: io non me ne vado." Era la sua unica pista per rintracciare Jace.

D'altro canto, forse avrebbe fatto meglio a tornare a casa. Se Jace non si trovava in prigione, avrebbe cercato di chiamarla sul telefono fisso, visto che il cellulare di Kat era rimasto in albergo.

"Se le faccio vedere le celle, mi promette di andarsene? Non c'è nessuno in custodia. Per quello che vale, sono mesi che non facciamo un arresto." L'agente fece un gesto verso il cancelletto adiacente al bancone. In qualche modo, la telefonata aveva cambiato le cose.

Kat oltrepassò il cancelletto e seguì Kravitz dietro il bancone. C'era una grande stanza dall'altra parte, con un'altra porta che conduceva fino alle celle di detenzione. Erano vuote.

"Ora mi crede?" Kravitz era in piedi davanti alla porta aperta, le braccia incrociate sul petto.

Kat fissò lo sguardo contro le sbarre di una cella vuota. Si sentiva a pezzi. Era stata così sicura di trovare Jace in prigione, che non aveva nemmeno preso in considerazione le alternative. "Quando lo avete rilasciato?"

L'agente Kravitz rovesciò gli occhi al cielo. "Ma allora non mi ascolta? Non è qui. Non c'è mai stato. Non so niente riguardo al suo amico. Come ha detto che si chiama?"

"Jace Burton. E voglio denunciare la sua scomparsa."

"D'accordo. Dopo se ne andrà?"

Kat rimase in silenzio e si limitò a seguire l'ufficiale verso il bancone.

Qualcuno stava mentendo. O si trattava di Landers, oppure della polizia. Non sapeva chi dei due con certezza, ma di una cosa era sicura. Roger Landers era coinvolto nella scomparsa di Jace. C'era dentro fino al collo.

CAPITOLO 52

at si appoggiò alla porta d'ingresso di casa sua e la chiuse con una spinta. Fuori il vento soffiava forte, facendo sbatacchiare i pannelli di vetro delle antiche finestre. Scalciò via gli stivali e lasciò cadere la sua attrezzatura nell'ingresso, esausta. Era riuscita per un pelo a prendere l'ultimo battello del mercoledì e aveva ancora lo stomaco sottosopra per la traversata sulle acque agitate. Le traversate successive per quella sera erano state cancellate. Kat si domandò che cosa ne fosse stato di Landers. Non lo aveva visto a bordo.

Lasciò cadere le chiavi sul tavolino dell'ingresso e fece scattare l'interruttore per accendere la luce. Guardò dietro la porta, sperando di vedere le scarpe di Jace o di notare qualche segno della sua presenza.

Niente.

Il lampadario dell'ingresso illuminava la stanza vuota in cui erano evidenti i danni causati dall'incendio, cancellando ogni speranza di trovarlo a casa. Il cuore di Kat mancò un colpo quando vide la felpa di Jace appesa alla ringhiera di mogano della scala. Poi ricordò. Era esattamente nello stesso punto, quando se n'erano andati per raggiungere Hideaway Bay. Un severo promemoria che nulla era cambiato.

La vecchia casa continuava a scricchiolare, mentre il vento soffiava forte all'esterno. Kat si diresse verso la camera da letto e frugò nell'armadio per cercare i vestiti più caldi che aveva a disposizione. Mentre si cambiava, indossando un maglione di lana e le pantofole, guardò fuori dalla finestra. Era già scesa la sera e il vento frustava le foglie, sollevandole in vortici a forma di imbuto. Se non altro, lei era al sicuro, finalmente in un posto caldo e asciutto.

Kat scese al piano di sotto, i passi attutiti dalle pantofole. Entrando in cucina si rese conto di essere a digiuno fin dalla colazione di quella mattina. Aprì il frigorifero e sbirciò all'interno, ma la vista del cibo le fece rivoltare lo stomaco. Chiuse lo sportello senza prendere niente.

Tornò di sopra, nello studio, e accese il computer di Jace. La sua scomparsa era collegata in qualche modo a Roger Landers. Doveva solo capire in che modo.

Landers voleva Jace fuori dai piedi per guadagnare tempo, terminare il suo libro e pubblicarlo nel momento più opportuno. Ma potevano esserci altre ragioni? Forse Roger Landers non era semplicemente a caccia di storie. Forse era lui stesso coinvolto nella storia che stava scrivendo. Interpretare il ruolo del giornalista investigativo, in fondo, era un'ottima copertura.

Kat cercò il nome di Roger Landers su internet. A parte il libro che aveva pubblicato qualche anno prima, non c'era molto. Se davvero stava scrivendo un libro di denuncia sulla crisi economica mondiale, si sarebbe aspettata di trovare più articoli.

Era così assorbita nella sua ricerca, da non rendersi conto che il buio che era calato attorno a lei. Accese la lampada sulla scrivania. La luce della lampadina si affievoliva ogni volta che il vento soffiava forte all'esterno. Si domandò dove fosse Harry. Le tempeste lo rendevano nervoso. Sicuramente era preoccupato per la sua povera casa. D'impulso, Kat afferrò il telefono e compose il numero di cellulare di suo zio, ma non ottenne alcuna risposta.

A quel punto Hillary doveva essersi stancata di lui. Doveva averlo scaricato da qualche parte. Lo aveva abbandonato in giro per la città? Kat telefonò anche a casa dello zio, ma nessuno rispose. Avrebbe voluto cercarlo in lungo e in largo, ma decise di rimanere in casa. Jace e Harry avrebbero potuto presentarsi da un momento all'altro.

Le luci tremolarono di nuovo e questa volta l'interruzione di corrente durò qualche secondo più a lungo.

Alla fine l'agente Kravitz aveva ceduto, e aveva raccolto la sua denuncia. In realtà era solo un atto formale. Non era convinto che Jace fosse davvero scomparso. Probabilmente non avrebbe mosso un dito per cercarlo.

Non era nemmeno sicura che Kravitz fosse coinvolto nell'arresto di Jace, come sosteneva Roger Landers. Kat non sapeva più a chi credere o di chi fidarsi. Forse l'articolo che Jace stava scrivendo conteneva qualche prova, ma non l'avrebbe avuta fino a quando non l'avesse trovato.

Kat cercò di concentrarsi sul suo rapporto per il caso Edgewater, ma non ci riusciva. Stava sprofondando nella disperazione, pensò, mentre lottava per tenere gli occhi aperti. Il bagliore dello schermo, i suoi occhi secchi e la stanchezza di quei giorni stavano avendo la meglio su di lei. Era stanca marcia di Hideaway Bay, del World Institute e della maledettissima Edgewater. Aveva già i suoi problemi.

Avrebbe voluto Jace lì con sé. Avrebbe voluto sapere che Harry era al sicuro. Stava forse chiedendo troppo?

Ovviamente era un pensiero stupido. Non poteva rinunciare al lavoro per dare la priorità alla sua vita personale. Prima avrebbe dovuto terminare la relazione per Zachary, e poi avrebbe potuto dedicare tutti i suoi sforzi a ritrovare Jace e Harry. Le mancava così poco – doveva soltanto aggiornare il rapporto, includere le sue ultime scoperte ed esporre dettagliatamente le intenzioni del World Institute. Questo avrebbe dato a Zachary abbastanza elementi per perseguire legalmente suo padre. Anche se alcuni dei documenti chiave erano scomparsi, una ricostruzione accurata dei fatti avrebbe confermato il contenuto della sua relazione. Da quel momento in avanti, Kat non avrebbe più avuto alcun ruolo in quella faccenda. Zachary avrebbe potuto decidere di denunciare immediatamente suo padre, oppure aspettare e cercare di recuperare il denaro. In ogni caso, quella scelta era soltanto sua.

Ma qualcosa continuava a roderle.

Zachary. Sosteneva che Nathan fosse un uomo disonesto e immorale, ma poi faceva esattamente la stessa cosa – sfruttava gli altri per il suo tornaconto personale. Zachary voleva solo una fetta della torta, proprio come chiunque altro.

Le palpebre di Kat si fecero pesanti e dovette lottare per tenerle sollevate. Bisognava concludere quel rapporto prima di andare a letto, se voleva consegnarlo a Zachary la mattina seguente.

Il vento frustò le finestre dello studio e le luci tremolarono ancora una volta, prima di spegnersi completamente. Anche il computer sulla scrivania si spense di colpo. La batteria era esaurita. Kat imprecò tra i denti quando si rese conto di non aver salvato l'ultima versione del rapporto. Ci sarebbe voluta tutta la notte per recuperare quello che aveva perduto. Tanto valeva dormire per qualche ora.

Percorse il corridoio a tentoni, fino alla camera, e collassò sul letto senza nemmeno svestirsi. Scivolò in un sonno leggero, pieno di sogni agitati, in cui Jace compariva di continuo. Era nascosto nel cottage di Kurt, ma ogni volta che lei cercava di avvicinarsi, qualcuno si metteva tra di loro.

at si svegliò di soprassalto. Un rumore sordo, contro il portone al piano di sotto. Un'auto partì a tutto gas, facendo stridere le gomme, il rombo che si perdeva in lontananza. Poi si udì il suono di un vetro che andava in frantumi. Un'altra bottiglia incendiaria? Qualcuno che cercava di entrare?

Kat inciampò nel tentativo di raggiungere l'ingresso. Slittò sul tappeto del corridoio, nello stesso momento in cui un altro vetro si infrangeva. Il vento soffiava attraverso il pannello rotto della porta d'ingresso. Kat si accorse che il pavimento era coperto di schegge soltanto quando una le ferì il piede.

"Maledizione!" Kat spostò il peso sul tallone, ma il vetro scivolò ancora più a fondo. Sollevò il piede e tastò la pianta. Una scheggia spuntava dalla carne dell'avampiede. La tirò fuori. Qualcosa di appiccicoso seguì la scheggia e le gocciolò sull'altra gamba. Sangue. Tenne il piede sollevato, per evitare di insanguinare il tappeto all'ingresso. "Cosa diavolo è stato?"

Afferrò la sola cosa che aveva a portata di mano – la felpa di Jace – per bloccare il flusso di sangue. Mentre se la avvolgeva attorno al piede, individuò un cordless sul tappeto dell'ingresso. Era quello il proiettile che aveva rotto il vetro. Si sentì sollevata. Un telefono era decisamente meglio di una molotov.

Fuori era ancora buio, non poteva aver dormito per più di qualche ora. La corrente era tornata? Avrebbe dovuto chiamare la polizia? Il suo istinto prese il sopravvento prima che potesse farlo il buon senso. Girò il pomello della porta e la spalancò, sperando che là fuori ci fosse ancora qualcuno.

Non dovette cercare lontano. Davanti a lei c'era lo zio Harry, in piedi sulla veranda, con la schiena rivolta alla tempesta. "Zio Harry? Cosa ci fai qui?"

"Bel modo di darmi il benvenuto, Kat. Santo cielo." Si sfregò le mani e cercò di scaldarle soffiandoci sopra.

"Scusami, zio. Sono soltanto sorpresa di vederti. Dov'è Hillary?" L'automobile che era partita sgommando doveva essere la sua Porsche.

Kat si passò una mano sugli occhi come se volesse cancellare il sonno. Cosa sarebbe successo, se lei avesse perso l'ultimo traghetto e non fosse stata lì per aprire il portone? Harry non avrebbe saputo cosa fare. Non sarebbe stato in grado di ritrovare la strada di casa sua.

"Cosa c'entra Hillary, adesso?" Harry fece ondeggiare una mano per allontanarne il pensiero. "Posso entrare o vuoi farmi morire di freddo?"

"Ma certo." Kat si scansò dal portone e lo lasciò passare. "Sono davvero contenta che tu stia bene. Non mi aspettavo di vederti."

La demenza di Harry sembrava peggiorata drammaticamente, nell'arco di quei pochi giorni. Era stato lo stress di rivedere sua figlia? Il dottore l'aveva messa in guardia a proposito dei cambiamenti improvvisi. Hillary non aveva certo contribuito alla sua stabilità.

"Immagino che tu non mi abbia sentito bussare. Che cosa stavi facendo?" Quando Harry si fermò nell'ingresso, aveva i denti che sbattevano dal freddo.

"Stavo lavorando al piano di sopra." Kat chiuse la porta alle loro spalle. Non aveva senso fargli notare quanto fosse tardi. "Ti ha accompagnato qualcuno?"

Lo zio Harry indossava una giacca a vento leggera e dei pantaloni di cotone. Niente sciarpa e niente guanti. Un abbigliamento primaverile che risultava del tutto inadatto al rigido inverno di Vancouver. Nonostante le temperature sotto zero e la pioggia ghiacciata, i suoi vestiti erano quasi completamente asciutti. Se non lo avessero accompagnato in macchina, si sarebbe inzuppato da capo a piedi.

"Nah. Ho fatto due passi. Che programmi avete per cena, tu e Jace? Potremmo andare fuori." Harry si tolse le scarpe e appese la giacca nell'ingresso.

Le scarpe di Kat si incurvarono. Una profonda tristezza si era impadronita di lei. Forse le serviva del caffè. "Purtroppo Jace non è in casa. Che ne dici se ti preparo qualcosa?" Osservò lo zio. Aveva il volto cinereo. "Ti senti bene? Non hai una bella cera."

"Sto bene. Che hai fatto al piede?"

"Niente di grave. Ho calpestato un vetro rotto." Kat indicò le schegge che punteggiavano il pavimento dell'ingresso.

"Sei sempre così disordinata. Se avessi pulito il pavimento, non ti saresti tagliata."

"Lo so, zio Harry." Kat sospirò mentre lo seguiva, attenta a evitare le altre schegge di vetro. Non era stato lui a rompere il pannello di vetro, pochi minuti prima?

"Sei sicuro che Hillary non ti abbia accompagnato qui in macchina? Eri con lei, ricordi?" *Ricordi?* Kat non era riuscita a trattenersi. Per qualche istante, temette di aver ferito i suoi sentimenti, pronunciando quella parola. Ma Harry sembrò non farci caso.

"Sono sicuro. Non la vedo da secoli." Harry si sfregò la fronte. "Ti va di uscire a mangiare un boccone?"

"Ho un'idea migliore: prepariamoci un bel panino imbottito, così non saremo costretti ad affrontare la tempesta. Andiamo, zio. Siediti qui e aspettami. Devo dare una bella ripulita all'ingresso." Lo guidò verso la cucina, assicurandosi che evitasse i vetri rotti.

"Come vuoi." Harry trascinò i piedi fino al tavolo e si sedette.

Kat zoppicò verso il bagno del piano superiore. Cercando di non far gocciare il sangue sul tappeto, si sedette sul water, con il piede ferito appoggiato sul ginocchio opposto, e cominciò a frugare nella cassetta del pronto soccorso. Nonostante si fosse sforzata di non caricare il peso sul piede ferito, il vetro si era piantato in profondità. Kat studiò il taglio sulla pianta del piede. Era lungo più di cinque centimetri. Con una smorfia, afferrò un paio di pinzette e si mise al lavoro per rimuovere la scheggia.

Era difficile vedere quello che stava facendo, con tutto quel sangue, ma dopo qualche tentativo riuscì finalmente ad estrarla. Una scheggia di almeno due centimetri e mezzo, lunga e affilata.

Un quarto d'ora più tardi, dopo essersi ripulita e bendata il piede, zoppicò fino al piano di sotto e tornò in cucina.

Harry si alzò dalla sedia. "Stai zoppicando? Cosa ti è successo?"

"Non è niente, zio Harry. Perché non hai bussato al portone? C'era proprio bisogno di rompere il vetro?" Kat trascinò il piede bendato fino al frigorifero e tirò fuori pomodori e formaggio.

"L'ho fatto, ma non hai risposto. Allora mi sono preoccupato. Pensavo che ti fosse successo qualcosa. Mi dispiace per il vetro."

"Non importa." L'Alzheimer era un mistero. A volte Harry dimenticava le cose appena accadute eppure, ponendogli la stessa domanda qualche minuto più tardi, si otteneva una risposta completamente diversa – e lui sembrava ricordare tutto. Kat affettò il formaggio e il pomodoro, e li dispose a strati su due fette di pane bianco.

"Davvero sei venuto qui a piedi? Hai fatto tutta la strada da casa tua?" Il piede le pulsava da morire, rendendole difficile concentrarsi su qualcosa che non fosse il dolore. Delle chiazze color cremisi erano riuscite a penetrare i diversi strati di bende bianche.

"Te l'ho già spiegato, Kat. Hai problemi di memoria?" Harry si alzò e iniziò a camminare avanti e indietro.

"Mi dispiace. Sono stanca e non mi sento molto lucida. Per caso sai dov'è andata Hillary?" Era facile intuire il motivo per cui lo aveva scaricato lì. Non poteva riportarlo a casa sua, dopo averla svuotata e messa in vendita – a prescindere dallo stato mentale in cui si trovava, Harry si sarebbe accorto che tutta la sua roba era sparita.

"Hillary è al lavoro," disse Harry. Provò ad avanzare di un altro passo, ma perse l'equilibrio e si aggrappò alla credenza per non cadere. "Devo sedermi. Mi gira la testa e mi viene da vomitare."

Kat si affrettò ad aiutarlo, e lo riportò verso il tavolo della cucina. Quelle che aveva scambiato per gocce di pioggia sulla fronte di Harry erano in realtà gocce di sudore. Gli tastò la fronte. Era calda, nonostante lui stesse tremando. "Sei bollente. Ti senti bene?"

"Sto bene." Harry espirò e si lasciò andare sulla sedia.

"Ne sei sicuro?" Kat versò un bicchiere d'acqua e glielo porse, notando che la fronte aveva una sfumatura bluastra. "Davvero, non mi sembri molto in forma. Prova a mangiare qualcosa. Forse ti farà sentire meglio."

"Hai ragione, sto morendo di fame! Un panino sarebbe l'ideale. Puoi prepararmelo?"

"Penso di avere tutto quello che serve. Ci vorrà solo un minuto." Doveva trovare subito qualcuno che potesse occuparsi di lui. Tagliò il panino di Harry a metà e lo portò al tavolo, per poi appoggiarlo davanti allo zio. La benda che aveva avvolto attorno al piede ormai era completamente inzuppata di sangue. Ogni volta che metteva il peso sul piede, aveva la sensazione di essere trafitta da minuscoli frammenti di vetro.

Harry diede un paio di morsi al panino, poi lo posò e spinse via il piatto. "Niente da fare, Kat. Sono pieno come un uovo. Non posso mangiare nient'altro."

"Hai detto che stavi morendo di fame."

"Impossibile. Ho appena cenato."

Kat sospirò. Era colpa della malattia. Non aveva senso cercare di ragionare con lui. "Va bene, allora vieni con me."

"Dove andiamo?"

"A fare un giro." Il bendaggio di fortuna non era sufficiente a fermare il sangue. Le servivano dei punti, e avrebbe dovuto guidare fino all'ospedale.

Mentre afferrava le chiavi del furgone di Jace dal tavolino dell'ingresso, i suoi occhi si posarono sul cordless di Harry. Il telefono era ancora a terra, nel bel mezzo dell'ingresso. Come avesse fatto il telefono a salvarsi era un mistero, considerando che Hillary si era sbarazzata di tutto. A meno che Harry non l'avesse avuto con sé. In ogni caso, il cordless era inutile senza il suo supporto. Kat lo raccolse e lo posò sul tavolino dell'ingresso. L'indomani, avrebbe fatto riparare il vetro rotto. Prese in considerazione l'idea di bloccare l'apertura in qualche modo, ma le mancavano le forze per mettersi a cercare il nastro isolante. Sarebbe stato solo uno spreco di tempo. In quella casa non c'era niente che non le potessero portare via. Tutto ciò che per lei era importante, era già svanito: Jace e il vecchio zio Harry, la persona che era prima di ammalarsi, se n'erano andati per sempre. Insieme alla sua speranza. Kat era troppo stanca per continuare a combattere.

CAPITOLO 54

Kat tese il collo per guardare la televisione fissata alla parete, nella sala d'attesa del Pronto Soccorso. Era imbullonata al muro. Anche le sedie, rivestite di tessuto macchiato, erano avvitate al pavimento. Chi aveva arredato la sala, non aveva considerato un dettaglio: era impossibile stare seduti e guardare lo schermo allo stesso tempo. Quanti pazienti avevano cercato di rubare le sedie o il televisore, per indurre il personale a fissarli a quel modo?

Lo zio Harry guardava il vuoto davanti a sé, ignorando il rumore di fondo, un mix di bambini che urlavano, ubriachi molesti e lamenti vari, che riempivano quella sala d'attesa sempre troppo affollata.

Kat tese le orecchie per sentire il telegiornale. Sulla parte bassa dello schermo, scorreva un nastro con i titoli delle notizie, mentre un riquadro sulla destra riportava gli aggiornamenti più recenti. Su quel che restava dello schermo, si vedeva una giovane giornalista, posizionata davanti al Tides Resort di Hideaway Bay.

"Hai visto, zio Harry? È l'albergo in cui siamo stati!" Kat indicò lo schermo. La telecamera si allontanò dalla giornalista, una biondina con un giaccone invernale su cui compariva il logo della stazione televisiva. Dopo una breve panoramica della zona, lo schermo mostrò una figura maschile. Era Roger Landers, con indosso gli stessi vestiti del giorno prima. Il servizio doveva essere stato girato subito dopo la sua scomparsa dalla stazione di polizia.

"Come dici?" Harry voltò la testa di scatto.

"Guarda, in TV." Kat indicò il monitor.

"Cosa devo guardare?"

"Non importa." Kat si alzò in piedi e zoppicò verso il televisore per sentire meglio.

"Quando Svensson ha lasciato l'albergo, non era attrezzato per l'escursione. L'ho visto con i miei occhi. È per questo che ho temuto il peggio." Roger Landers stava indicando un punto alle sue spalle. In una mano teneva una copia del suo primo libro.

"Che cosa?" borbottò Kat.

Una coppia di anziane signore le lanciarono un'occhiata di fuoco.

Bugiardo. Roger Landers non si trovava nemmeno a Hideaway Bay, quando Svensson era scomparso. Non poteva averlo visto allontanarsi dal resort in quella fatidica notte, visto che era arrivato sullo stesso traghetto di Kat. E a quel punto Svensson era già morto.

La giornalista lo incalzò con un'altra domanda. "È stato allora che ha dato l'allarme? E come ha capito che non si trattava di un suicidio?"

"Molte persone lo volevano morto. Fredrick Svensson aveva delle idee molto particolari, riguardo alla politica monetaria globale."

La telecamera strinse l'inquadratura sulla giornalista, tagliando Landers fuori dalla scena. "L'economista Fredrick Svensson era candidato al premio Nobel. Le sue rivoluzionarie ricerche sono tutt'ora alla base del dibattito sull'abbattimento delle barriere monetarie. Per tutta la sua carriera, durata oltre trent'anni, Svensson aveva caldeggiato la proposta di una moneta unica globale. Poi, all'improvviso, sembrava aver cambiato idea. In un biglietto, che secondo gli inquirenti sarebbe stato scritto poco prima della sua morte, aveva annunciato un totale cambio di rotta."

Sullo schermo apparvero le immagini del discorso di Svensson a Stoccolma. Kat vide di nuovo la donna alle sue spalle. Questa volta ne fu assolutamente sicura. Si trattava di Angelika, la donna delle pulizie che aveva incontrato al Tides Resort.

Ma allora perché avrebbe dovuto travestirsi? Se lei e Svensson erano amanti, come Kat supponeva, questo avrebbe spiegato la presenza di

Angelika a Hideaway Bay. Non aveva bisogno di una copertura. A meno che...

Era coinvolta nell'omicidio di Svensson? Lo avevano visto in compagnia di una donna. Poteva trattarsi di lei? Forse esisteva una spiegazione più semplice: Angelika aveva dei conti in sospeso a Hideaway Bay, e non voleva essere riconosciuta.

In quel momento, Kat comprese il motivo per cui Roger Landers era scappato, quando l'aveva vista avvicinarsi sul traghetto per Hideaway Bay. Ammettendo di trovarsi su quella barca, avrebbe screditato la cronologia degli eventi che andava raccontando in televisione. Landers non avrebbe potuto affermare di aver visto Svensson il giorno della sua scomparsa, se qualcuno lo avesse visto arrivare a Hideaway Bay. Secondo la polizia, Landers era l'unico testimone, oltre alla donna sconosciuta, che potesse individuare con certezza l'ora della sparizione di Svensson. Le informazioni di Landers, però, avevano tutta l'aria di essere fasulle. E se, in realtà, Svensson fosse scomparso molto tempo prima?

Kat tornò verso la sua sedia. Appena il suo piede fu liberato dal peso del corpo, il dolore aumentò improvvisamente. Sollevò la gamba e appoggiò il piede sul tavolino davanti a sé, ignorando le occhiatacce dell'uomo di mezz'età che aveva seduto di fronte.

Landers aveva creato una gigantesca montatura. Era solo un tentativo di riordinare gli eventi a puntino, perché coincidessero con quello che sosteneva nel suo libro? Oppure c'era dell'altro?

La giornalista tese il microfono a Roger Landers e la telecamera ampliò l'inquadratura.

"Il suo improvviso cambio di opinione è stato sconvolgente per tutti," disse Landers. "Svensson stava smantellando la sua teoria, il motivo per cui avrebbe ricevuto un premio Nobel."

"La polizia ha qualche nuovo indizio sull'assassinio di Svensson?"

A Kat parve strano che quelle domande venissero rivolte a Landers, invece che direttamente alla polizia. I poliziotti di un piccolo centro avrebbero certamente gradito la visibilità conferita da un caso importante come quello. L'assassinio di Svensson era la cosa più eclatante accaduta a Hideaway Bay nel giro decenni. Forse la più eclatante di sempre. Dov'era l'agente Kravitz?

"C'è una novità fondamentale," disse Landers. "Un altro uomo è scomparso più o meno nello stesso lasso di tempo."

Landers non ne aveva mai parlato, fino a quel momento.

"E di chi si tratta?" Sembrava che la giornalista stesse recitando una parte, come se conoscesse già la risposta.

"Jace Burton. È un volontario del soccorso alpino, che ha una certa familiarità con quella zona. Recentemente, Burton ha perso il lavoro ed è probabile che fosse sconvolto. Conosce tutte le zone più pericolose, incluso il cornicione da cui è caduto Svensson. A questo punto delle indagini, Burton è il sospettato numero uno." Lo schermo mostrò un'immagine di Jace.

Kat rimase a bocca aperta. Landers stava cercando di incastrare Jace? Sapeva che Jace non si trovava su quel sentiero, quando Svensson era stato ucciso. Era disposto ad arrivare fino a quel punto, per rimpolpare la sua storia? Era per questo che Landers era andato al cottage di Kurt? Per fabbricare delle false prove?

Facendo irruzione nel cottage, Landers si era comportato da criminale. La violazione di domicilio era comunque un crimine piuttosto grave, anche senza l'aggravante di voler sviare le indagini. Era coinvolto nella scomparsa di Svensson, o stava solo coprendo qualcuno? Qualcuno come Nathan Barron?

Jace aveva ragione.

Non potevi comprendere la reale gravità di una situazione, fino a quando non ti toccava personalmente. Solo a quel punto capivi che valeva la pena combattere. Kat sperava solo che non fosse già troppo tardi.

CAPITOLO 55

"**Kat? L'infermiera ti chiama.**" Harry indicò la robusta infermiera che la stava aspettando davanti a una porta a doppio battente. La sua uniforme accentuava i rotoli di grasso, che lottavano per sfuggire dalla cintura dei pantaloni. La donna spostò il peso da un piede all'altro con l'aria stanca.

Kat non riusciva a credere di essersi appisolata nella sala d'aspetto. La mancanza di sonno e lo stress dei continui viaggi tra Hideaway Bay e Vancouver cominciavano a farsi sentire. Si alzò e seguì l'infermiera, facendo cenno a Harry di venire con lei.

Lo zio si alzò lentamente dalla sedia e la seguì trascinando i piedi. Anche se zoppicava, Kat dovette comunque rallentare per aspettarlo.

L'infermiera sollevò le sopracciglia e osservò Harry.

"Mio zio entra con me," disse Kat. Non aveva intenzione di lasciarlo di nuovo in una sala d'attesa.

L'infermiera incrociò il suo sguardo e annuì, dopo una rapida occhiata a Harry. Li condusse fino a una larga corsia, piena di letti allineati lungo le pareti. Ciascun letto era diviso dal successivo mediante una tenda, che dava una debole illusione di privacy. Una serie di voci si alzavano da ogni punto della stanza. Kat riuscì a distinguere frammenti di diverse conversazioni, mentre zoppicava verso uno dei letti.

L'infermiera si fermò a metà corsia e fece cenno a Kat di stendersi. Sollevò il piede ferito con dei cuscini, mentre Harry sedeva sulla sedia di plastica accanto al letto e riprendeva a fissare il vuoto.

Quando il dottore arrivò nel cubicolo, esaminò il piede e, dopo qualche istante, tirò fuori una seconda scheggia di vetro con le pinzette. "Ecco il problema. Avrà bisogno di punti. Spero che abbia già fatto il richiamo per l'antitetanica." Sorrise, mentre scribacchiava qualcosa su un bloc-notes. "Metta le scarpe, la prossima volta."

Il dottore fece girare lo sgabello e lasciò cadere le pinzette su un vassoio che aveva accanto. Fece per voltarsi di nuovo verso Kat, ma il suo sguardo si fermò su Harry. "Lei non ha una bella cera. Si sente bene?"

Harry aveva il viso arrossato e stava sudando, nonostante il fresco della grande stanza d'ospedale.

"Sì, sto benissimo." Harry si asciugò la fronte. "Ho lo stomaco un po' sottosopra, ma non è niente di grave."

Il dottore prese un abbassalingua dal vassoio e fece scivolare lo sgabello davanti a Harry. "Apra la bocca, per favore."

Harry obbedì.

"Quando ha mangiato l'ultima volta?"

"A dire il vero, non mangio da un po'. Forse da stamattina."

Kat lo interruppe. "Ha mangiato circa mezz'ora fa. Pochi morsi a un panino. Formaggio e pomodori." Si tirò su nel letto e sorrise al dottore. "A volte dimentica le cose."

Harry fissava dritto davanti a sé, il viso teso in uno sforzo di concentrazione, mentre il dottore tastava l'interno della sua bocca con l'abbassalingua.

Il dottore si voltò verso Kat. L'espressione amichevole era stata rimpiazzata da una maschera imperscrutabile. "Vorrei ricoverarlo, fare qualche esame. Potrebbe essere una semplice influenza, oppure qualcosa di più serio. Dovremmo tenerlo sotto osservazione per la notte."

Harry drizzò le orecchie. "Non voglio fermarmi tutta la notte. Devo andare a casa."

"Lei non sta bene, signor Denton. Non può tornare a casa in queste condizioni. È per la sua sicurezza."

"Davvero?" Le spalle di Harry si afflosciarono. "Sono messo così male?"

"Voglio solo assicurarmi che non sia qualcosa di grave, signor Denton. Le faremo alcuni esami."

"Va bene, dottore." Harry si strinse nelle spalle e guardò Kat, che annuì in segno di assenso.

Il dottore diede una pacca sulla spalla a Harry e uscì dal cubicolo, evitando lo sguardo di Kat.

"Non ti preoccupare, zio Harry. Sei preoccupato per la tua casa? Andrò a controllare e mi assicurerò che sia tutto chiuso a dovere. Comprese le tubature del gas. Tornerò a prenderti domattina, promesso." Effettivamente, Harry sembrava malato. Si comportava in modo ancora più strano del solito. Un controllo completo sarebbe stato un bene. Inoltre, questo risolveva un altro problema. Kat non avrebbe potuto riportare Harry a casa, visto che era stata svuotata. Forse sarebbe riuscita a rintracciare Hillary, se non avesse dovuto preoccuparsi di dove sistemare lo zio.

"Ne sei sicura, Kat? Se non ti è di disturbo…"

"Nessun problema, zio. L'ospedale è il posto migliore in cui stare, se non ti senti bene. Si prenderanno cura di te."

L'infermiera ricomparve nel cubicolo e fece un cenno a Harry. "Mi segua, signor Denton."

Harry si voltò verso Kat, ancora incerto. "Va bene, Kat. Se dici che è meglio così, resterò."

"D'accordo, zio Harry. Ci vediamo presto." Kat abbracciò Harry e si allontanò. Quella situazione non le piaceva per niente. Harry era ammalato, la sua casa era in vendita e le sue finanze erano state prosciugate. Jace era ancora disperso, e per di più sospettato di omicidio – almeno per come la vedeva Landers. Poteva fare qualcosa per rimediare? Le loro vite stavano andando in frantumi, e presto non sarebbe rimasto nient'altro che una polvere sottilissima. Non poteva più sperare di rimettere insieme i pezzi.

CAPITOLO 56

Kat uscì dall'ascensore al decimo piano. Era giovedì mattina e si sentiva più rilassata, dopo qualche ora di sonno ininterrotto. Il piede andava molto meglio, ed era riuscita a fissare un asse per coprire il vetro rotto del portone. Aveva perfino smesso di piovere. Avendo deciso di non tornare a casa di Harry finché non fosse riuscita a parlare con Hillary, Kat era andata direttamente in ospedale.

Seguendo le indicazioni degli infermieri, raggiunse il reparto di geriatria. Individuò Harry su una sedia, accanto alla postazione delle infermiere, impegnato a chiacchierare con due di loro. Kat sorrise e si avvicinò. Harry sembrava stare già molto meglio. Il suo colorito era tornato normale.

"Zio Harry? Come stai?"

Harry si voltò e le fece un gran sorriso quando la vide. "Cosa fai da queste parti, Kat?"

"Sono venuta a trovarti. Come ti senti?"

"Sto bene." Harry abbassò la voce. "Ti prego, non mettermi in imbarazzo. Non vedi che sto lavorando? Non posso parlare adesso."

"Sei all'ospedale, zio Harry."

"All'ospedale? Non essere sciocca." Harry indicò una fila di sedie dall'altra parte del corridoio. "Aspettami lì. Ti raggiungerò appena potrò fare una pausa."

Le due infermiere osservarono Kat, ma la loro espressione rimase immutata. La più anziana disse qualcosa alla seconda, poi si alzò e marciò dritta verso Kat. "La dottoressa Konig vorrebbe parlarle. Può aspettare qui, per favore?"

"D'accordo." Kat fece un passo verso la sedia di Harry, proprio mentre una ragazza slanciata dai capelli rossi svoltava l'angolo in tutta fretta, rischiando di investirla.

"Dottoressa Konig, questa è la nipote di Harry Denton. L'ha portato qui ieri sera." L'infermiera tornò alla sua postazione, lasciando Kat faccia a faccia con la dottoressa.

La donna annuì e squadrò Kat da capo a piedi, senza aprire bocca.

Kat tese la mano, ma la dottoressa si rifiutò di stringerla e incrociò le braccia.

"Abbiamo i risultati dei test preliminari." Gli occhi della dottoressa perforavano quelli di Kat, come in attesa di una reazione.

"È un'influenza, vero?" Domandò Kat, spostando tutto il suo peso sul piede sano. "L'ha presa qualche settimana fa. Però sembrava migliorato, negli ultimi giorni."

"Non esattamente. È stato avvelenato."

Kat rischiò di cadere all'indietro. "Avvelenato? È impossibile. Ne è sicura?"

"Sì, sono sicura." La dottoressa annuì, la bocca stretta in una linea dura e sottile. "È quello che evidenziano gli esami. Harry vive da solo?"

"Sì, ma trascorre con me la maggior parte del tempo. Gli preparo da mangiare. Di solito facciamo colazione e pranziamo insieme. Viene al lavoro con me, e stiamo insieme fino a cena. In genere, ecco. Sono stata via per qualche giorno."

"Non lo ha visto per qualche giorno? Credevo che si prendesse cura di lui." La dottoressa sbuffò. "Per quanto tempo lo ha lasciato da solo?"

A Kat non piaceva il tono della dottoressa "Un paio di giorni. Sono stata via per lavoro e non ho potuto evitarlo. Non riesco proprio a capire. Io e Harry mangiamo lo stesso cibo. Non dovrei stare male anche io?"

La dottoressa continuava a fissarla. "In teoria."

Kat si sentiva a disagio per il modo in cui la stava guardando. "Non starà pensando che io…" Kat fece un passo indietro. "Crede che l'abbia avvelenato? È una pazzia."

"Non importa quello che penso, signora Carter. Ho inviato la mia valutazione medica alle autorità. Saranno loro a determinare la migliore linea d'azione."

"Che cosa intende dire?"

La dottoressa Konig la guardò storto e le porse un biglietto da visita. "Questo numero potrebbe tornarle utile. Un'assistente sociale la chiamerà nei prossimi giorni. Nel frattempo, ci prenderemo cura di suo zio. Spero che capirà, ma non possiamo lasciarlo alla sua custodia. Tutte le sue visite avverranno sotto la supervisione di un'infermiera."

Kat lanciò un'occhiata in direzione di Harry. Una guardia di sicurezza si era materializzata a qualche metro di distanza, accanto all'ingresso. I suoi occhi incontrarono quelli di Kat.

"Non vi fidate di me?" Kat sentì la sua stessa voce incrinarsi. "Tutto questo non ha senso. Io non l'ho avvelenato."

La dottoressa Konig strinse le labbra, ma non disse nulla.

"Non farei mai del male a mio zio. Si tratta di un malinteso."

"Spero che sia così. Ma io devo prendere delle precauzioni. Ora, se vuole scusarmi." La dottoressa Konig si voltò e si allontanò. Kat la seguì con lo sguardo, mentre avanzava lungo il corridoio.

"Lei non capisce. Io non ho fatto niente." Fece per seguire la dottoressa, ma si fermò sui suoi passi quando vide che la guardia di sicurezza si stava avvicinando. Deglutì il groppo che aveva in gola. Si sentiva una criminale. Alzò ancora la voce, sperando che la dottoressa potesse sentirla. "Non può ricontrollare gli esami? Deve esserci stato un errore."

Ma la dottoressa continuò a camminare, scomparendo dietro l'angolo in fondo al corridoio.

Kat sentì un brivido correrle lungo la schiena. Harry era stato avvelenato mentre era con Hillary?

"Kat?" La voce di Harry era piena d'agitazione. "Ti prego, portami a casa."

La guardia di sicurezza si fermò e finse di guardarsi le scarpe per evitare di incrociare il suo sguardo. Rimase accanto alla postazione delle infermiere, a pochi metri da dove si trovava Harry. Probabilmente, stava aspettando che lei se ne andasse.

"Non posso, zio Harry." Kat arrossì mentre cercava di trattenere le lacrime. Non era così che dovevano andare le cose. Una a una, tutte le persone che amava le venivano portate via. Fissò il biglietto da visita che la dottoressa Konig le aveva lasciato. Le parole apparirono annebbiate, per via delle lacrime; si trattava di un'organizzazione sanitaria, con un nome lungo e intricato. Anche se li avesse contattati, non le avrebbero creduto. Girò sui tacchi per andare via, umiliata e distrutta da un irragionevole senso di colpa.

"Come sarebbe a dire?" Lo zio Harry si era fatto rosso in volto. "Non lasciarmi qui, ti prego. Devi farmi uscire."

"Mi dispiace. Tornerò presto." Kat si voltò di nuovo, cercando di trattenere le lacrime. Harry non poteva capire la situazione.

Kat si fermò sui suoi passi e sbatté le palpebre, temendo di essere in preda a un'allucinazione.

Hillary stava percorrendo il corridoio, i braccialetti che tintinnavano attorno ai suoi polsi. Indossava un cappotto nero, probabilmente fatto su misura, e stivali firmati con tacchi da dieci centimetri. Senza dubbio, li aveva comprati a spese di Harry. Hillary salutò le infermiere alla loro postazione, poi si girò verso Kat con un sorriso fasullo. Kat la ignorò.

Su indicazione delle infermiere, Hillary si affrettò lungo il corridoio, dove la dottoressa Konig la accolse con una stretta di mano, prima di scomparire con lei in un piccolo ufficio.

Mentre la porta si chiudeva alle loro spalle, Kat ripensò al succo d'arancia che aveva trovato nel frigorifero di Harry. Lo aveva appena assaggiato, il giorno in cui si era sentita poco bene. Aveva pensato che fosse andato a male, ma forse c'era dell'altro.

Ogni mattina, Harry beveva qualche bicchiere di succo; molto più di quanto ne avesse bevuto Kat, col suo piccolo sorso. Da quanto tempo stava assumendo il veleno? Kat doveva mettere le mani su quel succo d'arancia e farlo analizzare. Sperava solo che non fosse già troppo tardi.

at era seduta di fronte a Zachary Barron, ma stava ancora pensando alle accuse della dottoressa Konig. E, soprattutto, al succo d'arancia che suo zio consumava ogni giorno.

Zachary si appoggiò allo schienale della poltrona di pelle, le mani intrecciate dietro la testa. "Hai trovato le prove?"

"Ho scoperto qualcosa di interessante." Kat gli raccontò tutto quello che era successo nell'albergo, fino all'aggressione da parte di Nathan e Victoria. "È tutto scritto nella mia relazione. Purtroppo non ho quei documenti sotto mano, ma sono sicura che la verità verrà a galla." Dopo il blackout, aveva recuperato la relazione grazie a un salvataggio automatico. Non avrebbe permesso a Zachary di rimandare ulteriormente. Bisognava denunciare alle autorità lo schema Ponzi perpetrato da suo padre, e mettere fine a quella truffa.

"Quando avrai quei documenti, passeremo all'azione." Zachary si alzò per congedarla, ma Kat non aveva alcuna intenzione di andarsene. Non poteva usare i documenti come scusa per ritardare l'inevitabile.

"Zachary, non possiamo posticipare all'infinito. Le prove sono sufficienti, anche senza i documenti del World Institute. Sappiamo entrambi che la Edgewater è basata su uno schema Ponzi. Devi sporgere denuncia. Lo devi ai tuoi investitori."

"Non *devo* niente a nessuno, Kat. Guarda." Zachary voltò il monitor del suo computer, così che lei potesse vederlo. "Ho guadagnato il dieci per cento da ieri. Il dieci per cento. Sto investendo denaro dal mio conto personale. Userò i miei profitti per rimpinguare le casse del fondo e coprire le perdite. Dammi una settimana, e gli investitori riavranno ogni centesimo."

"Non puoi riparare ai crimini di tuo padre." Come poteva pensare di recuperare svariati miliardi di dollari in meno di una settimana? Anche se fosse stato possibile, perché non aveva eseguito le stesse operazioni fin dall'inizio? Nessuna delle transazioni precedenti, che Kat aveva accuratamente ricostruito e simulato, si avvicinava a quella percentuale di guadagno. "Questo non è un gioco, Zachary."

"Certo che lo è. Il sistema monetario è solo un grande gioco. I valori delle monete nazionali vengono manipolati continuamente. Non sarai così ingenua da credere il contrario. Denuncerò la frode perpetrata da Nathan, ma solo dopo aver recuperato il denaro degli investitori."

"Zachary, stiamo parlando di persone in carne e ossa, che hanno perso tutto il loro denaro. Meritano di saperlo immediatamente. Adesso. Non tra due settimane."

"Capisco perfettamente la situazione. Io ho sempre creduto nel fondo Edgewater, e ci ho investito più di chiunque altro. Non venirmi a dire quello che devo fare con i miei soldi."

Era per questo che stava cercando di pareggiare i conti? Voleva recuperare il denaro che aveva investito nell'azienda di famiglia? Quell'uomo non stava lottando per tutelare i suoi investitori.

Zachary si alzò e si avvicinò alla scrivania. "Appena sporgeremo denuncia, il tribunale ordinerà la chiusura del fondo. Congeleranno i beni della Edgewater e le perdite saranno permanenti. La Edgewater sarà costretta a dichiarare bancarotta, condannandomi a un'infinità di battaglie legali. Il denaro sul mio conto personale, però, rimarrà disponibile. Ne userò una parte per rimborsare gli investitori, puoi starne certa."

Kat scosse la testa. "Non starai dicendo sul serio?"

"Mi riprenderò ogni centesimo. Nathan non può sfuggire alla legge. Finirà comunque in galera, ma almeno gli investitori non ne usciranno rovinati."

"Pensi di guadagnare tutti quei soldi nel giro di due settimane?"

"Non sarà facile, ma si può fare. Il sistema finanziario globale è così fragile, e tende a oscillare continuamente. Ogni grande investimento è come una scossa di terremoto che fa spostare il flusso del denaro. Vuoi sapere una cosa? Il valore delle monete nazionali è solo una convenzione. Perfino la moneta unica del World Institute non potrebbe sottrarsi a questo sistema. Tutto è completamente avulso dal valore effettivo delle cose, ed è così da decenni. Guarda questo." Zachary estrasse il portafogli dalla tasca posteriore e tirò fuori una banconota, che lasciò cadere sulla scrivania. "Che cosa vedi?"

Kat decise di stare al gioco. "Un dollaro."

"Così dice la scritta che compare sulla banconota. Ma che cos'è un dollaro? È solo una promessa di pagamento da parte del governo. Se lo guardi attentamente, è un pezzo di carta senza valore."

"Suona molto strano, detto da te. I tuoi investimenti si basano proprio sul valore di questi pezzi di carta."

"La cosa strana è che possiamo scambiare questi biglietti per oggetti di pari valore. Prima del denaro, si utilizzava il baratto. Poi arrivarono le monete d'oro. Qualcosa di valore veniva ceduto in cambio di qualcos'altro. L'oro veniva scambiato col cibo, e non c'era niente di sbagliato. Ma adesso è diverso. Questa promessa non vale la carta su cui è stampata. Le banconote eccedono il valore dei beni, e mettono continuamente a rischio l'economia globale."

"Ti dispiacerebbe spiegarmi cosa c'entra con la Edgewater? Temo di non capire."

"Denunciando la frode di Nathan, il sistema collasserebbe. Stiamo parlando di una somma enorme, Kat. Una somma di denaro così grande, che le sue ripercussioni andrebbero ben oltre la Edgewater. L'economia globale ha già cominciato a incrinarsi. Qualsiasi colpo improvviso potrebbe mandare in frantumi l'intero sistema finanziario."

"Adesso stai esagerando. Il fondo Edgewater copre solo una piccola frazione del denaro in circolazione. Non credo che un'eventuale bancarotta destabilizzerebbe il sistema finanziario globale. Non è possibile."

"Non sto parlando soltanto della Edgewater. Il denaro rubato ha finanziato un'organizzazione segreta che vorrebbe annientare le monete nazionali. La notizia si diffonderà a macchia d'olio. I cittadini perderanno fiducia nei loro governi e nelle banche. Andranno a ritirare il loro denaro per metterlo al sicuro, e ogni conto corrente sulla faccia della terra verrà azzerato. Tutto il denaro del mondo non sarà sufficiente a sostenere una richiesta del genere."

"Non credo che succederà. È soltanto una scusa per guadagnare altro tempo."

"Perché non vuoi ascoltarmi? La caduta della Edgewater provocherà un effetto domino. È tutto collegato."

"Non credi che l'economia mondiale riuscirà a reggere il colpo e rimanere in piedi?"

"L'economia mondiale è una farsa. È come una gigantesca partita a poker. Ogni giocatore pensa di avere la mano vincente. Finché le cose stanno così, tutti restano in gioco e il banco continua a incassare. Ma adesso hanno capito che il mazzo è truccato, e stanno fuggendo a gambe levate. Non possiamo permettere che tutti i giocatori pretendano di incassare le loro fiche nello stesso momento."

"Nathan non può farla franca. Lo hai detto anche tu."

Zachary rimase in silenzio.

In quel momento, Kat comprese che razza di persona aveva davanti. Zachary non era molto diverso da suo padre. Voleva soltanto una cosa – il potere assoluto. La differenza stava solo nei mezzi che avevano scelto di utilizzare. Nathan voleva controllare il sistema monetario dall'alto, piegando le regole a suo piacimento. Per contro, Zachary si muoveva all'interno del sistema, utilizzando il denaro per attrarre altro denaro.

"Lo distruggerò. Ma non voglio che siano i mercati a farne le spese. Lasciami recuperare quel denaro. Ripagherò gli investitori e chiuderò l'azienda. Poi lo denuncerò. Non cercare di mettermi i bastoni tra le ruote. Ti prego, Kat. Faresti del male a te stessa. Al mondo intero."

"Non è mia la colpa, ma di chi ha creato questa situazione. Lasciati dire una cosa: non riuscirai a recuperare quei soldi. Aspettare renderà più doloroso l'inevitabile."

"Niente è inevitabile." Zachary voltò di nuovo il monitor verso di sé. "Lo schema Ponzi è la truffa più vecchia del mondo." Zachary non attese la sua risposta. "Ne esistono centinaia di varianti. Migliaia. Anche in questo momento, in diverse parti del mondo, qualcuno lo sta utilizzando per arricchirsi. Molte di queste truffe andranno avanti per anni.

Fino a quando i ricavi, la riserva di denaro e gli investimenti continueranno a crescere, nessuno lo saprà mai. Con il sistema monetario globale, sta succedendo la stessa cosa. I beni reali non bastano a coprire per intero il valore dei soldi in circolazione. Il sistema si fonda sul presupposto che le persone non andranno a riscuotere le loro fiche nello stesso momento. Fino a quando nessuno entra nel panico, il denaro è più che sufficiente – i soldi restano nelle casse delle banche e tutti sono felici. Non ti sembra solo un grande gioco? È pericoloso smascherare un bluff, se la situazione non è a tuo favore."

"Non riesco a capire, Zachary."

"Non c'è niente da capire. Mio padre avrà quello che si merita. Dopo che avrò recuperato i soldi persi."

Kat balzò in piedi al primo squillo del suo cellulare. Controllò il display. Era l'ospedale. Quella discussione non la stava portando da nessuna parte, e non aveva alcuna fretta di terminarla. "Devo rispondere. È urgente."

Dall'altra parte della linea, sentì una voce femminile. Era piuttosto agitata. "Ho un paziente che chiede insistentemente di vederla. Non so più cosa fare. Può venire il prima possibile?"

Lo zio Harry doveva sentirsi meglio. Quell'infermiera sembrava decisamente più cordiale delle due che aveva incontrato al reparto. Probabilmente non sapeva nulla della faccenda. "Come sta?"

"È un po' confuso. Continua a parlare di finanza e globalizzazione."

Strano. Harry non sopportava quel genere di conversazioni. Forse si era dimenticato perfino della sua avversione alla finanza.

"Pensavo di passare tra un paio d'ore," disse Kat. Non riusciva a credere che l'ospedale avesse improvvisamente cambiato idea sul suo conto.

"Speravo che potesse venire prima, magari per calmarlo un po'. Se decide di andarsene, io non posso fermarlo. Ma ha davvero bisogno di cure mediche."

"Soffre di demenza," disse Kat. "E poi si agita facilmente, quando si trova in un luogo che non gli è familiare." Era sorprendente che Harry si ricordasse del World Institute e di Nathan Barron. Ancora più straordinario, era il fatto che avesse deciso di parlarne spontaneamente.

"Demenza? Non credo che sia questo il caso. A me sembra normale."

"All'inizio sembra normale a tutti, ma dopo qualche minuto comincia a ripetersi." Possibile che l'infermiera non avesse riconosciuto i sintomi? Eppure era una professionista del settore. Bastavano pochi minuti di conversazione, per capire con chi si aveva a che fare.

"Le garantisco che questo ragazzo non soffre di demenza. È ancora troppo giovane…"

"Troppo giovane?" Lo zio Harry dimostrava meno anni di quanti ne avesse, ma era comunque anziano. "Sta scherzando? Ha ottant'anni."

L'infermiera scoppiò a ridere. "Ottanta? Non credo proprio. Ma forse non stiamo parlando della stessa persona." Esitò un istante, poi riprese a parlare. "È senza documenti. Mi ha consegnato il suo cellulare e mi ha chiesto di telefonarle. Il suo numero era registrato tra i contatti d'emergenza."

Il cuore di Kat mancò un battito. "Ha i capelli castani e gli occhi azzurri? Circa un metro e novanta di altezza?"

"All'incirca."

Allora è vivo. "Il suo nome è Jace. Jace Burton."

CAPITOLO 58

Kat **era arrivata all'ospedale** in tempo record, nonostante il traffico congestionato, un incidente che aveva coinvolto quattro automobili e l'immancabile lotta per trovare parcheggio. Aveva lasciato l'automobile in una zona a rimozione forzata e non era sicura di ritrovare il pick-up al suo ritorno. Ma che importanza aveva? Ne valeva la pena, se serviva ad arrivare anche solo un minuto prima.

Jace sollevò lo sguardo dal suo letto d'ospedale. Il lato destro del viso era coperto di graffi e aveva l'occhio gonfio al punto da non poterlo aprire. "Portami a casa."

"Chi è stato? Cosa ti hanno fatto?" Kat si appollaiò su un lato del letto e gli accarezzò la fronte. "Nathan Barron?"

Jace fece una smorfia. "Che c'entra Nathan Barron?"

"Hideaway Bay? La stanza d'albergo? Non ti ricordi? Stavi parlando con Roger Landers."

Jace si grattò la testa. "Roger Landers? Mi ricordo di lui. Eri arrabiata perché stava svuotando il nostro frigobar. Nathan Barron non c'era. Non credo di averlo mai visto." Jace aggrottò le sopracciglia. "Come sono arrivato qui?"

"Non lo so." Kat deglutì. Aveva un groppo in gola e non c'era modo di scioglierlo. "Sei sparito per giorni. Credevo che non ti avrei più rivisto."

"Per giorni? Ne sei sicura" Jace cercò la mano di Kat e la strinse forte.

"Proprio non ricordi? Tu e Landers vi eravate spostati nell'altra stanza, e poi..."

"No." Jace scosse la testa. "Ho un vuoto totale."

Kat aggrottò la fronte. "Sei sicuro di non aver visto Nathan? Hai incontrato una donna? Poteva trattarsi di Victoria Barron."

"Io... io non lo so. È successo qualcosa di strano. Ma non riesco a ricordare." Jace fece una smorfia. "Qualcuno ha bussato alla porta. O almeno credo."

"Jace, cerca di concentrarti. Sei andato nell'altra camera con Landers. Hai preso i documenti del World Institute e il mio portatile. Quando sono entrata in quella stanza, il portatile c'era ancora, ma i documenti erano spariti. Sai che fine abbiano fatto? Li ha presi Roger?"

Jace fece scorrere lo sguardo lungo le pareti della stanza. "Non ce la faccio. Non mi viene in mente niente. Dove sono i miei vestiti? Forse contengono qualche indizio."

Kat si alzò in piedi, sentendo crescere la speranza. Possibile che i documenti fossero in quella stanza? Erano la chiave per incastrare definitivamente Nathan Barron, collegandolo alla Research Analytics e al World Institute. Il programma all'ordine del giorno e i verbali delle conferenze passate erano particolarmente incriminanti, e avrebbero confermato la relazione che aveva scritto per Zachary.

Si guardò intorno, ma non riuscì a rintracciare gli effetti personali di Jace.

"Cerchiamo di ripercorrere i fatti. Stavi scrivendo un articolo sul World Institute. Volevi consultarti con Landers. La discussione era incentrata sulla moneta unica globale. Stavate sfogliando quei documenti."

E poi abbiamo litigato. Sperava che Jace non ricordasse quella parte.

"Intendi il programma della conferenza? Ma certo! Mi hai chiesto di non mostrarlo a Landers." Jace puntò i gomiti e cercò di sollevarsi. Imprecò dal dolore e tornò ad appoggiare la testa sul cuscino.

Kat alzò una mano, facendogli cenno di non sforzarsi. Premette un pulsante accanto al letto e lo schienale si sollevò leggermente.

"Allora qualcosa ti ricordi! Dov'è finito il programma della conferenza?" Kat ispezionò la stanza e notò una cassettiera addossata alla parete più lontana. La raggiunse e cominciò a controllare i cassetti.

"Non lo so," disse Jace, sbadigliando. "Ricordo la stanza, ma i fatti sono confusi."

Jace non aveva ancora menzionato il suo articolo. Aveva dimenticato anche quello? "Ti ricordi del *Sentinel*? Abbiamo scoperto il motivo per cui il tuo articolo è stato censurato." Kat gli mostrò una bozza dell'articolo, che aveva fatto stampare per allegare alla documentazione della Edgewater. "Guarda questo indirizzo: 422 Cedar Street."

Jace la guardò senza capire, lo sguardo vuoto e inespressivo.

"È l'indirizzo della Global Financial. 422 Cedar Street."

"E allora?" Jace afferrò un bicchiere dal comodino e bevve attraverso la cannuccia.

"La Global Financial ha lo stesso indirizzo della Beecham, la società fittizia che figura come revisore dei conti della Edgewater." Anche se Jace aveva fatto qualche ricerca sulla Beecham, non aveva ancora notato la corrispondenza di indirizzi.

"Sono collegate?" Jace si sollevò di scatto, rovesciandosi l'acqua sul camice dell'ospedale. "Per essere un magazzino abbandonato, quel posto ospita un sacco di attività."

"Avevi ragione su Pinslett. Sto ancora lavorando sui dettagli, ma sembra che la frode immobiliare della Global Financial sia in qualche modo legata a lui. Pinslett la utilizzava per raccogliere i fondi da destinare al World Institute. Proprio come faceva Nathan Barron, che dirottava il denaro dalla Edgewater."

"Acuta come sempre. Hai seguito i soldi e sei arrivata al colpevole." Jace fece passare una mano sul camice dell'ospedale, spruzzando via alcune gocce d'acqua.

Kat annuì. Scoprire che si trattava dello stesso indirizzo era stata una circostanza fortunata. D'altra parte, la fortuna aiuta gli audaci – e nel suo mestiere l'audacia era una dote fondamentale. Una volta trovati i dati, bisognava essere in grado di leggerli e interpretarli. I dati fornivano degli indizi – un indirizzo non significava niente, se non veniva collegato a qualcos'altro. Kat aveva scoperto una coincidenza. Uno schema ricorrente. E questo le aveva permesso di comprendere la verità.

"Era un ragionamento piuttosto elementare. Il responsabile della frode immobiliare doveva essere collegato al World Institute. Chi è così potente da poter censurare un articolo del *Sentinel*? Tra i membri del World Institute, il nome più probabile era quello di..."

"Gordon Pinslett." Jace scostò le coperte e slanciò le gambe oltre il bordo del letto. "Voglio far pubblicare il mio articolo. Devo uscire di qui."

"Non andrai da nessuna parte, mio caro."

Kat smise di cercare nei cassetti e si voltò verso la porta.

Un'infermiera paffuta era appena entrata nella stanza. Le sue suole di gomma producevano degli squittii sul pavimento, mentre camminava verso il letto di Jace. "Mettiti giù. Prima ti rimetterai in forze, prima potrai andartene da qui."

L'infermiera bloccò il braccio di Jace. Lo stesso avambraccio che si era riempito di vesciche a causa dell'incendio ora mostrava un'ammostatura violacea all'interno del gomito. Anche Kat aveva un livido simile, esattamente nello stesso punto. Una piccola crosta decorava la parte alta dell'avambraccio di Jace. Doveva trattarsi di un'iniezione malfatta, oppure un segno di resistenza da parte del paziente. Probabilmente un po' di entrambe.

"Chiedo scusa. Non mi ero accorta che avessi una visita." L'infermiera fece un cenno di saluto in direzione di Kat, quindi raggiunse il letto e sollevò il braccio sano di Jace. Gli applicò il bracciale dello sfigmomanometro e cominciò a pompare per farlo gonfiare.

"Lo hanno trovato in stato di shock. Non sapeva nemmeno dirci il suo nome." L'infermiera guardò il monitor e slacciò la chiusura di velcro. "Sembra tutto a posto. Nei prossimi giorni dovrebbe recuperare la memoria, ma non posso garantirlo al cento per cento."

"La ringrazio molto," disse Jace. "Mi sento già molto meglio. Posso tornare a casa?"

L'infermiera lo ignorò. E lo stesso fece Kat. "Come ha fatto Jace ad arrivare qui? All'ospedale, intendo."

"Come tutti gli altri, tesoro. Su un'ambulanza."

"Ne è sicura? Era scritto sulla cartella medica, oppure lo ha visto con i suoi occhi?"

"Non ero di turno, ma conosco tutti i dettagli." Sembrava che le domande di Kat cominciassero a infastidirla. "Ne hanno parlato anche al telegiornale."

L'infermiera notò l'esitazione di Kat e la guardò con disapprovazione. Kat scosse la testa. Non aveva avuto il tempo di guardare i notiziari. Era stata troppo impegnata a farsi drogare e scaricare su una panchina della stazione ferroviaria di Waterfront. Ma sarebbe stato inutile raccontarlo all'infermiera. L'avrebbe solo fatta passare per pazza.

La versione dell'infermiera, tra l'altro, era in conflitto con la ricostruzione di Landers. Tutta la storia della prigione, ovviamente, era falsa e Kat si sentì una stupida per aver creduto a una menzogna del genere. Quel tizio era un bugiardo patologico. Nonostante la presenza dell'infermiera, decise di riprendere a controllare i cassetti.

"Non capisco come sia successo," disse Jace. "Di punto in bianco, mi sono svegliato in questa stanza. Dove mi hanno trovato?"

L'infermiera sistemò la cartella ai piedi del letto e si voltò per rispondergli. "Eri steso sul ciglio dell'autostrada, privo di sensi. La polizia ha detto che qualcuno ti ha scaricato lì. Sei fortunato a non essere morto di freddo." Detto questo, si voltò verso Kat. "Si è svegliato solo un'ora fa."

"Non mi sento così fortunato." Con un gemito di dolore, Jace si voltò su un fianco.

Kat aprì l'ultimo cassetto in fondo e sorrise. All'interno, c'erano i vestiti di Jace. Tirò fuori la giacca e tastò tutte le tasche, una per una. Niente da fare. Piegò la giacca e la posò nel cassetto.

"Credimi, sei fortunato," ripeté l'infermiera. "Una leggera ipotermia, geloni su tre dita e una commozione cerebrale. Sarebbe potuta andare molto peggio. C'è mancato poco che ti travolgessero."

L'infermiera si voltò e lasciò la stanza. I suoi passi squittivano sul pavimento di linoleum.

Kat estrasse la camicia di Jace dal cassetto e controllò anche quella. Il taschino era vuoto. Restavano solo i jeans. Li sollevò dal cassetto e infilò le mani nella tasca posteriore. Dentro la tasca, piegata in quattro, c'era una copia dei verbali del World Institute. Nessuna traccia degli altri documenti. Probabilmente erano nelle mani di Nathan Barron. Oppure di Landers. Non aveva importanza chi dei due – ormai era evidente che fossero complici.

"Anch'io ho avuto qualche problema con Nathan e Victoria." Kat gli raccontò com'erano andate le cose. "E Landers è rimasto lì senza fare niente."

"Aspetta un momento. C'era anche l'ex-moglie del tuo cliente?"

Kat annuì, rendendosi conto solo in quel momento che Jace non aveva mai visto Victoria di persona.

"Adesso ricordo," disse Jace. "È stata una donna. Aveva un accento russo."

"Un accento russo?"

"Sì. La donna di servizio."

"Angelika? La donna di servizio del Tides Resort?"

"È lei che mi ha fatto l'iniezione." Jace si sfregò il braccio, nel punto in cui l'ago era penetrato nella sua pelle. "Era nella stanza insieme a Nathan Barron. E c'era anche Landers." Jace socchiuse gli occhi. "Quel traditore."

"Sei certo che fosse lei?" Per questo la donna di servizio era entrata nella loro stanza così presto, quella mattina? Era alla ricerca di qualcosa. O di qualcuno.

Jace annuì. "Esatto."

Svensson e Angelika. Angelika e Nathan. Nathan era coinvolto anche nell'assassinio di Svensson?

L'infermiera ricomparve sulla soglia della stanza, con un bicchiere di carta e alcune pillole.

Jace sorrise e buttò giù le medicine. Qualsiasi cosa fossero, nel giro di pochi minuti si sentì meglio. Tutti i suoi problemi sembravano insignificanti.

Kat invece non riusciva a smettere di rimuginare, il cuore che batteva più forte a ogni nuova scoperta. Le carte prepagate. Ce n'erano diverse, nelle cartelle della Edgewater. Ne aveva trovata una anche nell'uniforme da inserviente. L'uniforme corrispondeva grosso modo alla taglia di Angelika. Era una forma di pagamento da parte di Nathan? E se così fosse stato, per quali servizi la stava pagando?

La voce dell'infermiera interruppe le sue riflessioni. "Dobbiamo tenerlo a riposo. Per qualche giorno, il ragazzo non andrà da nessuna parte."

Kat si lasciò sfuggire un sorriso. Era la notizia migliore che potessero darle.

CAPITOLO 59

Kat raggiunse casa di Harry appena dopo mezzogiorno. Il marciapiede davanti all'edificio non era ancora stato liberato dalla neve e contrastava nettamente con i vialetti perfettamente puliti delle case circostanti. Kat salì i gradini che conducevano alla porta d'ingresso e bussò. Esisteva una possibilità che Hillary non avesse svuotato il frigorifero? Kat sperò di riuscire a mettere le mani su quel succo d'arancia – doveva essere quella la fonte dell'avvelenamento. Ma potevano esserci altre spiegazioni. Intossicazione alimentare? Voleva far analizzare il succo e vedere se i risultati avallavano la teoria della dottoressa Konig. In fin dei conti, anche Kat aveva sperimentato i sintomi dell'avvelenamento.

Alla porta non ottenne risposta. Tirò un sospiro di sollievo. Hillary non aveva ancora venduto la casa. Era improbabile che potesse concludere la vendita così in fretta, ma tutto era possibile quando si trattava di Hillary. Specialmente se aveva bisogno di denaro.

A pensarci bene, Kat se l'era cercata. Se non le avesse impedito di accedere al conto in banca di Harry e alle sue carte di credito, Hillary non sarebbe tornata in città. Era tutta colpa sua. Ma non aveva avuto altra scelta.

Voleva entrare in casa il prima possibile, ma decise di bussare ancora e si costrinse ad aspettare un altro minuto. Nessuna risposta. Si appoggiò alla porta e rimase in ascolto, per cogliere eventuali rumori all'interno.

La diagnosi di avvelenamento continuava a sembrarle surreale. Lei e Jace erano a Hideaway Bay, quando era accaduto. Hillary era l'unica possibile colpevole. Perché nessuno sospettava di lei? Perché le permettevano di fare visita a Harry senza la supervisione degli infermieri? Forse aveva messo in piedi uno dei suoi soliti teatrini, convincendo tutti della sua innocenza. Forse stava cercando di incastrare Kat.

Un brivido le attraversò il corpo. Harry era in pericolo. Hillary poteva ancora avvicinarsi a lui.

Attraversando il portico, Kat sbirciò tra le tende. Sembrava che non ci fosse nessuno.

Scese gli scalini della veranda e fece il giro dell'edificio. Nel cortile, la neve non era stata calpestata. Non era passato nessuno dalla notte prima. Guardò attraverso la finestra della cucina. Deserta. E ancora spoglia, come l'aveva vista durante l'ultima visita. Perfino i piatti impilati nel lavandino non erano stati toccati. Kat girò la chiave nella serratura ed entrò.

Andò dritta verso il frigorifero, storcendo le labbra al ricordo di quel disgustoso succo d'arancia. A giudicare dal sapore rancido, sembrava andato a male. Lei e Harry si erano sentiti male poco dopo aver fatto colazione. Lei ne aveva bevuto solo un sorso, e i suoi sintomi erano stati più lievi. Appena lo aveva assaggiato, aveva provato una sensazione di nausea. Kat si rese conto che, nelle ultime settimane, non aveva mai acquistato il succo d'arancia al supermercato. Lo aveva sempre trovato nel frigorifero, già versato nella caraffa.

Harry aveva detto di avere dolori allo stomaco, ma il dottore aveva ignorato quel sintomo, concentrandosi sulla diagnosi di Alzheimer. L'avvelenamento poteva spiegare molte cose: il suo pallore, il sudori freddi e il malessere generale. I suoi sintomi andavano e venivano, in maniera troppo irregolare perché si trattasse di influenza. Ma perché Hillary avrebbe dovuto avvelenare suo padre?

Kat aprì il frigorifero. I ripiani erano vuoti.

Imprecò tra i denti.

Avrebbe dovuto rinunciare a ogni speranza?

Dopo la diagnosi, Hillary aveva distrutto le prove. Ma i risultati erano stati resi noti dai medici solo quella mattina, e l'assenza di tracce nella neve indicava che la bottiglia doveva essere stata eliminata prima della notte precedente.

Kat estrasse il cellulare dalla tasca e chiamo Connor Whitehall. Più di ogni altra cosa, aveva bisogno di palare con qualcuno. Qualcuno che potesse capire.

La chiamata fu deviata alla segreteria telefonica. Invece di lasciare un messaggio, appoggiò la schiena alla parete della cucina e si lasciò scivolare fino al pavimento, affondando la testa tra le mani.

Era a corto di idee, ma doveva fare qualcosa. La storia dell'avvelenamento sembrava inverosimile, eppure i test dell'ospedale confermavano tutto. Si sentiva parte di uno strano reality show, uno spettacolo crudele e surreale.

Poteva sempre chiedere il parere di un altro medico, ma probabilmente avrebbe ottenuto lo stesso risultato. L'avvelenamento aveva senso. E non era stata lei a provocarlo.

Possibile che la caraffa fosse finita nella spazzatura? Kat si alzò così in fretta che le girò la testa e rischiò di cadere.

Dopo aver recuperato l'equilibrio, controllò il secchio della spazzatura che si trovava in cucina.

Vuoto.

Aprì la porta che dava sull'esterno e corse giù per i gradini, fino a scendere in cortile. Una volta fuori, sollevò il coperchio del bidone dell'immondizia e lo lasciò cadere sulla neve. Nonostante il freddo, la spazzatura emanava il suo inconfondibile puzzo, che le riempì le narici. Kat entrò in garage e afferrò un paio di guanti da giardinaggio.

Tornando al bidone della spazzatura, iniziò lo spiacevole compito di setacciarne il contenuto. Affondò le mani tra i rifiuti, uno strato dopo l'altro, frugando tra borse di carta zuppe e sacchetti di plastica sudici. Una scheggia di vetro si fece strada attraverso i guanti da giardinaggio.

Kat afferrò la spazzatura a piene mani e cominciò a gettarla a terra, formando una pila sopra il coperchio del bidone. A un quarto del bidone, trovò dei vetri in frantumi. Era la caraffa del succo d'arancia, ormai ridotta in pezzi.

E adesso? Anche se avesse fatto analizzare il contenitore, cosa avrebbe ottenuto? Avrebbe potuto confermare i sospetti dei dottori, ma certamente non provava la sua innocenza. Anzi, probabilmente l'avrebbe incriminata ulteriormente. In ogni caso, era meglio conservare quei frammenti. Raccolse i cocci e li appoggiò in cima al mucchio di immondizia.

Avrebbe voluto chiedere consiglio a Connor Whitehall, ma il suo telefono era ancora irraggiungibile.

Kat ebbe la sensazione che qualcuno la stesse osservando. Si voltò verso il vialetto, appena in tempo per vedere la signora Brantford che passava di fronte alla casa. La vicina di Harry si fermò vicino al cancello aperto. Stava guardando Kat con un misto di curiosità e sospetto.

Kat la salutò con la mano.

La signora Brantford alzò lentamente il braccio, lo sguardo incerto. La salutò con poca convinzione, poi si voltò e tornò di fretta verso casa sua.

Che strano. In genere la signora Brantford non perdeva occasione per tormentarla con le sue chiacchiere. Ad ogni modo, non c'era tempo da perdere. Tornò in garage e cercò un contenitore in cui mettere i frammenti di vetro. Trovò una piccola scatola di cartone e salì sulle punte per tirarla giù dallo scaffale. In quel momento, notò tre borse della spesa, appoggiate sul banco da lavoro. Era certa che non ci fossero, l'ultima volta che era stata lì.

Guardò all'interno delle borse. Ciascuna di esse conteneva due confezioni di pesticida. Confezioni da un chilo. Kat fece per afferrare uno dei sacchi, ma si fermò quando vide il simbolo di pericolo. Su ciascuno dei sacchi, c'era un piccolo teschio con due tibie incrociate. Harry usava i pesticidi nel suo giardino? Non riusciva a ricordarlo. In ogni caso, sei confezioni sarebbero bastate per uccidere i parassiti di un'intera fattoria.

Sul fondo di una delle borse, trovò lo scontrino. Il pesticida era stato acquistato due settimane prima, intorno all'orario di chiusura. Era stato Harry a comprarlo? Impossibile. Il negozio in cui era stato acquistato – il Paradiso del Giardiniere – era a mezz'ora di macchina e, alla data in cui era stato emesso lo scontrino, Kat aveva già bloccato la serranda del garage per impedire allo zio di guidare. Non avrebbe mai potuto raggiungere il negozio con la sua Lincoln. Inoltre, l'acquisto era stato effettuato all'ora di cena, e in quel momento Harry avrebbe dovuto trovarsi con lei e Jace.

Kat controllò l'etichetta. Sotto il simbolo del teschio, era indicata la composizione chimica del prodotto, una serie di termini impronunciabili che non aveva mai sentito prima d'ora.

Si infilò in tasca lo scontrino. Kat non era certo un'esperta di giardinaggio, ma non sarebbe stato meglio aspettare la fine dell'inverno, per usare i pesticidi?

CAPITOLO 60

Kat riuscì a raggiungere lo studio legale di Connor Whitehall poco prima delle cinque. Oltrepassò la reception e fece irruzione nell'ufficio. "Deve aiutarmi. Hillary sta cercando di avvelenare mio zio." Si lasciò cadere sulla sedia davanti alla scrivania, ma si alzò quasi immediatamente.

Whitehall era rivolto verso lo schermo del computer. Fece ruotare la sua poltrona girevole e salutò Kat con un cenno della testa. "Le sembra questo il modo di presentarsi nel mio ufficio? Mi ha fatto spaventare. Ad ogni modo, stiamo parlando un'accusa piuttosto grave. Ne è sicura?"

Kat lo mise al corrente delle sue ultime scoperte. "Il succo di frutta è stato gettato via. Ma ho raccolto queste schegge di vetro." Non fece riferimento ai sacchi di diserbante. Non era ancora sicura che le due cose fossero collegate. Sarebbe andata al Paradiso del Giardiniere e avrebbe provato a fare qualche domanda, nella speranza di scoprire chi aveva effettuato l'acquisto.

Gli porse la scatola con i pezzi della caraffa. I cocci comprendevano frammenti di varie dimensioni, oltre a una parte della maniglia di plastica. "Credo che stia cercando di ucciderlo."

"Le serviranno altre prove."

"Ma conosco il movente. Mia cugina ha un disperato bisogno di soldi e si è stancata di Harry. Vuole toglierselo dai piedi, per impadronirsi di tutto ciò che gli è rimasto."

Connor scosse la testa. "Non è così semplice. Se questi pezzi di vetro venissero analizzati dalla scientifica, che cosa mostrerebbero? Probabilmente le sue impronte digitali, signorina Carter. Insieme a quelle di Harry e di Hillary. Le serve qualcosa di più sostanziale, per dimostrare che Hillary sia realmente colpevole di un tentato omicidio."

"Una prova schiacciante? E come dovrei procurarmela?"

"Sono sicuro che troverà un modo. L'ospedale ha già contattato la polizia? Sospettano di lei?"

"I sospetti non equivalgono ai fatti. Non ci sono prove per accusare Hillary, ma nemmeno per incastrare me."

Connor sollevò una mano con fare solenne. "Harry passa tutto il suo tempo con lei, signorina. Mangia il cibo che lei cucina. Questo è sufficiente per renderla una sospettata. E poi c'è un altro problema: io non sono un avvocato penalista. Se la cosa dovesse andare avanti, avrà bisogno di trovare qualcuno che la rappresenti."

"Non posso crederci. Ho passato gli ultimi anni della mia vita a prendermi cura di Harry. Ho cercato di proteggerlo in tutti i modi. Se lo avessi abbandonato come ha fatto sua figlia, nessuno mi avrebbe accusata!" Kat balzò giù dalla sedia. "Non è giusto!"

Whitehall le fece cenno di tornare a sedere. "Si calmi. Nessuno l'ha ancora denunciata ufficialmente. Il personale dell'ospedale è convinto che lei sia una potenziale assassina, ma i loro sospetti non sono sufficienti per muovere un'accusa formale. Non si faccia prendere dal panico."

Kat tornò a sedere. "Stanno completamente ignorando Hillary. Le hanno lasciato carta bianca. Può entrare in ospedale tutte le volte che vuole, senza alcun tipo di controllo. Non dovrebbero sorvegliare tutte le persone che entrano in contatto con Harry, per precauzione?"

"Probabilmente dovrebbero, ma per qualche ragione la dottoressa sospetta esclusivamente di lei, signorina Carter. È stata lei ad avvelenarlo? Se così fosse, deve dirmelo." L'avvocato la osservò da sopra gli occhiali.

"Certo che no!" Kat si alzò di nuovo, rovesciando un bicchiere d'acqua che era appoggiato sul bordo della scrivania. "Come può dire una cosa del genere?"

"Le chiedo scusa, ma dovevo esserne certo." Whitehall si alzò e prese una maglia dall'appendiabiti. La usò per asciugare l'acqua dalla scrivania, poi la lasciò cadere sul pavimento. "Deve cercare di calmarsi. Tutta questa agitazione non le renderà certo le cose più semplici."

"Mi dispiace, forse sto esagerando." Whitehall aveva ragione. "E mi dispiace anche per il bicchiere."

L'avvocato scosse la testa, come a dirle che non aveva importanza. "Sono andato a far visita a Harry, questa mattina. Sembra che stia meglio, adesso che è in ospedale."

"Solo perché Hillary non può avvelenarlo, finché lo tengono lì." Kat si sporse in avanti e appoggiò i gomiti sulla scrivania. "So che sembra una cosa da pazzi. Nemmeno io riuscivo a crederci. Ma dobbiamo fermarla, a qualsiasi costo. Possiamo fare qualcosa, per convincere i medici?"

"Lei è la sospettata più ovvia. Trascorre tutto il suo tempo con Harry. Non si fideranno mai."

"Non ho mai avuto alternative. Harry non può essere lasciato da solo, signor Whitehall. Ha visto in che condizioni si trova?"

"Faccia un piccolo sforzo. Cerchi di comprendere il punto di vista dei medici. Non vogliono correre rischi. Ad ogni modo, voglio darle una buona notizia: ho avuto modo di parlare con Harry, durante la mia visita. Lui insiste nel dire che sta perfettamente bene, e che le sue capacità intellettive sono intatte."

"Ma questo è ovvio. Harry non si rende conto del problema." Kat avrebbe voluto mettersi a piangere. Le cose andavano di male in peggio.

"Ha accettato di sottoporsi a una valutazione medica, per dimostrare che i dottori si sbagliano – così ha detto, e sembrava piuttosto convinto del fatto suo. Cercherò di organizzarla entro la fine della settimana. È l'occasione perfetta per affidare il suo patrimonio a un tutore."

"Non può aspettare così a lungo. È completamente al verde e finirà per ricoprirsi di debiti. L'abuso finanziario è un crimine come tutti gli altri, ma nessuno sembra prenderlo seriamente. Perché?" Hillary non gli aveva puntato addosso una pistola, ma comunque lo aveva derubato.

"Non è che non prendano seriamente la cosa. Ma l'onere della prova ricade sulla vittima."

"Una vittima che non può nemmeno prendersi cura di sé stessa? Non è corretto." Kat si sentiva impotente. Non poteva fare niente per recuperare la casa, visto che Harry non era ancora stato dichiarato incapace di intendere, al momento dell'atto che sanciva il passaggio di proprietà. Quella della firma falsa era una possibilità da tenere in considerazione, ma un'eventuale udienza in tribunale avrebbe richiesto dei tempi lunghissimi, e Hillary non aveva alcuna intenzione di rimanere in circolazione: appena incassati i soldi della casa, sarebbe scomparsa di nuovo.

"La polizia non può fare niente?"

"Katerina, lo ha detto lei stessa. Non ci sono prove concrete."

Kat alzò gli occhi al cielo. "Ha perso la casa, il suo conto in banca è stato svuotato, e non riuscirà mai a pagare i debiti che sta accumulando. Nel frattempo, Hillary guida una Porsche e indossa gioielli preziosi. Potrebbe essere più ovvio di così?"

"Il tribunale non si accontenterà di una deduzione. Lo sa benissimo anche lei. Possiamo dimostrare che Hillary abbia preso il denaro senza che Harry ne fosse consapevole o avesse dato il suo consenso? Possiamo provare che Harry non fosse in grado di intendere e di volere, quando ha ceduto la casa a sua figlia? Coraggio, proviamo a ragionare in maniera lucida e razionale. Non lasci che il suo giudizio venga annebbiato dalle emozioni."

"Mi pare ovvio che non fosse in possesso delle sue piene capacità mentali. Ma non esiste alcuna prova che possa certificarlo."

"In tal caso, possiamo solo guardare avanti. Dopo la valutazione dei medici, non correrà più alcun pericolo."

"E il denaro che gli è stato sottratto? Dobbiamo considerarlo perduto? I suoi soldi, la sua casa, tutto il resto? Non posso crederci. È un'ingiustizia."

"È la legge. Potrà sembrarle ingiusta, ma non possiamo tornare indietro nel tempo e rimediare agli errori del passato. Non c'erano valutazioni mediche, nel momento in cui l'atto è stato firmato. Senza l'opinione qualificata di un dottore, è solo questione di punti di vista."

Whitehall appoggiò la sua mano su quella di Kat. "Mi dispiace. Davvero."

Il denaro di Harry era stato rubato, e perfino la sua vita era in pericolo. Possibile che non ci fosse più nulla da fare? Se nessuno era disposto ad aiutarla, Kat ci avrebbe pensato da sola. Avrebbe dimostrato la sua innocenza, facendo in modo che Hillary fosse punita per tutti i crimini di cui si era macchiata.

CAPITOLO 61

Kat **parcheggiò la sua auto** di fronte al Paradiso del Giardiniere. C'erano solo altre due auto nel parcheggio, proprio come aveva previsto. Nessuno acquistava piante e attrezzatura da giardinaggio nel bel mezzo dell'inverno.

Kat si diresse verso la porta d'ingresso, con la ghiaia che scricchiolava sotto alle sue scarpe. Il vento si alzò all'improvviso, sbattendo il lembo strappato di uno striscione pubblicitario contro la facciata del negozio. Kat si affrettò ad entrare.

"Posso aiutarla?"

Gli affari dovevano andare a rilento, visto che la commessa, una donna sulla cinquantina, le era balzata davanti quando si trovava ancora sulla soglia. Indossava una maglietta con il logo del negozio e un cartellino che indicava il suo nome: *Rosemary*. Si pulì le mani sui jeans e sorrise.

Kat le restituì il sorriso ed estrasse lo scontrino dalla tasca. "Gliene sarei davvero molto grata. Vorrei chiederle un'informazione."

Rosemary afferrò lo scontrino e lo esaminò, aggrottando la fronte. "Temo che questo articolo non sia rimborsabile. Sono passati più di quattordici giorni dall'acquisto." I suoi occhi saettarono verso il volto di Kat, in attesa di una reazione.

"Non voglio restituirlo," disse Kat. "Vorrei solo sapere se lei era presente quando è stato acquistato."

"Che differenza fa?" Rosemary indossò gli occhiali che teneva in bilico sulla testa e lesse lo scontrino con più attenzione. "Sì. Credo di ricordarmene. Ho concluso io questa vendita."

Kat sentì crescere la speranza. "Lo ha venduto a una donna?"

"Normalmente non me ne ricorderei. Ma quel giorno era il mio anniversario, e avevo deciso di chiudere un po' prima. Di punto in bianco, è entrata una donna – non avevo ancora bloccato le porte automatiche. Le ho detto che eravamo chiusi, ma lei mi ha ignorata. Non avevo ancora chiuso la cassa, perciò ho pensato che assecondarla fosse il modo più semplice per sbarazzarmene."

Kat estrasse una foto di Hillary. "Si trattava di lei?"

"Potrebbe essere, ma non sono brava con le facce. Non saprei dirlo per certo."

"D'accordo. La ringrazio molto." Kat sentì le sue spalle afflosciarsi e la speranza svanire. Ringraziò Rosemary e si diresse verso l'uscita. Un attimo dopo, il suo viso tornò a illuminarsi.

Il Paradiso del Giardinaggio aveva una telecamera di sorveglianza, proprio sopra la porta. Si voltò di nuovo e indicò la telecamera. "Rosemary, quella è sempre accesa?"

"Dovrebbe. Perché?"

"Sono un'investigatrice privata. Sto svolgendo un'indagine su un caso molto controverso. Per favore, potrebbe farmi vedere le riprese di quel giorno? Metta da parte tutto il materiale che è stato ripreso finora. La prego, non cancelli niente. Ogni minuto di filmato potrebbe essere di fondamentale importanza."

Rosemary spalancò gli occhi. "Che tipo di caso? È stato commesso un crimine?"

"Sì. Un crimine molto grave." Non si trattava di una bugia. Per quanto la riguardava, Hillary era una criminale. Rosemary non le aveva chiesto se fosse della polizia, e lei non aveva intenzione di approfondire l'argomento. "Qualcun altro potrebbe essere in pericolo. Ma forse è già troppo tardi per..."

"Per fare cosa?" Rosemary la interruppe, gli occhi fiammeggianti di eccitazione.

Era proprio la reazione che Kat aveva sperato di ottenere.

Kat tamburellò sull'orologio. "È una corsa contro il tempo. Se potessi dare un'occhiata al filmato della telecamera, forse mi aiuterebbe a decidere la mia prossima mossa. Ci sono molte piste da seguire, e avrei bisogno di qualche nuovo indizio prima di passare all'azione. Ma non posso chiederle un favore così grande. Non voglio metterla nei guai." Kat sospirò profondamente, sperando di suscitare la compassione di Rosemary.

Funzionò.

"Non si lasci ingannare. Indosso un'uniforme da commessa, ma sono la proprietaria del negozio. Posso fare quello che voglio. I clienti scarseggiano, quest'oggi, e non ho molto da fare. Vuole vedere quel filmato? Mi segua." Si incamminò verso una scrivania, in un angolo del reparto floricultura.

Un minuto più tardi, erano entrambe sedute davanti al computer di Rosemary. La proprietaria del negozio avviò il programma della sorveglianza e, con qualche click del mouse, recuperò i filmati di quel giorno. Il negozio era quasi deserto. Rosemary mandò avanti veloce. La porta si aprì e si chiuse rapidamente. Alcuni clienti entrarono e uscirono. Meno di una dozzina di persone. Gli affari andavano piuttosto male, nel mese di dicembre.

"Aspetti. Torni indietro." La donna era entrata di fretta, ed era rimasta sullo schermo solo per qualche istante. Aveva qualcosa di familiare. Il battito di Kat accelerò improvvisamente.

Rosemary riprodusse il filmato al rallentatore.

L'audio della registrazione era disturbato, ma l'immagine era nitida. Una donna vestita di nero era entrata nel negozio e si era diretta verso uno dei reparti. Rosemary l'aveva seguita, indicando la porta e dicendo qualcosa. Stava protestando perché il negozio era chiuso. Negli ultimi fotogrammi, la donna in nero aveva la schiena rivolta alla telecamera e indossava un lungo cappotto. Hillary vestiva sempre di nero.

Nei minuti successivi, nessuno entrò o uscì dal negozio. Rosemary mandò avanti veloce fino a quando la donna ricomparve per avvicinarsi alla cassa. Spingeva un carrello con sei piccoli sacchi. La stessa dimensione e lo stesso colore delle confezioni che aveva trovato nel garage di Harry.

"Era la donna della fotografia," disse Rosemary. "Ha visto che razza di vestiti indossava? Le mie clienti non portano i tacchi. Quasi mai. Può capitare ogni tanto, se passano qui durante la pausa pranzo. Ma non all'orario di chiusura. E poi c'è un'altra cosa che devo dirle: nessuno aveva mai comprato quel prodotto a dicembre."

"A cosa dovrebbe servire?"

"È un pesticida ad ampio spettro. Può eliminare qualsiasi cosa, ma deve esserci un'infestazione molto seria, perché sia necessario un prodotto così forte. Uccide tutto quello con cui entra in contatto."

Kat rabbrividì. "Anche le persone?"

Rosemary rimase a bocca aperta. "Beh, sì. È velenoso. Hanno ucciso qualcuno?"

"Quasi. Sarebbe possibile avere una copia del video?"

Dopo aver combattuto contro il traffico dell'ora di punta, Kat era finalmente seduta nello studio di casa sua. Sperava di trovare un collegamento tra il diserbante e i risultati degli esami tossicologici di Harry. Risultati che, purtroppo, non aveva in mano. Un CD appoggiato sulla sua scrivania conteneva una copia del filmato di sorveglianza. La proprietaria del Paradiso del Giardiniere era stata davvero gentile a fornirle quel video.

Hillary compariva nella registrazione, mentre effettuava l'acquisto di un prodotto altamente tossico. Non era abbastanza per inchiodarla in un processo penale, ma sarebbe stato sufficiente a farla fuggire a gambe levate. Kat non poteva permettersi che questo accadesse. Voleva essere sicura che le sue azioni ricevessero la giusta punizione.

Sarebbe andata da Connor Whitehall il mattino seguente, per mostrargli il filmato e chiedergli qualche consiglio sul da farsi. Lo scontrino poteva essere considerato una prova? In ogni caso, non aveva alcuna intenzione di consegnarlo alla polizia. Dopo quello che era successo a Hideaway Bay, non si fidava delle forze dell'ordine.

Tornò a concentrarsi sulle confezioni di diserbante. Accese il computer e cercò i componenti elencati sull'etichetta. Avrebbe voluto correre in ospedale e raccontare tutto alla dottoressa, ma sapeva che non le avrebbe creduto.

Le parole che comparvero sullo schermo la lasciarono di stucco.

Se il prodotto entra in contatto con la pelle, gli occhi o le mucose, sciacquate abbondantemente con acqua, avvisate il centro antiveleni e rivolgetevi immediatamente a un medico. Un contatto prolungato con gli occhi potrebbe causare cecità.

L'ingestione può provocare patologie gastrointestinali, nausea, dolori allo stomaco, pallore, capogiri, svenimenti, problemi cardiaci, confusione, delirio o morte.

Kat rimase a fissare l'ultima parola con gli occhi sgranati. Non c'era un minuto da perdere. Harry era ancora in pericolo.

CAPITOLO 62

*D*ue isolati di distanza la separavano dalla casa di Harry. Kat decise di percorrerli a piedi. Dopo l'incidente con lo spazza-neve, non era più riuscita a guidare il pick-up di Jace. Ogni volta che si metteva al volante, le tornavano in mente le scene dell'aggressione. Le faceva venire i brividi. Procedendo di corsa, svoltò l'angolo e guardò verso la casa. Fu sollevata nel vedere che la Porche nera di Hillary non era parcheggiata lì davanti. Non c'era nemmeno la Lincoln di Harry, né qualsiasi altra auto.

Sperava che non fosse già troppo tardi. Si era maledetta per aver abbandonato le confezioni di diserbante nel garage. Un grosso errore, visto che probabilmente era stato quel prodotto ad avvelenare lo zio. E se fosse sparito? Lo scontrino non dimostrava nulla. Oltretutto, visto che il diserbante era rimasto in casa, Hillary sarebbe potuta tornare a preparare altre dosi di veleno. Cosa le era passato per la testa?

Hillary aveva quasi portato a termine il suo crudele piano. Aveva ottenuto i soldi di Harry, aveva sfruttato le sue linee di credito, e gli aveva sottratto la casa. Ben presto, forse, gli avrebbe tolto anche la vita.

Kat non riusciva a capire. Un gesto così estremo le sembrava super-fluo. Aveva già i soldi e la casa. Che altro c'era sotto?

Accidenti. Il motivo era più semplice di quanto credesse. Come aveva fatto a non pensarci prima? Harry aveva un'assicurazione sulla vita. Si diresse a grandi passi lungo il vialetto che portava al garage. Non avrebbe permesso a Hillary di farla franca.

La pioggia ghiacciata cadeva dura e pesante, schizzando fango sulle sue scarpe da corsa. Kat stava morendo di freddo. Avrebbe dovuto indossare un abbigliamento più adatto. Finì in una pozzanghera e l'acqua fredda le penetrò nella scarpa. Adesso i suoi passi sciaguattavano ogni volta che posava il piede sul vialetto. Puntò dritto verso la porta del garage. Infilò in tasca le dita congelate per ripescare la chiave, poi trafficò con la serratura, le mani intorpidite dal freddo, cercando di sbloccare il lucchetto arrugginito. Dopo alcuni tentativi, il meccanismo smise di opporre resistenza e scattò. Kat agganciò il lucchetto al chiavistello ed entrò nel garage. I sacchetti di pesticida erano ancora posati sul banco da lavoro, esattamente dove li aveva lasciati. Kat tirò un sospiro di sollievo e si avvicinò al banco. Fece per afferrare i sacchi, ma un pensiero la trattenne. Il garage doveva essere considerato come la scena di un crimine? Portando via quei sacchetti, stava compromettendo le prove? Ad ogni modo, non poteva permettersi di lasciarli al loro posto e aspettare che Hillary tornasse a prendere altro veleno.

La pioggia battente prese a scrosciare ancora più forte, mentre Kat camminava avanti e indietro nel garage. Il rumore sovrastava i suoi pensieri come il crescendo di un'orchestra. Kat gettò un'occhiata alla porta aperta. Fuori era buio. L'unica luce proveniva dalle lampade al sodio disposte lungo la strada. Illuminavano le gocce di pioggia solo all'ultimo momento, quando stavano per raggiungere il suolo. Era meglio decidere in fretta, prima di congelare lì dentro.

Avrebbe dovuto prendere il pesticida?

Decise di sì. Hillary avrebbe potuto comprarne dell'altro, ma almeno, in questo modo, Kat avrebbe eliminato la fonte primaria del veleno e avrebbe conservato delle prove. Tirò fuori i sacchetti dalle borse del negozio e li posò sul tavolo da lavoro.

Maledizione. Si guardò le mani e rimase a fissarle. Aveva commesso un errore da principianti. Anche lei aveva toccato i sacchetti.

Ma la cosa più importante era far scomparire il veleno. Forse poteva ancora collegare quei sacchetti alle immagini del filmato. Il codice a barre conteneva delle indicazioni sul lotto di produzione, che a sua volta poteva essere collegato alla data di vendita. Naturalmente, non c'era alcuna certezza che fosse stato proprio quel pesticida ad intossicare lo zio. Era solo un'intuizione di Kat.

In quel momento, rimpianse di non aver preso il furgone di Jace. Si sentiva tutt'altro che serena, al pensiero di dover trasportare cinque chili e mezzo di materiale altamente tossico per due isolati di distanza. Ispezionò il garage di Harry alla ricerca di qualche sacchetto di plastica con cui avvolgere le borse di tela per proteggerle dalla pioggia. La plastica avrebbe preservato anche le impronte digitali sui sacchetti. Ovviamente, anche quelle di Kat sarebbero rimaste dov'erano.

In un angolo della stanza, trovò un secchio pieno di sacchetti.

Mentre ne sceglieva uno di dimensioni adatte, un'ombra oscurò la luce delle lampade al sodio, che filtrava dall'esterno. Kat si voltò di scatto, mentre la porta del garage si apriva lentamente.

"Che cosa ci fai qui?" La voce di Hillary rimbombò come un tuono.

Kat la guardò dritto negli occhi. Era tornata a riprendersi il veleno. E a coprire le sue tracce.

"Rispondimi. Cosa stavi facendo, Kat? Questa non è casa tua." Hillary si era piantata davanti alla porta, con le braccia incrociate. Indossava dei jeans, un maglione nero e stivali di pelle. "Non dovresti essere qui."

"Stavo solo controllando una cosa. Me lo ha chiesto Harry."

Hillary sbuffò con aria di scherno, mentre entrava nel garage. "Harry non ha bisogno di niente. In caso contrario, lo avrebbe chiesto a me."

Kat gettò uno sguardo verso il banco da lavoro, felice che i sacchetti fossero ancora là sopra. Per lo meno, Hillary non aveva capito che aveva intenzione di impadronirsene. "E tu perché sei qui, Hillary? Non è nemmeno casa tua."

Hillary accennò un sorriso, ma non rispose. Avanzò verso il tavolo da lavoro. In una mano, teneva una bottiglietta piena d'acqua.

"Non ho tempo per le tue ridicole accuse, Kat. Ho già abbastanza problemi per conto mio," disse, guardando l'orologio.

"Che genere di problemi? Sei in ritardo per un appuntamento? O forse speravi che la situazione evolvesse più rapidamente?"

Hillary appoggiò la bottiglia sul tavolo, proprio accanto al sacchetto del pesticida. Indossava dei guanti da giardinaggio. Voleva preparare altre dosi di veleno?

Kat ebbe la sensazione di aver già visto quei guanti. Ma certo. Hillary li indossava anche nel filmato del negozio. Quindi le impronte di Kat erano le uniche a comparire sui sacchetti di diserbante?

Scosse la testa. Forse stava diventando paranoica. E se Hillary non avesse avvelenato lo zio? Forse c'era una spiegazione razionale anche per la sua visita al negozio. Una cosa era certa: Hillary non era mai stata appassionata di giardinaggio. Non sapeva prendersi cura di nulla. La sua esistenza provocava solo caos e distruzione.

"Non sono fatti tuoi. E adesso sparisci dalla mia vista," disse Hillary.

"Io non vado da nessuna parte." Kat mantenne lo sguardo fisso su di lei.

Hillary le puntò contro l'indice della mano destra. "Hai trenta secondi per andartene. Altrimenti..." Avanzò verso Kat, oscurando la luce che penetrava dalla porta e proiettando la sua ombra su di lei.

Kat si sforzò di trattenersi, ma ormai era impossibile. Ne aveva abbastanza di Hillary e delle sue malefatte. "Come puoi fare una cosa del genere?"

"Di cosa stiamo parlando, esattamente?" Hillary le rivolse il suo solito sorriso, freddo e fasullo.

"Credi che non sappia cosa stai tramando? Le carte di credito, i debiti, la casa di Harry. Hai toccato il fondo, e stai continuando a scavare. Stai privando tuo padre di tutto quello che aveva, compresa la speranza di finire comodamente i suoi giorni."

"Mi stai accusando di rubare? Come osi? Proprio *tu*, che mi hai rubato la famiglia e la vita." Hillary arretrò fino al banco da lavoro, fermandosi accanto ai sacchetti di diserbante.

"Cosa vorresti dire?" Kat avanzò verso di lei. "Comportati da adulta, per una volta, e accetta la responsabilità delle tue azioni. Il passato non basta a giustificare il presente."

"È mio padre, Kat. Tu non c'entri niente. Sono stufa marcia di te, che ti intrufoli dappertutto, che ti prendi la metà di tutto. Non ne hai alcun diritto."

"La metà di cosa?"

Hillary non rispose. Afferrò un cacciavite dal banco e lo infilzò nel sacchetto del pesticida. Lo lacerò lungo un lato e lo sollevò sopra alla testa, liberando uno sbuffo di polvere. Poi avanzò verso Kat e rovesciò il sacco.

Kat si ritrovò avvolta da una nuvola di pesticida. La polvere le coprì il volto, il collo e le spalle, invadendole le narici e i polmoni. Kat abbassò la testa e si coprì gli occhi con entrambe le braccia, ma ormai era troppo tardi. Quella roba era dappertutto. Era incollata ai suoi vestiti bagnati, le copriva le scarpe ed era sparsa sul pavimento del garage. Deglutì a fatica, inalando altra polvere mentre agitava le braccia e le sbatteva violentemente attorno a sé, momentaneamente accecata dal diserbante.

Cercò di aprire un occhio, ma le bruciava da morire. Si sfregò le palpebre chiuse e barcollò in avanti. Doveva sciacquare il veleno, ma non c'era nessun lavandino nel garage.

"Non avresti dovuto introdurti nella mia proprietà." Hillary si voltò e uscì dal garage, il sacchetto mezzo vuoto in una mano.

Sbatté la porta e chiuse il lucchetto.

"Un'ultima cosa, cugina. Dirò a mio padre che gli hai mandato un saluto, prima di sparire per sempre."

CAPITOLO 63

*K*at incespicò verso il tavolo da lavoro e sospirò di sollievo quando, tastando attorno a sé, riuscì a trovare la bottiglietta d'acqua che Hillary aveva portato con sé. Ne assaggiò qualche goccia, per esserne sicura. Sì, era semplice acqua.

Perché aveva concesso a Hillary il beneficio del dubbio? Ormai avrebbe dovuto sapere che sua cugina non guardava in faccia a nessuno.

Kat sollevò la bottiglia e la schiacciò per far uscire un po' d'acqua, puntandola prima su un occhio e poi sull'altro, finché il bruciore non cominciò a farsi meno intenso. Usò l'acqua che rimaneva per sciacquarsi il viso meglio che poté. Gli occhi lacrimavano ancora, ma almeno riusciva a tenerli aperti.

Tutti i sacchetti di pesticida erano spariti.

Kat provò a spingere la porta, sapendo già che sarebbe stato inutile. Hillary l'aveva chiusa con il lucchetto. Come aveva potuto abbandonarla così? Kat fece scorrere lo sguardo sul garage. Prese in considerazione l'idea di rompere la finestra, ma poi si rese conto che c'era un'altra via d'uscita. La serranda automatica.

Premette il pulsante. In meno di un minuto, si ritrovò sul vialetto, a respirare grandi boccate d'aria fresca, lasciando che la pioggia lavasse via il veleno dalla pelle e dai vestiti.

I sacchi di pesticida erano nelle grinfie di Hillary, ma poteva ancora raccogliere un po' di polvere e farla analizzare. Tornò nel garage e afferrò un barattolo vuoto dalla pila che Harry teneva sotto il tavolo da lavoro. Raschiò il pavimento con il bordo del barattolo, raccogliendo più polvere che poteva. Quindi afferrò il cellulare e provò a chiamare Connor Whitehall, ma non ottenne risposta.

Lasciò un messaggio in segreteria, rivelandogli il punto in cui aveva intenzione di nascondere la chiave di casa sua. Gli chiese di recuperare la chiave, entrare in casa e ritirare il campione di polvere e il CD del filmato che avrebbe lasciato nell'ingresso. Kat non aveva tempo di aspettarlo. Doveva arrivare all'ospedale prima di Hillary.

Kat attraversò di corsa il corridoio dell'ospedale, ma Hillary era già arrivata da un pezzo. Era seduta su una sedia fuori dalla stanza di Harry e stava piangendo.

Nonostante i vestiti umidi di pioggia, Kat sentì che la sua fronte si stava coprendo di sudore. Hillary aveva portato a termine il suo piano? L'aveva ucciso? Rimase paralizzata fuori dalla stanza dello zio.

In quel momento, Hillary alzò lo sguardo. Se era sorpresa di vedere Kat, riuscì a nasconderlo alla perfezione. "Non dovresti essere qui." Sventolò una mano come se volesse scacciare una mosca.

Ignorando le sue proteste, Kat entrò nella stanza di Harry. Un'infermiera alzò lo sguardo su di lei e le ordinò di non avvicinarsi.

Kat ebbe la sensazione che il suo cuore avesse smesso di battere. Era arrivata troppo tardi? Uscì dalla stanza e si fermò accanto a Hillary, la cui espressione era improvvisamente diventata impassibile. Le lacrime erano state una farsa. Aveva le guance asciutte e il trucco era ancora perfetto. A quella vista, Kat non riuscì a trattenersi. "Che cosa gli hai fatto? Dimmelo."

Hillary sorrise. "Perché credi che gli abbia fatto qualcosa?"

"Non lo credo. Lo so per certo."

L'infermiera emerse dalla stanza di Harry. Ignorando la recita di Hillary, che aveva ricominciato a tirare su col naso, si rivolse a Kat. "É peggiorato."

"Dice sul serio?" Kat fu sorpresa dal tono di voce dell'infermiera. Aveva un'espressione preoccupata e un'aria gentile. Era cambiato qualcosa? L'ultima volta in cui era stata lì, quella stessa infermiera l'aveva trattata con estrema freddezza. "Peggiorato in che senso?"

"I sintomi sono tornati, più forti di prima. Come se avesse ingerito altro veleno."

Senza che io fossi presente. Adesso era tutto più chiaro. L'infermiera le stava mostrando un po' più di compassione perché sapeva che non poteva essere stata lei. I suoi sospetti si erano finalmente spostati sulla vera colpevole?

L'infermiera lanciò un'occhiata in direzione di Hillary, che aveva smesso di tirare su col naso e aveva ricominciato a piangere. I suoni erano convincenti, ma gli occhi la tradivano. Di tanto in tanto lo sguardo si alzava verso l'infermiera, nella speranza di cogliere una reazione.

Hillary doveva aver somministrato allo zio Harry una dose più abbondante delle precedenti. La dose finale. Mentre i medici lavoravano per salvargli vita, Hillary stava cercando di eliminarlo una volta per tutte. E forse ci era riuscita.

Kat estrasse il cellulare e compose ancora una volta il numero di Connor Whitehall. Ormai sperava che avesse recuperato il video di sorveglianza, insieme al campione di polvere che aveva prelevato nel garage. Se tutto era andato secondo i piani, Connor Whitehall li stava consegnando alla polizia proprio in quel momento. Il campione sarebbe risultato corrispondente al veleno trovato nel sangue dello zio Harry, e le autorità sarebbero state costrette a intervenire.

Hillary si alzò dalla sedia. Singhiozzava, sempre più forte, come l'unica sopravvissuta a un disastro. Ogni due o tre secondi, si guardava attorno per controllare che il suo pubblico fosse ancora presente.

Di lì a un minuto, il corridoio cominciò a fremere d'attività. Medici e infermieri si accalcavano nella stanza di Harry. Hillary e Kat tentarono di entrare, ma furono rispedite all'esterno.

Kat era disgustata dalle lacrime di Hillary. Pensava davvero di ingannare qualcuno?

"Perché l'hai fatto, Hillary?"

"Che cosa avrei fatto?" Un sorrisetto subdolo lampeggiò sulle sue labbra. "Stai diventando paranoica, cugina. Anche se avessi fatto qualcosa, di sicuro non lo direi a te."

"So tutto. Ho le prove."

Hillary sollevò le sopracciglia. "Davvero? E quali sarebbero queste prove, esattamente?"

"Sanno che sei stata tu, Hillary. Sanno dei soldi e del veleno."

"Di chi stiamo parlando?"

"I dottori. La polizia. Ormai lo sanno tutti. Gli esami del sangue di Harry hanno confermato l'avvelenamento. Le telecamere del negozio ti hanno ripresa mentre stavi acquistando quel pesticida, e il filmato è già nelle mani della polizia. Abbiamo anche installato delle microcamere per dimostrare che hai contaminato il succo d'arancia. Finirai dietro alle sbarre." Il dettaglio del succo d'arancia era palesemente falso, ma Kat lo aveva inserito per valutare la reazione di Hillary.

"Non ci credo. Stai bluffando."

"Sei disposta a correre il rischio? I poliziotti stanno venendo a prenderti." Anche ammesso che Whitehall avesse già consegnato il filmato alla polizia, non sarebbero stati comunque così rapidi. Ma Hillary non poteva saperlo.

"Prova a dire una parola e ti farò pentire di essere nata," sussurrò Hillary, lanciando un'occhiata all'interno della stanza.

Nessuno l'aveva sentita, a eccezione di Kat. Il personale medico era troppo concentrato sull'emergenza in corso.

Hillary estrasse uno specchietto dalla borsa e lo aprì di scatto. Si tamponò il mascara con un fazzoletto di carta e lanciò un'occhiata feroce in direzione di Kat. La disperazione era scomparsa dal suo volto. Se n'era andata come se avesse spento un interruttore.

"Faresti meglio a confessare tutto, Hillary. Se sceglierai di fuggire, ti daranno la caccia."

Hillary la fissò di rimando, perfettamente calma. "Prova a fermarmi."

"La verità verrà a galla. Non la passerai liscia."

Hillary alzò gli occhi al cielo. Lanciò un'ultima occhiata all'interno della stanza, poi si voltò sui tacchi e marciò lungo il corridoio, fino alla doppia porta del reparto. Il rumore dei suoi tacchi echeggiò tra le pareti, seguito dal campanello dell'ascensore.

In fondo al suo cuore, Kat sperava di non rivederla mai più.

CAPITOLO 64

Kat era seduta nell'ufficio di Zachary, sconvolta dalla notizia che aveva appena ricevuto.

"Hai investito fino all'ultimo dollaro?" Non riusciva ancora a crederci. Zachary aveva scommesso tutto il suo denaro su un singolo investimento. "Sei stato un incosciente!"

Zachary era in piedi davanti al terminale del suo computer, le maniche della camicia arrotolate fino ai gomiti. Sembrava che non dormisse da giorni. La camicia era spiegazzata e macchiata di caffè. Per la prima volta, Kat si sentiva più elegante e più presentabile di lui.

"Posso recuperare tutto," disse, con un sorriso. "Il mio modello funziona. Devo solo sperare che..."

"Zachary, è troppo tardi. Il tuo modello non ha alcuna importanza."

Zachary indicò lo schermo del computer. "Guarda questo grafico. L'euro sta crescendo, e ho già recuperato una parte delle perdite. Quasi un miliardo di dollari, fino a questo momento. Ma posso fare di meglio." Tirò fuori un fazzoletto dalla tasca e si asciugò la fronte. "Un miliardo di dollari, Kat. Devo cavalcare l'onda."

La televisione alle spalle di Zachary stava trasmettendo un bollettino con gli ultimi aggiornamenti sulla finanza globale. Il dollaro stava crollando e l'euro continuava a crescere. Le immagini mostravano dozzine di operatori di borsa incollati agli schermi dei loro computer. Avevano l'aria tormentata e sembravano in preda alla disperazione. L'esatto contrario di Zachary.

"Sei in debito con i tuoi investitori, Zachary. Devi ritirare il denaro e uscire immediatamente dal gioco, prima di perdere tutto."

"È una follia. Ho incassato cento milioni per ogni dieci punti base che l'euro ha guadagnato sul dollaro. Perché dovrei fermarmi adesso?"

Nel mercato azionario, cento punti base equivalevano a un punto percentuale. Un miliardo di dollari corrispondeva alla metà delle perdite causate dalla frode di Nathan. "Da un momento all'altro, la tenenza potrebbe invertirsi."

Negli ultimi giorni, Zachary era stato sopraffatto dal panico. Quando aveva scoperto la truffa di Nathan, il suo orgoglio era andato in mille pezzi – ma le cose stavano cambiando rapidamente. La sua espressione non era più quella di un uomo abbattuto e vulnerabile.

Kat guardò il grafico sullo schermo. La linea che rappresentava l'andamento dell'euro, disegnata in verde, stava continuando a salire. A partire dalla mezzanotte, aveva già guadagnato l'un per cento rispetto al dollaro.

"Vendi tutto, Zachary. Tiratene fuori, finché sei in attivo."

"Non è ancora il momento."

"E se dovessi perdere tutto? È una scommessa troppo azzardata."

"Non fare l'uccello del malaugurio. Questa non è una scommessa. La quota che ho investito è abbastanza sostanziosa da influenzare le quotazioni. In altre parole, il mio denaro sta facendo aumentare il valore dell'euro, e il processo non si fermerà finché non sarò io a deciderlo, ritirando l'investimento. È la dimostrazione che il mio algoritmo funziona. Il fondo Edgewater tornerà in attivo nel giro di poche ore."

"Non starai dicendo sul serio. Ti stai comportando proprio come tuo padre. Manderai in rovina la Edgewater e raddoppierai i tuoi debiti."

Zachary sbuffò. "Quando scopriranno di aver perso tutto, gli investitori mi metteranno alla gogna. Non crederanno alla storia della truffa. Sarò considerato un incapace, che ha investito i loro soldi e li ha persi."

"L'ultima parola spetterà al giudice. Abbiamo raccolto abbastanza prove da scagionarti. Cerca di essere ragionevole." Kat indicò lo schermo. "Per il momento sta filando tutto liscio, ma non hai nessuna garanzia. Nel giro di pochi minuti, potresti ritrovarti nei debiti fino al collo. Non spetta a te recuperare il denaro che Nathan ha rubato. Non hai fatto niente di male."

"E non lo farò. Questa operazione è perfettamente legale. Il contratto con gli investitori non mi impedisce di farmi prestare dei soldi e utilizzarli per accrescere il fondo."

Zachary stava dicendo la verità. Per quanto azzardata, la sua manovra era perfettamente legale. "E se i tuoi investitori scoprissero che stai puntando tutto su un'unica transazione? Che cosa succederebbe a quel punto?" Zachary non rispose. Kat rimase in silenzio per qualche istante, poi decise di rispondere alla sua stessa domanda. "Chiederanno di ritirare il loro denaro. E allora sarai costretto a dichiarare bancarotta." Mentre Kat stava ancora parlando, il grafico sullo schermo si aggiornò. L'euro stava scendendo. I guadagni ottenuti nei minuti precedenti si erano improvvisamente azzerati.

Zachary non aveva nessun senso etico, nessuno scrupolo e nessuna morale. Proprio come suo padre – con una sola differenza: Zachary si muoveva all'interno della legalità, mentre Nathan aveva superato quel limite già da un pezzo.

"Gli investitori non devono conoscere ogni mia transazione. Non lo scopriranno mai," disse Zachary.

"Qui non stiamo parlando di una serata a Las Vegas, che si può risolvere con qualche piccola perdita al tavolo da poker. La posta in gioco è due miliardi di dollari. Potresti farti seriamente del male." Kat guardò di nuovo lo schermo. La linea sul grafico era diventata rossa. Le perdite ammontavano quasi a un intero punto percentuale. Tutti i guadagni del giorno precedente erano spariti nel nulla. "Proprio come temevo."

"Vuoi chiudere quella bocca?" Gridò Zachary, stringendo i pugni. "I valori torneranno a salire. Il mio algoritmo ha già previsto tutto. Cerca di darti una calmata." Indicò una poltrona di fronte alla scrivania, invitandola a sedersi. "Mi stai distraendo. Se non riesci a stare zitta, dovrò chiederti di andartene. Ma se resterai, assisterai a qualcosa di unico e di speciale. Il mio investimento passerà alla storia."

Kat sospirò e si sedette. L'ultima cosa che voleva, era assistere alla rovina di Zachary. Il disastro era incombente. L'euro aveva perso un altro punto percentuale. Adesso le perdite ammontavano a due miliardi.

Rimasero in silenzio a fissare lo schermo.

Quando ormai tutto sembrava perduto, l'euro smise di scendere. Iniziò lentamente a recuperare, solo qualche punto base all'inizio, poi una dozzina, poi trenta. Ma Zachary era ancora in negativo. Di un miliardo e settecentomila dollari.

"Vedi, Kat?" L'espressione preoccupata di Zachary si era trasformata in un ghigno compiaciuto. "Adesso la situazione comincerà a migliorare."

"Come puoi esserne così sicuro?" Il tracciato del grafico ricordava l'andamento di una passeggiata in montagna. Un continuo susseguirsi di salite e discese. Di lì a qualche secondo avrebbe potuto precipitare di nuovo, ripetendo la folle corsa degli ultimi venti minuti.

"La situazione si è rovesciata. Sta girando a mio favore." Zachary indicò un punto di minimo sul grafico, dove la linea descriveva una caduta improvvisa e poi ricominciava a salire di colpo. "È quello che succede sempre, ammesso che l'investimento iniziale sia abbastanza grande. Qualche operatore ha scommesso contro di me, abbassando il valore della moneta, ma non è riuscito a fermarmi. Nessuno ha abbastanza denaro per farlo."

In meno di dieci minuti, la linea era già tornata al livello iniziale. Zachary aveva bisogno di un altro miliardo di dollari, per coprire le perdite.

"Come può essere così semplice?"

"È un gioco a somma zero. Qualsiasi cifra io vinca, c'è qualcun altro che perde. È una sfida diretta, un testa a testa. Bisogna attirare le scommesse degli altri giocatori e guadagnarsi la loro simpatia facendo muovere il mercato in loro favore. Più denaro hai a disposizione, più alte sono le probabilità di vittoria."

Il tracciato del grafico proseguiva nella sua risalita. La fortuna di Zachary continuava a crescere.

"Ma gli economisti hanno predetto che la crisi…"

"Cosa vuoi che ne sappiano gli economisti? Sono gli operatori di borsa a decidere le sorti del mercato. Chiunque creda il contrario è uno sciocco."

"Anche quelli come Svensson? Se il loro lavoro è irrilevante, dovrebbero assegnare il Nobel agli operatori di borsa."

"Credi che l'economia sia una scienza esatta?" Zachary scoppiò a ridere. "È come una partita a poker. Bisogna andare avanti a forza di bluff."

Zachary si appoggiò all'indietro, contro lo schienale della sedia. Intrecciò le dita dietro la nuca e sorrise.

Stando al tracciato verde sullo schermo, l'euro aveva guadagnato il due per cento. Il suo folle esperimento aveva funzionato. Zachary aveva recuperato tutte le perdite della Edgewater.

"E il tuo modello di trading, allora? Hai sempre sostenuto che derivasse dalla teoria dei giochi. Non dovrebbe avere delle fondamenta scientifiche?"

Zachary non riuscì a trattenere una risata. "Quello era solo uno slogan pubblicitario. Lo usavo per impressionare la gente e attirare nuovi investitori. Si trattava solo dell'ennesima scommessa. Ho puntato sull'avidità della gente. Non si può rinunciare a giocare, se la vittoria è sicura."

"Ma non è affatto sicura."

"In un certo senso, lo è. Hai visto cosa è successo, quando ho investito sull'euro? Sono io che decido chi vince e chi perde."

"Hai guadagnato un'immensa ricchezza a spese dei giocatori più deboli. In fin dei conti, è proprio quello che sta cercando di fare il World Institute. Ti credi migliore di tuo padre?"

"Gli operatori di borsa conoscono i rischi del mestiere. Se non sono abbastanza scaltri, non dovrebbero far parte del gioco. È estremamente semplice, Kat. Ciascuno persegue il proprio interesse personale. Bisogna conoscere i propri avversari e agire di conseguenza."

"E non esistono altri fattori, in questo gioco? Non c'è niente di imprevedibile?"

"È tutto calcolato. Proprio come a Las Vegas. Io sono il banco, e il banco vince sempre."

Kat rimase in silenzio, gli occhi fissi sullo schermo. L'euro continuava a salire, sembrava inarrestabile. Dopo aver recuperato tutti gli ammanchi causati da Nathan, Zachary aveva guadagnato un altro miliardo.

"Stiamo andando alla grande!" Zachary batté le mani e si lasciò sfuggire un fischio. "Ora il fondo è di nuovo in attivo, e i profitti sono alle stelle. Cosa te ne pare? Devo ringraziare la teoria delle probabilità."

Come a Las Vegas, dove le probabilità erano sempre a favore del banco.

Kat continuò a guardare lo schermo. "Non pensi che sia arrivato il momento di fermarsi? Devi bloccare i tuoi profitti."

"Ancora qualche minuto." Zachary si voltò verso Kat. "Adesso possiamo concentrarci sul divorzio. Dobbiamo rivedere i numeri e tornare in tribunale. Victoria è stata complice di mio padre. Non avrà neanche un centesimo." Zachary era preoccupato per il suo denaro. La relazione tra Victoria e suo padre non lo aveva turbato minimamente.

Visto che il valore della Edgewater non corrispondeva alla verità, Victoria non aveva diritto al denaro che il giudice le aveva assegnato. Era ancora possibile riaprire il caso? E gli ultimi guadagni di Zachary non avrebbero influito sulla sentenza?

"Mi servirà qualche giorno per mettere insieme tutta la documentazione. Forse è meglio iniziare subito." Kat si alzò in piedi e fece per uscire.

Zachary la ignorò. Era chino sul suo terminale e si stava mordendo a sangue il labbro inferiore. "Ma che diavolo sta succedendo?"

Kat si fermò e tornò a guardare verso lo schermo. Anche se quei soldi non erano suoi, rischiò comunque di sentirsi male. La linea del grafico era diventata rossa. Ancora una volta, stava andando nella direzione sbagliata.

Le sorti della Edgewater si erano rovesciate nel giro di pochi secondi. A quanto pareva, Zachary non era il giocatore più forte. Qualcuno aveva scommesso una somma più alta.

E aveva vinto.

CAPITOLO 65

Kat stava aspettando davanti all'ufficio del catasto e, di tanto in tanto, controllava l'orologio. Era venerdì pomeriggio. Hillary avrebbe dovuto essere già lì. Si sarebbe presentata prima che l'ufficio chiudesse per il fine settimana? Senza alcun dubbio. Se non voleva finire nei guai con la legge, non aveva altra scelta.

Kat avrebbe preferito procedere per via legali, invece di cercare un accordo con sua cugina. Ma ci sarebbero voluti anni di udienze e battaglie legali, prima di avere giustizia. Il processo avrebbe richiesto più tempo di quello che rimaneva allo zio Harry. A Kat non piaceva l'idea di ricorrere al ricatto, ma era il solo modo per garantire una soluzione rapida ed efficace.

Cinque minuti più tardi, Hillary stava salendo le scale che conducevano all'ingresso, pestando furiosamente i tacchi sui gradini.

Kat sentì il suo stomaco che cominciava a contorcersi. Le succedeva ogni volta, quando doveva affrontare sua cugina. Avrebbe accettato le condizioni dell'accordo? Hillary non manteneva mai le promesse. La sua parola non sarebbe bastata. Ci volevano i fatti.

"Ti è piaciuto il filmato?" Kat le aveva mandato una copia del disco, insieme alla lettera in cui le chiedeva di incontrarla al catasto. Nella lettera aveva descritto minuziosamente tutte le prove che aveva raccolto contro di lei: lo scontrino del pesticida, il campione di polvere e i frammenti della brocca. Aveva chiesto a Connor Whitehall di consegnare il filmato alle forze dell'ordine, ma lui non aveva ascoltato il messaggio in segreteria, e le prove erano rimaste a casa di Kat.

"Smettila di ricattarmi." Hillary la fulminò con lo sguardo. "Sono qui. Farò tutto quello che vuoi. Ma non voglio più sentire una parola a riguardo."

"Non ti sto ricattando," rispose Kat. "È una promessa. Se proverai ancora ad approfittarti di Harry, andrò direttamente dalla polizia. Consegnerò il filmato e tutte le altre prove."

Ci sarebbe andata comunque. Hillary non l'avrebbe passata liscia. Ma prima doveva convincerla a fare una cosa. Gli ingranaggi della giustizia giravano troppo lentamente, e Kat non aveva intenzione di aspettare per anni.

Così aveva insistito per incontrarla al catasto, promettendole di non denunciarla se avesse accettato di restituire la casa allo zio. Non accontentandosi della sua parola, Kat aveva deciso di essere presente al momento della firma. Voleva essere assolutamente sicura che Hillary facesse cancellare il suo nome dall'atto di proprietà.

"Andiamo." Kat aprì la porta e fece un cenno alla cugina, invitandola a entrare prima di lei.

Ci vollero solo dieci minuti, durante i quali Hillary mise la sua firma su un mucchio di documenti. Una volta terminate le formalità burocratiche, Harry era tornato il legittimo proprietario di casa sua.

Quanto al denaro che Hillary aveva rubato, Harry non aveva alcuna speranza di recuperarlo. I soldi erano già stati spesi. Ma per lo meno aveva di nuovo una casa.

Hillary si fermò accanto alla porta e infilò una mano nella borsetta. Sembrava distrutta. Aveva i capelli arruffati e il mascara attorno agli occhi era sbavato. Continuava a sollevare lo sguardo verso il suo orologio da polso.

"Hai un appuntamento?" Le domandò Kat.

Hillary socchiuse gli occhi e scosse la testa. "Alla fine hai avuto quello che volevi. Sono stata fin troppo generosa, ad accettare le tue ridicole condizioni."

No. Era stata una codarda. Per l'ennesima volta, stava cercando di evitare le conseguenze delle sue azioni. "Non ti aspettare che ti ringrazi," disse Kat.

"Te ne pentirai amaramente."

Kat la ignorò. Fino a qualche giorno prima, le minacce di Hillary sarebbero riuscite a spaventarla. Ma adesso suonavano vuote. Hillary era una persona vuota. Proprio come Nathan Barron e Gordon Pinslett. Certe persone sapevano pensare solo a sé stesse. Erano come squali che giravano in tondo, aspettando una preda da divorare. Così facendo, il loro mondo continuava a restringersi. Tutto ciò che si avvicinava, finiva per morire tra le loro fauci, fino a che non si ritrovavano a essere i soli sopravvissuti. E gli squali non sopravvivono a lungo, senza una preda.

CAPITOLO 66

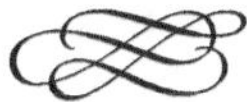

*K*at impiegò venti minuti per arrivare a casa. Quando finalmente varcò la soglia, si sentiva esausta. Ma almeno le cose stavano andando per il verso giusto. I medici erano convinti che Harry si sarebbe ripreso completamente e avevano intenzione di dimetterlo presto.

Harry aveva di nuovo la sua casa, ma era comunque sommerso dai debiti. La sua situazione economica era estremamente grave. Anche se il tribunale avesse riconosciuto la colpevolezza di Hillary, nessuno lo avrebbe aiutato a rimettersi in pari.

Kat si tolse le scarpe, appoggiandole davanti al portone, appese il cappotto alla ringhiera e si diresse al piano di sopra. Era ancora sconvolta per il fiasco di Zachary; la Edgewater Investments non aveva più alcuna speranza di riprendersi. Perché avesse deciso di puntare tutto quello che gli era rimasto su quell'unica transazione era un mistero. Aveva deciso di uscire dai giochi appena in tempo per evitare una catastrofe personale, ma non era riuscito a salvare il denaro degli investitori. Avrebbe dovuto fermarsi prima, ma Zachary Barron non era abituato a perdere.

Kat arrivò in cima alla scala e si fermò ad ascoltare.

C'era qualcuno nello studio. La sedia girevole cigolava, come se l'intruso continuasse a cambiare posizione sullo schienale, mentre le sue dita battevano freneticamente sulla tastiera del computer.

Kat aprì un armadio nel corridoio e vide un manico di scopa. Lo afferrò e, tenendolo sopra la testa, diede un'occhiata nella stanza.

L'intruso era seduto alla scrivania e le dava le spalle. Kat stava per indietreggiare di nuovo, quando la sedia improvvisamente ruotò verso di lei.

"Sei tornata!" Jace le fece un gran sorriso e balzò giù dalla sedia, ma si fermò di colpo quando vide la scopa. Alzò le braccia in segno di resa. "Non colpirmi. Non voglio tornare in ospedale."

Kat abbassò la scopa, la lasciò cadere a terra e corse ad abbracciarlo. "Ti hanno dimesso? Credevo che ti avrebbero trattenuto ancora qualche giorno. Perché non mi hai chiamata?"

Jace fece un passo indietro per osservare l'espressione di Kat. "Volevo farti una sorpresa."

"Sei sicuro di essere guarito? I medici avevano detto…"

"Devo pubblicare la mia storia, Kat. Prima che lo faccia qualcun altro." Jace si avvicinò per baciarla.

"Hai chiesto di farti dimettere? Con una commozione cerebrale?" Kat si allontanò e gli toccò la fronte. Le abrasioni stavano diventando viola. Aveva l'aspetto di un sopravvissuto a un incidente d'auto.

Jace non rispose.

"Jace, avresti dovuto rimanere in ospedale." Lo tirò per il braccio sano. "Adesso ti riporto indietro. Vuoi pubblicare il tuo articolo? Dimmi quello che devo fare. Ci penserò io."

Jace scosse la testa. "Non se ne parla, Kat. Sono guarito e voglio farlo di persona. Voglio che Pinslett venga punito per tutto quello che ha fatto."

"Cosa ti è successo? Non ti ho mai visto così pieno di rancore."

"Non ho intenzione di fargliela passare liscia. Quella gente non può continuare a prendersi tutto quello che vuole. Le leggi sono fatte per essere rispettate – da tutti, compresi i ricchi e i potenti."

Kat era perfettamente d'accordo. "Lo so, ma dovresti badare alla tua salute. Quando starai meglio, potrai pensare all'articolo."

"Sarebbe troppo tardi," ribatté Jace, accennando un sorriso. "Pinslett non può nascondere la verità. Possiede dozzine di radio, televisioni e giornali, ma non può controllare i social media. Guarda cosa sta succedendo."

Jace indicò lo schermo del computer. "Ho pubblicato l'articolo su tutti i miei social. Nel giro di poche ore, è stato condiviso migliaia di volte. Sta diventando virale – e Pinslett non può farci niente. Tutti sapranno che era coinvolto in quella frode immobiliare. E l'articolo è pieno zeppo di prove."

Jace digitò qualcosa sulla tastiera e fece un altro cenno verso il computer. Kat diede un'occhiata allo schermo. Era tutto vero. Pinslett aveva organizzato una conferenza stampa in fretta e furia per smentire le accuse. Per una volta, il magnate dei media era sulla difensiva.

"Finalmente la mia storia è arrivata ai lettori," disse Jace. "Adesso che la faccenda è finita sotto i riflettori, le autorità saranno costrette a indagare. Il mio articolo ha smosso gli animi della gente. Ci saranno delle proteste. Non permetteranno che la cosa sia insabbiata di nuovo – o almeno spero."

Jace cliccò su un filmato, la replica della conferenza stampa avvenuta appena qualche ora prima. Gordon Pinslett era seduto a un tavolo, accanto ai suoi scagnozzi del mondo delle telecomunicazioni. Il logo del *Sentinel* campeggiava sulla parete alle loro spalle.

Pinslett, con aria sprezzante, negava qualsiasi coinvolgimento nella frode e insisteva nell'affermare che l'articolo proveniva da una fonte non verificata.

Anche senza conoscere la verità, Kat avrebbe capito che stava mentendo. Continuava a balbettare. Stava solo cercando le parole giuste per togliersi di dosso i giornalisti.

"Sta ancora negando. Non è cambiato niente."

"Aspetta un secondo, Kat. Devi vedere anche questo."

Jace cliccò su un secondo video, risalente a pochi minuti prima. Pinslett veniva condotto, in manette, fuori dal suo ufficio. Una mezza dozzina di reporter era ferma all'ingresso e lo stava bombardando di domande. Il magnate in disgrazia li ignorò. Teneva la testa bassa e fu accompagnato verso una volante della polizia che lo stava aspettando fuori dal palazzo.

"Durante la conferenza stampa, Pinslett ha fatto riferimento al mio articolo, rendendolo ufficialmente di pubblico dominio. Una cosa del genere non poteva essere ignorata. Anche i media tradizionali hanno dovuto parlarne. Ma c'è un'altra cosa che devi sapere: Roger Landers sta collaborando con gli inquirenti. Anche lui vuole che Pinslett finisca in prigione. Quando il mio articolo è stato cancellato, Landers ha ricevuto l'ordine di *fermare la storia*. In altre parole, Pinslett gli avrebbe chiesto di uccidermi"

"È stato Landers a lanciare quella bomba incendiaria in casa nostra?"

"Pinslett gli ha chiesto di farlo, ma lui si è rifiutato. Ha registrato la conversazione e l'ha consegnata alla polizia. Come al solito, Landers vuole solo mettersi in luce, ma almeno adesso è passato dalla nostra parte. Farebbe qualsiasi cosa, per aumentare le vendite del suo libro."

"E le bugie che ha raccontato sull'omicidio di Svensson?"

"Aveva bisogno di uno scoop, così ha deciso di forzare un po' la mano. Non avrebbe dovuto mentire. Rischia di finire nei guai con la legge."

Kat non credeva che si trattasse solo di questo. Ma Landers era un pesce piccolo, innocuo se paragonato a Gordon Pinslett e agli altri membri del World Institute. Forse Jace aveva ragione: Landers voleva soltanto impedirgli di pubblicare il suo articolo, almeno per qualche mese, finché il suo libro non fosse stato pronto al lancio. Visto che aveva fallito, stava di nuovo cercando di sfruttare la situazione a suo vantaggio.

"Hai fatto la cosa giusta, Jace. Anche se ti è costato il lavoro." Kat lo abbracciò forte. "Non provi nessun risentimento per Landers? Ci ha traditi senza farsi il minimo scrupolo."

"In un certo senso, mi dispiace per lui. Desidera solo il successo, e il suo disperato desiderio di attenzione lo ha portato a inventarsi una storia dal nulla. Come giornalista, la sua carriera è finita. Nessuno lo prenderà sul serio, dopo quello che ha fatto."

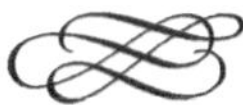

CAPITOLO 67

Angelika reclinò il sedile dell'aereo e sorrise all'uomo che le sedeva accanto. Lui era raggiante. L'inaspettata attenzione della donna lo aveva fatto arrossire. Doveva essere sulla cinquantina, tranquillo e sicuro di sé. L'avrebbe guardata allo stesso modo, se avesse conosciuto i suoi segreti?

Di lì a poche ore sarebbe stata di nuovo a Londra, lontana da Hideaway Bay, dal World Institute e da Nathan Barron. Lontana dagli uomini che l'avevano illusa e tradita.

Si pulì le mani con una salvietta, mentre l'assistente di volo ritirava il suo vassoio del pranzo. Era sicura che Nathan sarebbe riuscito a raggiungere un accordo favorevole. In qualche modo, si sarebbe salvato la pelle ancora una volta. E non avrebbe più avuto bisogno di lei. Così aveva deciso di ucciderlo. Non le aveva lasciato altra scelta. Non poteva permettergli di farla franca.

Ormai le donne di servizio dovevano aver trovato il corpo di Nathan che penzolava nell'armadio, la cintura chiusa intorno alla gola, come un lussuoso cappio di pelle. Un altro uomo finito, rovinato. Un altro tragico suicidio. Ultimamente accadeva sempre più spesso, a Hideaway Bay.

Dipendeva dal clima così cupo e triste? Oppure era stata la rovina finanziaria, che aveva spinto Nathan Barron a togliersi la vita? Forse era stato il senso di colpa per aver tradito suo figlio. Nessuno si aspettava che l'immensa ricchezza della Edgewater fosse soltanto il frutto di uno schema Ponzi. Era stata una sorpresa, ma si era incastrata perfettamente nel piano di Angelika. Qualsiasi fosse la causa, il suicidio di Nathan avrebbe suscitato un'infinità di interrogativi. La stampa ne avrebbe parlato per mesi. E poi, come sempre accadeva, sarebbe stato dimenticato.

Nathan avrebbe dovuto ringraziarla. In fin dei conti, gli aveva fatto un favore. Invece di soffrire angosce indicibili, era finalmente in pace. Angelika aveva posto fine alla sua sofferenza.

Omicidio. No, era una parola così dura e spietata. Ci voleva un termine più appropriato. Eutanasia.

Non avrebbe dovuto fidarsi di Nathan. Non avrebbe dovuto innamorarsi di lui. Come aveva potuto commettere un errore del genere?

Lo aveva incontrato nelle pianure africane, a Selous, in Tanzania, durante una battuta di caccia. In quel luogo remoto e selvaggio, Nathan le aveva cantato una serenata. E lei si era presa una bella cotta. Era inebriata dalle sue attenzioni, travolta dalla sua ricchezza e dal suo potere. Avrebbe fatto di tutto per lui. Sarebbe stata perfino in grado di uccidere.

In fondo era il suo mestiere, e non aveva paura di farlo.

Nathan comprendeva il delicato equilibrio tra preda e cacciatore. L'uno era necessario alla vita dell'altro. Con le sue vittime, Angelika sapeva creare un rapporto speciale. Svensson si era fidato ciecamente di lei, fino al momento della sua morte. Al termine delle indagini, la scientifica aveva deciso che si era trattato di un tragico incidente. Non c'erano prove che dimostrassero la colpevolezza di Angelika. Proprio come aveva sperato.

Non aveva lasciato nulla in sospeso.

Angelika guardò l'uomo accanto a lei. Era rivolto verso il finestrino e le stava dando le spalle. Il cielo indaco scorreva veloce, sospeso tra la notte e il giorno, mentre viaggiavano verso est.

La gente non sapeva apprezzare la banale quotidianità della vita, né pensava mai a quando o come sarebbe finita. Angelika lo aveva imparato nell'esatto istante in cui aveva ucciso la sua prima vittima.

Ma Nathan l'aveva ingannata. Le aveva fatto credere che ci fosse qualcosa di speciale tra loro. Uno degli uomini più potenti del pianeta che si innamorava di un'assassina professionista. C'era qualcosa di poetico, in questo. Il loro amore sfidava ogni previsione e ogni luogo comune.

All'inizio, era andato tutto bene. Fino a quando Nathan non aveva cominciato a evitarla, riservandole sempre meno attenzioni. Forse stava perdendo interesse. Aveva perfino annullato il loro viaggio a Londra. Angelika aveva deciso di punirlo ritardando l'eliminazione di Svensson. Aveva sperato che Nathan andasse su tutte le furie, oppure che le telefonasse in preda al panico, ma non era accaduto nulla di tutto ciò. Così era partita per andare in Canada, alla conferenza del World Institute. Voleva parlare con Nathan e comunicargli che le condizioni dell'accordo erano cambiate. Avrebbe dovuto pagarla il doppio della cifra che avevano concordato. Il travestimento da donna delle pulizie era stata solo una precauzione, un espediente per muoversi indisturbata all'interno dell'albergo e guadagnarsi l'accesso alla stanza di Nathan.

C'era qualcosa di profondamente intimo, nel trascorrere insieme a un uomo le ultime ore della sua vita. Specialmente quando lui non sapeva che fossero effettivamente le ultime.

Nathan aveva messo fine alla loro relazione e aveva cercato di fregarla sul pagamento. Avrebbe dovuto ricaricare la sua prepagata subito dopo l'omicidio, ma non lo aveva fatto. Le carte prepagate erano una vera manna dal cielo, per chi svolgeva un mestiere come quello di Angelika: permettevano di portare con sé grosse somme di denaro senza dare nell'occhio, e perfino di trasportarle oltre confine con una semplicità estrema. Come se non bastasse, i pagamenti erano molto difficili da rintracciare, dato che la ricarica poteva essere effettuata da chiunque.

Ad ogni modo, non era stato per il mancato pagamento che aveva deciso di uccidere Nathan. Non solo. Victoria era stata l'ultima goccia. Nathan non aveva nessun pudore. Se la faceva con quella stronza al botulino proprio davanti ai suoi occhi. Cos'altro si aspettava? Angelika non aveva mai pensato che ci fosse un'altra donna.

Nessuno poteva permettersi di scaricare Angelika. Se un uomo voleva uscire dalla sua vita, doveva farlo alle sue condizioni. In maniera brutale e definitiva.

Angelika guardò fuori dal finestrino. Sorseggiò il suo caffè mentre l'aereo continuava a rincorrere il sole.

Nel complesso, una giornata perfetta. Un futuro migliore la stava aspettando, oltre quel luminoso orizzonte.

CAPITOLO 68

Kat era seduta al tavolo della cucina, nella casa di suo zio. Negli ultimi giorni, Harry era cambiato in maniera sorprendente. Il suo sguardo era tornato luminoso, i suoi passi erano sempre più stabili e perfino la memoria sembrava migliorata. Era un miracolo.

A dire il vero, esisteva una spiegazione molto più razionale. Gli effetti dell'avvelenamento erano stati scambiati per sintomi di demenza, e i medici erano stati costretti a rivedere la sua diagnosi. Harry non era affetto da Alzheimer.

Certo, era un po' smemorato, ma non più di quanto ci si potesse aspettare da un ottantenne.

Dopo una settimana in ospedale, il suo organismo era stato completamente ripulito dal veleno. Harry si era ripreso in fretta, anche se non ricordava quello che era successo negli ultimi mesi. Il suo recupero era stato davvero straordinario.

Kat guardò i cataloghi di giardinaggio appoggiati sul tavolo. Harry stava progettando la disposizione dell'orto per la primavera e si stava perfino rimettendo in contatto con i suoi amici della bocciofila.

"Hillary ha trovato un nuovo lavoro, Kat. Fuori città."

"Buon per lei," disse Kat, chiedendosi quanto ci fosse di vero. Forse preferiva convincersi che fosse così. Hillary se n'era andata e non sarebbe tornata mai più. A differenza di Harry, Kat la vedeva per quello che era davvero. Una parassita.

Incredibile, pensò Kat. I problemi finanziari di Harry erano iniziati nello stesso momento in cui erano comparsi i primi sintomi di demenza. Kat aveva creduto che le allucinazioni e le perdite di memoria fossero dovute all'Alzheimer, e anche il medico di famiglia si era lasciato ingannare.

Avrebbero dovuto notare che la salute di Harry era peggiorata troppo rapidamente. Quando Kat aveva bloccato le sue carte di credito, la situazione si era aggravata ulteriormente. Non era stata la malattia di Harry a causare i suoi problemi finanziari; era successo esattamente il contrario. Cercando di proteggere Harry, Kat aveva provocato il ritorno di Hillary.

Lo zio Harry si era sempre rifiutato di affrontare la verità. Aveva continuato a fidarsi di sua figlia, mandandole tutto il denaro di cui aveva bisogno per tirarsi fuori dai guai. Fino a quando Kat non le aveva messo i bastoni tra le ruote.

"Quante uova?" Harry tirò fuori le uova dal frigo e richiuse lo sportello con un colpo secco.

"Due, grazie." Quando il denaro aveva smesso di arrivare direttamente nelle sue tasche, Hillary era tornata per mettere in atto il suo disperato tentativo di liquidare Harry una volta per tutte, incassando l'assicurazione sulla vita e utilizzandola per liberarsi dai debiti.

"Succo d'arancia?" Harry sollevò la caraffa.

Anche se aveva completamente dimenticato il calvario degli ultimi mesi, la dottoressa Konig doveva avergli parlato del succo d'arancia alterato. Ma non poteva biasimarlo, se rifiutava di credere che la sua unica figlia avesse tentato di avvelenarlo. Sarebbe stato difficile per chiunque.

"Meglio di no. Mi fa venire la nausea."

Harry si voltò verso Kat. "Tua cugina non è cattiva, Kat. È solo un po' impulsiva. Imparerà, prima o poi."

Lo zio continuava a cercare delle scuse per il comportamento di Hillary. Che altro poteva fare? Sarebbe stato troppo doloroso accettare che si trattasse di un piano premeditato.

Kat rimase in silenzio, distratta da un rumore che proveniva dall'esterno.

"Torno subito, zio." Si alzò dalla sedia e raggiunse il salotto. Avvicinandosi alla finestra, vide una sagoma scura davanti a una Porsche.

Il suo cuore si fermò. La Porsche di Hillary fece uno scatto in avanti, avanzando leggermente. Hillary era tornata a prendere la sua auto, nonostante l'ordine restrittivo che le proibiva di avere contatti con Harry.

Kat si fece forza e andò verso il portone, pronta ad affrontare l'ennesimo scontro con sua cugina. Perché aveva deciso di ignorare la sentenza del tribunale? Non aveva già abbastanza guai, con l'accusa di tentato omicidio? La polizia l'aveva trascinata in tribunale, nonostante le proteste di Harry. Ormai il suo destino era nelle mani del giudice.

Kat spalancò il portone. Doveva fermarla, prima che lo zio se ne accorgesse.

Ma non si trattava di Hillary.

Un carro attrezzi aveva agganciato il muso della Porsche, e la stava sollevando.

Kat cominciò a correre, agitando le braccia per attirare l'attenzione dell'operatore. "Non può portare via quell'auto! È parcheggiata regolarmente e non c'è nessuna multa."

"Certo che posso. La banca l'ha confiscata. Avreste dovuto pagare le rate quando eravate ancora in tempo."

"Mi scusi, non ne sapevo niente." Kat fece un passo indietro e rimase a osservare la scena. Le cose si stavano risolvendo nel migliore dei modi. Il finanziamento era stato annullato e l'automobile sarebbe tornata di proprietà della banca. "Beh, allora buona giornata."

L'autista del carro attrezzi le sorrise. "Vedo che l'ha presa bene. Di solito la gente mi riempie di insulti." Sollevò un pollice e balzò nella cabina di guida. Quindi accese il motore e si allontanò dal parcheggio, trainando la Porsche al suo seguito.

Kat osservò il carro attrezzi che risaliva la collina. Ben presto raggiunse la cima, nel punto in cui la strada arrivava a toccare il cielo e il mondo cominciava a inclinarsi dall'altra parte.

Il sole del mattino luccicò sul paraurti della Porsche, mentre oltrepassava la sommità del pendio. Poi, lentamente, sprofondò sotto l'orizzonte e scomparve.

Kat scosse la testa e tornò verso il portone.

Finalmente si sentiva serena. Non c'era più nulla da cui fuggire.

Ti è piaciuto *"La Teoria dei Giochi"*?

Puoi proseguire la lettura con *Il Lusso della Morte*, il prossimo titolo della serie.

Scopri tutti i libri di Colleen Cross sul sito www.colleencross.com

NOTA DELL'AUTRICE

Benché la maggior parte delle ambientazioni di questo romanzo siano reali, Hideaway Bay è frutto della mia fantasia. Il luogo è ispirato alle cittadine che punteggiano la Sunshine Coast, nella zona sudoccidentale del Canada. Anche il World Institute è un'organizzazione inventata, ma non estranea al dominio delle reali possibilità. Il mondo è pieno di uomini senza scrupoli, che sarebbero disposti a tutto pur di ottenere denaro e potere.

Le truffe e le frodi finanziarie mi hanno sempre affascinata. Mi interrogo molto sulle motivazioni che spingono certe persone ad arricchirsi a spese di altri. I truffatori si sentono al sicuro. Ogni volta credono di aver elaborato un piano perfetto, ma la loro cattura è solo questione di tempo: presto o tardi abbasseranno la guardia e commetteranno un errore. I contabili forensi utilizzano diversi metodi per rintracciare e smascherare i truffatori, ma sono tutti fondati sullo stesso meccanismo: seguire i soldi porta sempre al colpevole.

Spero che leggere *La Teoria dei Giochi* vi sia piaciuto quanto a me è piaciuto scriverlo. Se l'avete apprezzato, per favore scrivete una breve recensione o parlatene a un amico. Il passaparola è il migliore alleato degli scrittori indipendenti! Fino a quando esisteranno lettori come voi, che apprezzano le mie storie, io continuerò a scriverle. Se questo romanzo vi è piaciuto e volete conoscere tutti i miei titoli, potete trovarli al sito www.colleencross.com

Se volete contattarmi, potete trovarmi sui social:

Facebook: http://www.facebook.com/colleenxcross
Twitter: @colleenxcross
Goodreads http://www.goodreads.com/author/show/5315300.Colleen_Cross

ALTRI ROMANZI DI COLLEEN CROSS

Trovate gli ultimi romanzi di Colleen su www.colleencross.com

Newsletter: http://eepurl.com/c0jCIr

I misteri delle streghe di Westwick

Caccia alle Streghe

Il colpo delle streghi

La notte delle streghe

I doni delle streghe

Brindisi con le streghe

I Thriller di Katerina Carter

Strategia d'Uscita

Teoria dei Giochi

Il Lusso della Morte

Acque torbide

Con le Mani nel Sacco – un racconto

Blue Moon

Per le ultime pubblicazioni di Colleen Cross: www.colleencross.com

Newsletter:

http://eepurl.com/c0jCIr